古典文獻研究輯刊

十九編

曾永義 主編

第 24 冊

杜貴晨文集（第五卷）：
《金瓶梅》與《紅樓夢》研究

杜貴晨 著

國家圖書館出版品預行編目資料

杜貴晨文集（第五卷）：《金瓶梅》與《紅樓夢》研究／杜貴晨
著 — 初版 — 新北市：花木蘭文化事業有限公司，2019〔民
108〕
序 2+ 目 2+292 面；19×26 公分
（古典文學研究輯刊 十九編；第 24 冊）
ISBN 978-986-485-657-2（精裝）
1. 金瓶梅 2. 紅學 3. 研究考訂
820.8　　　　　　　　　　　　　　　　108000799

ISBN-978-986-485-657-2

9 789864 856572

古典文學研究輯刊
十九編　第二四冊　　　　　　　ISBN：978-986-485-657-2

杜貴晨文集（第五卷）：《金瓶梅》與《紅樓夢》研究

作　　　者	杜貴晨
主　　　編	曾永義
總 編 輯	杜潔祥
副總編輯	楊嘉樂
編　　　輯	許郁翎、王筑　美術編輯　陳逸婷
出　　　版	花木蘭文化事業有限公司
發 行 人	高小娟
聯絡地址	235 新北市中和區中安街七二號十三樓
	電話：02-2923-1455／傳真：02-2923-1452
網　　　址	http://www.huamulan.tw 信箱 hml810518@gmail.com
印　　　刷	普羅文化出版廣告事業
初　　　版	2019 年 3 月
全書字數	227151 字
定　　　價	十九編 33 冊（精裝）新台幣 64,000 元

杜貴晨文集（第五卷）：
《金瓶梅》與《紅樓夢》研究

杜貴晨　著

作者簡介

　　杜貴晨，字慕之。山東省寧陽縣人。1950 年 3 月 25（農曆庚寅年二月初八）日生於寧陽縣堽城鄉（今鎮）堽城南村。六歲入本村小學，從仲偉林先生受業初小四年；十歲入堽城屯小學讀高小二年；十一歲慈母見背；十二歲入寧陽縣第三中學（初中，駐堽城屯）；十五歲入寧陽縣第一中學（駐縣城）高中部；文革中 1968 年畢業，回鄉務農。歷任村及管理區幹部。1978 年高考以全縣第一名考入中國人民大學中文系；1979 年 10 月作為學生代表列席全國第四次文代會開幕式；1980 年開始發表文章，1981 年參加《文學遺產》編輯部舉辦的青年作者座談會；1982 年七月大學畢業，畢業論文《〈歧路燈〉簡論》發表於《文學遺產》（1983 年第 1 期）。

　　1982 至 1983 年短暫在全國人大常委會法制工作委員會辦公室工作。1983 年 3 月調入曲阜師範學院中文系（今曲阜師範大學文學院），先後任講師、副教授、教授、碩士生導師，教研室主任；2000 年 10 月調河北大學人文學院，任教授、博士生導師、教研室主任；2002 年 7 月調山東師範大學文學院，任教授，古代文學、文藝學博士生導師、博士後合作導師，學科負責人。2015 年 4 月退休。兼任中國《三國演義》學會副會長，《歧路燈》研究會副會長，羅貫中學會副會長，中國水滸學會、中國《儒林外史》學會（籌）常務理事，中國《金瓶梅》學會理事等；創立山東省水滸研究會並擔任會長；擔任山東省古典文學學會副會長兼秘書長。

　　先後出版各類著作 19 部；在《中國社會科學》《文學評論》《文學遺產》《北京大學學報》《中國人民大學學報》《復旦學報》《清華大學學報》《明清小說研究》《河北學刊》《學術研究》《齊魯學刊》《山東師範大學學報》《南都學壇》等刊，以及《人民日報》（海外版）、《光明日報》等報發表學術論文、隨筆等約 200 篇。多種學術觀點，在學界以至社會有一定影響。

提　　要

　　本卷分上、中、下三編。上編《金瓶梅》研究，就近七十年前荷蘭漢學家高羅佩提出「偉大的色情小說《金瓶梅》」展開論證，認為《金瓶梅》是「色情小說」，「色情小說」不應該是一個汙名，「色情小說」可以有「偉大」的價值，《金瓶梅》是中國十六世紀性與「婚姻的鏡子」，以及對西門慶、武大郎人物形象分析等；中編《紅樓夢》研究，提出《紅樓夢》是一部接續了「女媧補天」故事的「新神話」，其「大旨談情」，有「女性崇拜」傾向，以及有關賈寶玉、巧姐、《情僧錄》等的考論；下編以兩書的比較為主，提出並論證《紅樓夢》是《金瓶梅》的「反模仿」與「倒影」及其「基因」，以及《水滸傳》《西遊記》《紅樓夢》的「石頭記」和「女仙指路」敘事模式，以《西遊記》中「緊箍兒」、《金瓶梅》中「胡僧藥」和《紅樓夢》中「冷香丸」為例論古典小說以「物」寫「人」的傳統，《肉蒲團》的思想藝術價值及其對《紅樓夢》的影響等。

自　序

　　本卷收錄有關《金瓶梅》《紅樓夢》以及二者與《三國演義》《水滸傳》《西遊記》《肉蒲團》等書比較的研究文章。有關明代「四大奇書」的前三部，本文集已各有專卷，把有關《金瓶梅》《紅樓夢》兩書的文章合為一卷，既由於篇幅上的考慮，也是因為這兩部書關係的密切，以及有若干名著比較的文章最後都要涉及《紅樓夢》，因此成就本卷以《金瓶梅》《紅樓夢》研究文章為中心的組合。客觀上則是我一向沒能集中精力於一書研究，「打一槍換一個地方」的結果。這使我沒有能夠成為某一書研究的專家，但是較多涉獵帶來稍微寬闊的視野與感受，也是一件愜意的事。

　　本卷上編有關《金瓶梅》研究諸篇，推崇荷蘭學者高羅佩「偉大的色情小說《金瓶梅》」說，從馬克思和近世女權主義關於性與愛和文學的理論闡述「色情小說」只是按題材分類小說之一種，不應存有偏見，以及《金瓶梅》作為古代的《色·戒》是「偉大的色情小說」和若干考證等。

　　中編有關《紅樓夢》研究諸篇，重在探討《紅樓夢》是一部「新神話」，「大旨談情」，只是講一個「以情悟道」的故事，是一部探索人生意義的悲劇小說。以《紅樓夢》所寫為「寶、黛愛情悲劇」與「賈府興衰」的幾乎公認的看法是片面甚至歪曲的，應當予以糾正等。

　　下編比較研究，涉及「明代四大奇書」和《肉蒲團》《紅樓夢》等。主要探討了《紅樓夢》是《金瓶梅》的「反模倣」與「倒影」，《金瓶梅》能為《紅樓夢》「反模倣」的「基因」在於其「極端的男性主義立場」，是「一個男人的故事」、「一個男人與六個女人的故事」；《水滸傳》《西遊記》《紅樓夢》都為「石頭記」和都有一位女神為幕後主宰的現象；以及《肉蒲團》雖寫「皮

膚濫淫」不足取，但其詈言科舉，諷刺陋儒、腐儒和爲《紅樓夢》所借鑒，仍有一定思想藝術價值。

本卷以有關《金瓶梅》《紅樓夢》諸文爲中心，並集與其他諸名著比較研究諸文，雖從明清小說的總體研究說仍局限於一隅，不足以言概括，但是本卷的研究共同表明，至少這些明清小說名著之間有明顯後先繼承甚至模倣——反模倣的關係；章回小說自《三國演義》《水滸傳》以下，無不明顯來自傳統，又重塑傳統，從而作品無論人物、結構、情節等往往你中有我，我中有你，看起來雖各有千秋，但在根本的方面卻一以貫之的文學特色。

本卷曾經曲阜師範大學文學院講師何紅梅博士文字校正，特此致謝！

二〇一八年四月十四日

目次

上編　　《金瓶梅》研究

關於「偉大的色情小說《金瓶梅》」
——從高羅佩如是說談起

荷蘭漢學家高羅佩（R.h.van Guilk，1910～1967）於 1951 年寫成於日本的《秘戲圖考》一書，其上篇《性文獻的歷史概覽》一章曾論及色情小說，中有涉及《金瓶梅》評價一段文字如下：

> 有兩部小說對春宮畫冊有重大影響，即《繡榻野史》和《株林野史》。這兩部書在其作者在世時就已經在中國甚爲流行。然而它們現在事實上已默默無聞。值得注意的是，現在很出名的色情小說在它們出版的時代卻無人知曉。例如，偉大的色情小說《金瓶梅》，直至一六一〇年，仍知者甚少。此後不久，才在其首印之地蘇州流傳開來，而直至康熙時期才舉國聞名。原因在於，活著時就出了名的色情小說家們是編造粗俗、淫猥故事的行家裏手，這些故事是按他們的真正的猥褻心理寫成的，這種心理迎合萬曆時期沉溺於聲色犬馬的士大夫的淫蕩口味。因爲這些書僅有那麼點文學價值，它們的名聲當然是非常短命的。它們逃不過清朝檢查的劫難，並迅速湮沒；而像《金瓶梅》這樣具有真正的文學價值的色情小說則益發出名，成爲了屈指可數的中國文學傑作。

> 然而，在當時《繡榻野史》和類似的淫猥小說……價值不容低估。《金瓶梅》和後來的色情小說的作者們深受惠於《繡榻野史》以及類似的色情故事，正是這類色情故事給他們提供了性的主題和豔詞樣式。〔註1〕

〔註1〕〔荷蘭〕高羅佩著《秘戲圖考》，楊權譯，廣東人民出版社 1997 版，第 136

這段文字的內容有兩點值得注意：一是以《繡榻野史》在《金瓶梅》之前，對後者有影響。按《繡榻野史》作者呂天成（1580～1618）字勤之，號鬱蘭生，別號棘津。浙江餘姚（今市）人。著名戲劇家。據王驥德《曲律》卷四載，《繡榻野史》《閨情別傳》兩部色情小說，「皆其少年遊戲之筆」。後者已佚，或易名為《怡情陣》今存。前者陳慶浩考成書於萬曆二十五年（1597）前後。〔註2〕而萬曆二十年（1592）後《金瓶梅》抄本已在文士間流傳，比《繡榻野史》成書要早一些，所以不可能是《金瓶梅》「深受惠」於《繡榻野史》，而很可能是《繡榻野史》受到了《金瓶梅》的影響。這從《繡榻野史》主人公號「東門生」，可能從「西門慶」反面設想而來，而其續弦之妻為「金氏」又可能是《金瓶梅》之「金」的沿襲，就可以推想知道。從而有學者以《繡榻野史》「為目前所知中國第一部文人創作的白話長篇小說」〔註3〕的判斷，也是不準確的。

但我更為注意從而是本文論題的是第二點，即高羅佩認為《金瓶梅》作為「有真正的文學價值的色情小說」是「屈指可數的中國文學傑作」，是「偉大的色情小說」。這一點所以引起我的關注，一方面是因為除了新近出版的性學家劉達臨教授的《中國情色文化史》有近似的意見，稱「《金瓶梅》是中國古代性文學的代表作」〔註4〕，也是性學家看見「性」之外，一般研究《金瓶梅》的學者從來沒有這麼說的。反而有臺灣以研究《金瓶梅》著名的學者魏子雲先生著《〈金瓶梅〉是寡情文學》一文，曾經質問：「任何藝術品，若以『色情』二字冠之，勢必低級，焉能以文學論之？」〔註5〕那麼，這種以「色情」或「性」為《金瓶梅》題材特徵的判斷是正確的嗎？另一方面如果可以把《金瓶梅》視為「色情小說」或「性文學」的話，那麼它還可能是「偉大的」嗎？以下本文將首先說明探討這些問題的觀念與方法，並依次討論這些問題。

～137頁。

〔註2〕石昌渝主編《中國古代小說總目・白話卷・〈金瓶梅〉》，山西人民出版社2004年版，第457頁。

〔註3〕《中國古代小說總目・白話卷・〈金瓶梅〉》，第458頁。

〔註4〕劉達臨《中國情色文化史》，人民日報出版社2004版，第279～280頁。

〔註5〕陳益源《小說與豔情》，學林出版社2000年版，第51頁。

一、《金瓶梅》主題研究的觀念與方法

近百年來《金瓶梅》在中國大陸所受到的對待，除了未能全本公開發行之外，研究上占主流的評價基本上是正面的。雖然學者們對這部書推崇與肯定角度與程度不一，但比較一致的是都避開了此書寫性的一面，而肯定其社會價值。如稱「世情小說」「人情小說」「社會小說」「家庭小說」等等，都是肯定其反映社會生活的寫實性特點，自然是正確的。又多因此而及於對這部書寫性的指責，從現當代道德風俗的主流來看，也是可以理解的。但是，我很疑心這種種對《金瓶梅》性質的認定，除了有某種小說分類學上便於概而論之的意義之外，對於真正認識這部書的本質特徵與價值意義，可說是沒有什麼用處，至多是隔靴搔癢而已。

這個道理並不深奧，也不複雜。因為，以《金瓶梅》為「世情小說」「人情小說」或「社會小說」的作用，不過是把它與《三國演義》《水滸傳》《西遊記》等從題材上區別了開來。而以其為「家庭小說」，雖有進一步與「才子佳人小說」「諷刺小說」「狹邪小說」等勉強區別開來的作用，但是，我們看《金瓶梅》中西門慶上無老、下無小，除一個女婿和內兄吳大舅之外，其他內外親戚都是沒有的，只是他一個男人娶了一群妻妾，又在外相與了一些「性夥伴」，除最後的託囑家事之外，幾乎都在夜以繼日地淫蕩風流尋歡作樂，全無生前死後的營求，則在我們看來，作為「家庭」，能有什麼典型性呢？而懸揣作者之心，倘以寫「家庭」為目標，又為何擬為這樣一個倫常上「缺項」甚多的「家庭」，而使人看起來更像是「麗春院」呢？

因此，我認為蘭笑笑生寫《金瓶梅》，寫西門慶，固然不能不寫家庭——社會——世情——人情，但他所注意的真正中心，卻不是這些小說家筆下每不免寫到的內容，而是讀者一般都聲明厭見更不願與之共鳴的「色情」或「情色」，也就是「性」。

為了說明這一點，我們有必要略微討論一下研究一部大書中心的基本觀念與方法。對於中國章回小說，尤其是《金瓶梅》這樣的大部頭名著來說，我以為研究的正確觀念與方法，一般應該不是想像作者有意地去做一部關於「中國社會的潛伏的黑暗面……一部最可靠的研究資料」〔註6〕。如果是那樣，他去做一本大部頭的筆記豈不更好！也不應該想像他蓄意要做一部「穢

〔註6〕鄭振鐸《中國文學研究》，人民文學出版社 2000 年版，第 226 頁。

書」。如果是那樣，他就可以如《如意君傳》《肉蒲團》那樣幾乎通篇寫性交的過程，而不會是現在只占百分之二三了。總之，作者既非當時的「憤青」，更非潛在的社會改革家，也不能說是一個唯知宣淫的人。我以為他基本上是一位嚴肅的作者，知道自己想做什麼和怎樣做，並大體上得心應手，寫出了一部忠實於生活也忠實於自己的高度個性化的小說。對於這樣一部小說，讀者可以見仁見智，也難免不是見仁見智，但都必須堅持一個基本的判斷，即作者有相當的才華，不至於種豆得瓜，播下龍種收穫跳蚤。從而對他所聲明寫書為了表現什麼和在書中的貫徹，研究者應當持十分尊重與認真的態度對待，把它看作是正確瞭解和評價其書的重要提示。這誠如天僇生論及《水滸傳》《金瓶梅》《紅樓夢》時所云：「著諸書者，其人皆深極哀苦，有不可告人之隱，乃以委曲譬喻出之。讀者不知古人用心之所在而以誨淫與盜目諸書，此不善讀小說之過也。」〔註7〕又如錢鍾書所說：「敘述古人文學之時而加以今日文學之界說，強作解事，妄為別裁，即令界說而是，已不忠於古人矣，況其末耶？」〔註8〕

為此，研究中國古代小說，我們有必要改變一種觀念，即認為看一部書，不是看作者的聲明，而是看他實際上寫了什麼，從而完全不管作者往往一開始就聲明了的主觀意圖。認識到這樣做的結果，固然有引導推動讀者更重視自己的感受，容易形成自己獨立的見解，但在後世數百年形成的歷史隔膜之上，又在當世各種現實需求與思潮的牽制之下，過分地輕視作者的存在與作用，則難免不流於取捨的隨意與見識上的武斷。我這樣認為，還由於中國古代小說作家雖然總體上是以形象說話，但也幾乎總是在作品中急於說出自己的見解，包括點明一書的主旨。從《金瓶梅》開始的所謂世情——家庭小說，幾乎無不如此。因此，我以為對於中國古小說，研究者對於作者應多一些尊重與信任。與其過分自信，還不如有些盲從。當然，我們力求做到的，應是既不過分自信，也一點兒不要盲從，只是一個實事求是，認真對待作者以這樣那樣形式在書中所做出的有關其書的「聲明」，並結合於文本作必要的檢驗分析，然後概括出結論來，就可以了。

〔註7〕天僇生（王鍾麒）《論小說改良與社會之關係》，黃霖、韓同義選注《中國歷代小說論著選》，江西人民出版社 1985 年版，第 306 頁。
〔註8〕《錢鍾書精品集》，人民文學出版社 2006 年版，第 281 頁。

二、作者給《金瓶梅》的命意

　　本著這種認識考察《金瓶梅》（以下無特別說明均指詞話本）一書，我們注意到，一如後來曹雪芹在《紅樓夢》開篇就逗露出「其中大旨不過談情」一樣，蘭陵笑笑生寫《金瓶梅》也早就是開門見山，於正文第一回起首「詞曰」一篇之後，點出「此一支詞兒，單說著情色二字」；又於劉、項故事之後設問重複強調說：「如今只愛說這情色二字做甚？」以引出關於本書內容的簡介曰：

> 　　如今這一本書，乃虎中美女，後引出一個風情故事來。一個好色的婦女，因與了破落戶相通，日日追歡，朝朝迷戀，後不免屍橫刀下，命染黃泉，永不得著綺穿羅，再不能施朱傅粉。靜而思之，著甚來由！況這婦人，他死有甚事！貪他的葬送了堂堂六尺之軀，愛他的丟了潑天哄產業。驚了東平府，大鬧了清河縣。端的不知誰家婦女？誰的妻小？誰的妻小？後日乞何人佔用？死於何人之手？

　　毫無疑問，開篇兩說「情色」二字之後，這一段簡介既是對全書故事的概說，又是對「情色」二字中心故事與內容的注腳。換言之，「情色二字」經由這段簡介文字的過渡，實已明確是作者對全書內容的點題。其意若曰：如今這一本書，一如引首的「此一支詞兒」，也是「單說著情色二字」。如此理解，不僅是書中行文邏輯的規定，而且正合於說話體引首與正文關係的傳統，應無可置疑的。

　　這也就是說，如果我們能夠相信蘭陵笑笑生為自己小說的設定，就應該承認《金瓶梅》是一部「單說著情色二字」的「色情小說」，至少作者本意是要寫成這樣一部書。

　　這裡，蘭陵笑笑生所謂「情色二字」，其實只是一個字即「色」，也就是《孟子》中所說的「食色性也」之「色」，但今天我們稱作「性」了。對於《金瓶梅》題材內容是寫「色」或「性」這一根本特徵，明末清初的評點家們有的已經敏感到了，卻是有人肯定，有人不以為然。例如，東吳弄珠客《〈金瓶梅〉序》起首即稱：「《金瓶梅》，穢書也。」進而指出作者寫「淫」以止「淫」，也就是寫「情色」以戒「情色」的目的，是「奉勸後人勿為西門之後車」。但崇禎本評改者顯然不滿意於詞話本的「單說著情色」，而是把「情色」改為「財色」，稱「酒色財氣四件中，惟有『財色』二者更為利害」，並接寫曰：「說便如此說，這『財色』二字，從來只沒有看得破的。」並引出全書正傳：

> 說話的爲何說此一段酒色財氣的緣故？只爲當時有一個人家，
> 先前恁地富貴，到後來煞甚淒涼，權謀術智，一毫也用不著，親友
> 兄弟，一個也靠不著，享不過幾年的榮華，倒做了許多的話靶。内
> 中又有幾個鬥寵爭強，迎姦賣俏的，起先好不妖嬈嫵媚，到後來也
> 免不得屍横燈影，血染空房。

毫無疑問，崇禎本易「情色」爲「財色」是一個重大的改動。因爲與「情色二字」其實只是一個「色」字不同，這裡的「財色二字」確實是「財」與「色」兩字，包括了「食色」兩個方面，是整個人類生活的基礎或代稱了。加以崇禎本的改作又不止於強調「財色二字」，還爲這二字找到了一個載體，即西門慶這樣「一個人家」。所以，雖然全書後來的故事情節並沒有很大的改變，但對於敏感的批評家來說，這種經過改動的也是相當於作者聲明的文字，在書中有畫龍點睛之效，自然會引起極大的注意，影響到對文本內容的認識與評價。所以，魯迅先生在詞話本尚未發現的 1924～1930 年，據崇禎本講授和寫定《中國小說史略》，評此書說：

> 至謂此書之作，專以寫市井間淫夫蕩婦，則與本文殊不符，緣
> 西門慶故稱世家，爲搢紳，不惟交通權貴，即士類亦與周旋，著此
> 一家，即罵盡諸色，蓋非獨描摹下流言行，加以筆伐而已。〔註9〕

他還在同期據講演稿寫定之《中國小說的歷史的變遷》一文中，列《金瓶梅》也是「講世情的」，說「這種小說，大概都敘述些風流放縱的事情，間於悲歡離合之中，寫炎涼的世態。其最著名的，是《金瓶梅》，書中所敘，是借《水滸傳》中之西門慶做主人，寫他一家的事迹。」〔註10〕

從魯迅的這些論述，我們可能引出對《金瓶梅》題材屬性的認定，一是「世情書」，這是明末《金瓶梅》評點家〔清〕張竹坡在《竹坡閒話》中評《金瓶梅》的話；二是「著此一家，即罵盡諸色」，也就是「寫他一家的事迹」，以撻擊社會，應是從上引崇禎本增文「只爲當時有一個人家」句啓發來的。後來包括筆者在内，由此引出《金瓶梅》是一部「家庭小說」〔註11〕，還曾以爲是認識的一個推進，其實都是被崇禎本的改動與〔清〕張竹坡評語誤導了。而具體到魯迅對《金瓶梅》的評價，可說不出〔清〕張竹坡評點進而崇

〔註 9〕 魯迅《中國小説史略》，人民文學出版社 1973 年版，第 152～153 頁。
〔註10〕 《中國小説史略》，第 298 頁。
〔註11〕 杜貴晨《〈金瓶梅〉爲「家庭小說」淺議》，《傳統文化與古典小說》，河北大學出版社 2001 年版。

禎本改動文字的限定之內，並無多少自己的見解。這使我想起周作人在他的回憶錄中曾經說過，魯迅的《中國小說史略》，唐以前部分下工夫最大。言外之意應是說唐以後的，就多因循他人了。這個看法大致是符合實際的。而崇禎本看來並不太大的文字改動，給專家學者的誤導，又可謂大矣。這使我們想到，《金瓶梅》詞話本與崇禎本的差異，雖然未至於前些年張國光先生所持「兩種《水滸》，兩種宋江」的程度，但是，研究《金瓶梅》而不分清楚這兩種版本的異同，也並非沒有「差之毫釐，謬之千里」的危險。

三、《金瓶梅》故事是否「單說著情色二字」

當然，一個作家聲明做什麼是一回事，而實際上做了什麼可能是另外一回事。所以，我們考察的重點還是要放到《金瓶梅》文本敘事的主體，即它所講故事的中心人物與情節上來，看一看是否真的就如作者所宣稱，是「單說著情色二字」。

這裡所指《金瓶梅》故事，當然是其主體西門慶與其妻妾等女人的故事；所謂「單說著情色二字」，應是指故事因「情色」而起，因「情色」而展開，因「情色」而終。這就有了魯迅所稱引「至謂此書之作，專以寫市井間淫夫蕩婦」的嫌疑了，其實不然。「專以寫」云云說的是為寫「市井間淫夫蕩婦」而寫，除展覽淫穢之外，別無正義，實是說它為一部「淫書」；而「單說著情色二字」，則是專就「情色二字」為「說」，亦即就「情色」即「色」的人生百態進行刻畫，引出作者所謂的道理。那麼，《金瓶梅》是否真如作者所命意，是這樣一部「單說著情色二字」的小說呢？

這就要看《金瓶梅》主體故事的發生、發展與結束，是否都從「情色二字」上來。首先如上所引，《金瓶梅》故事真正的開端，「乃虎中美女，後引出一個風情故事來」。這句話所概括，正是《金瓶梅》第一回《景陽崗武松打虎，潘金蓮嫌夫賣風月》的內容；同時就原《水滸傳》這段情節，演出「美女」即「色」猛於「虎」之義，也可稱得上是一書點睛之筆。崇禎本改者大概不明此意，以為開篇一副照搬《水滸傳》的樣子，不合於新作以西門慶為主人公之應有的構思，從而大動干戈，改寫第一回為《西門慶熱結十兄弟，武二郎冷遇親哥嫂》，成單說著「財色二字」的「一個人家」的故事。這就使在人們的看法中，小說的宗旨自然就有別於詞話本了。但是，也就因此，論《金瓶梅》一定要回到詞話本上來，此不贅說。

　　其次，這裡單說《金瓶梅》由此開端以後，全書所有重要的故事，無不圍繞「情色二字」展開。那些關於娶妾買婢、嫖娼狎妓、通姦賣淫等直接的「情色」描寫，就不必說了。其他的情節也不外三類：一類是為「情色」描寫做引子的，如「景陽崗武松打虎」「來保上東京幹事」，前者顯已不同於《水滸傳》「武十回」中的作用，而主要是以「虎」為「楔」，引出「美女」潘金蓮及其風情故事；後者雖然有揭露朝政腐敗的獨立意義，但主要的目的並不在是，而在於使書中另一個重要男性人物陳經濟來西門家，引出陳、潘亂倫的「情色」故事。第二類是作為「情色」故事的支架的，如第二十九回「吳神仙貴賤相人」與第八十七回「武都頭殺嫂祭兄」，前者一一說破西門慶與諸婦以及春梅性格命運，雖然略似《水滸傳》中「石碣天文」，有總括全書敘事的作用，但西門慶與諸婦及春梅之事，實可以「情色二字」盡之；後者在《水滸傳》中是武松的壯舉之一，但到了《金瓶梅》中，卻不過是在長長的「情色」抒寫過後，結束潘金蓮淫蕩一生的最後一筆，退居為西門慶與潘金蓮「情色」故事的一個尾聲了。第三類是「情色」故事的延伸，如第四十七回「西門慶貪贓枉法」，是「王六兒說事圖財」（前後得了苗青一百兩銀子等錢財）的結果，離開了王六兒與西門慶的「情色」關係，這個故事就不一定往「西門慶貪贓枉法」的方向發展。所以，「西門慶貪贓枉法」固然有獨立的意義（如暴露官場黑暗），但一部書中的任何情節都不是孤立的存在，應該結合了其前因後果乃至全書構思來看，因此，「西門慶貪贓枉法」一事，更應該看作是西門慶與王六兒「情色」故事的放大，以此顯示「情色」之誤官害政，一至於此，而「情色」之為害，因更顯酷烈。

　　最後是《金瓶梅》故事的結局，其實就是人物命運的歸宿。雖然張竹坡等評點家頗受崇禎本以此書中心為「財色二字」的影響，但是，張竹坡於第五十回評西門慶之死，仍不能不據實著論曰：「文字至五十回已一半矣。看他於四十九回內，即安一梵僧施藥，蓋為死瓶兒、西門之根。而必於諸人中先死二人者，見瓶之罄矣，凡百骸四肢，其能免乎？」又曰：「此回特寫王六兒與瓶兒試藥起，蓋為瓶兒伏病死之由，亦為西門伏死於王六兒之由也。」顯然都是說西門慶死於「情色二字」；而文龍雖於第五回後評曰：「潘金蓮卒死於色矣，西門慶卒死於財矣，王婆子卒死於口矣。」但至第四十九回歷述西門慶得春藥過程，仍不能不如實指出：「小蔡去而和尚來，可謂以龜引龜，而西門之龜頭為之生色，此又王六兒，潘六兒之大幸，而李六兒之大不幸也。

瓶兒之死，伏根於此，西門慶之死亦由於此。作者令其死於此，閱者始知西門慶之死，實因於此。而當時之西門慶，固不知此藥之可以死人，而寶之貴之，與今日之服食鴉片煙貪不知止者，果有異乎否耶？」也還是承認了西門慶死於淫縱即「色」的事實。

這是張竹坡們不能不如此說的。因為，雖然無論女人、春藥，沒有「財」都是不能到手的，但是，一方面「有錢能使鬼推磨」，「財」的用處廣矣，不止於漁「色」，如果作者確實要突出以「財」為中心或中心之一，那麼作者寫《金瓶梅》中西門慶活動的範圍，還應該大得多，不至於百分之七八十的篇幅都是寫他在女人中鬼混。例如他那樣地大把花費，一次又一次地大量送禮行賄，錢從何來，又是否總是及時湊手？如果是後來的《紅樓夢》或《歧路燈》，一定會有具體的描寫，但本書中卻基本上不曾提及，一味津津樂道於他在女人群中的廝混；另一方面，書中寫西門慶雖然有因「財」而得「色」的一面，但書中說得清楚，做這檔事「潘驢鄧小閒」一樣不可少，所以如李瓶兒決非僅僅為了貪西門慶之財而願為之妾的；即使潘金蓮最初相中西門慶，也並不知道他有多少家私，而只是看上了他的風流。可知「財」在西門慶的漁「色」得意上並非唯一重要，也不是任何情況下都起了決定性作用。它只是西門慶好色縱慾一個必要的條件，卻不是作者寫西門慶人生著力的真正中心。

當然，《金瓶梅》作者寫西門慶也是貪「財」的，有時甚至為了「財」而「色」，如娶孟玉樓、李瓶兒都不無貪「財」之意。但書中更為著力的中心卻是「色」，例如第五十七回寫他答月娘的話說：「咱聞那佛祖西天，也止不過要黃金鋪地，陰司十殿，也要些楮鏹營求。咱只消盡這家私廣為善事，就使強姦了姮娥，和姦了織女，拐了許飛瓊，盜了西王母的女兒，也不減我潑天的富貴。」就明白道出他貪「財」的最終目的，是為了漁「色」。為了「色」，他寧肯「消盡這家私」，可見其主要不是個「財迷」，而是一個「色鬼」，是個以「色」為命的人。怪不得月娘聽了笑道：「狗吃熱屎，原道是個香甜的；生血掉在牙兒內，怎生改得！」即是說西門慶好色成性，無可救藥。換言之，《金瓶梅》寫西門慶正是「色」之一字上下工夫，刻畫他是一個色鬼的形象。從而西門慶的結局，不像元雜劇《看錢奴買冤家債主》中的看錢奴那樣死於「財」，而是如《飛燕外傳》中的漢成帝那樣死於春藥相加的「色」。其他如「金蓮以姦死，瓶兒以孽死，春梅以淫死」（東吳弄珠客《金瓶梅序》），也無

非彰顯這個「色」字的危害，不僅在男，而且在女，是所有人生的大蟲了。

　　總之，雖然上述《金瓶梅》對「色」的描寫，似乎也可以解釋為寫財與寫家庭、社會、世情的由頭或過渡，但從「文學是人學」的觀點看，首先還應該是關於「色」的描寫體現了人物之性格，進而在其與「財」、家庭、社會、世情等等的關係中顯現其性格命運。因此，正確的解讀應該是，《金瓶梅》寫人，寫西門慶與他的女人們，不能不寫到這種生活必須依賴的一切，包括物質條件的「財」與支配了「財」的「權」，進而他生活的大環境社會與世情等，但它的中心是寫人，寫西門慶與他的女人們以「色」為命的淫蕩的生活。這從人物最後的命運結局就可以看出來了。它寫這些人，不是「人為財死」，而是一個個如飛蛾撲火，為色殞命；寫出了他（她）們在性的狂歡中如溫水青蛙於不知不覺中死去，竟無一醒悟，無一回頭，也就是我們一般看來，是沒有一個好人的世界，藉以作為對相傳呂純陽所作「二八佳人體似酥」那首詩形象的注解。它所揭示的是那時中國人「男女之際大欲存焉」而又難以克制之真實，表達的是對人欲橫流的譴責，和對之無可奈何的耽憂。總之，「單說著情色二字」是《金瓶梅》題材內容最大特色。這一特色使《金瓶梅》首先是一部色情小說，然後才是世情、家庭或社會小說。

四、《金瓶梅》作為「色情小說」的價值

　　色情小說算不算文學？換言之，世界上可不可以有色情文學一說？如果可以，色情文學有什麼價值？這是中國以至世界文學界長期爭議的一個理論問題，更是各國社會都存在的一個實際問題。而無論從理論或實際上，都是學界或社會的一大難題，千言萬語，說不明白。這裡只好僅就《金瓶梅》作個案的討論。

　　作為實際問題，人們不能不顧慮《金瓶梅》「單說著情色二字」的社會效果。雖然如東吳弄珠客《序》所說，「讀《金瓶梅》而生憐憫心者，菩薩也；生畏懼心者，君子也；生歡喜心者，小人也；生效法心者，乃禽獸耳」，讀者生何心腸，是讀者的事；但使「不見可欲，其心不亂」，縱然不是什麼救治的良方，也是過去歷史上以及今後長時期中最便於操作之法。所以，現階段本人並不無條件地呼籲為《金瓶梅》開禁。但是，如果我們想像社會一旦發展到「君子」「菩薩」為人群主流的時代，《金瓶梅》可以流通無忌了，卻到那時，又都是明人已不必細講，用不著這種「單說著情色二字」的書了。所以，

以讀者接受的實際論，《金瓶梅》不宜「小人」與「禽獸」來讀；但以作者的用心與文學的功用論，《金瓶梅》卻又主要是對這兩種人哀其不幸，痛下針砭，以救其不墮阿鼻地獄的！這就不免使我們視《金瓶梅》真如一劑猛藥或燙手的山芋，拿它不知如何是好！

但這完全是一個文學的環境問題。換一個環境，或環境改變了，可能就沒有這個問題，或問題不再這麼嚴重了。如錢鍾書《美國學者對於中國文學的研究簡況》一文中曾經說到這樣一件事，可能對我們的認識有所啓發：

> 一般學者們對《金瓶梅》似乎比對《紅樓夢》更有興趣，在哈佛的工作午餐會上，一個美國女講師說：「假如你們把《金瓶梅》當作『淫書』（pom），那麼我們現代小說十之八九都會遭到你們的怒目而視（frownupon）了！——這句話無意中也表達了美國以及整個西方的社會風尚。我聯想起去秋訪問意大利拿坡里大學，一位講授中國文學的青年女教師告訴我，她選的教材是《金瓶梅》裏的章節。

〔註12〕

可見同一部書，比較中國人中就有不同看法，中國人與美國人的看法差距更大，幾乎完全相反了。所以，這類實際的問題不是學者討論所可以解決的，從而學者討論也就不必太受實際問題的限制與干擾，盡可能解放思想，以一種平常心去盡學者的責任，就理論上作應有的探討就可以了。

對《金瓶梅》作為「色情小說」價值的判斷，卻可以從實際生活得到啓發。例如藥品的性能優劣的鑒定，斷不會是以什麼人可以服用和有些人可能亂用為標準，而非常清楚這本是一柄雙刃劍，我們當下做藥品的鑒定，只看它自身的藥性與藥理，是否合乎科學就可以了。所以，我們在這個問題上的態度，可以不從諸如出版管理等實際工作的層面去談，而只看它自身是否合乎文學的標準與原理，合乎人類審美的需求，以定其是否文學和有什麼樣的文學價值。

首先，把《金瓶梅》定性為一部「單說著情色二字」的色情小說，合乎文學的一般原理。因為，從道德的眼光看色情固然不堪入目，但是，文學經營人性，服務的目標是人性的發現與陶冶，而非一時道德的需求；而且即使文學要服務於道德，也不能僅止於描寫道德；又即使文學服務於人性不免要有道德為指引，但道德總在改變，而人性永恒。從而文學的觸角在人類生活

〔註12〕 《錢鍾書精品集》，第317頁。

中應是無遠弗屆，無所不至的了。因此之故，色情可能不是文學中最重要題材，卻是文學中不可缺少的題材；色情可能不是一切文學題材中必有的因素，卻是一切題材文學中都可能有和應有盡有的因素。所以，以《金瓶梅》爲色情小說，既非巧立名目，又非強加於人，而是實事求是，理所當然。

其次，《金瓶梅》是一部偉大的色情小說。筆者當然知道，色情小說已經爲人所不齒，人們哪裏還會承認有什麼「偉大的色情小說」？這當然是高羅佩始作俑的，但我願意附合此論，是因爲以下幾點理由：

第一，一個人的性格與品質，最好是從他或她的私生活去看；而看一個男人或者女人的性格與品質的優劣，又最好是從其對待異性的態度與方式去看。所以文學寫人生最爲私秘的性生活，雖然可能流於不雅，但如果掌握得好，乃不失爲反映人性最便捷的角度與途徑。事實上與生活中對人物評價有很大一致性的文學形象的評價，往往折射出這樣一種雖然世俗卻相當精明的品人意識。例如近來隨著偶像劇《春光燦爛豬八戒》的問世公演，而產生「豬八戒是個好丈夫」的流行語，就很能說明一個人的所謂「性商」是其人格的重要方面。從這個角度說，《金瓶梅》爲文學寫人提供了不可多得的範例。《金瓶梅》作爲色情小說，正是自覺地從對「色」的態度與方式上寫西門慶這個人。書中寫他不是一般的流氓，而是一個有自己原則的「性沉溺者」，或曰「性癮者」。作爲這樣的典型，他沒有亂倫和強姦行爲；他所勾引或向他投懷送抱相與的女人，沒有一個是眞正的良家女子和處女，甚至無不早就是有淫行的女人。包括那個可憐的宋蕙蓮，也早就是「嘲漢子的班頭，壞家風的領袖」（第二十二回）。作者選擇這樣幾乎一色的人物做西門慶的性對象，如同儘量簡化其家庭關係，顯然都是有意避開倫理等方面的考量，只是從增加西門慶性沉溺的強度使之速亡著眼而已；他雖然打過李瓶兒、潘金蓮等，但那是「家法」，而且足可爲折抵的是，他曾經向月娘下跪，臨終還對月娘「指著金蓮說：『六兒從前的事，你耽待他罷。』」（第七十九回）對外面與他相好的女人多是有求必應。如此等等，表明作者包括在對待女人的態度上，都無意寫西門慶是一個十足的混蛋、惡人，而只是寫他沉溺於性事不能自拔而已。這一點甚至博得某些讀者的好感。夏志清在所著《中國古典小說導論》中說：「我們對他的最後印象是，他脾氣好、慷慨大方、能有眞正的感情，是個討人喜歡的人物。」〔註13〕我們可以不同意夏先生作爲一個美籍華人學者應主要是在西方

〔註13〕 夏志清《中國古典小說導論》，安徽文藝出版社 1988 年版，第 200 頁。

形成的看法，但我們不能不承認《金瓶梅》寫西門慶除了沉湎於色並因此所犯的罪惡之外，其他並非一無是處。如果他不是縱慾過度而死，他的官、商與為富一方的日子還會照樣下去。換言之，《金瓶梅》並不曾面面俱到寫西門慶之無可救藥，而主要是在「情色二字」上痛下針砭。從而《金瓶梅》是一部寫家庭、社會、世情的小說，更是中國第一部以情色為題材從「色情」角度認真探討人生問題的真正的小說。

第二，《金瓶梅》不僅寫了「情色」本身，而且以西門慶與他的女人們為中心，圍繞「情色二字」寫出了人性的種種變態，及其由此引發或自然關聯著的各種政治、經濟、家庭、社會、文化等方面的問題。從而《金瓶梅》作為色情小說，同時又是世情、家庭或社會小說；並且《金瓶梅》只有是色情小說，才可能成為這樣一部世情、家庭或社會小說。否則，世情、家庭、社會上可寫的東西如恒河沙數，完全可以寫任何事並從任何角度去寫，而不必「單說著情色二字」；但那樣寫來，就不是《金瓶梅》而是別的一部什麼書了。所以，《金瓶梅》決不一般地是因為寫了和寫好了世情、家庭或社會才偉大，而是因為從「色情」切入寫了這些，又寫得好，才偉大如斯。從而《金瓶梅》不僅與《三國》《水滸》《西遊》相比是獨特的，而且在諸所謂「世情書」「家庭小說」「社會小說」中也是獨特的；不僅是真正的文學，而且在題材內容上有無與倫比的資料價值。

第三，《金瓶梅》所「單說著色情」即「色」或今天所說的「性」，本是中國古人早就認為與「食」並論的人生兩大基石之一。「民以食為天」，歷來大多的小說都偏重於寫「食」一面的題材去了，少量專寫與大都涉及的愛情雖近於「色」，卻寫來又往往「發乎情，止乎禮」，「中冓之言，不可道也」，至多是秀色可餐，從而「人之大欲」很少得到真正圓滿的描寫。有之，點到為止而已。在這種歷史背景下，《金瓶梅》出來，把一切的禁忌打破，直面人生最後的隱私，可能是太過超前了，卻無疑是文學的一個大開拓。因此給中國人留下一部十六世紀的形象的「情色史」即「性史」，和圍繞「情色」即「性」而展開的家庭、社會生活的風俗畫，是其最重要的貢獻。這個貢獻從某一方面講，正如今天審判貪官，把貪官為了情人床笫間的需索而生貪心之「財」「色」交易的私秘過程暴露了出來，真實記錄了人類歷史的最隱蔽的一個方面。

第四，《金瓶梅》不是為寫色情而寫色情，不是單純地展覽玩賞色情，而是為它的人物寫和寫人物全部生活中的色情，寫它的人物如何為色情所支

配，和色情以何種方式在何種程度上支配了人物的生活與命運。從而雖然從它所寫來看色情確實是人物生活的中心，但那僅僅是作者把握生活的特殊角度使然，是如一篇論文的論點，不得不有「抓住一點，不及其餘」的側重，但決不意味著作者是以色情爲人類生活的全部與人生眞正的要義。這不僅可以從書中作者反覆的議論可知，而且只要看一下這部書寫諸男女無不最後死於淫，卻寫淫的文字只是很有限的數量，就更是可以知道了。大致說來，作者如實描寫使色情成分在書中所佔的比例，基本上合乎情節發展、人物命運的需要，而無過或不及。這從詞話本原作與刪節本的第七十九回的對讀就可以明顯感覺出來。刪節後第七十九回的西門慶之死，固然基本保持了情節的完整，但其這樣就死了的眞實性以及潘金蓮「虎中美女」的一面，卻顯然地因大量性描寫的刪節減弱了；而詞話本原作描寫整體所激蕩出的「生我之門死我戶」（崇禎本《金瓶梅》第一回）的震撼力，無疑是完美藝術的結果。

　　總之，如果我們承認人類的生存與發展即不斷解放的過程，不過是努力創造更好的外部條件，以最大限度滿足每一個體身心的需要，也就是不斷在更高的層次上實現人性的回歸，那麼，本著人的解放和實事求是的精神，我們就應該拋棄以「色」與「性」爲羞恥之落後愚昧的偏見，承認色情文學包括色情小說不僅是可以存在的，還可以並應該有偉大的作品！這個道理還很難爲世人接受，卻並不深奧，簡單地說還是那老話：「文學是人學。」對於文學來說，人所具有的，它都應該具有。

結　語

　　最後，我們要特別說明的是，高羅佩稱《金瓶梅》爲「偉大的色情小說」其實並不準確。因爲如上所論及，蘭陵笑笑生已經明確稱自己的書是「單說著情色二字」，而不是「色情」了。所以，正確的界定應該回到作者的自道，稱《金瓶梅》是一部「偉大的情色小說」。但在當今語境下，「色情」與「情色」之間雖有某種距離，卻實際是一例地被社會主流觀念所排斥非難的，所以本文也就未再加以區別，而以《金瓶梅》的「情色」爲「色情」了。這自然加重了本文所冒的風險，但也顧不得了，因爲學術探討本來就不可能是四平八穩的事。

　　筆者懸想中的這個風險是說，雖然「五四」過去近百年了，改革開放三十年了，但筆者深知從高羅佩如是說引發的這篇如上議論，還不是人人所能

喜聞樂見的。一方面由於歷史與作家本人水平的限制，使即使在今天看來，《金瓶梅》作為「色情小説」對「色情」題材的開發，還處於相對較低的層次，未能充分自覺和完全地把「色情」即「性」化為眞正的藝術，一定程度上存在著粗鄙乃至猥褻的成分；另一方面本文的認識確也可能有偏頗乃至錯誤的地方。但是，瞭解過去可以幫助我們認識今天和預測未來，遙想一百年前中國社會的落後與愚昧，三十年前中國社會生活的貧乏與思想的封閉，對比今天包括男女交往以及文學在這方面反映的活躍開放與豐富多彩，筆者相信正常深入地討論本文所提出的問題，如實承認《金瓶梅》是一部「偉大的色情小説」，有可能不會是很久遠的事了。當然，這樣的預測對本文的不合時宜並不見得能帶來什麼護庇或解脱，但是一方面正如本人瀏覽中看到約里奧‧居里所説：「科學本身無所謂道德和不道德，只有利用科學成果的人們才有道德與不道德之分。」〔註14〕另一方面還如貝弗裏奇所言：「科學要有價值，就必須預言未來。」〔註15〕

（原載《明清小説研究》2009 年第 1 期）

〔註14〕 吳健生等編《中外格言精華辭典》，中國國際廣播出版社 1991 年版，第 20 頁。
〔註15〕 《中外格言精華辭典》，第 21 頁。

再論「偉大的色情小說《金瓶梅》」
——中國十六世紀性與「婚姻的鏡子」

　　古今中外，包括各種情色隱喻與「黃段子」在內的「色情文學」——這裡以「色情小說」爲其代表——基本上都被視爲淫穢之作。有司以爲傷風敗俗，禍亂家國，多方拒斥禁燬，都不無各時代社會情勢與法律上的理由，總體上是可以理解的。但是，這個關於「色情小說」的社會法律地位問題，不是本文討論的直接對象。本文所要討論的是，從中外古今「色情小說」的禁而不止、死而復生看，色情小說未能並終不能禁絕的原因，應不僅僅是由於道德與法律手段的不足，而還應有其「存在即合理」〔註1〕的一面，值得探討。

　　這就是說，本文無意爲「色情小說」可能的負面社會影響辯護，也不認爲「色情小說」如「人在江湖漂」的囧境可以從文學批評得到改善。而是認爲，面對這千百年來如「野火燒不盡」的現象，與繼續從現實社會治理角度的考量並行，從學術即文學理論的層面，嘗試「色情小說」所以禁而不止的原因，即其「存在即合理」的可能的人性與社會價值的討論，既是「學術無禁區」的賦予，也有可能爲「色情文學」——「色情小說」閱讀與傳播的對策貢獻一點參考。爲此，筆者曾作《關於「偉大的色情小說〈金瓶梅〉」——從高羅佩如是說談起》〔註2〕一文有所涉及。然而該文較多注意了《金瓶梅》

〔註1〕〔德〕黑格爾《法哲學原理》，范揚、張企泰譯，商務印書館1961年版《序》，第11頁；黑格爾《小邏輯》，賀麟譯，商務印書館1980版《導言》，第43頁。「存在即合理」的意思是「凡是合乎理性的東西都是現實的，凡是現實的東西都是合乎理性的」

〔註2〕杜貴晨《關於「偉大的色情小說〈金瓶梅〉」——從高羅佩如是說談起》，《明清小說研究》2009年第1期。收入本卷。

自身「色情」因素的論述評價，而從其所屬題材類型之「色情小說」的理論角度思考較少，故再論如次。再論或不免與前作有應用資料和語句上的交集，但總體是新的進一步的思考，有以下七個方面。

一、「色情小說」不應是一個污名

「色情小說」在社會和文學用語中程度不同都是一個貶義詞和污名，其實應該是個中性即不含褒貶意義的小說分類概念。其作爲古代小說類名的「色情」一詞，實不過如其他常用「歷史」「英雄傳奇」「世情」「神魔」「武俠」等各有所指一樣，是稱以「色情」爲題材或題材之中心的一類小說。這就是說，「色情小說」僅是就其題材之社會屬性與別種題材小說區別開來的分類的命名，而根本無關道德與法律上褒貶裁判。從而談「色情小說」，就只談它怎樣寫和寫得如何好了。固然全面的探討評論中不可能也不應該沒有從道德與法律角度的褒貶裁判，但那也應該如同看待其他類型小說一樣，是評價其寫得如何的角度與內容之一，而不是對其該不該寫「色情」和如何寫「色情」的裁斷。但是，長期以來，不僅讀者在公開的場合，一提到「色情小說」很可能就大義凜然，嗤之以爲宣揚色情的小說，而且在古典文學包括古典小說的學術會議上，也或有專家學者於「色情小說」的討論多作「壁上觀」，或「忸怩顏」。

嘗記 2007 年某月，筆者赴臺灣參加某個古代小說戲曲學術研討會，提交會議的論文題曰《論「一個男人與六個女人」的敘事模式——關於中國「情色」敘事的一個數理傳統》，安排在會議某日下半場發言。發言由主持人介紹發言人和發言題目，順序進行。但進行至本人發言，主持會議的某先生竟一反常規，要求本人自己宣讀發言題目。這使我馬上意識到拙文有關「男人」「女人」的題目，可能是他所不喜歡的，而只好暗自感歎其誠古人也！但仍從容表達了對這種學術上「潔癖」的不可理解和不以爲然。可見傳統文化在寶島之說也許有某種道理，但是精華可鑒，糟粕亦復不少；而彼圈「民主」了，學術還需要「與時偕極」（《周易·乾文言》）和寬容。這雖然是題外話，又早就過去了，但如果我當時的反應不是出於誤解，就可以見得學術上「色情小說」之正名，恐怕不僅難在社會上人人喊打的輿情洶洶，還難在學術界包括古代小說學圈子裏也有如魯迅所說一見到短袖子，立刻想到白臂膊，視「色情小說」爲洪水猛獸的道學氣！

其實，以誠實較真的態度咬文嚼字，把「色情小說」打入另冊，在文學批評上明顯是一個「題材決定論」的低級錯誤。這不但是望文生義的有罪推定，而且有不顧常識、不合邏輯曲學阿世的嫌疑。試想如果創作與評論中居然是這樣，那麼「流浪漢小說」就該是鼓動「流浪」，「犯罪小說」就該是鼓吹「犯罪」，「戰爭小說」就該是挑動「戰爭」，「愛情小說」就該是只有卿卿我我？顯然不是，也基本上不可能是。唯一可靠的事實是，以某一題材為小說或研究某一題材小說的作家與評論家尤其後者，只是分別把「流浪漢」「犯罪」「戰爭」「愛情」等作為創作與批評中所面對或主要關注的題材而已，與其立意鼓吹張揚什麼，並無必然關聯。

而且恰恰相反，我們從中外小說史上看到的事實，越是寫「高大上」題材與人物的小說，就越是難得登峰造極、成傳世佳作。這只要看看我國歷史上聖賢人物與最重大事件幾乎都沒有成為小說名著的題材，而宋史上僅留蛛絲馬跡的「宋江三十六人」，卻被寫成了一部千古不朽的《水滸傳》；中國歷史上有武則天那樣的女皇帝和漢初呂后、清初孝莊皇后、清末慈禧太后等垂簾聽政的女主，以及無數的聖君賢相、才子佳人，但幾乎無一成為小說名著中的典型人物，就可以知道，寫什麼不是小說創作成功最重要的因素，怎麼寫才是成為名著的關鍵。題材的「高大上」與創作成功的幾率並不一定成正比，而很多情況下反而是負負得正，取材乎下，反而易於成就乎上；似乎文學描寫唯寫苦中之樂、醜中之美、反中之正、小中之大、易中之難等等更容易成功。例如被歐美文學譽為「流浪漢小說之祖」的西班牙無名氏小說《小癩子》寫一個小流浪漢的痛苦，只是為了讓人知道「一個人多麼困苦艱辛也能活命」〔註3〕，並且寫到他「成家小康而止」〔註4〕，並未至於發跡變泰；又如上已言及《水滸傳》按無論古今的標準，都是或涉嫌是寫「盜賊」犯罪的內容，但經過種種曲折，以宋江為首的「一百單八個魔君」，最終的結果是「千古為神皆廟食，萬年青史播英雄」〔註5〕；再如《三國演義》以題材論一說是「戰爭小說」，但顯然不能認為《三國演義》所向往的不是「天下太平」〔註6〕。準此類推，作為一個小說題材分類的概念，正如白行簡《李娃傳》的

〔註3〕〔西班牙〕無名氏《小癩子》，楊張譯，上海譯文出版社1978年版，第2頁。
〔註4〕《小癩子》，第64頁。
〔註5〕〔元〕施耐庵、羅貫中《水滸傳》，李永祜點校，中華書局1997年版，第1342頁。
〔註6〕陳曦鍾、宋祥瑞、魯玉川輯校《三國演義會評本》，北京大學出版社1986年版，第1050頁。

成功，至少部分地在於他從滎陽公子狎妓敗家的「色情」故事中，塑造了李娃這位「倡蕩之姬」的「節行瑰奇」「雖古先烈女。不能逾也」〔註7〕的妓女形象，證明了「色情小說」完全可以取得與其他題材作品同樣的成功，決不能以其題材的似乎「低端」而給予歧視排斥。而應公平、公正即出於平常心，實事求是，承認其是一個合乎學理的正常的小說門類，以研究其創作、傳播與接受的特殊性。

二、《金瓶梅》宜定為「色情小說」

以學術上的平常心，實事求是看待「色情小說」，才有可能全面客觀地以《金瓶梅》為中國古代乃至世界範圍內「偉大的色情小說」，而不必捨本逐末或片面地從「家庭」「世情」等非本質的方面貼各種意欲為其增值的標籤。因為，那縱然也是考量這部小說可能的角度與切入口並不無道理，卻肯定不是首要和能夠直擊主題的入手處，從而難得不有買櫝還珠和曲意維護之嫌。

首先，《金瓶梅》是一部什麼樣的小說，最不可忽略的，也是我當年所以同意高羅佩氏以《金瓶梅》是「色情小說」的最直接的根據，就是作者蘭陵笑笑生開篇所自道「說話的……單說著情色二字」〔註8〕云云。這幾句話，雖然直接只是開篇「詞曰」一首的點題，但是熟悉古代話本——章回小說體裁的讀者都知道，對於此書來說，其引首「詞曰」的題旨，正是為此一部大書開宗明義。它的作用，正如後世曹雪芹《紅樓夢》同是在開篇借空空道人所見以自道「其書大旨談情」〔註9〕一樣，乃是作者以敘事手法為全書創作開門見山的點題。事實上從二者自道題旨手法的不同而同看，《紅樓夢》應該正是從《金瓶梅》模仿變化來的。雖然研究者應該從全部文本的描寫評價作品，而對作者的這類「聲明」不必特別看重，但是，倘若不蹈某些紅學家處處以《紅樓夢》為「假語村言」以瞞蔽讀者，從而深求以失諸偽的覆轍，就應該相信上述二書作者的自道是講了真話。而以蘭陵笑笑生與曹雪芹駕馭文字的天才，絕不至於在一書立意大處種瓜得豆，則就可以確信，其說「情色二字」

〔註7〕 成柏泉選注《古代文言短篇小說選注》（初集），上海古籍出版社1983年版，第197～204頁。

〔註8〕 〔明〕蘭陵笑笑生《金瓶梅詞話》，陳詔、黃霖注釋，梅節重校，香港夢梅館1993年印，第1頁。本文引此書均據此本。

〔註9〕 〔清〕曹雪芹、高鶚《紅樓夢》，脂硯齋評，山東文藝出版社1993年版，第6頁。本文引此書均據此本。

或「大旨談情」，各都是其真實並始終致力實現的創作意圖，也就是文本的主題。從而《金瓶梅》無疑就是一部「色情小說」，而不會是其他題材的小說。

其次，蘭陵笑笑生在《金瓶梅》開篇點題其書「只愛說這情色二字」之前，就已經用項羽「只因寵著一個婦人」、劉邦「只因也是寵著一個婦人」的英雄人生悲劇，渲染了「撞著虞姬、戚氏，豪傑都休」的「女人是禍水」觀念，然後才從「說話的，如今只愛說這情色二字做甚」一轉，引入正話的概括，明確說《金瓶梅》「這一個故事，乃虎中美女，後引出一個風情故事來。一個好色的婦女，因與個破落戶相通，日日追歡，朝朝迷戀。後不免屍橫刀下，命染黃泉」云云。雖然讀者有可能不忽略這類非描寫性文字，但是正如張竹坡夾批評曰：「此一段是一部小說金瓶梅，如世所云總綱也。」對理解《金瓶梅》一書主旨至為重要。雖然觀其遣詞用語，並沒有直接概括故事的「色情」特徵，但是，作為《金瓶梅》一書的「總綱」，其字裏行間之意，都明顯指向是書寫「色情」題材的內涵，而不容置疑。

最後，如果還從此書敘事比較表面處看，那麼《金瓶梅詞話》於第七十九回引唐人呂岩《警世》絕句云：「二八佳人體似酥，腰間仗劍斬愚夫。雖然不見人頭落，暗裏教君骨髓枯。」（《全唐詩》第八五八卷）此詩之意，雖然不過《水滸傳》中宋江譏諷王矮虎「『溜骨髓』三字」而已，但是一方面作者置此詩於寫西門慶之死的第七十九回，明顯有點題之意，另一方面後來張竹坡評改本在保留第七十九回引用此詩的同時，又把此詩作為全書開篇「詩曰」的第三首，提到引出以下入話的關鍵位置予以突出，就可以見得這首詩雖未見引起後世讀者特別的注意，好像是無所謂的，其實是《金瓶梅》原作者與後世最重要的評改者揭明主人公命運和一書大旨之關鍵提示。然而其所提示的，亦不過「色字頭上一把刀」的厲害而已，正是「色情」小說可能的要義。

然而，以《金瓶梅》為「色情小說」，上引書中卻稱「情色二字」，何以不叫做「情色小說」而稱「色情小說」？這似乎本文論證的一個困境，其實不然。因為其既曰「情色二字」，則必有「情」有「色」，並二者必有關聯。其關聯的形式，或即如《紅樓夢》中所說「由色生情，傳情入色」。但是，按諸《金瓶梅》文本描寫的實際，學界卻多以為其正是與後世《紅樓夢》的「大旨談情」相反，不僅「色」字當頭，而且幾乎唯重一個「色」字即「性（欲）」的描寫，從而《金瓶梅》的「情色」，不是一般的「情色」，而只是「色情」。這也就是筆者當年能夠贊同荷蘭學者高羅佩之說，以《金瓶梅》為「色」字

當頭的「色情」題材小說即「色情小說」的原因。

按通常的理解，筆者並不反對以中國古代的「色情小說」就是近今所說的「性小說」。並且認為，以「性小說」定義《金瓶梅》的題材類型，確有今人明白易懂的好處。但是，一方面有一利必有一弊，「性小說」代替了「色情小說」，很容易造成讀者蔽於今而不知古；另一方面卻是更重要的，竊以為今之「性小說」概念的產生與應用，主要是為了區別於一般所說的「愛情小說」，所以其所謂「性」也主要是指性交，從而「性小說」是指以性行為為描寫對象的小說。這在今人均不難理解，但若上溯古代或從古代「性」的觀念看，恐怕就不是理解上的難易，而是很不夠妥當了。

我國古代「性」字多解，但是沒有或並不直接是「性交」之義。如《中庸》曰：「天命之謂性。」《孟子·告子上》曰：「食、色，性也。」，或《禮記·禮運》曰：「飲食男女，人之大欲存焉。」其言「性」字，雖然可以理解為最終包括著「性交」，但是均非直接的指向，而是泛指人欲的基本方面，即包括「食、色」亦即「飲食男女」兩大人生欲求。從而今所稱「性小說」的「性」，在古代只是作為人「性」之一的「色」即「男女……大欲」的一個方面。蘇軾《東坡易傳》曰：「情者，性之動。」〔註10〕也就是「色」即「男女……大欲」的發動。然而，「天命之謂性，率性之謂道，修道之謂教」（《中庸》），「教」即導人以掌控「性之動」即「情」的態度、尺度與方法。詹詹外史（馮夢龍）《情史敘》曰：「六經皆以情教也。」〔註11〕當即此義。而人則因為「情教」所得，即今所謂「情商」之高下，而有了品德上的等差。《世說新語·傷逝》載：

> 王戎喪兒萬子，山簡往省之，王悲不自勝。簡曰：「孩抱中物，
> 何至於此！」王曰：「聖人忘情，最下不及情。情之所鍾，正在我輩。」
> 簡服其言，更為之慟。〔註12〕

上引王戎「情」論，以人分三等為「忘情」「情之所鍾」和「不及情」。對於「聖人忘情」即絕情斷欲者，茲不必論。而說後二等應分別就是後世《紅樓夢》中警幻告賈寶玉所說「皮膚淫濫之蠢物」和「意淫」之人。《紅樓夢》「大

〔註10〕〔北宋〕蘇軾《東坡易傳》，上海古籍出版社 1989 年版，第 5 頁。

〔註11〕〔明〕詹詹外史《情史敘》，轉引自丁錫根編著《中國歷代小說序跋集》（中），人民文學出版社 1996 年版，第 614 頁。

〔註12〕〔南朝·宋〕劉義慶《世說新語》，梁劉孝標注，王根林標點，上海古籍出版社 2012 年版，第 130～131 頁。

旨談情」而標舉「意淫」，以賈寶玉是「天下古今第一淫人」，實乃反《金瓶梅》專注西門慶「皮膚淫濫」描寫而爲之。如果說《紅樓夢》寫賈寶玉乃「天分中生成一段癡情」的「情癡情種」，所以清人稱其爲一部「情書」〔註13〕，那麼作爲《紅樓夢》「反模仿」的對象《金瓶梅》〔註14〕，就是一部寫西門慶爲「皮膚淫濫之蠢物」的「色」字打頭的「色情小說」。

因此，我國古代無所謂「性小說」。那時與近今所謂「性小說」之「性」指「性交」的意義大體相當的是「色情」。如宋代張君房輯《雲笈七籤》引唐釋寒山子《至訣》云：「漢武乃雖慕玄境，心在色情，何得而長生不死？」〔註15〕又元孫叔順《粉蝶兒》套曲《迎仙客》：「沉香亭色情何太急。停立在曲檻邊，從容在芳徑裏。」〔註16〕署名元吳昌齡《楊東來先生批評西遊記》第四本第十三齣《妖豬幻惑》：「你不將經卷覽，惟把色情貪。全不想王陽曾結綬，貢禹不勝簪。」〔註17〕《水滸傳》第四十五回：「原來但凡世上的人，惟有和尚色情最緊。」〔註18〕明湯顯祖《牡丹亭·如杭》：「一點色情難壞，再世爲人，話做了兩頭分說。」〔註19〕等等，用「色情」一詞均指「男女⋯⋯大欲」即「性」。所以「性小說」用爲討論現、當代小說則可，用爲討論古代小說，則與古代小說的實際情況頗不容易牽合。因此，筆者雖然很讚賞以「性小說」稱《金瓶梅》的敏銳，卻仍堅持認爲《金瓶梅》宜定爲「色情小說」。

三、「色情」是小說重要題材之一

首先，「色情」是文學不能迴避的題材。《孟子》曰：「食、色，性也。」文學寫人、寫人性不可能離開「食」，也不可能離開與人類繁衍後代和享受性愛之樂密切相關的「色」。故《孟子》曰：「好色，人之所欲。」（《萬章上》）

〔註13〕〔清〕陳其泰評，劉操南輯《桐花鳳閣評紅樓夢輯錄》，天津人民出版社 1981年版，第 112 頁：「紅樓夢，情書也。」
〔註14〕杜貴晨《〈紅樓夢〉是〈金瓶梅〉之「反模仿」和「倒影」論》，《求是學刊》2014 年第 4 期。
〔註15〕〔宋〕張君房輯《雲笈七籤》，齊魯書社 1988 年版，第 416 頁。
〔註16〕隋樹森編《全元散曲》（下），中華書局 1964 年版，第 1138 頁。
〔註17〕〔元〕吳昌齡撰《楊東來先生批評西遊記》，《古本戲曲叢刊·初集》，1954年影印北京圖書館藏日本鉛印本，第 60 頁。
〔註18〕〔元〕施耐庵、羅貫中著《水滸傳》，李永祜點校，中華書局 1997 年版，第597 頁。
〔註19〕〔明〕湯顯祖《牡丹亭》，人民文學出版社 1963 年版，第 186 頁。

曹雪芹曰：「好色即淫，知情更淫。」（《紅樓夢》第五回）。這就是說，「色情」即「淫」，只是人人心中所有，而多數人為道德、法紀所壓抑，少數人冒險偷嘗的「禁果」，是人生除「食」即吃飯之外最為必需的一個方面。這正如法國學者喬治・巴塔耶在所著《色情史》中所說：「色情世界與思想世界互相補充；沒有它們協調一致，全體性就無法完善。」〔註20〕因此，文學若要真實描寫人生，就不可能一概拒「色情」於題材的選擇之外。所以，世界上確實有不直接描寫「色情」的小說，但是極少有不涉及「色情」的偉大小說。例如中國，即使寫古代戰爭題材的《三國演義》也還寫有曹操在戰爭的間隙「私問左右曰：『此城中有妓女否？』」〔註21〕清人李綠園《歧路燈》雖聲稱「草了一回又一回，矯揉何敢效《瓶梅》」（第五十八回），但是仍不能完全略過主人公譚紹聞有「以便和冰梅做事的意思」，而委之以「此下便可以意會，不必言傳了」〔註22〕。但是，這到底是真的「不必言傳」還是「不便言傳」呢？

其次，「色情」是小說不應迴避的題材。「色情」之成為社會的禁忌，既非出於全人類的自願，就必然造成和可能持續強化某些人對「色情」的窺嘗欲望，使之滿口里仁義道德，一肚子男盜女娼，思想分裂，言行相悖。近年來被抓的貪官無非如此，據說百分之九十幾以上有通姦、包養情婦等劣跡，卻又恐怕只是冰山之一角。而自古及今，社會上這樣的人大概不是少數，甚至聖賢不免，只是沒有人能實話實說而已。有之，也是小說中現實人的影子，如《歧路燈》第六回寫被譽為讀書人「老成典型」、舉為「賢良方正」的譚孝移自道「心曲」說：

> 論我的生平，原不敢做那歪邪的事，其實私情妄意，心裏是盡有的。只是想一想，怕壞了祖宗的清白家風，怕留下兒孫的邪僻榜樣，便強放下了。各人心曲裏，私欲叢雜的光景，只是狠按捺罷了。〔註23〕

上引譚孝移所說「私情妄意」「私欲叢雜的光景」中，當少不了「色情」之想。這也就是說，即使在譚孝移這種名教「典型」的「心曲」裏，「色情」也是一個偶而衝動的魔鬼。因此，文學描寫生活，塑造形象，哪怕寫如朱文公（熹）

〔註20〕 〔法〕喬治・巴塔耶著《色情史》，商務印書館2006年版，第13頁。
〔註21〕 〔元〕羅貫中著《三國志通俗演義》，上海古籍出版社1980年版，第162頁。
〔註22〕 〔清〕李綠園《歧路燈》，欒星校注，中州書畫社1980年版，第195頁。
〔註23〕 《歧路燈》，第57頁。

那樣的聖賢，也是「創造一個世界什麼都需要」〔註24〕，從而「色情」往往是不可缺少的。

第三，「色情」是小說不必迴避的題材。「色情」雖然為人類社會主流所禁忌，正人君子所不恥，但是不同時代與社會「色情」禁忌程度與方式的不同，也一定程度上表明人類社會對「色情」之彷徨甚至矛盾的態度，而不得不有某種程度的容忍退讓。例如自古及今，世界上都有國家與地區設有「紅燈區」，而大部分國家和地區，對「色情」場所的治理有時「睜一隻眼，閉一隻眼」的態度等就是明證。另外，「色情」固然為傳統所厭惡反對，但「色情」本身充其量只是兩個或兩個以上人之間性的「遊戲」。這種出於性悅目的，彼此使用對方身體的行為，只要不違背當事人雙方的意志，換言之即不是強姦，就應該與他人沒有關係。即使在一定時空中有悖公序良俗因而被認為醜惡，但是比較暴力、殺戮、強姦以及陰謀暗算等等人性惡的極端表現，也明顯更貼近人的本質。既然暴力、殺戮等等都無可避免地被容許進入小說的描寫，那麼「色情」就更不應該是小說描寫刻意迴避的內容。

最後，「色情」有時是重大題材或重大題材的關鍵。縱觀古今中外人類的歷史與現實，無論政治、經濟、社會乃至某些文化上的重大事件，多不免與「色情」相關。例如中國古代所謂「女色禍國」幾乎無代無之：商紂王之與妲己、周幽王之於褒姒、陳後主之於張麗華、唐明皇之於楊貴妃等等，其核心就是皇帝溺於「女色」的「色情」，也就是「性」所造成的悲劇。而將近四百年前，清軍入關並導致滿清統治中國近三百年的直接原因，就是明將吳三桂「衝冠一怒為紅顏」而出賣民族利益，引清軍入山海關。還有上世紀初某著名學者嫖娼事件的影響等等，都不必說了。在這樣的地方，都因「色情」之星火而燎原，從而必有以「色情」而及於重大政治事件的歷史內涵。歷史學家、法學家可以存而不論「色情」及其與政治的具體細節，但小說家描繪歷史，探索並表現人性，就不應該僅以「此下便可以意會，不必言傳」也就是今天的「你懂得」敷衍搪塞讀者了。因為在這種歷史轉折的關頭，正是「色情」即今所稱「性」的力量成為了國家社會劇變的最後推手，亦即壓倒駱駝的最後一根稻草。這方面如實描寫的藝術效果，從《水滸傳》寫宋江因李師師與宋徽宗的「權色交易」獲得「招安」資格的故事，就可以得到生動的證明。在那個最終導致「梁山泊好漢」被「招安」的故事中，給了宋江所派燕

〔註24〕《色情史》，第14頁。

青面見皇帝奏請「招安」機會的，正是「燕青月夜遇道君」的「色情」描寫。換言之，宋徽宗月夜私會李師師的狎妓，客觀上助推梁山泊好漢「全夥受招安」結局的到來，爲《水滸傳》敘事一大轉捩，證明了「色情」有時可以是重大題材或重大題材的關鍵。

總之，「色情小說」只是寫「色情」題材的小說，不過是小說聚焦於「性生活」和以「性生活」爲中心的「身體書寫」。正如馬克思所崇尚的一句西諺曰「人所具有的我都具有」，「色情」也是人人心中所有而收放人各不同的存在，其本身只是不容迴避，並無特別的優劣善惡。從而在文學創作，只是如何看待和描寫它，應有則有，當無則無；行所當行，止所當止而已。一概地拒絕，或過分地渲染，都違背文學忠實於生活眞實和美學的原則。這個原則就是法國學者喬治‧巴塔耶在《色情史》中所說：「將性行爲放在一個具體而堅實的總體性範圍內進行考察，在這個總體性中，色情世界與理智互相補充，地位平等。」〔註25〕實現這種「地位平等」的前提，就是認識到「色情」是小說不能、不應、不必迴避的題材。其自身就是重要題材，有時可能是重大題材，或重大題材的關鍵。「色情小說」是小說中應有必有的一種類型，與任何別種題材類型小說相比，其價值的高下，只在寫得如何，而未必然一定遜色，且不排除其可能有「偉大」的價值。只是由於歷史與現實的原因，「色情」還是文學特別是小說創作有待大力開發的最後題材。

四、「色情小說」可以有「偉大」的價值

「色情小說」探討人類生活中的「色情」現象有無可替代的作用和特殊的價值，從而可能有「偉大」的價值。

首先，「色情」本身就是有重要文學價值的題材。這一方面是作爲「性」的極端表現之一，「色情」雖然只是兩性個體之間肉體上的互相（迄今主要是男人對於女人）佔有和支配，但是「交媾從來不在眞空中進行；儘管它本身是一種生物的和肉體的行爲，卻於人類活動大環境的最深處，從而是文化所認可的各種態度和價值觀的集中表現。」〔註26〕這就是說，主要是男性對女性的這種佔有和支配的「色情」，不能不是一種「性的政治」，根本上關乎男女的社會平等。因爲很明顯，以《金瓶梅》中的性描寫爲例，一方面是西門

〔註25〕 《色情史》，第 13 頁。
〔註26〕 〔美〕凱特‧米利特《性的政治》，社會科學文獻出版社 1999 年版，第 36 頁。

慶在他所有性行爲中，都對女性有居高臨下甚至虐戲的態度，顯然不僅僅是出於他作爲雄性動物的本能，而且包含其作爲社會人，尤其是一個成功的商人和官員的男性佔有並支配女性的權利意識；另一方面西門慶與潘金蓮、王六兒等出身低賤女人的性關係既是男女之「性」的，更是家庭主奴之間的，二者實不可分離。同時，讀者應可以看到《金瓶梅》所寫潘金蓮、王六兒等女性，往往是在與西門慶的交媾中向後者提出某些特定的要求，顯示了這種「色情」的社會性質以及相關人物的心理與性格的特點。因此，包括「色情」行爲在內，「不管目前人類在這方面保持何等一致的沉默，兩性之間的這種支配和被支配，已成爲我們文化中最普及的意識形態，並毫不含糊地體現出了它根本的權力概念」〔註27〕，從而相關色情描寫有無可替代的從獨特角度反映人性和人類關係之深層眞實的文學價值。

其次，無論中外，「色情」都在很早就形成爲一種非法或合法的產業，有爲數眾多的從業者（今稱「性工作者」）或準從業者（如情婦）遍佈世界許多角落，並與人類社會的上上下下、方方面面有這樣那樣的聯繫。這些以「色情」爲業的人的生活無疑是人類生存現實一個有機的部分，理論上決不應該缺席文學光輝的殿堂。而且「色情」作爲人類性生活的另類存在，其從業人員有特定環境條件下的生理、心理狀況，包括特殊肉體與精神疾患等的發生、發展、變化，文學描寫的深入準確揭示，有助對這類現象的認識，是有關防治有益的參考。例如《如意君傳》《肉蒲團》等就具有研究「性癮」「性變態」等等的資料價值。當然，《肉蒲團》還有其他的好處。〔註28〕

第三，以「色」爲重心的「色情」自身，作爲與「食」並列之人性的一面，關乎人類自身存在、延續和發展的根本之一，卻自古以來不能被公開談論，所謂「中冓之言，不可道也。所可道也，言之醜也」（《詩經·牆有茨》）。而「色情小說」不僅寫「中冓之言」，還寫「中冓」之行，從而擔負著以小說反映人生私秘世界的現實。由於各種社會的原因，色情小說的這一份擔當如同裸體畫是藝術化世俗之「丑」爲美的高難任務。「色情小說」藝術的這種特殊性使其成爲小說乃至整個文學中從「色情」入手探索人性尤其是性心理與性行爲最有利的手段，從而有可能取得文學全面深入寫人的獨特成就。例如英國作家勞倫斯《查泰萊夫人的情人》一書，如果不是由於它那飽受爭議的

〔註27〕 《性的政治》，第38頁。
〔註28〕 例如《肉蒲團》內容上也並非全無價值。參見本卷有關《肉蒲團》諸文。

「性」描寫，就不可能成爲有世界性影響的文學名著。又如民國作家張愛玲的短篇小說《色・戒》雖然是寫女性主人公爲「愛」而死，但其所以後來能拍成同名電影並獲獎無數，飲譽世界，根本上卻是由於它震撼人心的「性」主題，當然也由於作者極爲得體地爲之標題曰「色・戒」。

最後，「色情」在人類歷史與現實生活中從不單獨存在，而總是以這樣那樣的形式聯繫著上上下下、方方面面的世界，尤其是各種人類感情，包括愛情的角落。從而以「色情」爲中心或「網結」的世界自成體系，別具一格。這給了「色情小說」從自身角度掃描探索社會人生的可能，也就是成就一部有「偉大價值」之小說的可能。《金瓶梅》作爲「色情小說」的偉大，重要原因之一就是其因「色情」而及於社會人生上上下下、方方面面描寫的眞切反映，成一部中國十六世紀兩性生活與儒教「婚姻的鏡子」。

五、兩性生活與儒教「婚姻的鏡子」

首先，《金瓶梅》以古代男女兩性關係生動眞實的描繪，顯示了男權制度下這一關係的某些本質的方面。馬克思在《1844 年經濟學哲學手稿》中說：

> 把婦女當作共同淫欲的**擄獲物**和婢女來對待，這表現了人在對待自身方面的無限的退化，因爲這種關係的秘密在**男人對婦女的關係**上，以及在對直接的、自然的類關係的理解方式上，都**毫不含糊地**、確鑿無疑地、**明顯地**、露骨地表現出來的。人對人的直接的、自然的、必然的關係是**男人對婦女的關係**。在這種自然的類關係中，人對自然的關係直接就是人對人的關係，正像人對人的關係直接就是人對自然的關係，就是他自己的**自然的**規定。因此，這種關係通過**感性**的形式，作爲一種顯而易見的**事實**，**表現出**人的本質在何種程度上對人來說成爲自然，或者自然在何種程度上成爲人具有的人的本質。因而，從這種關係就可以判斷人的整個文化教養程度。從這種關係的性質就可以看出，人在何種程度上對自己來說成爲並把自己理解爲類存在物、人。男人對婦女的關係是人對人**最自然的**關係。因此，這種關係表明人的自然的行爲在何種程度上成爲人的行爲，或者，人的本質在何種程度上對人來說成了**自然的**本質，他的**人的本性**在何種程度上對他來說成爲**自然**。這種關係還表明，人具有的**需要**在何種程度上成爲人的需要，就是說，別人作爲人在何種

程度上對他說來成爲需要，他作爲個人的存在在何種程度上同時又
是社會存在物。〔註29〕

馬克思的這一著名論斷表明，從「人和人之間的直接的、自然的、必然的關
係是男女之間的關係」，「人的本質」在「在男人對婦女的關係上……毫不含
糊地、確鑿無疑地、明顯地、露骨地表現出來」。通過對「男人對婦女的關係」
的真實顯現，可以透徹瞭解並把握「人的本質」或「本性」。讀了這段話，我
們至少可以說在中國古代，沒有哪一部著作可以比得上《金瓶梅》關於「男
人對婦女的關係」的描寫，能夠稱得上是最典型、最有價值的文本。

此外，我們還可以舉出以下有關男女兩性關係的經典論述，如恩格斯在
《家庭、私有制和國家的起源》一書中說：

第一個出現在歷史上的性愛形式，亦即作爲熱戀，作爲每個人
（至少是統治階級中的每個人）都能享受到的熱戀，作爲性的衝動
的最高形式（這正是性愛的特性），而第一個出現的性愛形式，那種
中世紀的騎士之愛，就根本不是夫婦之愛。恰好相反，古典方式的、
普羅旺斯人的騎士之愛，正是極力要破壞夫妻的忠實，而他們的詩
人們所歌頌的也正是這個。Albas，用德文來說就是破曉歌，成了普
羅凡尼斯愛情詩的精華。它用熱烈的筆調描寫騎士怎樣睡在他的情
人——別人的妻子——的床上，門外站著侍衛，一見晨曦（alba）
初上，便通知騎士，使他能悄悄地溜走，而不被人發覺；接著是敘
述離別的情景，這是歌詞的最高潮。〔註30〕

又說：

古代所僅有的那一點夫婦之愛，並不是主觀的愛好，而是客觀
的義務；不是婚姻的基礎，而是婚姻的附加物。現代意義上的愛情
關係，在古代只是在官方社會以外才有……只是就婚後通姦而言
的……現代的性愛……在古代充其量只是在通姦的場合才會發
生……中世紀是從具有性愛的萌芽的古代世界停止的時候開始的，
即是從通姦開始的。〔註31〕

認真學習這些論述，我們可能就不會再簡單地以西門慶與潘金蓮、李瓶兒、

〔註29〕 〔德〕馬克思《1844 年經濟學哲學手稿》，中共中央馬克思、恩格斯、列寧、
斯大林著作編譯局譯，人民出版社 2000 年版，第 80 頁。
〔註30〕 《馬克思恩格斯選集》第四卷，人民出版社 1972 年版，第 66 頁。
〔註31〕 《馬克思恩格斯選集》第四卷，第 72～73 頁。

林太太等不幸婚姻中的女人「通姦」為完全的「不道德」〔註32〕，而有可能驚奇於只有《金瓶梅》才給了世界東方堪與西方寫騎士愛情相對照的中國文本。

另外，我們還可以看一下世界著名女權主義者法國作家西蒙娜・德・波伏娃在《第二性》中關於兩性關係的一些論述：

> 她們由於自己的身體生理結構而成為女人。綜觀歷史，她們始終從附於男人。……她們散居在男人中間，由於居住、家務和經濟條件及社會地位等原因，而緊緊依附於某個男人——父親或丈夫，其程度甚至大於對其他女人的依附。〔註33〕

又說：

> 由此我們可以看出，父權……家庭中，女人處在被征服者的地位。處於主權地位的男人沉溺於淫亂之中，放蕩不羈，其中包括和奴隸、妓女通姦，或者實行一夫多妻。無論在什麼地方，只要當地習俗盡一切可能造成了相互性，妻子就會以不忠進行報復——婚姻通過通姦得以自然實現。這是女人反抗把她關在家中當奴隸的唯一方式。〔註34〕

又說：

> 兩性的每一方都是對方的犧牲品，同時又都是自身的犧牲品。
> 〔註35〕

以此對照《金瓶梅》寫西門慶與他的女人們之間的關係，特別是其與潘金蓮、李瓶兒的關係，不是幾乎處處都可以用作對後者人生命運的形象說明嗎？

《第二性》中還說：

> 她通過變成獵物來獲取，她通過放棄自己來得到自由；她放棄了這個世界，目的卻在於征服世界……由於她無所事事，她非常想通過她佔有的東西來實現自我。〔註36〕

〔註32〕 《馬克思恩格斯選集》第四卷，第 67 頁。
〔註33〕 〔法〕西蒙娜・德・波伏娃《第二性》，陶鐵柱譯，中國書籍出版社 1998 年版，《序》第 14～15 頁。
〔註34〕 《第二性》，第 59 頁。
〔註35〕 《第二性》，第 813 頁。
〔註36〕 《第二性》，第 514 頁。

通過沉迷於另一個人，達到最高的生存。〔註37〕

她縱情去愛首先是爲了拯救她自己；但是這種盲目崇拜的愛的
矛盾之處在於，她在試圖拯救自己的同時，最後完全否定了自己。
〔註38〕

以此對照《金瓶梅》寫潘金蓮的性格與命運，不是也有很大啓發意義嗎？

總之，回到恩格斯在《家庭、私有制和國家的起源》一書的著名論斷，
就是說：

小說就是這兩種締結婚姻的方法的最好的鏡子：法國的小說是
天主教婚姻的鏡子；德國的小說是新教婚姻的鏡子。在兩種場合，「他
都有所得」；在德國小說中是青年得到了少女；在法國小說中是丈夫
得到了綠帽子。兩者之中究竟誰的處境更壞，不是常常都可以弄清
楚的。因此，德國小說的枯燥之於法國資產者，正如法國小說的「不
道德」之於德國的庸人一樣是令人不寒而慄的。可是，最近，自從
「柏林成爲世界都市」以來，德國小說也開始不那麼膽怯地描寫當
地早就爲人所知的雜婚和通姦了。〔註39〕

以上引恩格斯所說「德國小說」和「法國小說」爲對照，我們是否可以認爲，
《金瓶梅》中除了幾乎沒有寫任何人曾得到「少女」之外，就是一個西門慶
給他人也給自己戴「綠帽子」的「雜婚和通姦」的世界呢？在這個意義上，《金
瓶梅》豈不是可以被看作是中國十六世紀兩性關係和儒教「婚姻的鏡子」嗎？

六、《金瓶梅》「爲世戒」的意圖

雖然《金瓶梅》與《查泰萊夫人的情人》對「性」的張揚態度相反，也
與《色・戒》以「愛」的名義探討「色・戒」南轅北轍，但是除了與《查泰
萊夫人的情人》和《色・戒》同樣致力於對「性」的文學探討之外，更比較
二書高出一籌的是，《金瓶梅》自覺以更多對「從來不在眞空中進行」的包括
「交媾」在內的「身體書寫」，展現了作爲「性之動」的所謂「皮膚濫淫」對
於個人、家庭和社會是破壞的力量，成爲古典的和眞正意義上的「色・戒」，
實現了作者「爲世戒」的創作意圖。

〔註37〕　《第二性》，第734頁。
〔註38〕　《第二性》，第734頁。
〔註39〕　《馬克思恩格斯選集》第四卷，第66頁。

關於《金瓶梅》的「身體書寫」，已有學者撰文討論〔註40〕，這裡擬不涉及，而僅就其創作是否「為世戒」的意圖略抒己見，通過與同樣是「身體書寫」的《肉蒲團》的比較可以清晰看得出來。

首先，比較《肉蒲團》的假諷真勸，《金瓶梅》是真「為世戒，非為世勸也。」〔註41〕《肉蒲團》雖然也自說「做這部小說的人原具一片婆心，要為世人說法，勸人窒欲，不是勸人縱欲；為人秘淫，不是為人宣淫」〔註42〕云云，但實際的效果等於虛晃一槍，而無如《金瓶梅》之真正哀其不幸，怒其癡頑，救治心切，痛下針砭。這從兩書敘事總體構思的對比不難看出。

《肉蒲團》寫未央生雖極盡淫惡，結末卻還是得了佛法的點化而悟道懺悔，改惡從善，成了「正果」。這個故事的結局表明，其作者雖然聲言「為世人說法，勸人窒欲」，但文本的描寫所顯示的，卻是「肉」無論至於怎樣地淫亂無度，邪惡變態，而未央生自身都不僅未受到任何懲罰，還等於是坐上了成佛的「蒲團」，可以淫惡至極而直達「極樂世界」。從而這個故事向讀者傳達的訊息，是無論怎樣淫惡都並不可怕，只要最後能皈依佛教，則先前一切的罪孽都可一筆勾銷，還有可能進入西天極樂世界呢！這怎麼還可以說是「勸人窒欲」？倘若這樣的故事還能「勸人」的話，那一定不是「勸人窒欲」，而是明示人以無論怎樣淫惡，後來都可以求救於佛法得到解脫。這豈不是說信佛就等於為「縱欲」上了保險？所以其「為世人說法」，不是真心「勸人窒欲」之法，而是極盡小說之能事，以向人推銷為縱欲保險的佛法！而無論有意無意，《肉蒲團》為「勸人窒欲」云云，只是虛晃一槍的假話。

《金瓶梅》則不然，它寫西門慶「皮膚濫淫」，縱欲無度，以西門慶於三十三歲的盛年精竭暴亡於潘金蓮的胯下的悲慘結局，表明了作者寫「色情」以「為世戒」的嚴肅的創作意圖。這主要體現在讀者若非沉迷於書中的性描寫片斷，而是把這一部書從頭至尾真正閱讀和思考過，就大都會為西門慶的死於過度的「色」欲而震驚。換言之，除癡心願為「牡丹花下死，做鬼也風流」者之外，有正常思維者誰願以「堂堂六尺之軀」和「潑天價產業」換當下俄頃之淫樂？《金瓶梅》真「為世戒」的意義，即由此而出。

〔註40〕 參考劉衍青《〈金瓶梅〉身體書寫的文學價值》，《名作欣賞》2012年第2期。

〔註41〕 〔明〕東吳弄珠客《金瓶梅序》，蘭陵笑笑生《金瓶梅詞話》，陳詔、黃霖注釋，梅節重校，香港夢梅館1993年印本。

〔註42〕 〔清〕情癡反正道人編《肉蒲團》，日本寶永刊本第1回。

這就是說，《金瓶梅》與《肉蒲團》雖同為所謂「穢書也」，但《肉蒲團》是以「穢」中自有佛法保全之道而成「勸人縱慾」「為人宣淫」的真「穢書」；而《金瓶梅》卻是以「穢」為通向地獄之門，勸人過有節制的性生活之以「穢」祛「穢」之書。與《肉蒲團》的假諷真勸相反，《金瓶梅》是在以「穢」祛「穢」的「以淫說法」中傳遞了傳統養生保健、修身、齊家的正能量，不僅是對於男人，也於女人，是惠及於天下後世一個有益於身心健康、家庭幸福和社會發展的大道理，從而具有了他書不可能有的「偉大」價值。

其次，《肉蒲團》雖意在宣揚佛法廣大，但是只限於人物命運即故事的起結，中間描寫大致停留在為寫「色情」而寫「色情」。《金瓶梅》則不然，它寫「色情」是為了寫人，從而成為中國文學史上寫「皮膚濫淫」中人物性格唯一成功的長篇小說。《金瓶梅》一百回，近百萬字，「色情」文字才不過二萬左右，為全書百分之二、三，最大量是圍繞於「色情」的世態人情，社會萬相；《肉蒲團》二十回，不足十萬字，而全書敘事不是正在性交，就是在準備性交的途中，是一部真正文字的春宮畫，形象的宣淫圖。從而《肉蒲團》寫「色情」的卑俗幾乎只是卑俗，而《金瓶梅》卻在寫「色情」的卑俗中撕開了令人驚心動魄的人性真實。例如書中寫西門慶與李瓶兒訣別以及西門慶之死等，都與「色情」自然相關而有令人心動神馳之感染力。非僅「色情二字」所能概括，卻又處處離不開「色情」。是知《金瓶梅》不是為寫「色情」而寫「色情」，而是寫此而注彼「色情」中人，和寫人因「色情」而發生性格與命運的變化，即西門慶如何一步步精竭力衰，並最終因過服春藥而暴亡，搭上「堂堂六尺之軀」，命赴黃泉，當然也就「丟了潑天價產業」。這正是所謂「欲望盡頭是毀滅」，而作者為此筆墨，顯然是要為縱慾者下場立此存照，乃極盡小說之能事以凸顯「色情」即「淫」於人生之無益而有害的道理。這在客觀上無疑是教人（主要是男性）節制「性」以及圍繞「性」而起的各種貪欲。因此，上舉書中引「二八佳人體似酥」一詩雖有嫌侮辱女性，也過於扭曲和誇張，但就其本意警告如「西門大官人」一類縱慾如「性癮」「性變態」者而言，實不啻一劑治病救人的猛藥，或佛教禪宗振聾發聵的當頭「棒喝」。從而表明《金瓶梅》正是作為一部「色情小說」，才更為方便地成為了我國古代一部關於性生活與修身、齊家的反面教科書，又特別是針對古代官、商社會人士修身、齊家和婚姻家庭生活的反面教材。

不久前有人撰文說，某貪官因讀《金瓶梅》而腐化墮落，恐怕是顛倒了

因果。眞實的過程當能由調查而得，但基本的事實是，官員的貪淫大都非少小如此，也不是讀了《金瓶梅》之類色情小說就一定能夠如此，而是不受監督的「權勢是一種春藥」〔註43〕腐蝕所致。所以筆者敢大膽估量，更可能是某官腐化墮落爲貪官淫棍以後，欲進一步追求刺激，才想到讀《金瓶梅》向西門慶「取經」！例如原江西省副省長胡長青從貪淫好色的實踐和《金瓶梅》《肉蒲團》的閱讀中得出的體會是：「妓女和做官是最相似的職業。」〔註44〕這應當是很多人不願意接受的判斷，但是由此不也多少可以看出制度與貪腐的關係嗎？而且是否還可以這樣設想，如果胡長青之流在貪腐之前就能夠認認眞眞完整讀過《金瓶梅》寫西門慶因縱慾而慘死和家業飄零故事的話，並不排除從中引出對貪淫的後果的警惕，進而在行爲中有所節制的吧！在這個意義上，《金瓶梅》實是一部「爲世戒」的反腐小說，豈非也是其堪稱「偉大的色情小說」的一個特點。

因此，與近世研究者大都從寫官、寫商、寫世態人情等角度肯定《金瓶梅》的「名著」價值，而對其「性描寫」持否定或曖昧的態度相反，筆者以爲《金瓶梅》夠得上「名著」的價值，並不或者首先和主要不是在那些方面，而正是其作爲一部優秀的「色情小說」，才具有了的「偉大」價值。這個價值就是它在中國古代小說中，破天荒地以「色情」爲描寫的聚焦點，以及於人生和社會的廣闊場景的眞實描寫，生動刻畫了中國十六世紀儒教影響下兩性關係包括婚姻等的狀態，顯示了以西門慶這個「色魔王」及其女人們爲中心的社會群體的社會環境、生活百態和人物命運，並最終指向人生意義的探索。在不是出於窺視欲望的正常閱讀接受的前提下，《金瓶梅》能給予讀者的影響肯定是正面的，既是對「西門大官人」之流的警戒，又可啓發讀者對「性」與人生、家庭、社會等方方面面關係的思考。從而《金瓶梅》寫「色情」雖然與《查泰萊夫人的情人》並不同調，但也正是如此才能夠說各有千秋，同爲在對「性」的正面探討引導上，實際都當得起「偉大的色情小說」。只不過《金瓶梅》問世更早，也受誤會更深罷了。

綜上所論，古代小說研究中不宜以「性小說」代替「色情小說」。自古及今，「色情」是小說寫人不能、不應、不必迴避的重要題材，有時可以是重大題材或重大題材的關鍵，可能有「偉大」的價值。古代小說分類以題材論，《金

〔註43〕 張愛玲《色・戒》，北京十月文藝出版社2007年版，第286頁。
〔註44〕 高福生《別把貪官的「糗事」當笑話》，http://blog.sina.com.cn/gaofusheng。

瓶梅》最準確的定性應不是「世情小說」「家庭小說」「社會小說」等等，而是我國第一部以「色情」爲題材，揭示探討「男女……大欲」之瘋狂自毀，以及於「世情」「社會」問題之探索的唯一「身體書寫」，古典版的《色‧戒》。它以西門慶、潘金蓮等男女死於「色字頭上一把刀」的慘痛教訓，成爲古代官、商、士、紳以及女性安身立命、修身齊家的反面教材，是中國十六世紀兩性生活和儒教「婚姻的鏡子」。《金瓶梅》一書有豐富的思想價值，但其思想價值的核心是警戒讀者潔身自好，過有節制有道德的性生活，是人生、家庭、社會美好的一大關鍵。這看來只是儒家的老生常談，但孔子尚且曰：「吾未見好德如好色者也。」（《子罕》）是知世人「好德」不如「好色」，在儒家聖人亦無可奈何。《金瓶梅》的作者生當「世間乃漸不以縱談閨幃方藥之事爲恥」〔註45〕的時代，乃逆潮流而上，起而矯之，以西門慶之暴死於床笫春藥，痛揭「色情」淫縱之害，欲當頭棒喝，警醒世人，「好色」有度，不作牡丹花下之鬼，豈非無量大德，而無愧爲「偉大的色情小說」！

七、「偉大也要有人懂」

當然，「偉大也要有人懂」。〔註46〕《金瓶梅》等「色情小說」尤其需要有正確的閱讀，而這並不是人人都可以做到的，所以「少兒不宜」，是可以理解的規定；即使對於成年人，《金瓶梅》同時也是一切「色情小說」價值的實現，也需要有一個「正常閱讀」的前提。這個前提是除了有一定健康的心態和文學修養之外，最低的限度是應該閱讀全書，就全書故事情節、人物形象的描寫綜合考量下判斷，而不是僅就那些散見的性描寫文字孤立來看，以偏概全。所以讀者需要好書，好書也需要善於理解的讀者；寫好書不易，寫《金瓶梅》這類題材的好書尤其不易，而《金瓶梅》得有眞正知音即高明的讀者也同樣不易。此所以鍾子期死，俞伯牙爲之摔琴！知音難覓，自古皆然。「色情小說」概念的學術性品格與《金瓶梅》作爲「色情小說」的偉大，至今還需要正名和討論，原因就在於此。而且短時期內，大概還看不到希望罷！但是，百餘年前恩格斯的一段話應該還能使我們保持一定的信心。他在《格奧爾格‧維爾特的〈幫工之歌〉（1846）》一文的結尾處說：

〔註45〕魯迅《中國小說史略》，人民文學出版社 1973 年版，第 155 頁。
〔註46〕魯迅《葉紫作〈豐收〉序》，《魯迅全集》（6），人民文學出版社 1981 年版，第 220 頁。

例如，一讀弗里格拉特的詩，的確就會想到，人們是完全沒有生殖器的。但是，再也沒有誰像這位在詩中道貌岸然的弗萊里格拉特那樣喜歡偷聽猥褻的小故事了。最後終有一天，至少德國工人們會習慣於從容地談論他們自己白天或黑夜所做的事情，談論那些自然的、必需的和非常愜意的事情，就像羅曼語民族那樣，就像荷馬和柏拉圖，賀拉斯和尤維納利斯那樣，就像舊約全書和《新萊茵報》那樣。〔註47〕

（原載《明清小説研究》2017 年第 2 期，據原稿收錄）

〔註47〕 轉引自中國作家協會、中央編譯局編《馬克思恩格斯列寧斯大林論文藝》，作家出版社 2010 年版，第 130 頁。

儒家「詩教」與《金瓶梅》的性描寫

　　《金瓶梅》的用心即作者的創作意圖，古今讀者有過許多議論。古代有兩派：一派視之爲「淫書」即「誨淫」之作，如洪水猛獸，必欲滅絕之而後快。這派議論導致《金瓶梅》在清代被列爲禁書，長時期中只能在「地下」流行；一派以其爲「無非明人倫，戒淫奔，分淑慝，化善惡，知盛衰消長之機，取報應輪迴之事」〔註1〕，或曰「蓋有所刺也……亦先師不刪鄭、衛之旨」〔註2〕，是一部有助於封建倫理教化的書。這一派意見爲《金瓶梅》辯護，卻也是從封建社會的需要尋找此書存在與流行的理由，肯定會引起人們從這一角度的思考，但對改善《金瓶梅》的社會處境，實際並沒起到多大的作用。

　　近世隨著中國社會的進步，特別是社會上談性色變的「性禁忌」逐漸鬆弛，文學的觀念也更加寬容，浸潤於對《金瓶梅》的認識，人們幾無不承認其爲文學名著了。但在如何對待的態度上，仍分爲兩派：一派居主流的意識，認爲其雖爲名著，但有性描寫過多過濫的嚴重缺陷。因此，其全本僅可供研究者內部閱讀，非有所刪節不可以公開發行。這種看法導致《金瓶梅》這部書，就全本而言，仍在禁書或有限度禁書之列，多數中國人讀到的《金瓶梅》只是一個被剜削過的「爛蘋果」；一派是少數學者的意見，認爲《金瓶梅》既然只是一部小說，那就應該從小說藝術的角度加以評價。從藝術的角度看，《金瓶梅》的「缺陷」並非眞正的缺陷，而是在古代用心純正而良好的做法。這一派意見以海外學者尤其非華人學者講得最爲明確，如美國漢學家浦安迪先

〔註1〕〔明〕欣欣子《金瓶梅詞話序》，黃霖編《金瓶梅資料彙編》，中華書局 1987年版，第 1 頁。

〔註2〕〔明〕廿公《金瓶梅跋》。

生就認爲：「《金瓶梅》裏的性描寫，並不是爲了取悅讀者而已，也不僅是作者有意識的宣泄，而是另有一大套有關『存天理、滅人欲』的心學的大道理在。」〔註3〕他並沒有呼籲對《金瓶梅》全面「解禁」，但言外之意，不會是另外的結論。錢鍾書先生曾講到他訪問美國時發現，「一般學者對《金瓶梅》似乎比《紅樓夢》更有興趣」〔註4〕。但這種認識在我國大陸學界公開場合很少有人附和，對《金瓶梅》在我國大陸傳播的命運，更是影響甚微。

由此可知，古今中外看待《金瓶梅》一書，毀譽不同，只是學者的是是非非，而它在中國大陸社會上被禁止或限制流行的命運，雖在逐步改善中，但至今也還不能說有了根本性的改變。其所以如此，無非它有較多露骨的性描寫而已。因此，對《金瓶梅》的認識與評價，首先不是它的題材、內容的價值與藝術的水平如何，而是其性描寫有無道德上的合法性與藝術上的合理性的問題。

這是把握全部《金瓶梅》用心與正確閱讀的關鍵，自然也要聯繫《金瓶梅》的全部來說明。卻由於對一部書作爲文學形象體系的觀照，客觀上本就「橫看成嶺側成峰，遠近高低各不同」，又看書評論的人，不免各具眼光，各懷心思，因此可能有多種不同的視角與標準。尤其現今各種批評理論盛行的時代，各種意見的分歧可能更多和更加嚴重。然而，好在《金瓶梅》研究在這一問題上的情況尚比較單純，無論古今不同意見的對立，都無本質性區別。也就是從「合法性」方面看，在古代是以其「性描寫」是否有助於「經夫婦，成孝敬，厚人倫，美教化，移風俗」〔註5〕的儒家「詩教」爲標準；而近今讀者的分歧，也同樣集中在「性描寫」的「社會效果」即影響「教化」的得失上，與儒家「詩教」的傳統相去未遠。至於其「合理性」，又只能從藝術上加以說明。因此，以下的探討將主要參照儒家「詩教」的傳統和在藝術的範圍內進行。

一、《金瓶梅》性描寫的用心

《金瓶梅》性描寫從屬於全書宗旨的需要，因此，談論《金瓶梅》性描

〔註3〕〔美〕浦安迪《中國敘事學》，北京大學出版社1996年版，第138頁。

〔註4〕《錢鍾書精品集》，人民文學出版社2006年版，第317頁。

〔註5〕《毛詩序》，轉引自郭紹虞《中國歷代文論選》（第一冊），上海古籍出版社2001年版，第63頁。

寫的用心，必須先明瞭《金瓶梅》的宗旨，可以從三方面的顯示來看：一是作者的聲明；二是總體構思；三是具體描寫。這三個方面的一致性，集中體現作者著書的目的，也就是全書的宗旨。

首先，《金瓶梅》作者蘭陵笑笑生是一位嚴肅的作家，在性描寫的意義取向上，他採取了上述儒家「詩教」的態度，並明確表達出來。這不僅包括在了《新刻金瓶梅詞話》開篇《詞曰》一首及接下的《四貪詞》之中，而且在第一回「入話」之後正傳起首，又作了突出的強調：

> 說話的，如今只愛說這情色二字做甚？故士矜才則德薄，女炫色則情放。若乃持盈慎滿，則爲端士淑女，豈有殺身之禍？今古皆然，貴賤一般。如今這一本書，乃虎中美女，後引出一個風情故事來。一個好色的婦女，因與了破落戶相通，日日追歡，朝朝迷戀，後不免屍橫刀下，命染黃泉，永不得著綺穿羅，再不得施朱傅粉。靜而思之，著甚來由！況這婦人，他死有甚事！貪他的斷送了堂堂六尺之軀，愛他的丟了潑天哄產業，驚了東平府，大鬧了清河縣。

這段夾敘夾議表明，《金瓶梅》之作，是要通過「一個好色的婦女，因與了破落戶相通」的故事，引起讀者針對「情色二字」的思考，結論自然是「情色」誤人、害人；「婦人」也就罷了，獨「貪他」「愛他」的男人，因而身亡家敗，就太過於可悲、可氣、可惜。這也就很自然地成了一篇男女性愛特別是男人「好色」的「反面教材」，其用心就完全合於儒家教化的要求，而至少也無可厚非的了。

《金瓶梅》始終貫穿了這種儒家「詩教」的創作意圖與態度，在幾乎每回書的首尾與正文，都有這類勸誡性的詩、詞、曲或議論，不勝枚舉。最突出當然是第七十九回寫西門慶之死，不僅描寫可當縱慾者的「風月寶鑒」，還借「古人有幾句格言道得好」所引「花面金剛」詞與「二八佳人」詩各一首，更是集中體現了作者欲以淫止淫的淑世意圖。其詩曰：

> 二八佳人體似酥，腰間仗劍斬愚夫。
>
> 雖然不見人頭落，暗裏教君骨髓枯。

這首傳爲唐代仙人呂洞賓所作的詩，到後來的崇禎本中開篇就以「又詩曰」先稱引了一番，實是把它作爲全書的點題，並在第七十九回寫西門慶之死的原引詩前增加「正是起頭所說」以相照應，表明在改動者看來，這首詩乃全部故事表達意義的中心，是非常正確的判斷。

　　總之，《金瓶梅》題旨是作者預告「聲明」了的。這些「聲明」從藝術上看雖然多屬敘事寫人的游離成分，不是很必要的，從而讀者往往忽略它，當然可以理解。但是，對於研究者來說，通過這些議論瞭解作者的用心，卻是重要的參考。它的參考價值在於，縱然其聲明並不完全可信，還難以完全做到，卻至少表明作者心知有這樣一個道德的目標，有這樣一個自律的原則。從而運筆之際，時時處處有所遵循，即使最終創作與其聲明的目的，並不完全符合，但亦不至於有太大違隔。另外，這些議論既然與形象的刻畫一併出現在書中，就不免有同時被閱讀的可能，從而事先或及時提醒，起到幫助讀者從「遏欲」的角度接受《金瓶梅》的作用。因此，如果我們並不總是以最大的惡意來推測中國人的話，那就應該相信笑笑生的這些聲明是誠懇的，發自內心的，而前人評其合於儒家「詩教」立場的見解，也是符合作品描寫之實際的。

　　其次，從《金瓶梅》的總體構思看，全書在開篇有「四貪詞」的基礎上，寫西門慶號「四泉」，應是「泉」諧「全」，「四泉」即「酒、色、財、氣」四者俱全之意。西門慶就因這「四全」，特別是其中「財色二字」，又特別是其最貪戀的「色」即「淫」，於三十三歲的壯年，縱慾傷身，加以誤服春藥，導致腎衰精竭而死，然後家業飄零。作者這樣寫的目的只能作如下解釋：一是他決不贊成西門慶這種「四全」的人生態度與生活方式，尤其反對他那種如飛蛾投火不顧一切的對性的過度追求，體現其以「萬惡淫為首」的立場與態度；二是他認為男人一旦放縱情慾，房事過度，必然傷及身命，所謂「暗裏教君骨髓枯」，是極可怕的；三是他認為男人因縱慾而暴亡，可以在任何情況下發生，即使如西門慶三十三歲的壯年，即男子「三十而立」又「三」歲之最陽剛壯盛之際，也會因縱慾而暴死於衽席之上；四是《金瓶梅》所寫為私有制社會，人生在世，「不孝有三，無後為大」，也是人生最大的遺憾。書中西門慶正是因為縱慾的緣故，不僅自己暴亡，還前後招致官哥夭折、孝哥出家。吳月娘不得已而以僮僕岱安為嗣，也就是賈家的「代安」，聊存名目而已，西門之家，實際上是絕後了，豈非無窮的禍害與報應！

　　正是在這諸多層面上，《金瓶梅》寫盡「四全」之害；又於「四全」之中，「單說著情色二字」（第一回），為人生之大害。此大害不但在男主人公西門慶，而且「金蓮以姦死，瓶兒以孽死，春梅以淫死，較諸婦而更慘耳」〔註6〕，

〔註6〕　〔明〕東吳弄珠客《金瓶梅序》，引自《金瓶梅資料彙編》》，第2頁。

是男女都不能幸免，成為「色」字的「刀」下之鬼。可知《金瓶梅》是就「貪」欲尤其是就「情色」之「貪」為世人說法之書。正如《紅樓夢》「大旨談情」而必多有「情切切」「意綿綿」（第十九回）之「瑣碎細膩」（第一回）的描寫，《金瓶梅》寫「四貪」之欲，又「單說著情色二字」，就根本不可能離開性描寫而能達到作書的目的，乃「蓋欲要止淫，以淫說法；欲要破迷，引迷入悟」〔註7〕，所不得不然。這正如當今普及性知識而不得不借助於男女性器的圖解一樣，離開性描寫的《金瓶梅》是不可能之事。這只要把經過刪節後的第七十九回與原書此回對讀，就可以知道，正是原書性描寫的存在，才加強了此回也就是全書高潮「色字頭上一把刀」之驚心動魄的力量！

總之，《金瓶梅》全書是要讀者在「淫」與性命之間做選擇的說破根本的一大話本，是以西門家諸多男女因淫縱而不得正死警醒世人的反面教材。人們可以說這部「教材」是否成功，卻不應該懷疑作者「說法」「破迷」的動機。倘以其為作書「誨淫」，是教讀者去學做一個西門慶，那麼《金瓶梅》全書的結局，顯然就不應該是現在這個樣子，而至少是如《肉蒲團》的主人公未央生，結末還能全身去做了和尚。以西門慶三十三歲的壯年慘死於潘金蓮胯下結局的《金瓶梅》，而被指為「誨淫」，豈不就等於說作者這樣做，是在公然地飲人以鴆，咒人早死嗎？天下哪有這樣傻的作者，又哪有這樣易被矇騙的讀者？對一般人生而言，天下還有比死更為可怕的嗎？《金瓶梅》明明說西門慶因「淫」而橫死暴亡了，卻還以它為「誨淫」，還有比這更荒謬的邏輯嗎？

最後，從《金瓶梅》的具體描寫看，全書近八十萬字，性描寫約兩萬字，只及百分之二三。倘作者意在宣淫，則不難如《肉蒲團》《如意君傳》等書，使性描寫的文字更多，所佔比例更大，甚至專為描寫性事而設置情節。卻沒有這樣做，基本上是隨情節的展開而鋪陳敷衍，並在行文中間以貶辭。這顯然表明《金瓶梅》的作者於此，胸中自有主見，筆下自有分寸。即在他看來，一面是人類的性行為自有婚姻以來，雖為私秘，卻不應該是絕對的忌諱，必要時可以形諸文字，包括文學描寫。這是他迥別於一般文人見解的地方；另一面是《金瓶梅》既以寫出「色」之大害為中心，對「淫」行痛下針砭，則性描寫就成為是書題材內容所固有而不可或缺的成分，因此甘冒天下之大不韙作如實的描繪，是藝術上有勇氣的表現，和他不同於一班腐儒的地方。

我們認為，正是這兩點認識成就了《金瓶梅》作者，不僅是中國文學史

〔註7〕　〔清〕劉廷璣《在園雜誌》，轉引自《金瓶梅資料彙編》》，第253頁。

上第一位寫一個人與其家庭命運題材長篇小說的人，更是第一位把性描寫合理並基本適度地引入小說藝術視野的文學家。

當然，倘以爲在《金瓶梅》的題材與宗旨的情況下，也要寫得隱約朦朧，如《紅樓夢》的基本上只是點到爲止，當今固然不能不被奉爲是一種見解。但《金瓶梅》寫「欲」畢竟與後之《紅樓夢》寫「情」不同，倘隱蔽「欲」之眞相的傳達，必然會使讀者如隔衣探脈，難得有生動的印象，以與西門慶等後來因此而死之慘象形成強烈對照，於作書人之意，也就難得有眞正的會心了。

因此，儘管作家之筆固然可以無往而不可使，但是，性描寫如同一切的生活眞實，都只有在與合理的主題（這裡說的是作者所要表現的認識與感受）密切相關的前提下，才是必須和可能的。但在《金瓶梅》而言，它的主題先天地具有與性描寫的這種密切相關的特點，所以，除非文學不被允許表現男子過度的性生活導致死亡的主題，否則，我們不能想像一部以此爲主題的作品，卻不直接描寫性生活本身，或者有描寫而不涉及性的歡樂。問題只是在於，相對於主題的需要，性描寫既不能迴避，又要做到無過或不及，恰如其分，是一大難事。

所以，《金瓶梅》在這一難題的處理上做得如何，還不無可商榷處。但是，大略而言，它能夠挑戰這一藝術上的困難之境，已顯示出作者有極大的勇氣和寫實的能力。後世頗有以《金瓶梅》爲引起明清淫穢小說泛濫之罪魁者，不僅不符合實際，更是缺乏歷史與科學的眼光。可以說，若不是有《金瓶梅》出來，古代性生活的種種隱秘，還不知何時才有小說向一般大眾掀起其帷幕的一角。另從《金瓶梅》性描寫散見全書，今經刪節而未至於傷筋動骨的結果來看，作者在這一問題的處理上，基本上都是視藝術的需要而行所當行，止於不可不止，而並沒有單純爲了性的渲染旁逸斜出，節外生枝的情況。至於這類描寫上的鋪張揚厲，往往給讀者以汪洋恣肆、有意渲染的感覺，實際是一面寫西門慶等諸人性欲之放縱，不得不然；又一面是它在這樣的地方，行文多用詩詞或四六，乃文體的特點。總之，《金瓶梅》性描寫的動人，非作者刻意宣淫，而是全書文意，全部文勢，決定其不得不以對這片刻歡愉的充分描繪，處處留作西門慶日後暴亡慘象的對照，加強全書「戒淫」的主題，同時又是其全書統一的酣暢淋漓風格的體現。

總之，《金瓶梅》文本的實際表明，上引欣欣子、廿公以及浦安迪等先生

的判斷是正確的：《金瓶梅》決非「淫書」。作者生當明末中國歷史上一個「不以縱談閨幃方藥之事為恥」的時代，眼見上至皇帝，下至富室，多的是「貪淫戀色，好貨尋愁」（曹雪芹《紅樓夢》第一回）之輩，深味「色」之一字，為害至大，所以要寫一部書，把世人以為這人生最有價值的，撕破與人看，以淫止淫、以迷破迷，從而成此一部「反面教材」，而以書中三個最壞女人的名字各取一字命名，就明確表達了作書人以其所作為「反面教材」的用心。唯是這種絕無諱飾，專在暴露的寫法，在中國小說史上前無古人，又後無來者，是一個破天荒大膽的創造，就使得一班拘守儒家「非禮勿視，非禮勿聽，非禮勿言，非禮勿動」（《論語・顏淵》）古訓的人看來，成了洪水猛獸、異端邪書。殊不知作者正欲以此為當頭棒喝，以《金瓶梅》救治「生我之門死我戶，看得破時忍不過」（崇禎本《金瓶梅》第 1 回）的男性「痼疾」為過，即使不是諱「疾」忌醫，也是未能體貼作者之用心了！

二、《金瓶梅》性描寫的讀法

漢字是象形文字。象形即象徵性的表現，從而由漢字碼成的「文」是重在表現的文學。雖然表現離不開再現，再現中也必然有表現，但是，與西方現實主義以再現為主要手段的文學不同，西學東漸之前的中國傳統文學，總習慣於把生活看作某種先驗理念的實現，並以這種理念為指導，在文學中重構生活。結果在中國古代文學特別是章回小說中，生活在相當程度上成為某種理念的證明，總有一個這樣那樣思想觀念的框架，常見的如盛極而衰、否極泰來、生死輪迴、因果報應、謫世升仙等等俗套，就都是中國小說家把握生活、處理題材、情節與細節的方式。

中國章回小說的這種表現方式，決定了對它的研究，固然仍可以如過去許多學者所做的那樣，只從其所寫生活的本身即生活之再現的方面加以考察，例如從《金瓶梅》看出了資本主義萌芽，從《紅樓夢》看到了民主思想等，以及西門慶還頗有些可愛等，都可以說是見仁見智，卻很難說不是觸景生情，「六經注我」，與作品的實際卻可能相去甚遠。

我們認為中古代小說研究最合理的方法，還應該是兼顧作者命意與實際的描寫，在二者的統一上觀照全書。從大處著眼，做具體分析，重在總體構思與中心題材的處理，看其賦予所構造形象體系以何種的意義，即藉以傳達什麼樣的思想信息、感情向度，從而品出該書的原汁原味來。這一種方法，

我們可概括爲整體把握，「我注六經」。

　　筆者認爲，這種觀其大略，「我注六經」的方法，能夠更忠實於文本的全部和原著基本精神的探討，應該是解讀古典小說尤其是《金瓶梅》的正途。而向來對《金瓶梅》認識的片面性甚或誤讀，一是如魯迅先生所說：「因讀者的眼光而有種種，經學家看見《易》，道學這看見淫，才子看見纏綿，革命家看見排滿，流言家看見宮闈秘事……」〔註 8〕二是還如魯迅所說：「這就是因爲中國人看小說，不能用鑒賞的態度去欣賞它，卻自己鑽入書中，硬去充一個角色。所以青年看《紅樓夢》，便以寶玉、黛玉自居；而年老人看去，又多佔據了賈政管束寶玉的身份，滿心是利害的打算，別的什麼也看不見了。」〔註 9〕總之是要看讀者爲何等人，東吳弄珠客所謂「讀《金瓶梅》而生憐憫心者，乃菩薩也；生畏懼心者，君子也；生歡喜心者，小人也；生效法心者，乃禽獸耳」〔註 10〕。此外，就都是由於在閱讀與品評的技術上未曾顧及全書的緣故。特別是對於其中的性描寫，倘作孤立的閱讀，則每一處都不啻是「宣淫」；但是，若放在西門慶等當事人全部人生「樂極生悲」的命運中看，則其所有諸般「樂」處，又當然是結局大悲劇的根苗。讀者倘能視一篇如一句，通覽全書，則至結末大悲劇，而反觀全部的性描寫，則不難得出此書以淫止淫，以迷破迷的認識。

　　這既是作者反覆聲明過的，又從全書總體構思不難看出。按《金瓶梅》全書寫西門慶因爲「四全」之故，其初確實佔了很多便宜，如娶妾發財、「官倒」謀利、貪贓賣法等，所謂發跡變泰。但是，也同樣是由於「四全」，特別是「色」之一字，他成了「牡丹花下死」的典型，更不用說他因此在倫常上站不住腳，不得入於君子之列；家門衰敗、妻妾飄零、一門乏嗣，都是顯然的報應！這些應足以驚醒世人，以西門慶之「四全」爲戒，特別是深明「淫爲萬惡之首」的道理，「有則改之，無則加勉」，哪裏還會有「誨淫」的可能？然而正如曹雪芹所無奈的是，不但「市井俗人喜看理治之書者甚少，愛看適趣閒文者特多」（曹雪芹《紅樓夢》第一回），而且達官貴人固然大都不必從書中尋趣，但只要看書，恐怕也是「愛看適趣閒文者特多」。並且於「適趣閒

〔註 8〕　魯迅《〈絳洞花主〉小引》，《魯迅全集》（8），人民文學出版社 1993 年版，第145 頁。

〔註 9〕　魯迅《中國小說的歷史的變遷》，《中國小說史略》，人民文學出版社 1973 年版，第 307 頁。

〔註 10〕　〔明〕東吳弄珠客《金瓶梅序》，《金瓶梅資料彙編》》，第 2 頁。

文」之中，正如漢字以「女」「子」組字爲「好」所顯示，太多男人又好的是寫女子即色的內容。從而《金瓶梅》近八十萬字，許多人只見得那約兩萬字的性描寫，又從那兩萬字的性描寫中只見得沉湎於性的歡樂，只見得一個「淫」字，而這部書也就被打入「淫書」之列。但是，那明顯不過是比較「才子看到纏綿」更甚一步，即東吳弄珠客所謂「讀《金瓶梅》而……生歡喜心者，小人也；生效法心者，乃禽獸耳」〔註 11〕，與《金瓶梅》作者的用心及其應該有的效果並不相干。

其實，即使退一步僅從《金瓶梅》性描寫本身，若作全面的考察，也可以發現作者雖然筆墨酣暢地渲染了歡愉享樂的氣氛，但是，一面那確實是男女之事的眞實，非描寫至此，不足以構成西門慶縱慾而死的理由，從而有更進一步身敗名裂下場的眞實；另一面作者同時也已經對這種享樂的潛在危險作了強烈的暗示或明確的提示，例如西門慶酣戰林太太一段性描寫：

> 迷魂陣擺，攝魄旗開。迷魂陣上，閃出一員酒金剛，色魔王能爭慣戰；攝魂旗下，擁一個粉骷髏，花狐狸百媚千嬌。這陣上，撲冬冬，鼓震春雷；那陣上，鬧挨挨，麝蘭靉靆。這陣上，復溶溶，被翻紅浪精神健；那陣上，刷剌剌，帳控銀鉤情意乖。這一個急展展，二十四解任徘徊；那一個忽剌剌，一十八滾難掙扎。鬥良久，汗浸浸，釵橫鬢亂；戰多時，喘吁吁，枕側衾歪。頃刻間，腫眉囊眼；霎時下，肉綻皮開。正是：幾番麈戰貪淫婦，不是今番這一遭。

這裡作者明確講西門慶與林太太的此一番性事，是「迷魂陣」，是「酒金剛」「色魔王」與「粉骷髏」「花狐狸」的「鏖戰」。「鬥良久」的結果則是「腫眉囊眼，……肉綻皮開」。讀者如能夠細心品味，則斷不會產生單純的羨慕傚尤之心，而不難體會到作者滲融於性描寫之中的勸誡之意。

自然，《金瓶梅》的性描寫並非全是如此，從寫實的要求看也不應該全部如此。如上含勸誡傾向的性描寫是隨著西門慶縱慾日深陸續出現的，但不止一處，其逐漸加強於全書敘事中迤邐形成西門慶日以精氣虧耗、體力不支的暗線，進而浮出染病的跡象。《金瓶梅》正是通過這一實際是很生動的過程寫出女色禍男，「暗裏教君骨髓枯」的危害，並由最後西門慶縱慾而死臨終痛苦的描寫，形象地傳達了關於非禮並過度的性生活，只是一時之歡樂，而遺害無窮，乃個人尋死之道，又必然禍及全家的道理。

〔註11〕《金瓶梅資料彙編》》，第 2 頁。

這個道理看來簡單明瞭，其實既不簡單，也不容易明瞭。《孟子》載告子曰：「食、色，性也。」（《告子上》）《論語》載孔子曰：「吾未見好德如好色者也。」（《子罕》）又俗語云「英雄難過美人關」，就都表明這個男人性向「牡丹花下死」的迷局，其實是最難破的。蘭陵笑笑生有見於此，寫一部《金瓶梅》為好色者說法，以「死」破「迷」，可說是一副猛藥。《金瓶梅》對「淫」所做的已經可戲稱為「文死諫」（曹雪芹《紅樓夢》第三十六回）了，卻還要說它「誨淫」，就無論如何也是沒有道理的了。但是，卻不料讀者確有如漢武帝讀相如賦者，全然不覺其諷喻之意，而飄飄然有「做鬼也風流」之想，遂使《金瓶梅》在某些讀者那裡落得個「勸百而諷一」的下場，是很可怪和令人遺憾的一件事。

我們也許可以設想《金瓶梅》如果能如《紅樓夢》那樣，寫得更「乾淨」一些，也就近乎完美，而可以不至於這尷尬地位了。其實不然。根本由於這兩書的宗旨不同。簡單地說，與《紅樓夢》「大旨談情」（第一回）相比，《金瓶梅》可說是「大旨談欲」。在這個意義上，前者脫胎蟬蛻於後者，二書大處結想，如出一轍，即都是以盛寫衰、以樂寫悲。但是，前者「談情」的出新已為世所公認，而後者「談欲」的原創卻還沒有被真正認可。《紅樓夢》因為「談情」之故，多的是纏綿悱惻的文字，雖有多處涉及性的行為卻可以點到為止；而《金瓶梅》因為「談欲」為最下不及情，就不免「皮膚濫淫」（曹雪芹《紅樓夢》第五回）的寫實。要求《金瓶梅》的性描寫止於《紅樓夢》的地步，實是等於取消《金瓶梅》的題材與主題，即把寫欲特別是寫人之性欲設為禁區。但「食色性也」，其中色之重要僅次於食，可說是人類生存的兩大基石之一。取消了色即性欲的描寫，對文學意味著什麼，是不難想像的。

另從藝術的角度看，這個道理也不難明白。《金瓶梅》的「談欲」與《紅樓夢》的「談情」用心都是一樣的，而《金瓶梅》的前七十八回與後二十二回，也正如《紅樓夢》的前八十回與後四十回，都是（《紅樓夢》中）「風月寶鑒」的正反兩面：照正面即看前面大半部所寫，是寫盛與樂，恰如賈瑞正照風月寶鑒所見，「鳳姐站在裡面招手叫他……（便）進了鏡子，與鳳姐雲雨一番」；而看後數十回所寫，是衰與悲，所謂死亡破敗相繼，正如賈瑞拿風月寶鑒的「向反面一照，只見一個骷髏立在裡面」。按送賈瑞寶鑒的跛足道人所教，這鏡子「專治冤業之病」即「淫」，但是，不能照正面，只能照反面才有此療效。賈瑞不遵教導，貪看正面而死，家人歸罪於鏡子，「遂命架火來燒，

只聽鏡內哭道：『誰叫你們瞧正面了！你們以假爲眞，何苦來燒我？』」這個話其實是講給讀者聽的，其意若曰：《紅樓夢》不是要讀者醉心於花柳繁華，而是要從中感悟紅粉骷髏的道理。移之於《金瓶梅》，則不過是教人不要因看西門慶的享樂而貪戀「二八佳人體似酥」，而要從西門慶的死，明白那使西門慶樂極的性生活，正是「暗裏教君骨髓枯」的禍階，而只有戒除淫欲，才能避免如「金瓶」裏插的「梅」花，一開即枯萎殞落的命運，才能夠固本強身，富貴傳家。

總之，《金瓶梅》一如後來居上的《紅樓夢》，是一部以樂寫悲、以冷破熱的書。然而中國人讀小說，尤其是長篇小說，或本來就不是爲了讀懂這部書，而是爲了從書中尋求個人現實中缺憾的滿足，或因爲生活的忙碌，往往不能連續地讀完，然後作全面的考量，做到「會看的看門道」，而是「不會看的看熱鬧」，專就其煽情動性處流連忘返，至於「悲」「冷」之處，往往就不甚愛看，或不忍看，不敢看。從而《金瓶梅》給許多人的印象，除了那約兩萬字的性描寫之外，幾乎就沒有其他。從而《金瓶梅》遭受被貶爲「淫書」的厄運，其實是一系列有意無意之誤會的結果。而倘能夠明白《金瓶梅》以樂寫悲、以冷破熱、以淫止淫的特點，瞻前顧後以通觀全書，則不難感受到它教人戒淫之正大的用心與淑世的作用。它正如《紅樓夢》寫薛玉釵常服的「冷香丸」，是專以「冷香」治「市井俗人」之「從胎裏帶來的一股熱毒」（第七回）的一副猛藥。如果能作全面的考量，最熱衷的人讀了它，也應該有如冷水澆背、醍醐灌頂的感覺，會多少知警的了。

因此，《金瓶梅》不但作爲一部名著應該被公開發行與閱讀，而且作爲一部有較多性描寫的小說，也不應該是禁書，並不必只公開發行刪節本。它至多是「少兒不宜」，對成人則應該完全放開閱讀。當然，這不等於說它對成人一定不會發生負面的作用，但那既是任何古代小說都不可能完全避免的，又是一位成人讀者應該自己負起的責任，而不是寫書人與書本身的責任。對於任何一部可能被誤讀的文學作品，社會的根本責任不是對作品加以禁止或限制，而是如何通過不同題材內容與風格特點的文學作品之普及，以在滿足讀者審美需求的過程中，不斷提高全民閱讀的水平。在這一方面，《金瓶梅》是典型的案例，卻又不獨與《金瓶梅》有關，所以僅是提出來，而不必細說了。

（原爲《齊魯文化與明清小說》，齊魯書社版 2008 年版第五章之二）

《金瓶梅》為「家庭小說」簡論
——一個關於明清小說分類的個案分析

　　《金瓶梅》為「世情書」之說，似起於《竹坡閒話》云「恨不自撰一部世情書以排遣悶懷」一語；同篇又稱《金瓶梅》為「炎涼之書」。至魯迅《中國小說史略》於明人長篇說部列「神魔」「人情」二體，其第十九篇《明之人情小說（上）》起首云：

　　　　當神魔小說盛行時，記人事者亦突起，其取材猶宋市人小說之
　　「銀字兒」，大率為離合悲歡及發跡變態之事，間雜因果報應，而不
　　甚言靈怪，又緣描摹世態，見其炎涼，故或亦謂之「世情書」也。
　　　　諸「世情書」中，《金瓶梅》最有名。〔註1〕

魯迅又於《中國小說的歷史的變遷》一文進一步申明此義，於明中葉以後小說稱「講神魔的」「講世情的」兩大主潮，於「講世情的」則曰：

　　　　當神魔小說盛行的時候，講世情的小說也就起來了……，這種
　　小說，大概都敘述些風流放縱的事情，間於悲歡離合之中，寫炎涼
　　的世態。其最著名的，是《金瓶梅》。〔註2〕

近世學者祖述此說，《金瓶梅》遂被定性為「人情」或「世情」小說，並且把它視為這一流派的奠基之作。

　　這裡，魯迅雖於「人情小說」之下言《金瓶梅》為「世情書」，但「世情書」乃前人成說，所以，魯迅意中如今人習稱之「世情小說」，實是「人情小

〔註1〕魯迅《中國小說史略》，人民文學出版社1973年版，第151頁。
〔註2〕《中國小說史略》，第298頁。

說」的同義語，而且這裡所謂「人情」「世情」，非指作品的意蘊。因為《金瓶梅》以前的小說無論寫神怪、歷史或英雄傳奇諸作，雖然距離現實生活各有不同程度的遙遠，卻在根本上不能說它們沒有表現「人情」和折射「世情」。即以《西遊記》為例，魯迅先生也還正確指出它「神魔皆有人情，精魅亦通世故」〔註3〕。所以，《金瓶梅》作為「人情小說」「世情書」與以往小說的區別，其實不在是否表現了「人情」「世情」，而在它直接所描寫的對象，也就是它的題材為「人情」「世情」。

這一點，魯迅論述中是明確的，他與「神魔小說」相對舉而言「人情」「世情」小說，定義其指「記人事」的，進而謂「其取材猶宋市人小說之『銀字兒』」云云，則又是偏於寫市井細民之事者。所以，魯迅所謂「人情」「世情」實乃指現實題材，特別是寫市井生活的，與「講神魔的」相對，當然是明白切當的概念。但是，若就人情──世情小說內部深入研究，則作品的特徵還應當和可以做更具體的區分。事實上魯迅正是這樣做的。他在研究中於「人情小說」「世情書」之下，別謂《肉蒲團》《玉嬌李》等淫穢小說是「（世情書）末流」〔註4〕，而且說「（《金瓶梅》）在他方面也起了別一種反動。那是講所謂『溫柔敦厚』的，可以用《平山冷燕》《好逑傳》《玉嬌梨》來作代表。不過這類書的名字，仍多襲用《金瓶梅》式。往往摘取書中人物的姓名來做書名；但內容卻不是淫夫蕩婦，而變了才子佳人了」〔註5〕；同時又說「寓譏彈於稗史者，晉唐已有，而明為盛，尤在人情小說中。然此類小說，……《西遊補》之外，每似集中於一人或一家，……其近於呵斥全群者，則有《鍾馗捉鬼傳》，……迨《儒林外史》出，乃秉持公心指謫時弊，機鋒所向，尤在士林；其文又戚而能諧，婉而多諷，於是說部中乃始有足稱諷刺之書。」〔註6〕總之，在魯迅的論述中，人情──世情小說由來甚遠，至《金瓶梅》而開宗立派，或正或反或側，衍生出淫穢小說、才子佳人小說、諷刺小說……，至於「清之人情小說」則獨標《紅樓夢》。雖然明清的某些較為重要的小說如《醒世姻緣傳》《歧路燈》等魯迅未能顧及，但他對人情──世情小說源流的上述描述還是合乎歷史實際的。

〔註3〕 《中國小說史略》，第 139 頁。
〔註4〕 《中國小說史略》，第 155 頁。
〔註5〕 《中國小說史略》，第 300 頁。
〔註6〕 《中國小說史略》，第 189 頁。

　　魯迅對「人情小說」「世情書」的界定和相關研究，明確了《金瓶梅》在中國古代小說中人情——世情流派的打頭地位，為在全部小說史中正確評價《金瓶梅》的地位和理解明中葉以後中國小說發展的階段性特點開闢了道路。後來論者在此基礎上，把《金瓶梅》提高到「中國第一部偉大的現實主義小說」的地位，從而在文藝學上給了《金瓶梅》近乎最高的評價，使它至少在理論上縱然沒受到《紅樓夢》那般「國寶」級的待遇，也不能把它當作完全的洪水猛獸般的「淫書」了，不能不說是《金瓶梅》研究上巨大的進步。

　　但是，在「人情小說」「世情書」的前提下，魯迅關於《金瓶梅》自身題材和總體敘事結構特點的重要論述卻基本上被人忽略了。《中國小說史略》第十九篇《明之人情小說（上）》云：

　　　　作者之於世情，蓋誠極通達，凡所形容，或條暢，或曲折，或刻露而盡相，或幽伏而含譏，或一時並寫兩面，使之相形，變幻之情，隨在顯見，同時說部，無以上之，故世以為非王世貞不能作。至謂此書之作，專以寫市井間淫夫蕩婦，則與本文殊不符，緣西門慶故稱世家，為縉紳，不惟交通權貴，則士類亦與周旋，著此一家，即罵盡諸色，蓋非獨描摹下流言行，加以筆伐而已。〔註7〕

在《中國小說的歷史的變遷》第五講《明小說之兩大主潮》中，魯迅又說：

　　　　當神魔小說盛行的時候，講世情的小說也就起來了……，這種小說，大概都敘述些風流放縱的事情，間於悲歡離合之中，寫炎涼的世態。其最著名的，是《金瓶梅》。書中所敘，是借《水滸傳》中之西門慶做主人，寫他一家的事迹。〔註8〕

這裡，「著此一家，即罵盡諸色」和「借《水滸傳》中之西門慶作主人，寫他一家的事迹」，即說《金瓶梅》以西門慶一家興衰為中心反映世情，是魯迅關於《金瓶梅》一書題材和總體敘事結構特點的發明。這段話是學者所熟知的，但就筆者所見，學者多只是把魯迅指出《金瓶梅》的這一特點看做一種表現的方法而不甚重視，則似見識未到。

　　竊以為「著此一家，即罵盡諸色」或曰「寫他一家事迹」，不止是一種表現的手法，更是《金瓶梅》一書的題材特點，由此決定全書以一家之興衰反映世情的總體敘事結構，是作品帶根本性的一大特點。按照中國古代小說一

〔註7〕《中國小說史略》，第152頁。
〔註8〕《中國小說史略》，第298頁。

般以題材內容分類的傳統，在人情——世情小說的研究中，稱《金瓶梅》爲「家庭小說」，實事求是，是最恰當不過了。

《金瓶梅》爲「家庭小說」，其實是上引魯迅的諸論述中自然引申出的結論。其所謂「著此一家，罵盡諸色」「寫他一家事迹」的特點，已經包含了《金瓶梅》是家庭題材小說的全部理由。換句話說，「家庭小說」的概念乃是魯迅「人情」「世情」小說概念合乎邏輯的發展，是魯迅論述中話到唇邊未曾吐出的創造。這一創造有重要理論意義。如果說《金瓶梅》爲「人情——世情」小說的判定能使它與以往神魔、歷史等諸種題材之作區別開來，那麼在「人情小說」「世情書」的研究中，確定「家庭小說」的概念才更便於與「著意所寫，專在性交」的末流、作爲「別一種反動」的「才子佳人」小說以及後來的「諷刺之書」在題材和手法上鮮明地區別開來。順便還可以說到，立此一說，與明代同時興盛起來的南戲以愛情故事串演一代興亡被稱作「傳奇」的歷史情景，也相映相合，彼此可爲研究的參照。

《金瓶梅》作者創作與作品的實際也明顯表現出自覺從「家庭」視角寫「人情」「世情」。《詞話》本第一回開篇詞後即說：「此一支詞兒，單說著『情』、『色』二字，乃一體一用。」又說：「如今這一本書，乃虎中美女，後引出一個風情故事來。」說散本第一回此處改作：「有一處人家，先前怎地富貴，到後來煞甚淒涼，權謀智術，一毫也用不著，親友兄弟，一個也靠不著，享不過幾年的榮華，倒做了許多的話靶。內中又有幾個鬥寵爭強迎姦賣俏的，起先好不妖嬈嫵媚，到後來也免不得屍橫燈影，血染空床。」合而觀之，這前後的切入正題的引語，實乃點出這一寫「情」寫「色」「風情故事」的中心是西門慶「一處人家」的興衰，由此輻射，映出偌大社會生活場景、人生萬象，即所謂「著此一家，罵盡諸色」。對此，張竹坡《批評第一奇書金瓶梅讀法》評曰：

> 《金瓶梅》因西門慶一分人家，寫好幾分人家，如武大一家，
> 花子虛一家，喬大戶一家，陳洪一家，吳大舅一家，張大戶一家，
> 王招宣一家，應伯爵一家，周守備一家，何千戶一家，夏提刑一家，
> 他如翟雲峰在東京不算，夥計家以及女眷不往來者不算。凡這幾家，
> 大約清河縣官員大戶，屈指已遍，而因一人寫及一縣。〔註9〕

這段評語在《金瓶梅》研究中可謂先知先覺，正確指出了《金瓶梅》內容和

〔註 9〕黃霖編《金瓶梅資料彙編》，中華書局 1987 年版，第 85 頁。

結構形式上以家庭為中心的特點。可知雖然並未如「世情書」之說那樣受到今人廣泛的重視，但《金瓶梅》為家庭題材小說是古今共認的事實。魯迅「著此一家」云云也許正是從這段評語受到了啟發。

作為家庭小說，《金瓶梅》以一家之興衰反映世情的模式是有重要意義。它表明《金瓶梅》的作者不但衝破了過去小說多以神怪、歷史和英雄傳奇等為題材的傳統，把描寫的眼光轉向了現實，而且在描寫現實中也超越了宋市人小說「銀字兒」「大概都敘述些風流放縱的事情，間於悲歡離合之中，寫炎涼的世態」〔註10〕的一般樣式，尋找並且實際開闢出了一條章回小說反映現實生活的新路。這一模式的形成，不但是我國古代小說描寫從虛幻的天國和遙遠的過去終於落到現實層面的飛躍，更是我國悠久的人情——世情小說深入反映現實的劃時代進步。

家庭是社會的細胞。《孟子·離婁上》曰：「人有恒言，皆曰天下國家。天下之本在國，國之本在家。」雖然依漢趙岐注，這裡「國」乃「諸侯之國」，「家」乃「卿大夫之家」，但後世「家」「國」一體是一般民眾最普通的觀念。如果說《三國》《水滸》《西遊》等都還是在虛幻的或歷史的「國」的層面上做文章而遙及於人情世態的話，《金瓶梅》就直接以作者當今「國之本」的「家」為文學思考的對象，以貼近「百姓日用」，深入個人的私生活了。而人的本性只有在私生活中才能最真實和淋漓盡致地得以展現，這一點前人與時賢關於《金瓶梅》的研究已有了很充分的說明。因此，《金瓶梅》作為第一部家庭小說的意義，決不止於與《三國》諸書為異曲同工，而是提供了文學更深入具體地寫人、人的本性、時代精神和社會風貌的典範。

這裡要指出的是，家庭的核心是夫妻，夫妻之中心在兒女。所以，《金瓶梅》「著此一家」的中心又在西門慶與其眾多妻妾的關係，從而在「人情」「世情」中突出男女之「情」「色」二字，同時也給西門一家的子嗣以很大關注。《金瓶梅》正是在這些基本的方面做出了大膽有益的嘗試和令人矚目的成就，為後世人情——世情小說所師承和進一步發展，構成人情——世情小說中家庭題材系列一道靚麗的風景線。

從明末至清中葉，至少幾部最重要的人情——世情小說是從《金瓶梅》開創的寫一家以反映社會的「家庭小說」模式繼承和發展而來，如《林蘭香》《醒世姻緣傳》《紅樓夢》《歧路燈》。

〔註10〕　《中國小說史略》，第298頁。

　　這幾部書跨越了中國古代小說發展最輝煌的一段時期，構成這一時期中國古代小說特別是人情——世情小說的主潮，其取材和敘事架構均爲以家庭爲中心反映社會，乃學者共知的事實，無須詳說，僅從書裏書外引數語以見定論。曹亦冰《〈林蘭香〉和〈醒世姻緣傳〉》一書論「兩書的內容」說：

　　　　《林蘭香》和《醒世姻緣傳》是以婚姻家庭爲描寫中心的兩部長篇白話小說，它們用流暢的語言，向廣大讀者繪畫出兩幅封建婚姻的圖畫，展示了封建家庭的喜怒哀樂，揭示了夫妻關係中的善惡美醜。

游國恩等五教授本《中國文學史》論「紅樓夢的思想內容」說：

　　　　《紅樓夢》……是寫封建貴族的青年賈寶玉、林黛玉、薛寶釵之間的戀愛和婚姻悲劇。小說的巨大社會意義在於它不是孤立地去描寫這個愛情悲劇，而是以這個戀愛、婚姻悲劇爲中心，寫出了當時具有代表性的賈、王、史、薛四大家庭的興衰，其中又以賈府爲中心，揭露了封建社會後期的種種黑暗和罪惡……

李綠園《歧路燈》第一回：

　　　　我今爲甚講此一段話？只因有一家有根柢人家，祖父都是老成典型，生出了一個極聰明的子弟。他家家教眞是嚴密齊備，偏是這位公郎，只少了遵守兩字，後來結交一干匪類，東扯西撈，果然弄得家破人亡，上天無路，入地無門……

《歧路燈》的作者還自稱他的書是一部「家政譜」。顯然，自大處而言，這四部「世情書」各「著此一家」，都直接承襲了《金瓶梅》「家庭小說」的模式和傳統。其後先相承的歷史和無與倫比的整體成就，加強了「家庭小說」爲我國古代人情——世情小說中堅的地位，從而雄辨地證明「家庭小說」概念的提出不過指出小說史上一個重要的事實，絕非故爲標新立異。

　　但是，作爲繼《金瓶梅》而先後產生的四部「家庭小說」，它們的描寫於「一家」內部關注之點又遞相變化。簡言之，《林蘭香》《醒世姻緣傳》重在寫夫妻（妾），《紅樓夢》《歧路燈》重在寫兒女；《林蘭香》《醒世姻緣傳》寫一家之主人，《紅樓夢》《歧路燈》寫一家之子弟。從側重點說各分《金瓶梅》一體而衍爲巨著，甚至後來居上。

　　更深入來看，四部書雖各分《金瓶梅》之一體，卻又各極其變。《金瓶梅》寫夫妻（妾）重在寫西門慶、金、瓶、梅之惡，《林蘭香》寫夫妻（妾）重在

寫耿朗之昏懦和燕夢卿之賢淑，《醒世姻緣傳》寫夫妻（妾）重在寫狄希陳之
孱弱失教和薛素姐之悍妒；《金瓶梅》寫夫妻（妾）以及於兒女之事，《紅樓
夢》《歧路燈》則以兒女之事爲寫一家之中心。《金瓶梅》是打老婆（金、瓶、
梅），《林蘭香》是嫌老婆（燕夢卿），《醒世姻緣傳》是怕老婆（薛素姐）；《金
瓶梅》寫「欲」，《紅樓夢》寫「情」，《歧路燈》寫「理」。各「著此一家」，
而變出新局，登峰造極，乃有千秋。

　　綜上所述，諸書以《金瓶梅》打頭，《紅樓夢》收梢，後先輝映，續成奇
光異彩的家庭小説系列，引人矚目。其中經驗最可注意者，是魯迅所説前一
種作品往往對後世小説創作「在他方面別起了一種反動」。換句話説，與《水
滸》《西遊》包括《金瓶梅》《紅樓夢》各自續書的情況迥然不同，世情小説
的衍化特別是家庭小説的新創往往是後來作者從前作的反面取材或立意，便
容易取得成功。不僅「才子佳人」和上述《林蘭香》等四部之於《金瓶梅》
是如此，而且《紅樓夢》以後，《兒女英雄傳》反《紅樓夢》之專寫「兒女」，
合「兒女」與「英雄」爲一；《品花寶鑒》反《紅樓夢》寫男女之情而寫二男
相戀；《風月痕》《青樓夢》等狹邪小説反《紅樓夢》之寫閨秀而實寫妓家，
等等，無不如此。

　　這種現象又不僅出現於人情——世情小説。魯迅《中國小説史略》第二
十七篇首云：

　　　　明季以來，世目《三國》《水滸》《西遊》《金瓶梅》爲「四大奇
　　書」，居説部上首，比乾隆中，《紅樓夢》盛行，遂奪《三國》之席，
　　而尤見稱於文人。惟細民所嗜，則仍在《三國》《水滸》。時勢屢更，
　　人情日異於昔，久而稍厭，漸生別流，雖故發源於前數書，而精神
　　或至正反……，一緣文人或有憾於《紅樓》，其代表爲《兒女英雄傳》；
　　一緣民心已不通於《水滸》，其代表爲《三俠五義》。〔註11〕

這段論述説到了中國古代小説變遷之大勢源流和動因的根本特點，其中「發
源於前數書，而精神或至正反」的論斷可以説揭出了中國古代小説演進的一
大重要規律。

　　從理論上説，這一規律即《易傳·繫辭下》所謂「《易》，窮則變，變則
通，通則久」之「通變」思想在小説史上的體現。以言全部文學也是如此。
劉勰《文心雕龍·通變》：「贊曰：文律運周，日新其業。變則其久，通則不

〔註11〕　《中國小説史略》，第239頁。

乏。趨時必果，乘機無怯。望今制奇，參古定法。」正是講這一個道理。但施之以論中國古代小說演進之跡，其惟魯迅乎！

但是，魯迅先生畢竟只是把《金瓶梅》稱爲「人情小說」或「世情書」，後人相沿，「人情小說」或「世情小說」成爲《金瓶梅》一流小說的類名，而與「才子佳人小說」「諷刺小說」「狹邪小說」「譴責小說」等並列。各種文學史、小說史著作都如是說。但是，就一般詞義學的理解，「人情」「世情」的概念無疑地包括「才子佳人」等類名所指，並列起來明顯地不倫不類。而把《金瓶梅》至《紅樓夢》《歧路燈》一脈徑稱「家庭小說」，這個矛盾就解決了。所以，本文論《金瓶梅》爲「家庭小說」，不止於說明此書的題材性質及其縱向影響，還在章回小說的分類上，認爲在肯定《金瓶梅》爲「人情小說」或「世情小說」代表作的同時更應當看到它爲「家庭小說」的類別特點，以在明清小說分類中把《金瓶梅》——《紅樓夢》一脈如實稱之爲「家庭小說」這一個設想，希望得到小說史、文學史家的指教。

（原載《河北大學學報》2001 年第四期）

話說商人西門慶

西門慶這個人物，最早出現在《水滸傳》中，但只在三回書中，就被武松鬥殺了，所以有臭名，並不特別昭著。後來《金瓶梅》敷演這個故事，說「武松誤打李外傳」，被充配孟州道，西門慶不僅活下來，而且極盡人欲，火焰生光，直至淫死在王六兒、潘金蓮身上，多活了幾年。這才成了中國古代小說史上天字第一號鬼蜮惡魔般的人物，所以歷來說西門慶的，大都依《金瓶梅》的創造。

在《金瓶梅》中，西門慶是個淫棍、贓官和市井無賴，但他的主要身份其實是個商人。他漁的是色，巴的是官，但骨子裏貪的是財，臨死囑咐吳月娘的第一件事就是「你腹中是男是女，養下來看大成人，守我的家私」。最後的話仍是家產銀兩、鋪面生意、來往帳目：「……『只怕你娘兒們顧攬不過來。』說畢，哽哽咽咽的哭了。」仍還他貪賈守財奴本色。所以西門慶是奸商中最惡劣不守本分的一類，值得作個案的分析解剖。

西門慶原是清河縣一個破落戶財主，就縣門前開著個生藥鋪，可想是本利不大的。但六七年的時間，他成了山東最大的財主。單是臨死交待月娘的鋪面本錢、外欠款項等就有現銀近十萬兩，其他房宅田產、器用古玩、妻妾私房等尚不知有多少。這樣大一宗財富，顯然不是生藥鋪能長出的利息，而是靠著奸巧奪占暴發的橫財。他的手段大約有三：

一是欺行霸市。西門慶在縣門前開了一間生藥鋪，李瓶兒招贅蔣竹山後，給了蔣竹山三百兩銀子，「兩間開店，煥然一新」，又搞起了個大生藥鋪，「裏邊堆著許多生熟藥材，朱紅小櫃，油漆牌面，弔著幌子，甚是熱鬧」（第十八回）。這就爭了西門慶的生意。西門慶惱怒李瓶兒會捨他另嫁蔣竹山，更惱怒

她「拿本錢與他開鋪子，在我眼皮子根前開鋪子，要撐我的買賣」。便雇了兩個流氓砸了蔣竹山鋪子，打了他人，訛了銀子，拿帖子對夏提刑說了，打得他「皮開肉綻，鮮血淋漓」，除掉了這個競爭對手。

二是財色兼漁。西門慶是色鬼、色狼，但他作為一個貪婪的商人，不做千金買笑的賠錢生意。他為了攫取女色，固然也有時花幾個臭錢，例如央王婆為他與潘金蓮撮合拉線，開口也許了十兩銀子；頭一次去見潘金蓮，西門慶「打選衣帽齊齊整整，身邊帶著三五兩銀子」，不足《賣油郎獨佔花魁》中小販嫖妓的花柳之資的一半；害死武大，他只買了一包砒霜、一副棺材，送了何九叔十兩銀子；請僧人做水陸超度武大，「拿了數兩散碎銀子」；娶潘金蓮「將一兩銀子相謝」王婆，等等，前後花費不過二三十兩，已可謂是廉而不費。至於收用孫雪娥，更是一文不費。其他如梳櫳李桂姐用了五兩銀子，桂姐幾乎是自己投到西門慶家做妾的；姦占宋惠蓮、王六兒、如意兒及私通文太太等又幾乎一文不費，反倒娶孟玉樓、李瓶兒都得了嬌妾又發財。李瓶兒過門時，單是用食擔運來的就是三千兩，後來西門慶為李瓶兒大辦喪事，玳安說風涼話道：「俺爹饒使了這些錢，還使不著俺爹的哩。俺六娘嫁俺爹……銀子休說，只金珠玩好、玉帶、縧環、鬏髻、值錢的寶石，也不知有多少。」可知西門慶把漁色同兼併他人財產做一起算計，與前後小說中滎陽公子（《李娃傳》）、王景隆（《玉堂春落難逢夫》）、李甲《杜十娘怒沉百寶箱》那等嫖客，心思手段大為不同。

三是以權謀財。西門慶因為親家陳洪被罪，牽連「身家不保」，開始大動手腳交通官府，結果不僅脫盡干係，還攀上了蔡太師，由「一介鄉民」爬到了山東提刑所提刑副千戶，成了一省特務機構的副官。這中間自然有不少花費，但做官的利息大過於買官的投資，貪贓賣法所得不說了，單是有了官便於投機經商一點，也就開了大大的財路。例如西門慶交結上巡鹽蔡御史，蔡御史許他淮鹽三萬引到揚州時，可「比別的商人早掣一個月」；販運緞貨，「兩箱並一箱，三停只報兩停，都當茶葉、馬牙香交稅，只納了三十兩五錢銀子」。這都是非法牟取暴利的買賣，非官商是做不來的。另外，有了官人人巴結，例如李三、黃四借高利貸，經應伯爵說動，甘願借西門慶的，因為打著西門慶旗號做生意，「進糧之時，香裏多上些木頭，蠟裏頭多攙些柏油」也好蒙混過去。總之，西門慶把官場做商場混，把做官當經商的把柄和護符，權、錢交易，財富就滾滾而來。

　　此外，西門慶異於舊時普通商人的一點，是他的錢除日常揮霍、交通官府外，幾乎從不用於購置田產，而集中於增設擴大鋪面、遠距離販運等商業投資，我們看他臨終數算家資的話，一筆一筆都在營運中，完全沒提到家中有現銀。可見西門慶雖然沉湎酒色、周旋官場，卻一時也沒耽誤了資本經營，只是縱慾過度，早早奪去了這個典型奸商的性命，並且把他這本色也幾乎掩蓋了。

（1994 年 4 月）

論武大郎之死

　　武大郎名植，是武二郎——武松的兄長，潘金蓮的丈夫；忠厚樸實，但是這美德在他幾乎成了無用的別名。雖然有句俗語說「武大郎開店」，形容嫉賢妒能的人，乃冤枉了他，但是由此可見武大郎窩囊廢名聲之大，也正如武松的力能打虎、潘金蓮的淫能殺夫，家喻戶曉，婦孺皆知。而且說到他令弟、內助的場合，往往也要說到他武大郎：可惜了一個老實人。

　　武大郎出身貧寒。「自從與兄弟（武松）分居之後，因時遭荒饉，搬移在清河縣紫石街，賃房居住。人見他為人懦弱，模樣猥衰，起了他個渾名，叫做『三寸丁、谷樹皮』。俗語言其身上粗躁、頭臉狹窄故也。以此人見他這般軟弱樸實，多欺負他。武大並無生氣，常時迴避了」〔註 1〕（第一回）。武大這番光景雖然不值得恭維，但任何有良知的人都會不吝給他以對弱者的同情，更不用說他無論如何不該因捉姦而死於非命。

　　所以，潘金蓮十惡不赦。多數的人，讀《水滸傳》武松殺嫂祭兄，已覺大快人心；《金瓶梅》中她更加淫蕩無恥、作惡多端的形象，就越發使人厭惡。吾鄉舊時戲班子串鄉演出大約是當地的小戲《潘金蓮拾麥》，潘姓人家居多的村子每拒絕其入莊。可見這位虛構的潘女士名聲之劣，使好好一個「潘」字都彷彿蒙了羞恥。而小說家為人物取名，可不慎哉！

　　可是，潘金蓮何以要殺武大郎？武大郎何以不曾如「常時迴避了」，必捉姦不成而遭踢打和毒死？這個問題，要專家做法律的裁判並不難。可是，在「文學是人學」的意義上，這並不是一個簡單的是非，甚至不是一個明白的

〔註 1〕〔明〕蘭陵笑笑生《金瓶梅詞話》，人民文學出版社 1985 年版。本文引此書均據此本。

善惡。套用一句現成話，它也應該被看作是「人性的證明」。

讀者周知，武大郎得潘金蓮為妻實屬偶然。他是個「把渾家故了」的人，帶著十二歲的女兒迎兒做生意過活，「那消半年光景，又消折了資本，移在大街坊張大戶家臨街房居住」。因為人「本分」，又對張宅家下人「無不奉承」，所以大戶「收用」潘金蓮後，又不得已「倒陪妝奩」為她「尋嫁得一個相應人家」時，「大戶家下人都說武大忠厚……堪可與他」；而「這大戶早晚還要看覷此女，因此不要武大一文錢，白白的嫁與他為妻」。這大概是武大做夢也未曾想到的。

可是，張大戶此舉卻是別有用心，所以武大郎能成為潘金蓮丈夫，又實在是必然。一則張宅家下人為之美言「武大忠厚」，二則如上引張大戶就近「早晚還要看覷此女」。「看覷」者何？明遣暗留，借武大之名別築金屋以藏嬌也。這裡武大的「忠厚」與張大戶包養情婦的需要正相投合。於是我們看到，「這武大自從娶的金蓮來家，大戶甚是看顧他。若武大沒本錢做炊餅，大戶私與銀伍兩，與他做本錢」，真是「恩」重如山。但是，天上不會掉餡餅——「武大若挑擔兒出去，大戶候無人，便踅入房中與金蓮廝會。武大雖一時撞見，亦不敢聲言。朝來暮往，如此也有幾時」。

所以，張大戶把潘金蓮「白白嫁與他為妻」，實不過是把明著的小妾翻牌為他暗中的情婦；而武大郎掛名潘金蓮的「丈夫」，則不過是張大戶包養情婦懵他那主家婆的一塊招牌。但是，名義上武大當然已是潘金蓮的丈夫，潘金蓮是武大的老婆；張大戶之「踅入房中與金蓮廝會」已經屬於偷情，從而武大早在西門慶出場前就已經戴穩了「綠帽子」，用鄆哥戲謔他的話是成了吃「麥稃」長肥的「鵝鴨」。但此時的武大對於妻子的不貞，「雖一時撞見，亦不敢聲言」。這「不敢」二字，中有武大對張大戶「成也蕭何、敗也蕭何」的為難和酸楚。他在這件事上的「並無生氣，常時迴避了」，實際是對張大戶把潘金蓮「白白嫁與他為妻」的「分期付款」。這裡，他的「忠厚」和「樸實」因為染了小商販交換的意識變成了窩囊廢的別名。加以他的懦弱，如果張大戶不死，大約總不過「掛靠」大戶為潘金蓮的名義丈夫而已。

然而，即使如此，潘金蓮也早就痛苦於所嫁非人了：「原來金蓮自從嫁武大，見他一味老實，人物猥衰，甚是憎嫌，常與他合氣。報怨大戶：『普天世界斷生了男子，何故將奴嫁與這樣個貨……』」她被大戶玩於掌中，卻也還蒙在鼓裡，竟不知唯其如此，才遂了大戶「還要看覷」她之心。這樣，她只有

埋怨「奴端的那世里悔氣，卻嫁了他！是好苦也！」這一點，即使作者一心要把潘金蓮寫成該死淫婦的典型，也不能不承認是一個不幸。書中評論說：「但凡世上婦女，若自己有些顏色，所稟伶俐，配個好男子，便罷了。若是武大這般，雖好殺也未免有幾分憎嫌。自古佳人才子相湊著的少，買金撞不著賣金的。」而當後來張大戶「嗚呼哀哉死了，主家婆察知其事，怒令家童將金蓮、武大即時趕出，不容在房子裏住」，武大來紫石街賃房子，「依舊賣炊餅」，才可以說與潘金蓮有了自己的夫妻生活。這時，一班浮浪子弟往來嘲戲，唱叫：「這一塊好羊肉，如何落在狗口裏。」雖是刻薄的話，但是說這婚姻的不近人情，也算是到家了。

《金瓶梅》作者的議論並不總是陳腐的。他說：「參透風流二字禪，好姻緣是惡姻緣。」這個話至少對於武大郎是如此。以他「三寸丁、谷樹皮」的粗蠢，得「虎中美女」潘金蓮為妻，真說不定是福氣還是兇險。但在武大感覺中似乎正是一椿「好姻緣」，殊不知此「好姻緣是惡姻緣」。這裡，不但潘金蓮的自覺「甚是憎嫌」是武大的不幸，而且對這一「好羊肉掉在狗口裏」似的婚姻的可能惡果沒有充分估計，是武大更大的不幸。因此，他絕不想到如何消除這潛伏的危機的根源，盡其所能以一個丈夫的關愛化解金蓮對他的「憎嫌」。而是竭其駑鈍，一味蠢笨地阻止金蓮的偷漢向外之心。「紫石街住不牢，又要往別處搬移……搬到縣西街來，照舊賣炊餅」，試圖在「孟母三遷」似的遊動中零售他從「圍城」之外感到的危險。殊不知根本的危險卻在內裏，在於潘金蓮自己要衝出這「惡姻緣」的「圍城」。「潘金蓮嫌夫賣風月」，首先是她與武大夫妻間的內搏，這場沒有硝煙的戰爭的最好的結果是和平地分手。但是，依當時的法律，這種分手只能是武大休妻，而決不能是潘金蓮棄夫。所以，潘金蓮氣急也只是提出「你與了我一紙休書」，並不敢想到其他；而武大雖然「那裡再敢開口」，但是不「開口」已經是很徹底的否決。人道是潘金蓮「一塊好羊肉」，既「白白」掉在他口裏，就決不會再吐出來。他不開口，她就沒有辦法！

潘金蓮與武大口角，曾隨口說武大「日頭在半天裏，便把牢門關了。也吃鄰捨家笑話，說我家怎生禁鬼」。「牢門」與「禁鬼」，把金蓮對這個「家」的感覺和自我的感覺形容得透徹。對於她來說，這個「家」就是變相的牢獄，而武大把她變成不得見天日的活鬼。如武大所希望的，潘金蓮能身如枯槁、心如死灰，委屈求全、從一而終，也就罷了。無奈她之性欲強烈、風流多情

愈於尋常，那種連笑笑生都以為「雖好殺也未免有幾分憎嫌」之人，潘金蓮更絕難承受。如以今人的觀點，誠如恩格斯在《家庭、私有制和國家的起源》一書中所說：「不以相互性愛和夫妻真正自由同意為基礎的任何婚姻都是不道德的。」〔註2〕更不會有任何一個讀者認為潘金蓮應當忍受精神和肉體的煎熬，維持這樣一個不幸的婚姻；況且他們又無子女之累，不會給社會帶來另外的麻煩。讀者或說她可以「嫌夫」而不該「賣風月」。但是，正如恩格斯所說：「一個人只有在他握有意志的完全自由去行動時，他才能對他的這些行為負完全責任。」〔註3〕對於一個至多能「在簾子下嗑瓜子」行「勾引」之道的沒有人身自由的女子來說，這個放蕩的責任也不應該完全推給她自己。而且在她饑不擇食般地尋求自己「另一半」的背後存在著的，並不乏「現代性愛……在古代充其量只在通姦場合才會發生」的合理性〔註4〕。讀者或又說李瓶兒可以甩了蔣竹山嫁給西門慶，她何必一定走到殺夫的極端？但是，古代「只有寡婦才享有經濟獨立地位」。〔註5〕李瓶兒對蔣竹山有坐產招夫的優越，潘金蓮則不僅無「產」可「坐」，而且自身就是被張大戶作為一份動產賜給武大郎的。依照法律和習俗，她除了生命以外，是他可以全權處理的附屬物。社會通過張大戶把她交給了他，如果不是他死而她成了寡婦以「再嫁由身」，則除了廝守和服從他別無選擇。

因此，全部問題的關鍵不在於潘金蓮之該不該「賣風月」，而在於她是不是能夠以和平的手段，擺脫這強加於她的沒有任何存在理由的婚姻。她做不到，唯一的也是最大的障礙就是武大。武大不僅不給她這一自由，還因為她所表現出的日益強烈的爭取這一自由的努力而愈加防範；後來聽了武松的「金石之語」，這防範就更加嚴密。但是，這正應了傅立葉說過的一句話：「禁令和走私是不可分的，在愛情當中和在貿易當中都是如此。」〔註6〕當西門慶作為「第三者」出現而潘金蓮認定「這段姻緣卻在他身上」以後，「圍城」中內搏的形勢就到了你死我活的地步——不是魚死就是網破。需要特別指出的

〔註2〕〔德〕恩格斯《家庭、私有制和國家的起源》，《馬克思恩格斯選集》第四卷，人民出版社1972年版，第77頁。

〔註3〕《馬克思恩格斯選集》第四卷，第76頁。

〔註4〕《馬克思恩格斯選集》第四卷，第73頁。

〔註5〕〔法〕西蒙娜·德·波伏娃《第二性》（全譯本），陶鐵柱譯，中國書籍出版社1998版，第489頁。

〔註6〕《第二性》（全譯本），第694頁。

是，潘金蓮這種爭取自由的努力，並不因爲其好像僅僅是屬於「性」的就喪
失其進步的意義；其實，在古代世界的任何地方，婚姻問題上婦女對舊傳統
的反抗總是從性意識的覺醒開始的。恩格斯說：「中世紀是從具有性愛萌芽的
古代世界停止的時候開始的，即是從通姦開始的。」〔註7〕那種以爲潘金蓮「賣
風月」爲純粹淫蕩的觀點，其實是以她與武大的婚姻爲參照的看法；而這一
參照物本身卻是反人性、不道德的。

　　因此，武大之死，不死於他的懦弱，更非死於他的善良。人們爲他的死
一灑同情之淚，至少某種程度上是一個誤會！他誠然「懦弱」，但更加「猥衰」
和唯利是圖，在婚姻上尤其如此。當他「想做奴隸而不得」之際，爲了從張
大戶穩取潘金蓮爲妻，戴了綠帽子「亦不敢聲言」；「三遷」式的搬移之後，
自以爲有了「丈夫」的全權，就千方百計把潘金蓮關在「牢門」中，其專橫
竟異乎尋常，並一時把潘金蓮迫到只有屈從。書中寫道：

> 原來武松去後，武大每日只是晏出早歸，到家便關門。那婦人
> 氣生氣死，和他合了幾場氣。落後鬧慣了，自此婦人約莫武大歸來
> 時分，先自去收簾子，關上大門。武大見了，心裏自也暗喜，尋思
> 道：「恁的卻不好！」

但是，這也正如作者詩云：「慎事關門並早歸，眼前恩愛隔崔嵬。春心一點如
絲亂，空鎖牢籠總是虛。」所以武大見了「自也暗喜」之婦人「先自去收了
簾子」的事體，竟成了「西門慶簾下遇金蓮」的伏筆！而武大種種心計手段，
其結果正如宋元話本的一句套話：「牛羊走來屠宰家，一腳腳來尋死地。」

　　顯然，如能一如既往，任著他自覺「夫權」不牢的小商販苟且心理行事，
武大未必就死，書中後來寫有韓道國的「榜樣」。然而，在張大戶死後，他自
以爲取得了對潘金蓮的全權，更力圖把這一權利發揮到淋漓盡致。如同一切
夫權主義者都一樣會認爲的，在他看來，潘金蓮不過是他「忠厚」之報的一
個賜物；他以「忠厚」得來的東西，完全不必以「忠厚」對待。如果說西門
慶大多數情況下，只是把潘金蓮視爲一個愜意的性具，而損害了她作爲女人
的社會學基礎，則以書中的描寫，武大甚至連這一點也很少去想，就進一步
損害了她作爲女人的動物學基礎。潘金蓮是炊餅之外他作爲男人的又一證
明：炊餅證明著他的職業，潘金蓮則證明他有「家」。他對潘金蓮的最大的關
懷和期望，就是教她成爲自己的需要而不能有任何個人的意志，尤其是不要

〔註7〕《馬克思恩格斯選集》第四卷，第73頁。

玷污了這個「家」的「忠厚」。這是何等地霸道和違背人性！

在這種情況下，「女人不接受為她們制定的準則是正常的，因為男人在制定時沒有同她們商量，所以，陰謀和衝突此起彼伏也就不足為奇了。」〔註8〕因此，以世俗之見，武大以丈夫的權利「捉姦」天經地義，潘金蓮、西門慶婚外的私通為非法害理。但是，武大靠了張大戶陰謀所賜「婚姻」對潘金蓮的霸佔，其實是合法名義下的強姦。而潘金蓮對西門慶的一見傾心，卻不能不說有性愛的性質。武大以變相強姦者的妄自尊大，蔑視至少是基於體貌風流相互愛慕的兩廂情願的偷情，而企圖掃蕩之，豈非不度德、不量力乎！

因此，武大之死，死於王婆、潘金蓮、西門慶的共謀。潘金蓮是實行者，罪不容赦。但在深層的意義上，武大其實是死於他要頑固堅持的夫權。這個權是當時的封建制度給的。那個時代處處等級森嚴，但是，對於男人而言，好像只有這個權是人人平等的。不僅中國，古代全世界所有的男人，甚至某些沾了「男人氣」的女性，無不認為這種男性聯盟的對女性的專政是天經地義的。但是，真正的女人從來都看得明白，而且早就揭發了這種實質是占世界人口一半的奴隸制的虛偽。我國南朝虞通之《妒記》記謝安之妻劉夫人云，《詩經》講所謂不妒的「后妃之德」，乃因是周公所撰，「周公是男子，乃相為爾。若使周姥撰詩，當無此語也。」〔註9〕又，「在十七世紀，有個不出名的女權主義者叫普蘭·德·拉·巴雷，她這樣指出：『男人寫的所有有關女人的書都值得懷疑，因為他們既是法官，又是訴訟當事人。』……還這樣說：『制定和編纂法律的人都是男人，他們袒護男人，而法理學家把這些法律上升為原則。』」〔註10〕這真是百世不刊的精辟之論。因此，武大誠不該死；但是，作為男性偏見和夫權蠱惑的結果，他的死並不值得同情。在我們看來，任何對武大之死的不加分析的同情，都不免有男性偏見和夫權主義的嫌疑。

武大之死，不僅由於他迷信夫權而敢以雞毛當令箭，還由於他企圖靠兄弟手足作成他與潘金蓮的捆綁夫妻。武氏兄弟的友情誠然是美好的，但是其中夾雜了共同對付潘金蓮的怪味，就不免令人生疑。這不但由於潘金蓮饑不擇食般濫用了她的情慾，從而引起武松的反感和注意，所以百般囑咐他的哥哥應如何如何；而且由於武大寧肯信從他兄弟生硬的處方，絕不肯向潘氏行

〔註8〕 《第二性》（全譯本），作者《序》第18頁引蒙田語。
〔註9〕 魯迅《古小說鉤沉》，齊魯書社1997年版，第230頁。
〔註10〕 《第二性》（全譯本），作者《序》第17頁。

任何方式的「招安」。當潘金蓮懷著複雜的心情反對過早關大門時，武大一口一個「我兄弟說的是好話」「我兄弟說的是金玉之言」，從而使可能有的一點「夫婦之愛」，這種恩格斯所稱的古代「婚姻的附加物」〔註11〕，也被「我兄弟」的情感沖刷淨盡了。這在武大似乎也天經地義。他未必懂得，卻在不自覺奉行的是《三國演義》中劉備那種視兄弟為「手足」，以妻子為「衣服」，所謂「衣服破，尚可縫；手足斷，不可續」的封建教條，以「兄弟」之義蔑視甚至排斥「夫妻」之情。這雖曾一時奏效，但是長遠上卻是加劇了「圍城」的內搏。

武松眞愛他的哥哥。有人信口開河，說他不接受潘金蓮的挑戲為不近人情，這簡直不把武二當人。但是，武二如果在處理這樣一類事情上是一個眞正通情達理細心精明的人，應知「捆綁不成夫妻」；即使他有打虎的手段，也奈何不得。但是，武二畢竟是武二，他臨行一席話本是要震住潘金蓮的，不想她當時發作，給吃了沒趣。後來「武大自從兄弟武松說了去，整日乞那婆娘罵了三四日」。而武大又畢竟是武大，在兄弟走後，貫徹其「籬牢犬不入」的「妙計」不走樣。《金瓶梅》一部書「乃虎中美女」，「打虎還是親兄弟」，武氏兄弟配合默契，以伏虎之法術勢，必欲使潘金蓮永陷「牢門」不得出頭，是何其可憎也！

武松打虎英雄是出了名的。他也以打虎的手段對付他水性楊花的嫂嫂，說：「嫂嫂休要這般不識羞恥，為此等的勾當。倘有些風吹草動，我武二眼裏認的嫂嫂，拳頭卻不認的嫂嫂。」潘金蓮深知這話的份量。後來武大捉姦，被潘金蓮挑唆西門慶踢了重病在床，又重提武二道：「我死自不妨，和你們爭執不得了。我兄弟武二，你須知他性格，倘或早晚歸來，他肯干休？……你若不看顧我時，待他歸來，卻和你們說話！」潘金蓮把這話一五一十給王婆、西門慶說了，連西門慶都大叫「苦也……怎生得好？卻是苦也！」此時潘金蓮、西門慶懸崖勒馬與鋌而走險幾乎是同樣的困難，而自認是「狗娘養下的」攝合山王婆卻慣於不怕事情弄大，獻了投毒殺人以圖瞞過武二的毒計。讀者不難看出，當武大病中以武二回來如何如何相威脅的時候，潘金蓮、西門慶等於接到了武氏兄弟的「最後通牒」，加以王婆的挑撥，遂激成殺心。而武二以資保護自己爛忠厚無用的哥哥的打虎英雄的神威，竟事與願違地加速了武大之死。所以，武大之死，死於他頑固堅持的夫權，也死於武松從兄弟之倫

〔註11〕《馬克思恩格斯選集》第四卷，第 73 頁。

對武大夫權的極力維護。

因此，作為文學形象的整體，武大郎是一個矮子，一個貧民，一個小販，一個弱者……，可憐的人。但是，在與潘金蓮、西門慶的對立中，他卻主要是一個大權在握專橫跋扈的丈夫。當時他捉姦打上王婆的房門，連西門大官人都便「僕入床下去躲」，是何等氣概！何嘗因為「三寸丁、谷樹皮」的矮陋有絲毫怯懦。與對待張大戶相比之前後判若兩人，原因無他，是此時他已無所顧忌，又背靠了法律與習俗的力量，和他打虎兄弟武二的有言在先為他壯膽。這不是武大的光榮。他要維護自己的夫權而與潘氏、王婆和西門的財、色聯盟所作的抗爭，性質極為複雜，但整體上最好不過是以一種惡去抵制另一種惡；包括武松的臨行前的造勢助陣，這一場混戰中的每一個人，都無特別可同情之處。但是，這場混戰中，那以女人為性具、為生殖者、為附屬物的夫權的封建性質，決定了武大之死不是一個悲劇，而是一個喜劇。他很容易使我們想到俄國契訶夫小說《套中人》主人公之死，代表的是一種舊的勢力的沒落。就其個體而言，武大所遭受的雖然是罪過的懲罰，但是，懲罰的不當並不證明被懲罰者的正當。從舊制度的滅亡起見，他的死激起的還應當是「哈哈哈」的笑聲。

這並不掩蓋潘金蓮等殺人犯的罪惡。一點也不，武大的生命與潘氏所向往的個人（就其合理的方面而言）的自由一樣，都是寶貴的。不過，「作為一個私人（a private individual），他擁有實現欲望和快活的權利」〔註12〕。法律上武大絕無罪惡；但作為一個人，在封建夫權意識的毒害之下，他的不可救藥的錯誤，是把自己的欲望和快活建立在他人的痛苦甚至犧牲之上，而視為當然；潘金蓮與西門慶的通姦，縱然與真正的愛情相去甚遠，卻至少是兩廂情願，在性愛道德上有情理可原，但是，潘金蓮因此殺夫卻為任何法律所難容。不過，也應當看到，在由男人制定和解釋法律的世界上，當時法律整體上對她的不公迫她以不得已的地步，從而墮入殺人為惡的深淵。

因此，與武大之死相聯繫卻性質完全相反的是，潘金蓮墮落為殺人犯是一個悲劇，一個直接造成武大郎之死的罪惡所鑄成的社會的和個人的悲劇，一朵「惡之花」。她殺死了武大，武大之死使她成為一個「再嫁由身」的寡婦，而成全了這朵「惡之花」震撼人心的美。無論故事後來的發展如何，武大之死的喜劇和潘金蓮墮落的悲劇都可以說是「人性的證明」，一個從反面，一個

〔註12〕　《第二性》（全譯本），第 691 頁。

從正面，永遠顯示著兩性關係的「人」的性質。這正如馬克思所說：「人和人之間的最直接的、自然的、必然的關係是男女之間的關係。……從這種關係的性質就可以看出，人在何種程度上成為並把自己理解為類存在物、人；男女之間的關係是人和人之間的最自然的關係。因此，這種關係表明人的自然行為在何種程度上成了人的行為，或人的本質在何種程度上對他來說成了自然。」〔註13〕

（原載杜貴晨《傳統文化與古典小說》，河北大學出版社 2001 年版）

〔註13〕　〔德〕馬克思《1844 年經濟學哲學手稿》，人民出版社 1985 年版，第 76 頁。

從「西門」到「賈府」──從古代拆字術、「西方」觀念說到《金瓶梅》對《紅樓夢》的影響

　　拆字又稱破字、測字、相字等，是我國古代漢字六書傳統形成的一種俗文化現象。其法基於漢字由偏旁部首組合變化而成的特點，通過對漢字構造的解構與重構，生拉硬扯，敷衍出某種意義，以附會其對人生命運的猜測，達到預期目的。這種風俗最初只是文人炫才消遣的遊戲，後來流爲江湖術士占卜算命、招搖撞騙的伎倆。從而無論廊廟山林，市井江湖，流風所至，往往可見拆字先生的身影，影響廣大〔註1〕，至今不絕如縷。

　　這種現象必然進入以描寫生活透顯人性爲目標的文學藝術的視野，從而我們在古代小說戲曲中時見拆字先生的形象，有不少與拆字相關的情節。較早如唐傳奇《謝小娥傳》中「車中猴，門中草」「禾中走，一日夫」的隱語；元雜劇《魯齋郎》寫包公託以「魚齊即」之名請旨，智斬魯齋郎；《三國演義》第八回寫民謠「千里草」，第七十二回寫楊脩解曹操「一合酥」之義；《水滸傳》第三十九回以民謠「耗國因家木，刀兵點水工」暗指宋江；《西遊記》以「斜月三星洞」隱「心」字等，都是彰明昭著、膾炙人口之例。其在作品中作用之大，自不待言。這裡要說的是，任何事物有顯必然有隱，加以文學家特別是小說家好行狡獪，捏合虛構，藝術三昧最重的是似與不似之間，從而不免有些這類藝術的造化，雖於全書寄意述事關係巨大，讀者卻可能熟視無

<hr>

〔註1〕衛紹生《中國古代占卜術》，中州古籍出版社1991年版，第195～211頁。

睹。例如《金瓶梅》以主人公爲「西門慶」與《紅樓夢》稱名「賈」府，有後先相承的一面，也與拆字術有蛛絲馬跡的聯繫，卻好像並不存在一樣，從無人論及。故周春《紅樓夢約評》中說：「蓋此書每於姓氏上著意，作者又雞毛蒜皮於隱語廋詞，各處變換，極其巧妙，不可不知。」〔註2〕乃從「西門」到「賈府」——從古代拆字術、「西方」觀念說到《金瓶梅》對《紅樓夢》的影響，試爲一說。

誠如脂硯齋評曰，《紅樓夢》「深得《金瓶》壼奧」（第13回甲戌眉批）〔註3〕，「賈府」之姓「賈」從一個方面看，也可以認爲是從《金瓶梅》寫男主人公之複姓「西門」脫化而來。按《金瓶梅詞話》〔註4〕（以下引此書無特別說明均據此本）第十八回寫西門慶因親家楊提督而被牽連入罪，爲求解脫，派家人來保去東京行賄，給當朝右相、資政殿大學士兼禮部尚書李邦彥送禮：

邦彥見五百兩金銀只買一個名字，如何不做分上，即令左右攙書案過來，取筆將文卷上西門慶名字改爲賈慶，一面收上禮物去……

就這樣輕鬆脫了西門慶與案子的干係。這在一般想來，蘭陵笑笑生也許只不過是筆底蓮花，隨手捏造，未必有什麼寄託。然而藝術本就遊戲三昧，所以也未必沒有什麼寄託（詳後）。而且對於讀者來說，「卷上西門慶名字改爲賈慶」的表述，除敘事本身的意義之外，當然也就提示了「西門」可以合爲「賈」字，反之「賈」字也可以拆爲「西門」。這就使我們不免想到《紅樓夢》寫賈府之爲姓「賈」的設計，是否正是得了「《金瓶》壼奧」，從西門慶之「西門」設想而來，或部分地可以作這樣的解釋呢？筆者以爲正是如此，或退一步說如此作想，即使不免誤讀的可能，卻也可以成其爲一說，待下細細道來。

這裡不能不首先顧及的是，依古代豎行書寫的習慣，「西門慶名字改爲賈慶」，「西」爲「賈」字上部固然現成，但繁體「門」字改寫爲繁體「貝」以合成「賈」字，其實並不很方便。但是，一方面小說事體本爲虛構，無論謊說得如何圓，都不免有經不住吹求的地方；另一方面研究者於小說所寫從具體操作上看是否百分之百可行，又具體該如何做，都不必過於認眞，而只從其「謊」言似乎眞處得其藝術之趣就可以了。對《金瓶梅》寫「西門慶名字

〔註2〕一粟編《紅樓夢資料彙編》，中華書局1964年版，第73頁。

〔註3〕〔清〕曹雪芹、高鶚《紅樓夢》，脂胭齋評，山東文藝出版社1993年版。本文引此書均據此本。

〔註4〕〔明〕蘭陵笑笑生《金瓶梅詞話》，人民文學出版社1985年版。本文引此書均據此本。

改爲賈慶」即當作如是觀，也就是不作對實事之合理性的吹求，而只注意它
如此這般捏合情節的奇思妙想，應是從前代小説戲曲以拆字術爲情節構造的
傳統，直接是繼承了上引《魯齋郎》的手法而來。這就引出筆者一個聯想，
即《紅樓夢》中的「一從二令三人木」等句所顯示的，曹雪芹其實也是做這
類「假語村言」的行家裏手。而且《紅樓夢》第九十三回雖然不一定是曹氏
親筆，但寫貼在門上的「小字報」中有「西貝草斤年紀輕」之句，以「西貝
草斤」隱「賈芹」之中，正是以「西貝」合指「賈芹」同時是「賈府」之「賈」，
豈不又加強了我們的臆想：原作者曹雪芹以故事發生的人家爲「賈府」之
「賈」，固然可以從如一般認爲的爲諧音「假」以合其「假語村言」之說著想
而來，——這從其與甄府之「甄」（諧音「眞」）相對可以得到證明，——但
在這同時，甚至曹雪芹最早想到爲這一人家取姓氏爲「賈」，是否就有或者乾
脆直接是起於《金瓶梅》合「西門」爲「賈」字描寫的影響呢？我們傾向於
肯定的答案，理由有二：

一是《金瓶梅》寫全書主人公姓「西門」名「慶」，雖然承《水滸傳》爲
述舊，但是並沒有以因襲爲限，而是進一步發掘出了這一人物姓名字號在文
學描寫上可以利用的潛質，通過上述寫「西門慶」之名一度被改爲「賈慶」
頂替了的情節，使原本僅限於指稱人物的「西門慶」之名，注入了作者的寄
託，即「西門」通於「賈」字並與「賈」之爲姓一起，具有了隱括人物及其
家庭命運的特殊意義（詳下）。這就有可能成爲曹雪芹《紅樓夢》擬故事中的
家族爲「賈」姓設想的引子；

二是《金瓶梅》寫李邦彥改「西門慶」之姓「西門」爲姓「賈」，從而「賈
慶」成爲「西門慶」的假名。這就不僅由於事情本身的做假性質，還由於「賈」
諧音「假」，使「西門慶」即「賈慶」也就成了「假慶」（當謂虛熱鬧、無福
氣之意）。從而這一描寫，應是能夠引起「深得《金瓶》壺奧」的曹雪芹的注
意並從中受到創作上的啓發，取以爲《紅樓夢》以「賈」對「甄」，在形成全
書主副、明暗這雙線平行對照的同時，由其分別諧音「假」與「眞」，寄寓了
作者以《紅樓夢》雖「假語村言」，卻有「甄士（眞事）隱」之意，爲很自然
之想，極巧妙之法。

這兩點理由的核心是，「西門慶」曾被改名「賈慶」除情節本身的需要之
外，還帶有作者的寄託，即「西門」之「慶」即「賈（假）慶」，也就是此書
主人公及其家庭的所謂「慶」，不過是一場虛幻的繁華，假象的幸福，從而有
通於《紅樓夢》「夢」「幻」等「立意本旨」（第一回）。

　　這一認識的根據是「西門」作爲姓氏，雖與他姓並無本質不同，但它不僅有作爲複姓指稱一族姓氏的意義，而且在流傳極廣的《三字經》所謂「東門西門」句中，與另一複姓「東門」相對，並能夠作爲一個詞，具體指西向之門。這一能指的性質，使「西門」不僅作爲姓氏，而且還能夠作爲一方位詞日常應用，從而成爲生活的素材進入小說，這就有了成爲藝術表現「有意味的形式」〔註5〕之更多的可能；加以我國古代著書向以「《春秋》筆法」相尙，於稱名取字，特別注重「名以正體，字以表德」（《顏氏家訓‧風操第六》），從而在熟玩《水滸傳》西門慶故事的蘭陵笑笑生筆下，西門慶之名便不免被踵事增華地賦予特殊的含義。這裡可以作爲旁證的是，蘭陵笑笑生寫《金瓶梅》，開筆雖承《水滸傳》而來，卻於人物稱名上，不僅增寫潘金蓮小名「六兒」（第十二回），更爲西門慶增加了「四泉」（第三十六回）之號，借「泉」以諧「全」，以言西門慶爲酒、色、財、氣「四全」之人。由此可見蘭陵笑笑生是慣於並善於在人物姓名字號上做文章的。從而我們不能不認爲，「西門慶」之名在進入《金瓶梅》之後，很可能已經不再是一個單純的姓氏，特別是結合了它一度被改爲「賈慶」的描寫，就肯定地成爲了一個自身即有其寓意的關乎全書主旨的命名，即「西門」之「慶」實乃「賈（假）慶」，乃概括一場苦奔忙、虛熱鬧之不幸人生之命名也！

　　又進一步看，《金瓶梅》中「西門」之「慶」即「賈（假）慶」，實質是死亡與沒落的象徵。按我國古人「四方」觀念，因「日歸於西，起明於東」（《史記‧曆書》），即東出西沒，而以東方主興、主生，西方主衰、主死。受這一觀念支配，我國早在新石器時代就有東西向安葬死人的習俗，考古發現中「如寶雞北……王因墓地是『頭西腳東』，大汶口墓地是『東西向』等」〔註6〕，皆是。後世雖然隨四方觀念的演變，如《禮記》已載：「葬於北方，北首，三代之達禮也。」（《檀弓下》）葬制作南北向，但世俗仍以西向爲生命流逝的象徵。如與太陽東出西沒相應的是時間上一天首尾的朝夕，夕即太陽西下之際。《論語》載孔子曰：「朝聞道，夕死可矣。」（《里仁》）李密《陳情事表》云：「日薄西山，氣息奄奄。人命危淺，朝不慮夕。」就是以夕陽西下與死亡並說，或以爲趨向於死亡的象徵。

〔註5〕　〔英〕克萊夫‧貝爾《藝術》，周金環、馬鍾元譯，中國文聯出版公司 1984 年版，第 4 頁。
〔註6〕　宋兆麟等《中國原始社會史》，文物出版社 1983 年版，第 431 頁。

這一觀念還可以從樂府古辭《出西門》得到印證。《樂府詩集》第三十七
卷《相和歌辭十二》：

> 出西門，步念之。今日不作樂，當待何時？一解　夫爲樂，爲
> 樂當及時。何能坐愁怫鬱，當復待來茲。二解　飲醇酒，炙肥牛，
> 請呼心所歡，可用解愁憂。三解　人生不滿百，常懷千歲憂。晝短
> 而夜長，何不秉燭遊。四解　自非仙人王子喬，計會壽命難與期。
> 自非仙人王子喬，計會壽命難與期。五解　人壽非金石，年命安可
> 期。貪財愛惜費，但爲後世嗤。六解〔註7〕

《樂府解題》曰：「古辭云『出西門，步念之』。始言醇酒肥牛，及時爲樂，
次言『人生不滿百，常懷千歲憂，晝短苦夜長，何不秉燭遊』。終言貪財惜費，
爲後世所嗤。又有《順東西門行》，爲三、七言，亦傷時顧陰，有類於此。」
〔註8〕《順東西門行》亦樂府古歌，晉陸機辭曰：

> 出西門，望天庭，陽谷既虛崦嵫盈。感朝露，悲人生。（遊）逝
> 者若斯安得停。桑樞戒，蟋蟀鳴，我今不樂歲聿征。迫未暮，及時
> 平，置酒高堂宴友生。激朗笛，彈哀箏，取樂今日盡歡情。〔註9〕

這些地方都明確以「出西門」爲人漸漸老去，生命銷減以至殞逝之道的象徵，
相應全詩所唱乃及時享樂以終天年的順天隨時之意。相反，《出東門》表達的
則是強烈的入世乃至反抗求生的情緒。《樂府解題》曰：

> 古詞云：「出東門，不顧歸。入門悵欲悲。」言士有貧不安其居
> 者，拔劍將去，妻子牽衣留之，願共餔糜，不求富貴。且曰「今時
> 清貧，不可爲非」也。若宋鮑照《傷禽惡弦驚》，但傷別離而已。〔註10〕

可知詩題中「西門」「東門」之謂，並不僅是以門之朝向爲題目形式上的區別，
還各與其所關注人生的角度相諧。即「出東門」以度日艱難的憤慨，表達的
是生的苦惱與追求；「出西門」則以生命易逝的無奈，表達的是人生而不能不
死的焦慮。二者的對立便基於傳統東主生、西主死的觀念，從而「西門」也
就成了死亡之道的象徵。

漢晉以下，這一觀念因佛教日益擴大的影響而加強。佛教以西方爲人死
昇天之極樂世界的觀念，使世俗以至小說中相率以人死曰「歸西」「上西天」。

〔註7〕　〔宋〕郭茂倩編《樂府詩集》，中華書局1979年版，第549頁。
〔註8〕　《樂府詩集》，第549頁。
〔註9〕　《樂府詩集》，第554頁。
〔註10〕　《樂府詩集》，第550頁。

如《西遊記》第三十九回寫烏雞國王溺斃三年後復生，孫悟空向假國王介紹時就說他「曾走過西天」；第七十八回寫白鹿精質問取經人說：「西方之路，黑漫漫有甚好處？」又《喻世明言》第三十卷《明悟禪師趕五戒》寫慧林寺僧圓澤預知死期，謂友人李源曰：「……明早吾即西行矣。」而爲之下火的僧人月峰也有詩云：「三教從來本一宗，吾師全具得靈通。今朝覺化歸西去，且聽山僧道本風。」《警世通言》第七卷《陳可常端陽仙化》也有「今日是重午，歸西何太速」之句。可知以「西行」「歸西」爲死亡的婉稱，是明代世俗與小說習見的現象。這一現象無疑會加強世俗與文學中以「西門」爲死亡之道的象徵義。

我們認爲，正是這種以「出西門」爲死亡之道的觀念與以「歸西」爲死亡婉稱的風俗，和「慶」字有祝賀、獎賞、幸福諸義，影響到習慣於以象形諧聲或廋詞隱語爲人物命名的蘭陵笑笑生，使之不停留在對《水滸傳》寫西門慶以西門爲單純姓氏的繼承，而踵事增華，以「西門」之「慶」爲「賈（假）慶」，作了這個以「四泉」諧指「四（即酒、色、財、氣）全」爲號之人物命運的象徵！其義若曰，西門慶「四貪」俱全，尤貪財好色，沉湎性事不能自拔，自以爲「慶」，實際卻是死亡的舞蹈，損壽的瘋狂，是在「出西門」，一步步走向「黑漫漫」的死地。而西門慶對這種生活沒落本質的渾然不覺，正如溫水青蛙，自以爲是在享受人生之福，其實自取滅亡的「賈（假）慶」！

此外，「西門慶」的意思也許還可以解釋爲「歸西」爲「慶」。這自然不是簡單的「死了好」，而是說看破人生，皈依西天聖人即佛才是眞正的福份。明末色情小說《繡榻野史》的作者呂天成很可能就是這樣理解的。呂天成（1580～1618）字勤之，號鬱蘭生，別號棘津。浙江餘姚（今市）人。著名戲劇家。據王驥德《曲律》卷四載，《繡榻野史》《閨情別傳》兩部色情小說，「皆其少年遊戲之筆」。後者已佚。前者陳慶浩考成書於萬曆二十五年（1597）前後。其時《金瓶梅》或未問世，或剛剛問世後不久。其中我們注意到《繡榻野史》的主人公姚同心，因娶妻醜陋而激爲淫縱，卻自號「東門生」，徹悟爲僧後則法名「西竺」。他以「東」「西」爲寓僧、俗之對立，顯然有取「東門」爲欲望之所，而「西門」爲息心之地的意思。他肯定讀過《水滸傳》，也有可能讀過《金瓶梅》。這兩部書中都寫到的「西門慶」，不僅人物太特別了，姓氏也很不一般，很容易引人遐想。如果呂天成讀過《水滸傳》又讀過《金瓶梅》的話，那麼他很可能就是從「西門慶」並且主要是《金瓶梅》中的「西門慶」

聯想，爲所作《繡榻野史》小說中主人公作如上的命名取義。這不是我一個
人的看法。以《秘戲圖考》與《中國古代房內考》而被稱爲中國性文化研究
第一人的荷蘭漢學家高羅佩，在提及《繡榻野史》主人公號「東門生」時，
就括注說：「人們會因此聯想到《金瓶梅》的主人翁西門慶。」〔註11〕儘管我
們與高羅佩以爲《繡榻野史》早於《金瓶梅》的看法相反，但仍然認爲這不
是一個怪念頭，而是一個難得不有的很自然的想法，只不過應該是《繡榻野
史》的「東門生」取自「西門慶」的反面而已。並且因此，我們進一步就可
能恍悟到《金瓶梅》「西門慶」之名，原來還包括有關於生死與僧俗之深微曲
折的大道理。

這樣我們就可以進一步認定，《紅樓夢》「深得《金瓶》壼奧」，以盛寫衰，
以樂寫悲，以假寫眞，取法多端，其中就包括了稱所寫寧、榮二府爲「賈（假）」
府，雖就全書立意爲與「甄（眞）」府相對而設，但其動機卻應該是從《金瓶
梅》「西門慶」即「賈慶」的啓發而來；用心則是以「賈府」之「賈（假）」，
預示全書開篇所寫這一百年望族如「烈火烹油，鮮花著錦」（第十三回）之盛，
不過有似於《金瓶梅》所寫西門之家，是一「西門慶」，即到頭來是「落了片
白茫茫大地眞乾淨」的一個「賈（假）慶」。在這個意義上，我很懷疑《紅樓
夢》的「賈府」，作爲一「假語村言」，實諧音「假福」，或至少可以作如是觀。

我們這樣認爲的根據，一是如上已述及，《紅樓夢》作者曹雪芹自然曾經
熟讀《金瓶梅》，書中「西門慶」曾被改爲「賈慶」的特筆描寫，也應該是引
起了他的注意；又從《紅樓夢》王熙鳳判詞「一從二令三人木」之句等有關
拆字的敘事可知，曹雪芹熟諳用拆字術作小說描寫的輔助手段。因此，《紅樓
夢》第九十三回雖一般認爲非曹雪芹原稿，但這一回書中以「西貝草斤」隱
指賈芹的做法，應是續作者深得原作者之心，而能使我們傾向於認爲，《紅樓
夢》前八十回原作中，曹雪芹有從《金瓶梅》的以「西門」爲「賈」逆想而
來的設計，並因此賦予了「賈府」之「賈」有「西門」之義。

二是《紅樓夢》寫賈氏家族分東、西兩府，本是有些奇怪的事。因爲，《紅
樓夢》中，除秦可卿與惜春爲寧府的人之外，幾乎所有重要人物，如賈寶玉
是榮府的公子，釵、黛、雲、鳳，元、迎、探、妙等主要的女子，都是非榮
府的家眷，即榮府的親戚，或投靠榮府來的人；爲藝術上的精緻與敘事的方

〔註11〕〔荷蘭〕高羅佩著《秘戲圖考》，楊權譯，廣東人民出版社 1997 年版，第 139
頁。

便，並無一定要寫有東、西兩府的必要。所以，曹雪芹這樣不避繁難寫賈府分爲兩院，一定不是出於藝術或敘事的理由，而是別有用心。這個用心就是把西府榮宅衰敗的原因，都歸結到東府寧宅，即書中有詩句云：「箕裘頹墮皆從敬，家事消亡首罪寧。」（第五回）。「首罪寧」即以「寧」爲罪魁禍首。「寧」即寧國府，爲賈族東府。我們看《紅樓夢》所寫賈府人物，東府寧宅除惜春出居西府後來出家之外，竟沒有一個好的；而西府榮宅只是良莠不齊而已，就可以知道，曹雪芹寫賈氏家族，一定要分東、西兩府，形成「東府」與「西府」雖爲一族，卻有實質對立的用心，實在有如上述《繡榻野史》，以「東」爲欲望之所，而「西」爲息心之地的意思。我們看《紅樓夢》中眞知「安富尊榮」之人，只有西府榮宅的賈寶玉一人（第七十一回），就可以明白一二了。而進一步說，《紅樓夢》因「通靈之說」爲「石頭記」，實借徑於《西遊記》；而以東府爲「首罪」，與《西遊記》以「東土……物廣人稠，多貪多殺，多淫多誑，多欺多詐」（第九十八回）云云爲同一機杼。但是，《西遊記》中「東土」的罪孽由佛祖安排通過取經獲得救贖；《紅樓夢》中「東府」的「首罪」，卻由於自賈敬開始的「頹墮」勢不能止，不僅自己煙消火滅，還禍延街西的榮國府——西府。從而「安富尊榮」的榮國府，以與「東府」之西門相對，本爲「『西門』慶」之地，卻由於東府「首罪」的影響牽連（第十六回寫大觀園傍榮府「東邊一帶，借著東府裏花園起」，與東府「連屬」爲一園，即是象徵），也成了一個「賈（假）慶」。而全部《紅樓夢》寫「賈府」，則只消作諧音「假福」之義，就得之過半了。

三是《紅樓夢》也有以「西」「西門」與西天相關聯的描寫，如第十八回寫妙玉初入長安，就是隨師父「現在西門外牟尼院住著」；第二十三回寫寶玉討好黛玉，說自己「變個大忘八，等你明兒做了『一品夫人』病老歸西的時候，我往你墳上替你馱一輩子的碑去」，「說的林黛玉嗤的一聲笑了」；第四十六回寫鴛鴦也有「若是老太太歸西去了」的話。這兩處以「歸西」婉稱死亡的用法，正與牟尼院（即佛寺）在西門外的描寫相一致，表明《紅樓夢》也是從俗以西、西門爲與死亡相關的方位。

因此之故，我們認爲《紅樓夢》以所寫大家族爲「賈府」，固然有出於以諧音「假」爲「假語村言」之意，但不止於此，還有更深刻的用心，就是由《金瓶梅》的以「賈」字拆分通於「西門」的描寫引發而來，並與之相關聯，以表達所謂「『賈』府」其實是「西門」之「府」，乃「五世而斬」（孟子·離

婁下》），「運終數盡，不可挽回」（第五回）的「末世」。這一結論雖不免有穿鑿之嫌，但對於因有無窮之謎而被穿鑿了三百年的《紅樓夢》而言，應該不是很大的怪說，知我者或者還可以認作是平情之論的罷。

（原載《蘇州大學學報》2008 年第 1 期，此次收錄有增補）

《金瓶梅》研究不妨有一個「笑學」
——關於一場爭論的「和稀泥」之見

　　近年來的古典文學研究界一派和睦，近乎沉悶了。但在大約兩年前，《金瓶梅》研究卻發生一場不大不小的爭論，雖僅一個「回合」便罷，卻聲勢不小，頗值得注意。

　　爭論是由中國社會科學院的劉世德先生在中國現代文學館演講《〈金瓶梅〉作者之謎》引起的。他在講演中說：「『笑學』是我取的一個開玩笑的名字，《金瓶梅》的作者是叫蘭陵笑笑生，既然《金瓶梅》可以叫『金學』，《紅樓夢》可以叫『紅學』，現在有那麼多關於《金瓶梅》作者的論文著作，是不是也可以叫作『笑學』！」但他以爲「笑學」的「一切都是猜測」，「笑學，首先是非常可笑的，其次，是不科學的」。他還說「研究蘭陵笑笑生是誰如果可以稱爲『笑學』的話，那麼，這和研究秦可卿的出身被稱爲『秦學』一樣，有異曲同工之妙，這叫無獨有偶」〔註1〕。這個「玩笑」使《金瓶梅》研究中的許多人笑不起來，包括接下來作演講的復旦大學教授黃霖先生。於是不久就有黃霖先生撰《「笑學」可笑嗎——關於〈金瓶梅〉作者研究問題的看法》一文表示異議。該文提要稱「《金瓶梅》作者研究目前的確存在不少問題，但是，無論從考證『前提』還是考證方法來看，其研究工作都不是一條死胡同。《金瓶梅》作者研究的意義不僅限於作者本身，還在於以此推動了一系列相關領域、相關問題研究的深入」〔註2〕，當然不是「可笑」的「笑學」。

〔註 1〕 劉世德《在現代文學館聽講座：〈金瓶梅〉作者之謎》。中國網|時間：2007-02-08。
〔註 2〕 黃霖《「笑學」可笑嗎——關於〈金瓶梅〉作者研究問題的看法》，《內江師範學院學報》2007 年第 3 期。

　　雖然劉先生在批評他所謂的「笑學」之餘，未忘特別說明與黃霖先生「我們之間沒有恩怨是非，我們是很要好的朋友，我談的都是學術問題，所以我很直率地談了我的看法」，相信黃霖先生的表示異議也決無私心和挾嫌。但是，以雙方各爲當代著名學者的身份，加以所涉及「《金瓶梅》作者之謎」的魅力，這個爭論還是頗爲值得關注，並未必不含有學術發展之機！

　　我突出的感覺是劉先生提出「笑學」的名號，無論其出發點與具體論述的是非如何，都堪稱對《金瓶梅》研究的一大發明，客觀上是一個貢獻，爲一大好事。這是因爲，古往今來，大凡一種概念，無論事體情理如何地火候既到，呼之欲出，卻總要有人率先提出，一語道破，然後有同道的認可與響應，輾轉沿用，方可能成立。這個提出的人，既要有見識，又要趁靈感；可以是莊言正論，也可以是嬉笑怒罵；可以是推崇襃揚，也可以是譏刺貶損……，總之只要概括得好，那怕是歪打正著，也不失爲一種成功的概括，劉先生對「笑學」的命名正屬於此類。

　　劉先生未必有意，但他給出「蘭陵笑笑生是誰」的學問爲「笑學」的做法，恰如他也是個中人的百年顯盛的「紅學」的得名有些相似。據李放《八旗畫錄》載：「光緒初，京朝士大夫尤喜讀之（按指《紅樓夢》），自相矜爲紅學云。」〔註 3〕又均耀《慈竹居零墨》中說：「華亭朱子美先生昌鼎，喜讀小說，……尤以《紅樓夢》最爲篤嗜，精理名言，所譚極有心得。時風尚好講經學，爲欺飾世俗計，或問：『先生現治何經？』先生曰：『吾之經學，係少一橫三曲者。』或不解所謂，先生曰：『無他，吾所專攻者，蓋紅學也。』」〔註 4〕這些先生們都不一定是正經要提倡「紅學」，更不以治「紅學」爲榮，但「紅學」作爲一種學問，卻由他們的「開玩笑」得名，並漸以蔚然成學術之大觀。

　　可見學術概念的成立，無論言之者出於何意，而只要其所設合乎對象的實際，也不妨就能夠成立。更何況劉先生提出「笑學」，雖自稱是「一句開玩笑的話」，但其針對《金瓶梅》作者即蘭陵笑笑生研究洋洋灑灑兩萬餘言演講本身，客觀上也已經證明了「笑學」其實是值得認眞對待的；即使其中確有「不科學」的成分，卻是任何研究都會有所不免的魚龍混雜、泥沙俱下，總體上並不如其所說是「非常可笑」之學。這也就是爲什麼黃霖先生要鄭重進行反批評的理由。

〔註 3〕一粟編《紅樓夢資料彙編》，中華書局 1964 年版，第 73 頁。
〔註 4〕《紅樓夢資料彙編》，第 415 頁。

　　所以，雖然小文不便於言大，只好離開這一爭論具體內容的討論評說，而只論劉先生「笑學」概念的提出，雖爲貶之，但僅就「研究蘭陵笑笑生是誰」的學問而言，何嘗不是一個恰當的概括？而確實「不妨稱之爲『笑學』」的了。至於是否如提出者所說「笑學，首先是非常可笑的，其次，是不科學的」，又是否與劉心武的「秦學」一樣，則完全要由研究的實際與學術的發展來證明和檢驗，並無關乎「研究蘭陵笑笑生是誰」的學問可不可以稱之爲「笑學」的。

　　所以，劉先生說：「《金瓶梅》可以叫『金學』，《紅樓夢》可以叫『紅學』，曹雪芹可以叫『曹學』，難道笑笑生不可以叫『笑學』麼？」這個道理並無不妥。如果不是一定把「笑學」說成是「可笑之學」，那麼把「研究蘭陵笑笑生是誰」的學問稱爲「笑學」，正與把研究《紅樓夢》的學問稱爲「紅學」，把研究曹雪芹的學問稱爲「曹學」一樣，都是據研究的對象稱名，又何嘗不可！

　　其實，多年來，至少在古典小說研究的領域裏，欲比肩「紅學」而自立一「學」者頗是不少，如「三國學」「水滸學」「金學」等，都曾有人主張和呼籲，但迄今都還不能說已經在學術上「註冊」成功。特別是《金瓶梅》的被稱爲「金學」，在研究《金瓶梅》的學者可能覺得已是確定無疑，然而殊不知20年前已有稱金聖歎的所謂「金學」，甚至研究金庸的早就自詡爲「金學」了，從而《金瓶梅》獨擅「金學」名號，有時可能還是個問題。在這樣一種情況下，《金瓶梅》研究能如「紅學」的另有「曹學」，有個「笑學」出來，使「研究蘭陵笑笑生是誰」的學問實至名歸，有個「笑學」的稱號，並沒有什麼不好，而無意得之，應該稱得上是蘭陵笑笑生研究的一個幸運！這樣的「笑學」雖然不夠與「紅學」比肩，卻足可以與近世「紅學」中出現的「曹學」並世而立了！

　　總之，我的「和稀泥」的看法是，承蒙劉先生雅意的輕詆，《金瓶梅》研究有「笑學」這面旗幟，應是比無可稱名的狀況要好。爲了這一學術研究的發展與繁榮，「研究蘭陵笑笑生是誰」的學者們雖然有理由不樂於提出者以爲「可笑」的動機，卻不妨坦然受之！——專爲此學，或治學多方之餘，做一個「笑學」家，又有什麼不好！遺芳遺臭，豈在此稱名哉！

　　這是近年學術史上一件頗有意思的事兒。《老子》云：「不笑不足以爲道。」從「紅學」到「笑學」的提出，可能還有「曹學」的提出，大都屬於學界「很要好的朋友」間的「開玩笑」，初意並非要正經承認推崇一門學問，但如此「開

玩笑」的結果，卻在客觀上正經地爲一門學問揭牌揚名。這一「本來要走進這個房間，結果卻走進了另一個房間」的怪圈，豈非學術史給學者們的「一個開玩笑」！

（原載《古典文學知識》2009 年第 6 期）

中編　《紅樓夢》研究

《紅樓夢》的「新神話」觀照

一、《紅樓夢》是一個「新神話」

　　《紅樓夢》的解讀，上世紀初發生並延續至今的一個最大失誤，就是只拿所謂「寶、黛愛情悲劇」「賈府盛衰」等現實描寫的部分說事，以偏概全去下判斷，從而得出的認識遠離了作品的實際。

　　其實，《紅樓夢》作為一個整體，不只是所謂「寶、黛愛情悲劇」和「賈府盛衰」，而是包括兩個基本層面的描寫：一個是現實的，一個是神話的。現實部分即包括所謂「寶、黛愛情悲劇」和「賈府盛衰」等在內一切人世生活的描寫，神話部分則包括著石頭——神瑛與一干「風流冤孽」在警幻仙子主持、一僧一道襄助下「造劫歷世」〔註1〕（第一回）的故事。

　　這兩個層面的描寫，從文字看自然是現實的多，神話的少；又比較神話，現實部分的描寫直面人生，更易於引起讀者的注重並由此得出關於《紅樓夢》主要是寫「寶、黛愛情悲劇」和「賈府盛衰」的印象，似乎也是正常合理的。其實不然。《紅樓夢》中這兩個層面的描寫一面是並不可以分割來看，另一面也不能以神話描寫部分的文字少和偶然一現而以其為不重要。因為，「在任何既定情境裏，一種因素的本質就其本身而言是沒有意義的，它的意義事實上由它和既定情境中的其他因素之間的關係所決定。」〔註2〕而如果讀者能夠始

〔註1〕　〔清〕曹雪芹、高鶚《紅樓夢》，脂胭齋評，山東文藝出版社 1993 年版。本文以下引此書均據此本，說明或括注回數。

〔註2〕　〔英〕特倫斯・霍克斯《結構主義和符號學》，瞿鐵鵬譯，上海譯文出版社 1987 年版，第8～9頁。

終不忘這是一個神話故事，如實承認《紅樓夢》的主角「通靈寶玉」與「賈寶玉」，其實是前世的「石頭」與「神瑛侍者」，而釵、黛、晴、襲等諸釵的前世，也都是「放春山遣香洞太虛幻境警幻仙姑」管下「薄命司」中在冊的「一干風流冤家」；「通靈寶玉」與「賈寶玉」乃至所有諸釵，都一貫地有「一僧一道」暗中監察隨護，最後這所有人物又都回復其「大荒山無稽崖」或「太虛幻境」的本位等，是始於神話，終於神話，那麼，就很容易明白，其現實描寫的部分無論如何大量與精彩，都只是這一神話在人間的演出，是其現實形式的延伸。換言之，即如果說《紅樓夢》故事是現實的，那也只在表面上看似如此，其根本和實質乃是一個從天上延伸到人間的神話。

有的學者把《紅樓夢》神話描寫的部分僅僅視爲書中基於迷信觀念的一種敘事手法，甚至只是爲了躲避文字獄的「障眼法」，從而以爲是理所當然不必特別注意的部分，是完全錯誤的。須知《紅樓夢》中作爲一書框架的神話，雖有未能免俗的原因和不排除爲了遠嫌避害的考量，但更重要是作者在他所處歷史條件下處理題材即把握所寫內容的一種方式，體現著作者對作品主旨的理解，非輕易爲之，而是有深意存焉！簡單說即在作者創作意圖中，作爲一個整體的《紅樓夢》，其神話部分決非現實描寫的僞裝或點綴，而是其敘事邏輯的根源與歸宿。

這也就是說，作者在《紅樓夢》中對生活的表現，與其在現實中觀察生活所實際遵循的較爲眞實的原則相反，不是現實支配神話，而是神話支配著現實。從而《紅樓夢》一書的成功，雖然也如近年流行的一句名言曰「細節決定成敗」，但更是結構決定故事的性質與意義。《紅樓夢》故事性質與意義的判斷，不決定於表象上神話與現實描寫二者的量的多少，而決定於結構上誰居於支配的地位。這個居支配地位的方面無疑是「石頭」——「神瑛侍者」與「一干風流冤家」「造劫歷世」的神話。因此，作爲對《紅樓夢》主旨的理解與把握，只看它是一個現實的故事不僅是不夠的，還是極爲偏頗的；而應該看到包括現實部分的描寫在內，《紅樓夢》是曹雪芹創造的一個從天上延伸到人間的新神話。〔註3〕

〔註3〕託於神話的形式描寫現實，使對現實的描寫被鑲嵌在神話的框架中，是古代章回小說普遍的形式，至少《水滸傳》《西遊記》《封神演義》等書都可以是這樣看的。筆者把這種處理題材的方式稱爲「新神話」未必十分準確，但似有利於強調古代章回小說總體構思的這一突出特點。

　　按《紅樓夢》第一回所寫，這一「新神話」包括三方面的內容：一是「石頭」的故事，二是神瑛下凡與絳珠「還淚」之「造歷幻緣」的故事，三是「一干風流冤家……造劫歷世」的故事。三者的關係是，第二個故事「勾出」第三個故事，而第一個故事被「夾帶」於第二、三個故事中，從而賈寶玉銜玉而生，三者合一為「石頭記」。「石頭記」以「石頭」為主，「石頭」為女媧煉石補天所遺，從而「石頭」進而「石頭記」全部故事，實為女媧補天神話的續篇，故曰「新神話」。

二、「新神話」是對人間「樂事」的考驗

　　《紅樓夢》第一回寫一僧一道對「凡心已熾」急求入世的「石頭」說：

> 「善哉，善哉！那紅塵中有卻有些樂事，但不能永遠依恃，況又有『美中不足，好事多魔』八個字緊相連屬，瞬息間則又樂極悲生，人非物換，究竟是到頭一夢，萬境歸空，倒不如不去的好。」
>
> （第一回）

但是：

> 這石凡心已熾，那裡聽得進這話去，乃復苦求再四。二仙知不可強制，乃歎道：「此亦靜極思動，無中生有之數也。既如此，我們便攜你去受享受享，只是到不得意時，切莫後悔。」

這一描寫表明，「石頭」的故事雖然緣於「無中生有之數」，但在「石頭」與「二仙」之間，卻曾經是一個有爭議的問題。問題的核心是「紅塵」即人世中是否有真正的「樂事」？是否值得追求？

　　對此，「二仙」是明確否定的。甲戌本側批於「二仙」所說「瞬息間」以下四句後批道：「四句乃一部之總綱。」這也就是作者和《紅樓夢》全書對人生所下的斷語了。

　　但由於「石頭」不肯聽從之故，這一斷語成了有待證明的結論。從而「石頭」「枉入紅塵若干年」的經歷，亦即石頭記的故事，客觀上成了對「二仙」之斷語的考驗。

　　雖然「考驗」的結果必然是應了「二仙」所說「瞬息間」云云的話，但「考驗」的過程必不能免，而且愈充分愈好，於是便有了《紅樓夢》「歷盡離合悲歡炎涼世態的一段故事」。

　　以《紅樓夢》全部故事的結局，結合於第五回末把賈寶玉夢遊太虛幻境

醒來即再入人世之處命名爲「迷津」，而稱人世爲「迷人圈子」〔註4〕，稱人身爲「臭皮囊」（第八回）等，則《紅樓夢》對「紅塵……樂事」的看法，顯然是否定的！其基本的傾向，顯然是出世的！《紅樓夢》深重的厭世情調、悲觀意識，就都由此看法與傾向而來。這不能不使我們想到王國維對《紅樓夢》著名的評論和他終於投水而死的「解脫之道」之間，是否有某種內在的聯繫！

三、「考驗」的中心是「情」

作爲「新神話」，《紅樓夢》「考驗」人間「樂事」的中心是「情」。書中多有明示。如第一回即揭出「其中大旨談情」（第一回）。又第五回寫警幻仙子曰：

> 「……寧榮二公之靈，囑吾云：『吾家自國朝定鼎以來，功名奕世，富貴傳流，雖歷百年，奈運終數盡，不可挽回者。故遺之子孫雖多，竟無一個可以繼業。其中惟嫡孫寶玉一人，稟性乖張，生情怪譎，雖聰明靈慧，略可望成，無奈吾家運數合終，恐無人規引入正。幸仙姑偶來，萬望先以情慾聲色等事警其癡頑，或能使彼跳出迷人圈子，然後入於正路，亦吾兄弟之幸矣。』如此囑吾，故發慈心，引彼至此。先以彼家上、中、下三等女子之終身冊籍，令彼熟玩，尚未覺悟。故引彼再至此處，令其再歷飲饌聲色之幻，或冀將來一悟，亦未可知也。」

其中「先以情慾聲色」云云，也以「情」字打頭。而蒙府本第三十五回回末總批有云：「此回是以情說法，警醒世人。」雖就「此回」作評，但移用於全書，也同樣精當。

《紅樓夢》的這一「大旨」，書中描寫也頻作提點，時予關注，如曰「青（情）埂」，曰「秦（情）可卿（情），曰「晴（情）雯」，曰「情哥哥」、「情小妹」，曰「情癡情種」、「孽海情天」等等，總是得便重提，更四面圍攻般搜剔刻畫，使《紅樓夢》一書，本質上不啻是「情」之一字的演義。特別是寫空空道人看完《石頭記》後，即「因空見色，由色生情，傳情入色，自色悟

〔註4〕把人世比作「迷人的圈子」是佛教語，《西遊記》中也寫有這個意思，如第五十三回寫「行者道：『不瞞師父說。只因你不信我的圈子，卻教你受別人的圈子。多少苦楚，可歎！可歎！』」

空」，就明確了《紅樓夢》敘事「空──色──情──色──空」的邏輯結構，而在「空──色」與「色──空」的兩端之間，「情」正是其情節邏輯也就是全書敘事的中心。

《紅樓夢》寫「情」的中心在男女，男女之情的中心在「兒女之真情」。體現於賈寶玉，他的「情」只在沒有出嫁，不曾「染了男人的氣味」（第七十七回）的「女兒」。他說：「女兒是水作的骨肉，男人是泥作的骨肉。我見了女兒，我便清爽；見了男子，便覺濁臭逼人。」（第二回）從而「懶與士大夫諸男人接談，又最厭峨冠禮服賀弔往還等事」（第三十六回），「最喜在內幃廝混」（第三回）。這既是他的「奇怪」「好笑」（第二回）處，包括其「懶於讀書」（第五回），不樂科舉等，今之讀者未必不可以向反封建上作想，但主要應是作者故為「以情說法」騰出筆墨，以集中寫他在「清淨女兒之境」（第五回）造化所作的設計。若不然，讀書做官等一應舊時士人修、齊、治、平的事務都上來了，還能有什麼「大旨談情」？所以《紅樓夢》寫賈寶玉的世界，既是盡可能不是男人的世界，又盡可能不是已婚女人的世界，因此寫他幾乎只在大觀園，徜徉於「女兒之境」，以最大限度「受享」堪稱「天上人間」之「大觀」的最純美之「情」。從而《紅樓夢》作為「情」的演義，也就達到了「大旨談情」的極致。進一步的發展讀者周知，便是那「四句乃一部之總綱」所指示「樂極悲生，人非物換」的過程與「到頭一夢，萬境皆空」的結局了。

這一結局宣示了「情」進而「紅塵……樂事」的「不可永遠依恃」，即蒙府本第十三回末總評所說：

> 借可卿之死，又寫出情之變態，上下大小，男女老少，無非情感而生情。且又藉鳳姐之夢，更化就幻空中一片貼切之情，所謂寂然不動，感而遂通。所感之象，所動之萌，深淺誠偽，隨種必報，所謂幻者此也，情者亦此也。何非幻，何非情？情即是幻，幻即是情，明眼者自見。

而早在第一回即有提示說：「此回中凡用『夢』用『幻』等字，是提醒閱者眼目，亦是此書立意本旨。」但這一提示不過是「其中大旨談情」的別樣說法而已。

所以，一如《金瓶梅》以「淫」止「淫」是「性」的演義，《紅樓夢》「以情悟道」（甲戌本第五回）則是「情」的演義。唯是它的結論，並非今天讀者所謂對愛情的肯定與歌頌，而是對包括男女之情在內一切人間「樂事」之「到頭一夢，萬境歸空」的懷疑甚至否定。

四、「考驗」的所在爲「幻境」

作爲「考驗」，「新神話」全部情節大略只能是爲證明「二仙」之預言而設的「假語村言」，即假設一處爲「紅塵」中有無上「樂事」的地方，使「石頭」至此「受享幾年」，看是否「倒不如不去的好」罷了。

因此之故，「新神話」敘事中除直寫的仙境、夢境等「幻境」之外，其他所謂現實環境雖往往具細節的眞實，但自大處觀之，也無非「幻境」。

首先，一僧一道許諾「石頭」進而「神瑛侍者」與絳珠仙子等「一干風流冤家」去到人間的地方，是所謂「昌明隆盛之邦，詩禮簪纓之族，花柳繁華地，溫柔富貴鄉」（第一回）。據脂批，這個地方就是後來賈寶玉與諸釵共同生活的「長安大都」「榮國府」「大觀園」「紫芸軒」，是很正確的。讀者如果把這些地方尤其是大觀園作一般文學的「現實描寫」看，那就大錯特錯了。因爲毫無疑問，對有關描寫文義作自上而下的研讀，便知其顯然是作者順接「一僧一道」所說之意緒，爲「石頭」所設「到人間去享一享這榮華富貴」的烏托邦！故曰「賈（假）府」。

其次，「大觀園」尤屬「幻境」。第十八回稱大觀園說「天上人間諸景備」，雖曰形容，但實在也是說其作爲「紅塵中……樂事」之所的典型代表，乃必須而且只能是對應「一僧一道」向「石頭」所許諾的地方。這地方雖不會憑空虛構出來，但決不會僅是根據於現實中的某處，而只能是作者基於生活的經驗，更就故事中「天上人間」的考量虛構出來，故曰「芳名應賜大觀園」（第十八回）。

「大觀」一詞出《周易·觀卦》「大觀在上」，徐志銳《周易大傳新注》曰：「猶如說大者在上很可觀，不能輕視。」〔註5〕《紅樓夢》用爲園名，表明其作爲藝術環境之爲幻設虛無，正如甄士隱的岳父封肅的本貫「大如州」，乃脂批所謂「託言大概如此」之意，哪裏會是什麼實指？有學者竟然去考證大觀園的所在，恐是枉費心機。這「天上人間諸景備」的所在，只能是作者的理念中的建構。

大觀園的使用也透露其爲「幻境」的實質。大觀園在元妃省親後入住人員中，男子只有一人即寶玉。試想古代男女七歲不同席，以一男而與諸女共處一園，不必是「詩禮簪纓之族」，普通士人家庭恐也不會如此。對此，作者

〔註5〕徐志銳《周易大傳新注》，齊魯書社1989年版，第133頁。

似也有所顧忌，所以既寫在「賈（假）府」中了，又祭出賈元春的諭旨爲賈寶玉入園居住的理由。書中寫道：

> 如今且說賈元春，因在宮中自編大觀園題詠之後，忽想起那大觀園中景致，自己幸過之後，賈政必定敬謹封鎖，不敢使人進去騷擾，豈不寥落。況家中現有幾個能詩會賦的姊妹，何不命他們進去居住，也不使佳人落魄，花柳無顏。卻又想到寶玉自幼在姊妹叢中長大，不比別的兄弟，若不命他進去，只怕他冷清了，一時不大暢快，未免賈母王夫人愁慮，須得也命他進園居住方妙。想畢，遂命太監夏守忠到榮國府來下一道諭，命寶釵等只管在園中居住，不可禁約封錮，命寶玉仍隨進去讀書。（第二十三回）

其實這種種的理由，都不過爲起用「大觀園」作賈寶玉身入「花柳繁華地，溫柔富貴鄉」以行「考驗」的藉口，豈有他哉！

五、「考驗」中人爲「幻形」

《紅樓夢》「大旨談情」（第一回），而眞正的「情癡情種」「風流冤孽」，只有賈寶玉和諸釵中的「女兒」們。「女兒」中又只有林黛玉、薛寶釵、晴雯、襲人、史湘雲、妙玉六位爲最〔註6〕，是賈寶玉經歷「情」之「考驗」的重要對象，其中爲主的當然又非林、薛莫屬。因此，我們於《紅樓夢》「考驗」中人物的鑒識，只從寶、釵、黛三人形象就可以見其大概了。

對此，筆者總的看法是，這些人物均非合於現實主義要求的「眞的人物」〔註7〕，而是爲「談情」特製出來的「情」之「幻形」（第一回）。分說如下：

首先，通靈寶玉與賈寶玉作爲「情」之「考驗」的中心，是「石頭」與「神瑛侍者」的「幻形」。這是書中寫明了的，由此決定了其後身之一的賈寶玉的性格。即以其前身是「赤瑕宮神瑛侍者」之故，誠如甲戌本於其名下側批曰：「點『紅』字『玉』字二。」又眉批曰：「按『瑕』字本注：『玉小赤也，又玉有病也。』以此命名恰極。」我們可以認爲，賈寶玉作爲「玉」之有「赤瑕」者，愛「紅」即一心放在「女兒」上是一種與生俱來的「病」，書中所謂「天生一段癡情，吾輩推之爲『意淫』」，以致稱其「乃天下古今第一淫人」（第

〔註6〕參閱杜貴晨《齊魯文化與明清小說》，齊魯書社 2008 年版，第 406～407 頁。

〔註7〕魯迅《中國小說的歷史的變遷》，《魯迅全集》(9)，人民文學出版社 1981 年版，第 338 頁。

五回）。進而試想作者既就其出身如此為賈寶玉定性，那麼這一形象的塑造，還會不一意在這「病」上做文章嗎？還會心猿意馬地寫到諸如仕途經濟之類舊時士人的常規生活道路上去嗎？所以，《紅樓夢》寫賈寶玉之諸多與世俗格格不入處，恐怕主要都是為了排除其作為文學形象在「現實性」上某些不必要的「社會關係」〔註 8〕的描寫，以使筆墨集中於「談情」，而未必盡是作者在政治上有意去反對什麼。

賈寶玉作為神仙轉世的「幻形」，除一出場性格就是固定了的之外，還不時自覺到前世的影響。如第三回寫初見黛玉，「寶玉看罷，因笑道：『這個妹妹我曾見過的。』」第十七回寫寶玉在大觀園見「現出一座玉石牌坊來……寶玉見了這個所在，心中忽有所動，尋思起來，倒像在那裡曾見過的一般」等，都使人有「偶見鶻突，知復非人」〔註9〕之感，進而乃知其並非「真的人物」了。

作為「幻形」的延伸，是賈寶玉在賈府中特殊身份與地位的安排，即他雖然在西府也並非長子長孫，但他卻是西府中賈母最喜歡的兒子賈政的第二個兒子；又雖然他非父母的長子，但偏又因長子賈珠早亡，賈政夫婦只剩了他這一個兒子，當然更會是愛如珍寶；還特別重要的是在西府兒孫中，唯有寶玉長得象他爺爺。第二十九回中寫道：

> 張道士……又歎道：「我看見哥兒的這個形容身段，言談舉動，怎麼就同當日國公爺一個稿子！」說著兩眼流下淚來。賈母聽說，也由不得滿臉淚痕，說道：「正是呢，我養這些兒子孫子，也沒一個像他爺爺的，就只這玉兒像他爺爺。」

這無疑加強了作為賈政夫婦寵兒的賈寶玉又為賈母寵孫的地位。影響所致，元妃也「想到寶玉自幼在姊妹叢中長大，不比別的兄弟」，特安排他進住大觀園。這一切特別的安排，都不能不說是作者有意為集中筆墨寫賈寶玉之為「情」鋪路架橋、鳴鑼開道。試想如書中如寫有賈珠在世，嫡孫中居長，寶二爺還會有多少「自幼在姊妹叢中長大」之「考驗」「兒女真情」的可能呢？

其次，如同賈寶玉為神瑛侍者下凡，林黛玉是仙女轉世的「幻形」。按書中所寫，她是追隨神瑛下凡「還淚」來的，有關她的故事書中概括為「還淚

〔註 8〕 〔德〕馬克思《關於費爾巴哈的提綱》，《馬克思恩格斯選集》第一卷，人民出版社 1972 年版，第 18 頁。

〔註 9〕 魯迅《中國小說史略》，《魯迅全集》(9)，人民文學出版社 1981 年版，第 209 頁。

之說」，並謂「這一段故事，比歷來風月故事更加瑣碎細膩了」。因此，「還淚之說」實可以作「這一段故事」即《紅樓夢》中「木石前盟」的別題，而林黛玉形象即專爲「還淚」而設。

因是專爲「還淚」而設，林黛玉下世爲人的遭遇性格等就處處受「還淚」的約束而與諸釵迥然獨別。例如第二回寫她生爲林如海的獨生女，甲戌本側批釋「林如海」曰：「蓋云『學海文林』也。總是暗寫黛玉。」其實很可能只說對了一半。另一半當是「如海」照應她下世前的「渴則飲灌愁海水爲湯」，意謂雖然來到了人世，但其作爲「如海」之兒女，仍爲「情」所困，一如其先前渴飲灌愁海之時也。相應她出生後的遭遇，就是六歲上死了母親，又「本自怯弱多病」。第三回寫黛玉對賈母諸人說道：

> 「我自來是如此，從會吃飲食時便吃藥，到今日未斷，請了多少名醫修方配藥，皆不見效。那一年我三歲時，聽得說來了一個癩頭和尚，說要化我去出家，我父母固是不從。他又說：『既捨不得他，只怕他的病一生也不能好的了。若要好時，除非從此以後總不許見哭聲，除父母之外，凡有外姓親友之人，一概不見，方可平安了此一世。』瘋瘋癲癲，說了這些不經之談，也沒人理他。如今還是吃人參養榮丸。」

以黛玉所說對照她初入賈府前後的處境：一是她只可以見父母，卻母親早死，父親無力照管，並不能留她在身邊，則父母都見不成了；二是「凡有外姓親友之人，一概不見」，卻又是萬不得已，只能來至賈府，成了無日不見「外姓親友之人」，可說處處與癩頭和尚所囑相反對。這就是作者爲黛玉安排的身世處境。在這樣的情況下，她如何不是「想眼中能有多少淚珠兒，怎經得秋流到冬盡，春流到夏」，從而不僅是「只怕他的病一生也不能好的了」，還雪上加霜到「還淚」速死之「情」小姐的地步了。

順便說到，林黛玉這樣一個只爲「還淚」而來至賈府的人物，「素習猜忌，好弄小性兒的」（第二十七回），動輒把自己尚不知爲誰何的男性罵爲「臭男人」，與周圍的人幾乎都格格不入，也是很自然的。在這樣的地方，讀者固然可以其爲有反封建的意識，但更要看到她爲「還淚」而生的命運所使，固當如此。若不然，她用心在如薛寶釵那樣使賈府上下人人喜歡上，其命定下世「還淚」的夙願豈不落空，而故事還能夠是「紅樓夢」嗎？

最後，薛寶釵前世無疑爲「一干風流冤家」中人物，雖於「二玉」爲陪

襯，但其重要性顯居於其他諸釵之上。作爲與黛玉等同爲「薄命司」中人和下世的「風流冤孽」之一，薛寶釵在現實中的形象本該與林黛玉沒有什麼根本的不同。事實上書中寫薛寶釵幼時也曾「偷背」著大人讀《西廂記》《牡丹亭》之類的「雜書」（第四十二回），更與黛玉幾無差別的是，她也自幼有病，曾自說道：

> 「再不要提吃藥，爲這病請大夫吃藥，也不知白花了多少銀子錢呢。憑你什麼名醫仙藥，從不見一點兒效。後來還虧了一個禿頭和尚，說專治無名之症，因請他看了。他說我這是從胎裏帶來的一股熱毒，幸而先天壯，還不相干。若吃尋常藥，是不中用的。他就說了一個海上方，又給了一包藥末子作引子，異香異氣的。不知是那裡弄了來的。他說發了時吃一丸就好。倒也奇怪，吃他的藥倒效驗些。」（第七回）

這裡寫寶釵與黛玉自幼患有「不足之症」不同的是「先天壯」，得病爲「熱毒」。但爲寶釵設方的「禿頭和尚」，應與爲黛玉疹病的「癩頭和尚」爲同一個和尚。至於「熱毒」爲何？甲戌側批曰：「凡心偶熾，是以孽火齊攻。」是不錯的。所以禿頭和尚給她「海上方」所做的藥丸，即名爲「冷香丸」。「冷香丸」者，甲戌本夾批曰：「卿不知從那裡弄來，余則深知是從放春山採來，以灌愁海水和成，煩廣寒玉兔搗碎，在太虛幻境空靈殿上炮製配合者也。」恐怕太扯遠了。其實，只須明白這個「冷」應是第六十六回題目中所謂「冷二郎一冷入空門」之「冷」，當作動詞解，而「冷香丸」眞正的名義只就其字面解爲以「冷」製「香」即抑制「孽火」的藥丸就可以了。這是理解寶釵性格一大關鍵。明乎此，則知寶釵這一人物形象，與黛玉同患「風流冤孽」之「病」本無不同，只是黛玉沒有得到有效治療，而寶釵得有禿頭和尚設方的「冷香丸」服用罷了。

　　由此可知，寶釵是作者爲與「二玉」相參特製的一個的「冷美人」，並因此命她姓「薛（雪）」。其用心就是與日服「人參養榮丸」以滋補的林黛玉形成對立或對照，以其最終得爲「寶二奶奶」，作爲全書寫「無兒女之情，故有夫人之份」（第一回甲戌本側批）的強力證明！（至於其最後因寶玉出家而獨守空閨，則是另外一回事。）在這個意義上，一如甄士隱是賈寶玉的影子，「偶因一著錯，便爲人上人的」嬌杏則是薛寶釵的影子。她們共同對「以情悟道」的詮釋，是「情」之「幻」體現於男女婚配，恰與《西廂記》「願天下有情的

都成了眷屬」的理想相反，是凡有情的都成不了眷屬。「情」之「不可永遠依恃」一至於如此，豈非人生最大的遺憾！

總之，《紅樓夢》中由賈寶玉而林黛玉，由二玉而至薛寶釵，乃至其他所有男女，都是從這樣那樣角度為「談情」而設的「幻形」。雖然因為「談情」之需，這些人物能各有其角色命運，各有其遭際性情，但至少是主要人物，都因其有「天上人間」的雙重身份，而各自的命運性情等都是出場即由作者為之固定了的。從而《紅樓夢》人物之真，大約只體現於生活細節的描寫，與性情之不再單一的「好人不完全是好，壞人不完全是壞」〔註10〕；若就其人物角色及其彼此間關係之設定與人物性格之基本內涵的形成而言，卻都可以說是理念化、道具化和模式化的。這不關作者寫人的才情，而只在於作者的藝術理念。曹雪芹的創作理念，有表現，也有再現。其總體構思重表現，具體描寫重再現。

綜上所論述，《紅樓夢》敘事有神話與現實兩個層面，但當作整體看。整體看《紅樓夢》是女媧煉石神話的續篇，一部從天上延伸到人間的「新神話」。「新神話」是對人間「樂事」的考驗，「考驗」的中心是「情」，結論是人生如夢，情緣皆幻。為行此「考驗」，《紅樓夢》中除仙人、仙事、仙境的直寫之外，其人間描寫的環境也屬「幻境」，人事的描寫也「偶見鶻突」，人物的設計也屬「幻形」，非如讀者通常認為的「真的人物」，而是為「談情」所「特製」，是理念化、道具化和模式化的，不可以僅從現實主義的角度理解把握這部作品。雖然僅是注重從現實描寫的成分去解讀《紅樓夢》有可以諒解的歷史的原因，但是，把《紅樓夢》作為藝術看，過去以《紅樓夢》所寫為「寶、黛愛情悲劇」與「賈府興衰」的幾乎公認的看法肯定是片面甚至歪曲的，應當予以糾正。從整體看《紅樓夢》是一部「新神話」的立場與方法，應能有助於對這部書全面正確的理解與把握。

（原載《廣東技術師範學院學報》2011年第2期）

〔註10〕魯迅《中國小說的歷史的變遷》，《魯迅全集》（9），人民文學出版社 1981 年版，第 338 頁。

《紅樓夢》「大旨談情」論

　　《紅樓夢》是一部謎一般的奇書。它的主題眾說紛紜，其中不乏有價值的見解。但相比之下，我更願意相信雪芹自道「其中大旨談情」，是立題本意。

　　欲知《紅樓夢》「大旨」，自然要從其大處著眼。作爲一部長篇巨著，《紅樓夢》的大處在於總體的構思，包括主要的故事、故事的主要環境設計、情節發展和人物配置安排等。這諸多方面有機結合的整體的風神氣韻，應是它煌煌大旨的集中表現。當然，今見曹雪芹《紅樓夢》是一部未完成的著作，後面的部分我們只能根據前八十回的暗示、伏筆和脂批的某些透露有一定的瞭解，這不能不影響到研究結果的精確性。但是，神龍見首不見尾無礙於人知其神。現有脂本大半部《紅樓夢》，已夠我們確認其「大旨」的基本需要了。

　　《紅樓夢》的故事起始於兩件事：一件是女媧補天所棄的一塊頑石通靈思凡，由一僧一道幻縮爲美玉攜歷紅塵，去「那富貴場中，溫柔鄉里享受幾年」；一件是「西方靈河岸上三生石畔有絳珠仙草一株」，久得「赤瑕宮神瑛侍者日以甘露灌溉」，修成女體，思報灌溉之德。適神瑛侍者「欲下凡造歷幻緣」，絳珠仙子便隨他下世「還淚」，以償「甘露之惠」，從而「勾出多少風流冤家來陪他們去了結此案」。這後一件事是全書故事的主體，早期批書人稱「通部情案」〔註1〕，就是指此。

　　這兩件事又值同時發生，由警幻仙子統一掛號發放，一僧一道把那稱之爲「蠢物」的美玉「夾帶」於下世的風流冤家中，「使他去經歷經歷」。 於是二事合一，賈寶玉銜玉而生，黛玉及諸釵先後異地而生，展轉因緣，聚首於

〔註 1〕朱一玄《紅樓夢脂評校錄》，齊魯書社 1986 年版，第 478 頁。

長安大都賈府大觀園。「石頭」有結構上的意義，甲戌本《凡例》云：「是自譬石頭所記之事也」。「所記之事」即「通部情案」；「石頭」又有象徵的意義，它幻為美玉掛在賈寶玉項間歷世，「失去幽靈真境界，幻來親就臭皮囊」〔註2〕，與賈寶玉一而二、二而一，表示「石皆能迷」〔註3〕和賈寶玉本有宿慧。

但是，就在賈寶玉銜玉而生入世僅數年之際，賈府寧、榮二公在天之靈念百年望族，而今「子孫雖多，竟無一可以繼業」，請警幻仙子規引寶玉，「先以情慾聲色等事警其癡頑，或能使彼跳出迷人圈子，然後入於正路」。警幻乃「發慈心」，使寶玉夢遊「太虛幻境」，「先以彼家上、中、下三等女子之終身冊籍，令彼熟玩之」，「再歷飲饌聲色之幻」「密授以雲雨之事」，最後引至「迷津」，指點說法。不料迷津中「有一夜叉般怪物竄出直撲而來」，使寶玉驚醒，仍歸為世間「紅塵」中人，才真正開始「演出這懷金悼玉的紅樓夢」。

全書的主體，就是石頭（玉）、神瑛（賈寶玉）及冊籍中女子（諸釵）「不是冤家不聚首」的歷世過程。結末各依分定，「石歸山下無靈氣」，寶玉「懸崖撒手」棄家為僧，黛玉淚枯夭亡……「到頭一夢，萬境歸空」，「好一似食盡鳥投林，落了片白茫茫大地真乾淨」。而所有「風流冤家」都歸位太虛幻境警幻仙子前銷號對冊，幻出「情榜」，結束全書。

這個作為全書框架的故事雖甚荒唐，意義卻非常嚴肅，只是研究者向來對這一框架不曾有足夠的重視。它其實表明一部大書構思的哲學基礎。在作者看來。世界生人，乃「靜極思動，無中生有之數」（第一回），有人生便有欲望，有欲望便有煩惱痛苦，亦即二仙師對石頭所說：「那紅塵中有卻有些樂事，但不能永遠依恃，況又有『美中不足，好事多魔』八個字緊相連屬，瞬息間則又樂極悲生，人非物換……。」寧、榮二公之靈所謂「迷人圈子」，警幻所示之「迷津」，就都指人欲和人世而言。

不過，《紅樓夢》中的「欲」被稱作「情」。中國古代哲學中，「情」是比「欲」更高級的意念，但「欲」亦是一種「情」，不過低級下作而已。因此，跳出「迷津」的解脫之道，就是體認世間萬相一切皆「幻」，並「我」亦「幻」。而體認的途徑便是警幻所謂「以情悟道」，即斷離「情根」，使悟「情」即是「幻」，身如槁木，心如死灰，也就是乘上「木居士掌柁，灰侍者撐篙」的木

〔註2〕〔清〕曹雪芹、高鶚《紅樓夢》，脂胭齋評，山東文藝出版社 1993 年版。本文引《紅樓夢》無特別說明均據此本，說明或括注回次。

〔註3〕《紅樓夢脂評校錄》，第 371 頁。

筏，才能出離「紅塵」，跳出「迷津」，重返太虛寂無之境。「筏」喻本《金剛般若經》，指佛法可超度眾生，使登彼岸。黛玉續寶玉偈云：「無立足境，是方乾淨。」寶釵贊曰：「實在這方徹悟。」（第二十二回）所以一部大書，起之於「空」，結之於「空」，中間都從一個「情」字結撰而來。空空道人「因空見色，由色生情，傳情入色，自色悟空」而易名「情僧」，改《石頭記》為《情僧錄》。這一小小關目，既揭示全書構思以「情」之生滅為中心的線索，又表明作者欲讀者明白「情」即是「幻」的道理。

「情僧」，論者多以為是「僧」而有「情」者，其實是被作書人、批書人瞞蔽了。這裡，「僧」還是那個空空道人，「情僧」就是「情空」；《情僧錄》亦即「情空錄」，表明是一部「以情說法」〔註4〕的書。「情即是幻，幻即是情。」〔註5〕所以書中作者一面說「其中大旨談情」，一面又說「此回中凡用『夢』用『幻』等字，是提醒閱者眼目，亦是此書立意本旨」。戚序本第一回後評云：「出口神奇，幻中不幻。文勢跳躍，情裏生情。借幻說法，而幻中更自多情；因情捉筆，而情裏偏生癡幻。試問君家識得否？色空、空色兩無干。」〔註6〕「兩無干」就是「色空空色」中間大書了一個「情」字為轉換，使知「情」自「空色」而來，復歸「色空」而去。「情」既非真，更不可「永遠依恃」。

配合全書敘事，《紅樓夢》基本環境設計處處點明突出一個「情」字。開篇石頭被棄之處為「青埂峰下」，「青埂」諧「情根」，「謂落墮情根」〔註7〕；甄士隱住姑蘇城閶門外「十里街仁清巷」，「十里」諧「勢利」，乃言勢利之情；「仁清」諧「人情」。太虛幻境在「離恨天之上灌愁海之中」的「放春山遣香洞」，「灌愁」「放春」「遣香」都著意於｜情」；入了太虛幻境，「轉過牌坊，便是一座宮門，也橫書四個大字道是『孽海情天』，又有一幅對聯大書云：『厚地高天堪歎古今情不盡，癡男怨女可憐風月債難償。』」貯放冊籍的地方為「薄命司」，門口亦有對聯云：「春恨秋悲皆自惹，花容月貌為誰妍。」寶玉覽冊籍後，隨警幻第一個去處是「清靜女兒之境」，所謂「幽微靈秀地，無可奈何天」。在那裡聞「群芳髓」之香，飲「千紅一窟（諧『哭』字）」之茶、「萬豔同杯（諧『悲』字）」之酒。然後來至「迷津」，這是入「迷」亦即墮入「紅

〔註4〕《紅樓夢脂評校錄》，第434頁。
〔註5〕《紅樓夢脂評校錄》，第193頁。
〔註6〕《紅樓夢脂評校錄》，第24頁。
〔註7〕《紅樓夢脂評校錄》，第2頁。

塵」的關口。寶玉於此被夜叉直撲驚醒，未能「悟道」，仍歸「富貴場中，溫柔鄉里」。

石頭、神瑛並一干風流冤家下世聚首的地方，是「昌明隆盛之邦，詩禮簪纓之族，花柳繁華之地，溫柔富貴之鄉」，脂批依次注隱「長安大都」「榮國府」「大觀園」「紫雲軒」，所以長安大都──賈府──大觀園實際是太虛幻境──孽海情天宮──薄命司在人間的投影。這一點脂批有所揭示，第五回中太虛幻境一處所在的描寫，批書人說：「已為省親別墅畫下圖式矣。」第十七至十八回「大觀園試才題對額」，寫寶玉見一玉石牌坊，「心中忽有所動，尋思起來，倒像在那裡見過的一般」。這個牌坊就是他夢遊太虛幻境所見牌坊的世間形象，故爾題「天仙寶境」，後被元妃改題「省親別墅」。「太虛幻境」是作者為「警情」〔註8〕而設，但它注定不能奏效，所以必要寶玉還歸賈府大觀園造劫歷幻。長安大都──賈府──大觀園就是依照定數為完成太虛幻境「警情」未了之事而構造的人間世界。脂批云：「大觀園係玉兄與十二釵之太虛幻境，豈可草率？」〔註9〕又云：「仍歸葫蘆一夢之太虛幻境。」〔註10〕就點明此事。當然，大觀園在人間；但其脈係天上之太虛幻境，故云「天上人間諸景備，芳名應賜大觀園」。從「警幻」的觀點看來，它是「迷津」深處；在「石頭」──「神瑛」來說，它是理想的溫柔富貴之鄉。但「石頭」──「神瑛」是「有緣者」，「沉酣一夢終須醒」，會有「木居士掌柁，灰侍者撐篙」的木筏來度他，所以寶玉說：「這『富貴』二字真正把人荼毒了。」不時想到化煙化灰。這固然是由於宿慧，但作者更多地寫出了是環境的造化，春恨秋悲死亡破敗相隨，「悲涼之霧，遍被華林，然呼吸而領會之者，獨寶玉而已」〔註11〕。寶玉就在這日甚一日的悲涼中「悟道」了。大觀園是作者心造的紅塵富貴、世間繁華的典型場所，以它的興衰生滅體現「瞬息間則又樂極悲生，人非物換」的思想，所謂「眼看他起高樓，眼看他宴賓客，眼看他樓塌了」（孔尚任《桃花扇‧餘韻》）。而個中人紅塵富貴繁華亦當隨之生滅，歸於無何有之鄉。所以，《好了歌》為一書總論，甄士隱一家故事為一書總喻，賈府大觀園興衰為一書主體，「古今情」「風月債」就都在其中了。

〔註8〕 《紅樓夢脂評校錄》，第93頁。
〔註9〕 《紅樓夢脂評校錄》，第233頁。
〔註10〕 《紅樓夢脂評校錄》，第243頁。
〔註11〕 魯迅《中國小說史略》，人民文學出版社1973年版，第201頁。

脂批說大觀園是太虛幻境，研究者也多如是說，但太虛幻境中有孽海情天宮，還有空靈殿（第十二回），孽海情天宮中有癡情司、結怨司、朝啼司、夜怨司、春感司、秋悲司。寶玉入的是「薄命司」，在那裡看了諸釵冊籍。所以，我很疑心「玉石牌坊」的暗示與全部天上人間的描寫並不一致，「太虛幻境」對應的應是「昌明隆盛之邦」，即「長安大都」所代表的整個人世；「孽海情天」宮對應的應是「詩禮簪纓之族」，即賈府；「薄命司」對應的應是「花柳繁華地」，即大觀園。遊太虛幻境，寶玉在薄命司閱諸釵冊籍；現實中，寶玉是唯一的男人住在大觀園，他是「絳洞花王」，園中「諸豔之貫（冠）」〔註12〕，他的居處怡紅院「總一園之看（首）」〔註13〕。這種情況不能不使我們想到，「薄命司」與「大觀園」才是合乎邏輯的對應，在這裡演出天上人間「古今情」「風月債」中紅顏薄命的重頭戲。當然，大觀園是薄命司的投影，諸釵應都在裏邊。但實際的描寫王熙鳳因係有夫之婦沒有住進去，但她自認大觀園中人。第四十五回興辦詩社，王熙鳳說：「我不入社花幾個錢，不成了大觀園的反叛了？」

大觀園中怡紅院「總一園之看（首）」，諸釵居住布置方位都依與寶玉感情之深淺而設。余英時先生曾經分析過大觀園中房屋的配置，於黛玉所居之瀟湘館離怡紅院近而小，寶釵所居之蘅蕪苑離怡紅院遠而大評論說：「木石雖近而金玉齊大，正是脂硯齋所謂『釵顰對峙也』」〔註14〕。這是一個很有見地的發明。但是，瀟湘館、蘅蕪苑距怡紅院的近遠大小所顯示的對峙，不僅是世俗地位的差異，也有感情的差異。第二十一回「一時寶玉來了，寶釵方出去」下庚辰夾批中曾論及寶玉、寶釵「二人之遠，實相近之至也。至顰兒於寶玉實近之至矣，卻遠之至也」。又說：「釵與玉遠中近，顰與玉近中遠，是要緊兩大股，不可粗心看過。」〔註15〕可見釵、黛與寶玉居住的距離也顯示感情上的對峙。

大觀園中的葬花冢很有寓意。有葬花方有花冢，因此有《葬花吟》。脂批云：「至此方完大觀園工程公案……余則謂若許筆墨，卻只為一個葬花冢。」〔註16〕又云：「埋香冢乃諸豔歸源；葬花吟又係諸豔一偈也。」〔註17〕花是女

〔註12〕 《紅樓夢脂評校錄》，第231頁。
〔註13〕 《紅樓夢脂評校錄》，第246頁。
〔註14〕 〔美〕余英時《〈紅樓夢〉的兩個世界》，載胡文彬、周雷編《海外紅學論集》，上海古籍出版社，1982年版。
〔註15〕 《紅樓夢脂評校錄》，第310頁。
〔註16〕 《紅樓夢脂評校錄》，第251頁。

孩子的象徵，落紅成陣，象徵紅顏薄命。女孩子最好的結局，也就是紅褪香銷時葬入花冢，即黛玉所謂「質本潔來還潔去，強於污淖陷渠溝」。

《紅樓夢》中的器物飲饌也多有關「大旨談情」。舉二事以概觀之：風月寶鑒「出自太虛幻境空靈殿上，警幻仙子所製」，後來到了賈瑞手中，因他貪看正面而淫喪夭亡，它是此書又名《風月寶鑒》的點題，「是戒妄動風月之情」；寶釵有冷香丸，是癩頭和尚給的，能治她「從胎裏帶來的一股熱毒」，脂批說：「凡心偶熾，是以孽火齊攻。」〔註18〕看來冷香丸也是針對情孽而設的。總之，《紅樓夢》環境的設置，無論大處小處，都著意於突出「大旨談情」。

我們再來看看全書的中心線索。《紅樓夢》「全部之主唯二玉二人也」〔註19〕。黛玉是絳珠隨神瑛下世並向他「還淚」的，所以寶、黛「木石前盟」唯盡其纏綿，而絕無結合的可能。黛玉「情情」，獨鍾於寶玉一人，淚枯債了而亡，是不能到頭的；寶玉「情不情」，雖然對黛玉用情最深，但到底不為黛玉一人。所以，第三十四回題曰「情中情因情感妹妹」，寶玉對前來安慰問候他的黛玉說：「你放心，別說這樣話，就便為這些人死了，也是情願的。」黛玉為寶玉一人之情而生，為寶玉一人之情而死；寶玉卻是「愛博而心勞」〔註20〕，為「這些人」無可奈何出家。寶玉關心的不僅是愛情，還是包括愛情在內的一切情，用《紅樓夢》的話說，就是「古今情」「風月債」。黛玉之死，無疑是寶玉「以情悟道」的絕大關鍵；但在寶、黛「訴肺腑」之前，寶玉續《莊子》、悟禪機，已是「二次翻身未出」〔註21〕了。所以全書以二玉為主，二玉以寶玉為主，《紅樓夢》情節線索中心的中心是寶玉「以情悟道」的過程。作品寫他從天上到人間，一步步陷溺下去，才墮落，又覺悟；才覺悟，又墮落……最後打破「情」關，「懸崖撒手」，是大翻身，大徹悟。賈府、大觀園的盛衰就合著寶玉「情」悟的過程展開。寶玉未能夢遊太虛幻境而悟「幻即是情」而「入於正路」，卻經過紅塵中瞬息間「樂極悲生，人非物換」而悟「情即是幻」遁入空門，所以賈府終還是「運終數盡，不可挽回」；寶玉「癡迷」時，還被視為「略可望成」；一旦悟道，則並人出家而去。其時賈府也已死亡破敗相繼，「落了片白茫茫大地真乾淨」。寶玉的迷與賈府的盛，寶玉的悟與賈府

〔註17〕 《紅樓夢脂評校錄》，第 402 頁。
〔註18〕 《紅樓夢脂評校錄》，第 121 頁。
〔註19〕 《紅樓夢脂評校錄》，第 12 頁。
〔註20〕 《紅樓夢脂評校錄》，第 332 頁。
〔註21〕 《紅樓夢脂評校錄》，第 211 頁。

的敗，是同步並互爲因果的，而迷悟盛衰關鍵只在一個「情」字。脂批云：「可知除『情』字，俱非寶玉正文。」〔註22〕「寶玉正文」即一部書所繫的中心，故曰「其中大旨談情」。

《紅樓夢》寫賈寶玉「以情悟道」的過程，黛玉爲賓，寶釵次之，其他人物因此過程配置，也都圍繞突出一個「情」字。賈寶玉爲「情種」；另有個江南甄寶玉也是「情種」，後來改悔了，爲賈寶玉所不齒（依高本）；寶玉的膩友秦鐘（諧「情種」）也是「情種」。同是「情種」而品類不一的，還是賈瑞、蔣玉函、柳湘蓮、潘又安一干人。賈珍、賈璉、賈蓉之輩，是皮膚濫淫之蠹物，爲賈赦一流。賈母、賈政、王夫人，有寵孫愛子安富尊榮之情；鳳姐辣、貪、好勝，史湘雲英豪闊大醉臥花裀，元、迎、探、惜之「三春去後」惜春爲尼，妙玉之檻外孤潔之癖，尤氏姊妹、劉姥姥，乃至小丫頭墜兒、鮑二媳婦、張金哥、金釧、鴛鴦等等，邪邪正正，無不是情累、情誤者，均「迷津」中人。戚序本第十四回回後脂批云：「借可卿之死，又寫出情之變態，上下大小，男女老少，無非情感而生情。」甲戌本第八回「他父親秦業」下夾批云：「妙名。業者，孽也，蓋云情因孽而生也。」接下「現任營繕郎」，夾批云：「官職更妙，設云因情孽而繕此一書之意。」戚序本第五十七回回前批云：「作者發無量願，欲演出眞情種，性地圓光，遍示三千，遂滴淚爲墨，研血成字，畫一幅大慈大悲圖。」這些話都正確點明了《紅樓夢》寫人物以「大旨談情」的用心。

《紅樓夢》寫人以「大旨談情」，集中體現於寶、釵、黛三者關係上。這絕不是今大所謂「三角戀愛」關係，而是作者對兒女之情看法的演義。按釵、黛均太虛幻境薄命司十二釵籍中人，「來自情天」，而環肥燕瘦，性格迴異，成「釵、顰對峙」。這種對立，根本原因無他，只在於寶釵有癩頭和尚給她冷香丸服用，把從胎裏帶來的「熱毒」抑住了，所以關鍵時能「羞籠紅麝串」，成一無「情」的「冷美人」。而黛玉則無，一任其「情情」。賈寶玉居釵、黛之間。寶釵有「仙姿」，黛玉擅「靈竅」，色不及情，所以寶玉終與黛玉爲近。但是，寶玉乃「天下古今第一淫人」，是「既悅其色，復戀其情」的，所以處釵、黛之間時復彷徨。他有一回見了寶釵「雪白一段酥臂」，便動了羨慕之心，覺得寶釵「比林黛玉另具一種嫵媚風流」。寶玉的眞正的理想是「釵、黛合一」，而現實中只是「釵、顰對峙」，二者不可兼得。況且「釵、黛合一」了，寶玉

〔註22〕《紅樓夢脂評校錄》，第98頁。

得之也未必滿足。夢遊太虛幻境，警幻密授以雲雨之事，秦可卿乳名「兼美」，就是「釵、黛合一」的象徵，寶玉與之春風一度，仍未能悟。何況現實中再無「兼美」之人？所以，現實中寶玉於「釵、顰對峙」之間，只能擇一近者，那就是「情情」的黛玉。但現實的原則恰與「情種」的願望相違背，並非「願天下有情人都成眷屬」的。第一回嬌杏將嫁賈雨村，脂批云：「是無兒女之情，故有夫人之分。」正道出寶、釵、黛間現實關係的特徵。寶釵得了癩頭和尚送的冷香丸制住了「熱毒」，同時也有了金鎖，去配那玉，成金玉姻緣，正是「無兒女之情，故有夫人之分」；黛玉的命運則相反。「情」之不可恃，一至於此。所以黛死釵嫁，賈寶玉「空對著山中高士晶瑩雪，終不望世外仙姝寂寞林，歎人間美中不足今方信，縱然齊眉舉案，到底意難平」。「意難平」因「寂寞林」而起，但不排斥「晶瑩雪」。對著「晶瑩雪」還是「美」的，唯「不足」而已。所以《紅樓夢》為「懷金悼玉」，於「金」「玉」並無特別地軒輊。脂批云：「懷金悼玉，大有深意。」某些研究者捧殺黛玉，罵死寶釵，大非雪芹本意。

　　但是，寶玉的「情悟」卻不僅從那一個「意難平」上來，也不僅從他與一干風流冤家的「風月債難償」上來。他愛一切的女孩子，曾發誓「就便為這些人死了，也是情願的」。但他後來知道了齡官劃「薔」的深意，「識分定悟梨香院」，終於明白女孩子的眼淚「我竟不能全得了，從此後只是各人得各人眼淚罷了」，「自此深悟人生情緣，各有分定，只是每每暗無天日傷『不知將來葬我灑淚者為誰？』」但這一「悟」並沒有持續多久，接下來第三十九回《村姥姥是信口開閤，情哥哥偏尋根究底》，寶玉又去找那無何有之鄉的茗玉小姐去了。他的愛真正永無休止、無比廣大，由愛人而及於愛物、愛大自然。終其一生，只發恨摔碎了一隻茶杯，而臨風灑淚，舉步惜花，對月傷懷，體貼入微地思考著人生和他依託的這個世界。第二十八回寫他聽黛玉《葬花吟》之後：

> 　　不覺慟倒山坡之上，懷裏兜的落花撒了一地。試想林黛玉的花顏月貌，將來亦到無可尋覓之時，寧不心碎腸斷！黛玉終歸無可尋覓之時，推之他人，如寶釵、香菱、襲人等，亦可到無可尋覓之時矣。寶釵等終歸無可尋覓之時，則自己又安在哉？且自己尚不知何在何往，則斯處、斯園、斯花、斯柳，又不知當屬誰姓矣……

由「風月債」到「古今情」，這就是寶玉「情悟」的全部內容。他不勝兒女風月之情，更不勝天地古今之情，因有「情極之毒」。第二十一回庚辰夾批云：

「寶玉之情，今古無人可比固矣。然寶玉有情極之毒，亦世人莫忍爲者。……寶玉有此世人莫忍爲之毒，故後文方有『懸崖撒手』一回。若他人得寶釵之妻、麝月之婢，豈能棄而爲僧哉？玉一生偏僻處。」「玉一生偏僻處」下，蒙府本批曰：「此是寶玉大智慧大力量處。」的確，寶玉作爲「古今第一淫人」，其「意淫」本質上乃是對整個人生宇宙的愛戀，對完美境界的追求。他即使不得不失敗了，也決不與世浮沉，以出家保持其人格精神的獨立。他的出家，在形式上是消極的，本質上卻是悲壯的；他的出家，對抗的不僅是庸俗的家庭、黑暗的社會，而且是使瞬息間「人非物換」的自然。論文至此，筆者暢想賈寶玉是中國的浮士德，但比浮士德更深刻；浮士德追求的是真理，而賈寶玉追求的是永恒——人類與生俱來的一個最美的夢。

《紅樓夢》「大旨談情」「以情悟道」，深蒙佛、道思想的影響。書中雖然多次寫到寶玉毀僧謗道，說「和尚道士的話如何信的」，但那是作者所謂寶玉「癡迷」的表現。一旦讀《莊子》、聽曲文，便有覺悟，誠如寶釵所說的，「那些道書禪機最能移性」。一僧一道時隱時現，點化癡迷，最後寶玉便隨他們出家去了。今天看來，這種「色空」思想實在不算高明，但在十八世紀，作者處理這樣一個關乎人生終極意義的故事，求助於「色空」的觀念，也是一件無可奈何的事。

「色空」是佛教的觀念，各家說法不一。但講「色空」又講「情」的，似乎以釋慧遠《沙門不敬王者論》最爲顯豁。他說：「有靈則有情於化，無靈則無情於化。無情於化，化畢而生盡；生不由情，故形朽而化滅。有情於化，感物而動，動必以情，故其生不絕。」

《紅樓夢》起始於石頭通靈思凡，後來與神瑛即賈寶玉一而二、二而一地歷世，就是「有靈則有情於化……動必以情，故其生不絕」。但是，他們到底是有宿慧的，又得一僧一道隨時呵護點化，所以終能幡然醒悟，「無情於化，化畢而生盡」。一個「石歸山下無靈氣」，一個「懸崖撒手」而去。這個思想的框架自然使全書蒙上了宿命的色彩，但也促進了作者描寫中在「動必以情」上下工夫。「以情悟道，守理表情」，大約就由此而來。以致這部書「比歷來風月事故更加瑣碎細膩」，卻幾乎沒有什麼穢筆，成了極高明而垂永久的藝術瑰寶。

當然，正如有些研究者指出的，《紅樓夢》「大旨談情」也受了明中葉以來湯顯祖、馮夢龍、洪昇等進步文學家的影響。但也只是在重視寫「情」這

一點上，《紅樓夢》對那些前輩作家的作品有所繼承和借鑒，而所寫「情」的內容和作家的價值判斷，卻有很大的或根本的不同。大致說來，湯、馮、洪等人主要是寫了愛情，《紅樓夢》則寫了從性愛到對古今盛衰滄桑之變的種種感受；湯、馮、洪等人肯定、歌頌「情」，寫「情」戰勝「理」甚至超越生死，因而總是悲喜劇，不是真正的悲劇，《紅樓夢》則以無限留戀和感傷惋惜的心情否定、棄絕「情」，寫「情」本身的癡幻、脆弱及其在現實打擊下必然毀滅的過程；湯、馮、洪等人的寫「情」代表了明中葉以來興起的個性解放初期狂飆突起的精神，《紅樓夢》寫「情」則體現了這一精神發展過程中遭受挫折後的迷惘與彷徨——夢醒了無路可走的痛苦。書中屢次出現的「無可奈何」一語，準確道出了這一痛苦的特徵。雖然「無可奈何」並不表示實際的進步，但它是孕育新生的必然階段。曹雪芹和他的賈寶玉未能新生跨進近代思想變革的門，但《紅樓夢》沉重的歎息、無盡的哀傷，無疑標誌了漫漫長夜即將在最黑暗的一刻結束。

《紅樓夢》寫「情」的成功，不僅在於作者主觀的態度，而且在於作家敢於直面慘淡的人生，寫出人生而不能自由的悲劇意味。因此，它是中國古來真正的悲劇，關於個人不得實現其生的理想和活的價值的悲劇。它所提出的「解脫之道」肯定是虛妄的，而惟其虛妄才成其為「徹頭徹尾的悲劇」。在這一點上，王國維半個多世紀以前的結論有一半是對的。

（原載《齊魯學刊》1993 年第 6 期）

《紅樓夢》「大旨談情」續論

　　拙作《〈紅樓夢〉「大旨談情」論》〔註1〕，側重從作家創作的總體構思和文本說明《紅樓夢》的主題在於「談情」──「以情說法」，「以情悟道」，參破「情空」。限於篇幅和當時的認識，有些問題未能說得清楚；同時，二百年來關於《紅樓夢》主題的說法也太多太亂了，「假做真時真亦假」，實事求是不是一項容易的工作，因續作餘論申說如下。

　　《紅樓夢》「大旨談情」乃曹雪芹夫子自道，不是什麼人的新發明。筆者的議論不過是對曹氏聲明的認可和釋證，所以拙文說「我更願意相信曹雪芹自道『其中大旨談情』是立題本旨」。現在想來第一回作者還說到「此回中凡用『夢』用『幻』等字，是提醒閱者眼目，亦是此書立意本旨」，這兩處提示聯繫起來，《紅樓夢》就是「情夢」「情幻」，最便捷的說法則應是「情空」，加強了拙作關於《情僧錄》即「情空錄」的論斷。由於作者已經作了提示，《紅樓夢》的此一大旨本是不難尋覓把握的。而近幾十年來紅學實際的情況，卻是幾乎無不置曹氏的實話實說於不顧，紛紛標新立異，諸如「色空說」，「自傳說」，「愛情悲劇說」「興衰說」及合此二者為一的「雙重主題說」，「兩個世界說」等等，等等，不一而足，令人眼花繚亂。這固然可以是「作者不必然，讀者何必不然」。但是，本是「六經注我」之論，卻硬要說成是曹公如此這般，就不成邏輯。若說曹公如何如何，則首要當從「文章千古事，得失寸心知」想去，給作家本人的聲明有適當的重視，對照作品實際加以檢驗論定。這本是知人論世題中之義，卻往往被忘卻了。

〔註 1〕杜貴晨《〈紅樓夢〉「大旨談情」論》，《齊魯學刊》1993 年第 6 期。收入本卷。

　　首先，讀《紅樓夢》必須重視曹雪芹這一提示。多年來我們對作家作品的研究，特別是對古代作家作品的研究，往往片面強調現實主義創作方法對作家創作意圖的制約作用，認爲它可以違背作家的同情和見解表現出更爲進步的思想意義，從而在作品的研究中忽視作家主觀意圖的作用和表現，似乎它並不重要甚至是可以忽略不計的，這是理論上一個很大的誤區。文學作品形象大於思想，形象的意義與作者主觀意圖發生矛盾或錯位的情況殊不少見。但是一般說來，作家對他創造的形象完全失控、種瓜得豆的情況是沒有的。越是偉大的作家，越是能舉重若輕地駕馭他所創造的形象體系。種下跳蚤而收穫龍種，以此而成爲偉大作家的總是少見。根據這個觀點，我認爲古代小說研究在重視作品客觀內容（包括超出甚至違背作家主觀意圖的部分）顯示的同時，必須很注意作者聲明或暗示的創作意圖，細心並充分地估計這種意圖在作品中得到體現的質量和貫徹的程度。《紅樓夢》是中國古代最偉大作家創作的最偉大的作品，對這部書的研究尤其要尊重作者聲明的用意。在這個意義上，曹雪芹說《紅樓夢》「其中大旨談情」，又說「此回中凡用『夢』用『幻』等字，是提醒閱者眼目，亦是此書立意本旨」等語，讀者和研究者絕不能等閒視之。作者「披閱十載，增刪五次」仍然保留下來的這些提示是留給讀者理解作品的鑰匙，離開它而別尋「眞事隱」以爲主題，或不顧古代的實際從今天的觀念出發，標榜古人不然今人費解一類說法，都只能偏離作品的中心，甚至南轅北轍，治絲愈棼。在這方面我們應當老老實實，先做曹雪芹的學生，再對他的創作進行批評。曹雪芹說《紅樓夢》「大旨談情」，我們就應當首先根據作品的實際檢驗它；如果不合，才可以別立他說。

　　自然，這裡說「不合」只能是一個大致的判斷。任何作家的創作意圖與他實際寫出的作品內容和傾向總有合有不合，作品主題的成功的表現只能是創作主體與客體大體完美的統一。所以，曹雪芹說他的書「大旨談情」，「大旨」即不是少部分，也不是全部，而是說全書的中心和基本的傾向，是深得文學主題處理運用之妙的。甲戌本第一回有一處脂批說：「看他所寫開卷第一個女子便用此二語以訂終身，則知託言寓意之旨，誰謂獨寄興於一『情』字耶？」這一問問得好，則知「大旨」之外《紅樓夢》還多寄託，「橫看成嶺側成峰，遠近高低各不同」，此「紅學」之所以成立、之所以大而遠者也。

　　其次，應當認識到曹雪芹的這一提示是嚴肅認眞的。清代文字獄的威脅和作者獨特的藝術趣味使《紅樓夢》成了一部謎書，作者除自稱爲「假語村

言」「荒唐言」之外，還確實設下了不少的謎，百年索解不開，如「一從二令三人木」之類。「其中大旨談情」是否也是惑人的「假語村言」呢？特別這句話又是接著「非傷時罵世之旨」一類冠冕堂皇的話而來，就更容易被當作虛飾語看待。其實《紅樓夢》之為「假語村言」不過說是小說家言。做小說要有素材和原型即「真事」，作者依據小說創作的規律，寫作中「將真事隱去」，造作「假語村言」，是小說創作尋常事體，並非故設圈套使人上當受騙。所以《紅樓夢》「假語村言」中有「真事隱」，索隱考證均不可廢；但是認為處處皆假、語語無真則幾乎可以說違背了常識。特別是那些作者有意提示藝文做法的地方，如第一回石頭論才子佳人小說、第四十八回黛玉論詩、第五十四回賈母論才子佳人小說，以及本文涉及的「其中大旨談情」和「此回中凡用『夢』用『幻』等字，是提醒閱者眼目，亦是此書立意本旨」等語，讀者是沒有任何理由看作「假語」的。同時書中寫因為「其中大旨談情」，那空空道人讀後「因空見色，由色生情，傳情入色，自色悟空，遂易名為情僧，改《石頭記》為《情僧錄》」，「談情」關係一書的又名，更不會是戲言。讀者當慎思明辨，從「假做真時真亦假」的怪圈中跳出來，對作者多一些敬信。如果在這樣的地方也橫生疑忌，例如認為「談情」是為了掩蓋什麼，而世世代代人讀《紅樓夢》猶之乎買櫝還珠，就大大低估了作者寫實的勇氣和廣大讀者閱讀的水平。

第三，從主題學看「談情」一語也最能概括全書大旨。近人說《紅樓夢》主題雖言人人殊，一路推尋下去也分歧太大。但是，除「文革」中別有用心者外，各種說法初始大都差之毫釐，不中亦不遠。如「色空說」，中間就包括了「情空」。但是，「色」包括世間萬有，《紅樓夢》雖然「心事浩茫連廣宇」，而於「色」中還是有所側重的，故此說未能切入中心而失之浮淺和籠統；「自傳說」「愛情悲劇說」「興衰說」「雙重主題說」「兩個世界說」等等都側重作品內容事體，有的失之片面。究其原因，根本乃在於各家對「主題」概念的把握運用很不一致。按《辭海》的解釋，「主題」在文藝作品中「又叫『主題思想』。文藝作品通過描繪現實生活和塑造藝術形象所表現出來的中心思想。是作品內容的主體和核心。是文藝家經過對現實生活的觀察、體驗、分析、研究，經過對題材的提煉而得出的思想結晶，也是文藝家對現實生活的認識、評價和理想的表現。」我的理解，合乎這一定義的主題對於作品來說應是屬於形而上的觀念形態的東西，與作品具體內容有本質聯繫而有形態的巨大不

同；一部作品主題的準確表述，應兼顧其寫了什麼和表現了什麼並且側重後者。以這個原則，上述各家《紅樓夢》主題說或過或不及，都未到好處，不如雪芹夫子自道的中正簡括。他用一個「情」字提綱挈領，不偏不倚，把全書林林總總故事、人物、情節等等大致貫串無遺而又各得其所，是《紅樓夢》一部大書的核心和靈魂。所以清代花月癡人《紅樓幻夢自序》稱《紅樓夢》爲「情書」，並云：

> 作是書者，蓋生於情，發於情，鍾於情，篤於情；深於情，戀於情；縱於情，圉於情；癖於情，癡於情；樂於情，苦於情；失於情，斷於情；至極乎情，終不能忘乎情。惟不忘乎情，凡一言一事，一舉一動，無在而不用其情，此之謂「情書」。〔註2〕

作爲主題的概念，我則概括爲「情空」。雖然《紅樓夢》一書如同人世間一切的著作，那怕尋鬼博虛，說夢說幻，都是云空未必空，但作者的本意和作品基本的傾向都在一個「情空」，是無可懷疑的。這自然主要不是個表述的問題，而是由對作品理解的角度是否正確和完整深入的程度所決定的。作品主題是作家心靈對生活奧秘最爲獨特的發現，是作品全部形象體系的生命基因，對它的準確把握和表述不可能不是一件艱苦困難的工作。對於《紅樓夢》這樣偉大的作品，在這方面我們短期內稍遜作者一籌是完全不奇怪的。

第四，以「談情」爲全書大旨是曹雪芹發憤著書必然的選擇。曹雪芹從大富大貴落到「舉家食粥酒常賒」，是一個「翻過筋斗來的」人，生活的巨大落差在他心中造成不可平復的創傷和永久的濃重的陰影。這創傷和陰影加以疾病纏身，日漸一日地銷蝕損毀著他對生活的信心，滋長和加強著他對宇宙無窮人生虛幻的感受。過去和現實乃至未來的一切，對於這位經歷了如此變故的藝術氣質的人說來，都失去了真實存在的意義。「如夢幻泡影，如露亦如電，應作如是觀」，當時流行的《金剛經》的這一名言是對他痛苦心靈最好的注釋和撫慰。但是正如《桃花扇》「哀江南」所唱的：「殘山夢最真，舊境丟難掉。」困頓絕望中的曹雪芹是「云空未必空」的，仍不免於常常「秦淮殘夢憶繁華」。他留戀於落日的輝煌，遺憾於大族的沒落──「落了片白茫茫大地真乾淨」，卻未能真正認識和瞭解發生這一切的原因，把他看作是一場「運終數盡」的宿命，至多是「冷子興演說榮國府」說的那些現實的理由，即「如今生齒日繁，事務日盛，主僕上下，安富尊榮者盡多，運籌謀畫者無一；其

〔註 2〕一粟編《紅樓夢資料彙編》，中華書局 1964 年版，第 54 頁。

日用排場費用，又不能將就省儉……，更有一件大事……如今的兒孫，竟一代不如一代了！」但是「這寧、榮二宅，是最教子有方的」，何以「如今的兒孫，竟一代不如一代了」呢？「病」因可謂多矣。《紅樓夢》鉅細畢現生動地描繪了賈府興衰的過程及其方方面面，然皆集中於寧、榮二公以為「略可望成」的寶玉，而寶玉之不肖則一言以蔽之曰陷溺於「情」。第二回冷子興說寶玉抓周、論女兒及天地生人邪氣誤泄而「生於公侯富貴之家，則為情癡情種」，第五回寧、榮二公託警幻仙子「警其（指賈寶玉——引者）癡頑」，亦即警其情（脂批說「警幻」即「警情」），等等，都表示了作者由家世生平的反思而生的對宇宙人生的徹悟。他就是那塊石頭，因為未得補天之用而落墮「青埂（情根）」，復因落墮「青埂」而入世為「情癡情種」，更因「情癡情種」而為世人萬目睜睜，百口誹謗，成為「天下無能第一，古今不肖無雙」。他為之愧且悔，然而終不能絕情斷念，故當「愧則有餘，悔又無益之大無可如何之日」，亦即「奈何天，傷懷日，寂寥時」，把筆著書，要寫出「我之罪」並「我之罪」中關聯的「幾個異樣女子」，使「閨閣昭傳」，「萬不可因我之不肖，自護己短，一併使其泯滅也。」所以「哭成此書」，「字字看來都是血，十年辛苦不尋常」，《紅樓夢》是懺悔，也是自慰；是棄絕，也是苦戀；是永遠的遺憾，也是最大的滿足。這是曹雪芹的「白日夢」——蚌病成珠，一個痛苦心靈生成的絕望的夢。可憐連這一個夢也未能圓滿，我們偉大的作家就「懸崖撒手」了。他因癡情不堪重負而否定情，反被情所否定了；《紅樓夢》是要讀者看反面的，結果筆墨燦爛處是正面的「情」的耀眼的光芒。這是作意識和作品情節人物發展的規律性共同作用於作者的筆下，使《紅樓夢》「談情」的主題內容呈現二律背反的矛盾狀態，使作品多一層朦朧，給讀者添一重困惑。

　　第五，寫情以破情是明清小說的一個傳統，《紅樓夢》「大旨談情」是這一傳統的繼承和發展。明中葉以後作為對封建禁欲主義的一個反動，李贄等進步思想家文學家曾大力鼓吹人欲的合理性，把好貨好色從心所欲作為生活和創作的理想，從而在促進個性解放民主意識增長的同時也附合了由皇帝作俑帶來的社會風氣的墮落。——先前是統治階級上層的特權壟斷的墮落，現在是上上下下無所顧忌的普遍的墮落。作為對這種普遍墮落的不甚自覺的矯正，稍後的湯顯祖、馮夢龍等表現出捨欲而重情的傾向。「情」成為湯顯祖《牡丹亭》、馮夢龍《情史》等書突出和頌揚的中心。在他們看來，情之於人於世界的存在為一大關鍵，不僅化生萬物，而且超越生死。馮夢龍《情史序》有

《情偈》曰：「天地若無情，不生一切物。一切物無情，不能環相生。生生而不滅，由情不滅故。四大皆幻設，惟情不虛假。」但是，明末清初的滄桑巨變掃蕩了這班書生的浪漫情懷，打破了他們對「情」的癡迷的崇拜和廉價的信心。自董說作《西遊補》把「空破情根」作為自己的主題，此後《納蘭詞》《長生殿》《桃花扇》等無不以情為夢為幻為不足道。洪昇《長生殿自序》云：「情緣總歸虛幻。」以情破情成為清初感傷主義文學潮流的根本特點。靜嘯齋主人《西遊補答問》曰：「四萬八千年俱是情根團結，悟通大道，必先空破情根；空破情根，必先走入情內；走入情內，見得世界情根之虛，然後走出情外，認得道根之實。」又引《清靜經》云：「亂窮返本，情極見性。」又曰：「斬情魔，正要一刀兩斷。」這就是那時文學寫情的邏輯。《紅樓夢》「談情」──「以情說法」「以情悟道」，參破「情空」，也就是使悟「情即是幻，幻即是情」，賈寶玉有「情極之毒」，結末能「懸崖撒手」，明顯是這一傳統合乎邏輯的繼承、演繹和發展。因此，《紅樓夢》的主題不是天上掉下來的，不是作家有特別的聰明虛擬杜撰出來的，而是明末清初社會思潮文藝思潮的產物；《紅樓夢》的偉大不在於採取了新的題材，創建了新的主題，而在於善於繼承和後來居上，以宏大氣魄對傳統題材做了更加細密精緻的處理，對舊有主題做了更大膽更廣泛而深入的開掘，從而達到前所未有的新的思想和藝術境界，以至於後人在審視它的時候感到一種完全陌生的新奇，得未曾睹的喜悅。這真正是文學史上的一個奇蹟！

總之，無論從作品總體構思還是從文本具體描寫，還是從作家身世心態時代風尚文學傳統來看，《紅樓夢》「大旨談情」都是一個客觀的存在。不是因為存在而合理，而是因為在那一時代的合理而存在，並且是偉大的存在。像它的許多續書，《紅樓夢》可以寫成（或就其未完成說設想成）另外的樣子，但那必然是另外的人去做，不早不遲正好由曹雪芹寫出的《紅樓夢》就只能如此。他決不曾想到要做偉人，但在需要偉人和產生偉人的時代，他成了一位偉人，是一個偶然，也是一個必然──偶然中的必然。一切都推動造就他走向生活的深處，從事人的內心生活的探險，進入「情」的世界，寫出「情極」之狀，做出文學史上最新最深入同時也是最艱辛的試驗。他成功了。「披閱十載，增刪五次」，「哭成此書。書未成，芹為淚盡而逝。」曹雪芹以自己的生命，以自己無往不在的真情和文藝的天才鑄成此書，宜乎其為空前的，並且為後人樹立了不可企及的典範。

　　《紅樓夢》的「大旨談情」有些什麼意義呢？

　　首先，《紅樓夢》的「情」側重在兒女之情，用今天的話說即性愛和愛情。就其根本而言，這一種情是人類與生俱來的。「食、色，性也」，早期儒家把它看得僅次於吃飯的重要。但在後來的封建時代卻一步步被視爲洪水猛獸，宋代以後理學泛濫，統治階級及其御用的思想家鼓吹「存天理，去人欲」，更把情放逐了。所謂「太上忘情」，要做「聖人」和鼓吹做「聖人」的人，把絕情去欲看作修心了道的不二法門，世界就在這理學的喧囂和群魔亂舞中失去了生氣，銷蝕了活力。人被肢解了，閹割了，貧乏化了。人不再是「人」，而單純成了家庭與社會的零件和工具，成了一種特別的概念和符號。因此，當歷史發展到明代中葉，進步思想家的任務就首先是打破理學的束縛，高倡人欲，進而謳歌人情，還人以人的本來的和理想的面目。這是當時經濟領域裏資本主義萌芽在思想界綻開的花朵，是反封建爭取個性自由和人的解放的吶喊，然而不久因爲明清易代天崩地坼的政治動盪而淹沒中斷了。清初至清中葉的社會政治更是空前壓抑的，除文字獄的殘酷之外，思想界最突出的表現就是理學的回潮。在空前龐大的封建帝國制度的重壓之下，在甚囂塵上的理學的捆綁束縛下，人更爲渺小乾癟了。在這種情況下，曹雪芹「談情」，以對情的無限執著與愛戀憑弔情的毀滅和虛幻，以對情的無與倫比的精湛描繪在無情的世界裏引起人們對情的追求與嚮往，進而對自身現實地位和確定著這種地位的封建秩序產生不滿與懷疑，從根本上動搖對封建社會的信心，這難道不是一個偉大的貢獻嗎？當千千萬萬的青年男女爲《紅樓夢》感召激動起來向封建禮教衝擊的時候，誰能不承認曹雪芹的工作在創造歷史呢？

　　其次，《紅樓夢》「大旨談情」是中國文學特別是中國小說的一個歷史進步。《紅樓夢》的「情」一般說是泛指的，以兒女之情爲主，包括了一切的喜、怒、憂、懼、愛、憎、欲，乃至對人類命運和大自然終極的關懷，這是文學最永久最深刻最富魅力同時也最難捉摸表現的主題。文學是人學，長篇小說是探索「人學」最重要的武器，它的歷史任務就是一步步地最大限度地逼近和深入表現人類心靈的奧秘。元末明初以來中國小說發展的歷史就是如此。如果說《三國》《水滸》側重表現的是歷史和社會即個人的外部生活，《西遊記》《金瓶梅》表現的是人的理智和嗜欲，《紅樓夢》則進入了人類生活更高深隱密的層次——情。相對而言，《金瓶梅》是寫「欲」的，《紅樓夢》是寫「情」的；西門慶是低級下流不知「情」爲何物的皮膚濫淫之徒，賈寶玉則

是情癡情種的「意淫」之人。從《金瓶梅》到《紅樓夢》，從西門慶到賈寶玉，從寫「欲」到寫「情」，是中國小說寫人的一個歷史的進步。《紅樓夢》中的「情」是不同程度昇華擴展了的雅致純淨的人欲，是人欲的菁華或光芒，是動態的最為細密真實的人生圖像，尺幅千里繁複綿遠的歷史和現實生活的畫卷；從愛的生滅到生命意義的追尋，存在還是虛無？《紅樓夢》中的「情」顯露了至那時為止的人類生命意識在自然界和社會中發展的最新感受和認識。這是它前無古人的地方。在古代文學所反映描繪的廣闊天地裏，《紅樓夢》的主題不能代替一切，排斥一切，卻毫無疑問地關係一切，高於一切，鳥瞰一切。它的答案即使今天多數人已經認為是錯誤的，也還不能不讚賞它偉大的求索精神，更不必說仍然有許許多多的人在疑惑和思考，用終生的歲月去追尋證明。「前不見古人，後不見來者；念天地之悠悠，獨愴然而涕下。」從陳子昂到曹雪芹，到今天每一個正常的人，誰不曾在生的美麗和短暫面前驚喜、沉思、憂懼或徘徊呢？《紅樓夢》，以它萬千悲苦的「情空」喚醒世代讀者麻木的主體意識和人格理想，這正是它極高明而垂永久的價值！

最後，《紅樓夢》「大旨談情」開創了中國小說的美文傳統。從六朝小說的「粗陳梗概」到《三國》《水滸》的大筆勾勒，到《金瓶梅》的筆墨酣暢，中國小說的描寫一步步趨向於精確和細緻。但是，由於題材和作者注意點的局限，就整體而言，還不曾有哪一部小說真正達到了形神兼備微妙微肖的細膩的真實。《紅樓夢》「談情」，作者注意的中心在「情」，加以他特殊的敏感橫溢的才華，筆鋒所至，無論高下鉅細典雅俚俗，事事關心，語語含情，從而在向以故事傳奇擅長的中國小說之苑培植出詩的花朵。《紅樓夢》百讀不厭，永遠地餘香滿口，不在於有「真事隱」，不在於故事的繁複和精巧或其他，根本就在於它是詩意的、深邃的、以情感人的。托爾斯泰在《什麼是藝術》中說：「藝術是這樣一項人類活動：一個人用某種外在的標誌有意識地把自己體驗過的感情傳達給別人，而別人為這些感情所感染，也體驗到這些感情。」〔註3〕《紅樓夢》正是合著這一藝術的真諦而創作的中國古代唯一的大著作，最偉大的長篇小說，中國歷史上情文化的一塊豐碑。它那內蘊憂鬱感傷的典雅優美與《三國》《水滸》的史詩的粗獷壯美形成鮮明的對照；也可以說是一種互補，為中國小說開創了新的美文的傳統。正是由於它的出現和巨大成功，

〔註 3〕 〔俄〕列夫·托爾斯太《什麼是藝術》，轉引自伍蠡甫等編《西方文論選》（下冊）上海譯文出版社 1979。年版，第 433 頁。

感召並指示了後世文學家小說家自覺地寫情，重視寫情，在寫情上下工夫，推動中國小說一步步跨進近、現代文學的大門，並且至今還在發生著影響。

（1994 年 5 月稿，錄自本人《傳統文化與古典小說》，
河北大學出版社 2001 年版）

《紅樓夢》女性崇拜考論

　　我國古代傳統重男輕女，以「女子與小人爲難養也」﹝註1﹞，甚至以女色爲「禍水」（《飛燕外傳》），種種偏見，牢不可破。這導致文學對女性、女色往往取輕蔑甚至排斥、詆毀的態度。小說雖起自民間，但是也未免這種偏見的影響。如《三國演義》《水滸傳》《金瓶梅》等等，對女性的態度都有所不恭或貶損。這種傾向至明末清初的才子佳人小說有了一定轉變，然而僅在「顯揚女子，頌其異能」，於「男尊女卑」並無根本反對。「自有《紅樓夢》出來以後，傳統的思想和寫法都打破了」（魯迅《中國小說史略》），中國小說中才有對女性眞正的尊重，乃至於矯枉過正，發展到女性崇拜，成爲中國女權思想史上一個耀眼的光點。這一光點的出現，固然由於作者天才大膽的創造，卻也有歷史和現實思想文化的淵源。茲就書中若干描寫議論考論如下。

　　第一回：

　　　　（作者）自又云：「今風塵碌碌，一事無成，忽念及當日所有之
　　女子，一一細考較去，覺其行止見識，皆出於我之上。何我堂堂鬚
　　眉，誠不若彼裙衩哉？實愧則有餘，悔又無益之大無可如何之日也。」

這番話雖就具體而言，但它的典型性實包含有普遍意義，即女高於男、重於男。這種愧對女流、悔爲男子意識的文學流露，雖然是曹雪芹託爲小說的技巧，但也不能不說是一位男性作家發自內心的感情和認識。這是有原因的。原因之一應是前代進步思想家的影響。李贄《答以女人學道爲見短書》：

<hr />

﹝註1﹞ 《論語・陽貨》：「子曰：『唯女子與小人爲難養也，近之則不孫，遠之則怨。』」
　　　　這裡「難養」的意思是難以共處，即君子與這些人思想行爲習慣上多有不契
　　　　合，但世俗以爲含輕視貶低女性之意。

> 謂人有男女則可，謂見有男女豈可乎？謂見有長短則可，謂男
> 子之見盡長，女子之見盡短，又豈可乎？設使女人其身而男子其見，
> 樂聞正論而知俗語之不足聽，樂學出世而知浮世之不足戀，則恐當
> 世男子視之，皆當羞愧流汗，不敢出聲矣。

以雪芹「自又云」諸語與此段文字對讀，除卻因語境而形式有異的成分，兩者意義幾乎沒有什麼差別。這裡可以看出《紅樓夢》從明中葉以來進步民主思想受到的積極影響。

又，第一回賈雨村論甄寶玉來歷，謂天地生人皆應運秉氣而成，「清明靈秀，天地之正氣，仁者之所秉也；殘忍乖僻，天地之邪氣，惡者之所秉也」，正、邪兩氣相感：

> 其氣亦必賦人，發泄一盡始散。使男女偶秉此氣而生者，在上
> 則不能成仁人君子，下亦不能為大凶大惡。置之於萬萬人中，其聰
> 俊靈秀之氣，則在萬萬人之上；其乖僻邪謬不近人情之態，又在萬
> 萬人之下。若生於公侯富貴之家，則為情癡情種；若生於詩書清貧
> 之族，則為逸士高人；縱再偶生於薄祚寒門……必為奇優名娼。如
> 前代之許由、陶潛……；近日之倪雲林、唐伯虎……；再如李龜年……
> 薛濤、崔鶯、朝雲之流，此皆易地則同之人也。」子興道：「依你說，
> 『成則王侯敗則賊』了？」

句下脂批曰：「《女仙外史》中論魔道已奇，此又非《外史》之立意，故覺愈奇。」舉《女仙外史》「論魔道」相較，所見甚是，然而未盡。回末賈雨村笑道：「你我方才所說這幾個人（按指甄、賈寶玉，黛玉，諸春及賈璉、王熙鳳等），都只怕是那正、邪兩賦而來一路人。」依上引一段話，「這幾個人」都「生於公侯富貴之家」，應當都是「情癡情種」；又觀其「在上」「（在）下」「之上」「之下」云云，我們可以認為，此論立意造語，實仿自《世說新語·傷逝》：

> 王戎喪兒萬子，山簡往省之，王悲不自勝。簡曰：「孩抱中物，
> 何至於此！」王曰：「聖人忘情，最下不及情。情之所鍾，正在我
> 輩。」簡服其言，更為之慟。

雨村所謂「正、邪兩賦」之人，即此「最上」「最下」之間，王戎所謂「情之所鍾」者。所以《紅樓夢》乃「大旨談情」。但是與王戎所指有不同，《紅樓夢》寫「情」雖極廣泛，而重在「男女」；其「情之所鍾」，專在男女之際。所謂「秦可卿（情可情）」「秦鐘（情種）」「天下古今第一淫人」「意淫」云云，

都不過表示男性對女性的傾倒。因此，《紅樓夢》寫「幾個異樣女子」，其女性崇拜乃根基於一個「情」字。在這個意義上，《紅樓夢》又名《情僧（生）錄》也。

順便說到，《紅樓夢》與《女仙外史》關係不止於「論魔道」一節。此書開篇寫絳珠仙子因欠神瑛侍者「灌溉之情未償」而下界「還淚」，正與《女仙外史》第一回寫嫦娥因與「后羿情緣未盡」下界「了局」，卻與天狼星結仇而生成「孽債」（所謂「一涉情緣，便有孽債纏繞」），同一機杼；又，《紅樓夢》第二回：

> （冷）子興冷笑道：「（賈寶玉）那年周歲時，政老爺便要試他將來的志向，便將那世上所有之物伸擺了無數，與他抓取。誰知他一概不取，伸手只把些脂粉、釵環抓來。政老爹便大怒了，說：『將來酒色之徒耳。』」

此處所寫「抓取」，為古代風俗，未必摹自他書。但是，論者舉《宋史‧曹彬傳》抓周事，也不失為本事的一個說明。但是，曹彬「抓周」事實先經過了《女仙外史》化用，本書第二回：

> （唐賽兒）各件不抓，竟爬到前面，右手把劍拖在身邊，再三玩弄，頻以手指點劍鞘。……左手就取玉印……穿在手臂上了。又翻翻幾本書籍，餘外都不看。眾親戚都驚呆了。

《紅樓夢》寫寶玉「抓取」故事，可能遠祖《曹彬傳》，直接的其實只是《外史》此一描寫的反轉，而且兩者所有稱揚女性之意，也基本相同。這也是《紅樓夢》創作及其女性崇拜思想表現與前代小說的一點關聯。

《紅樓夢》寫寶玉有許多女性崇拜的「奇怪」之論，第二回：

> （冷）子興冷笑道：「（賈寶玉）說起孩子話來也奇怪，他說：『女兒是水做的骨肉，男人是泥做的骨肉。我見了女兒，我便清爽；見了男子，便覺濁臭逼人。』你道好笑不好笑。」

> （賈）雨村笑道：「說起來可笑，他（甄寶玉）說：『必得兩個女兒伴著我讀書，我方能認得字，心裏也明白；不然我自己心裏糊塗。』又常對跟他的小廝們說：『這女兒兩個字，極尊貴、極清靜的，比那阿彌陀佛、元始天尊的這兩個寶號還更尊榮無對呢！你們這濁口臭舌，萬不可唐突了這兩個字，要緊。但凡要說時，必須先用清水、香茶漱了口才可；設若失錯，便要鑿牙穿腮等事。』……每打

的吃疼不過時，他便『姐姐』、『妹妹』亂叫起來。……說：『急疼之
時……因叫了一聲，便果覺不疼了。遂得了祕法：每疼痛之極，便
連叫起姐妹來了。』」

寶玉這些「奇怪」之論的核心即「女兒是水做的骨肉，男人是泥做的骨肉」，
即「女清男濁」。雖然中國古代有乾坤天地男女之說（見《周易》），也有稱女
子用情不專爲「水性」（《紅樓夢》第六十四回：「二姐兒又是水性人兒。」），
但「女清男濁」似乎最早出現在這裡。而所以「女清男濁」，雪芹的解釋是因
爲天生所秉不同。第二十回作者述賈寶玉之意云：

原來天生人爲萬物之靈，凡山川日月之精秀，只鍾於女兒，鬚
眉男子不過是些渣滓濁沫而已。

這個思想卻不是雪芹首創，而來自宋龐元英《談藪》記謝希孟《鴛鴦樓記》
首句云「自遜、抗、機、雲之死，而天地英靈之氣不鍾於世之男子，而鍾於
婦人」，已經人拈出。這裡要說的是它表明《紅樓夢》女性崇拜傾向，乃是中
國歷史上此類「異端」觀念的繼承和發展。也就因此，一部《紅樓夢》，專一
稱揚女子，獨惡男子，尤其是富貴人家男子。黛玉說：「什麼臭男人拿過的。」
寶玉既以男子爲「濁臭逼人」，更把自身也詛毀爲「泥豬癩狗」「糞窟泥溝」
等等。這些看起來不近情理的描寫，並非寫實，而是謝氏之論的演義和作家
觀念的生發。唯在小說中格外新鮮和動人，所以並不給人概念化的感覺。讀
者如或不知，很容易以爲是雪芹源自生活經歷的完全的創造，從而忽略了這
一點上《紅樓夢》與歷史文化的密切聯繫。

　　但是，雪芹能取此「異端」言論著之於小說，也得力於宋代以來市民思
想的孕育和催發，以及時代精神的涵養。宋代以來，隨著商品經濟的發展和
市民社會的壯大，與封建思想對立的市民意識迅速成長。至明中葉，這種市
民意識發展爲反封建的自由民主思想，形成一股動搖封建禮教傳統的潮流，
有力地衝擊著男尊女卑的封建觀念，影響推動了當時文學中女權意識的成
長。明末才子佳人小說和戲曲對女性才情學識的稱揚，是這方面的表現。入
清以後，雖然政治上、思想上的階級壓迫和民族壓迫更加沉重，但是在對女
性地位和權利認可上，大約與滿清風俗的影響有關，社會觀念和實際生活中
都沒有明顯倒退，所以清初褚人獲《堅瓠丙集》卷三也以欣賞的態度轉載了
《談藪》上述謝氏的故事和言論，此書在清代廣爲流行。清代文學也大都表
現了對女性的寬容甚至一定程度的尊重。清初的《長生殿》傳奇、《四嬋娟》

雜劇、《聊齋誌異》《女仙外史》等都是如此。《紅樓夢》的女性崇拜也應當與這些前代小說戲曲的影響有一定關係。前舉《女仙外史》諸例，也可以看作這方面的證明。

降至清朝中葉，隨著社會經濟的發展和清朝政治上的腐敗墮落，封建禮教的影響逐漸削弱，社會上尊重女性的意識進一步發展。與雪芹前後大約同時的吳敬梓、袁枚等也都以各自方式表達了不同程度的進步的女性觀，從而形成適合女權思想發展的氣候。謝氏「天地英靈之氣不鍾於世之男子，而鍾於婦人」的思想進一步流行。吳敬梓《儒林外史》中有關於魯小姐精通制義的描寫，閒齋老人評曰：

> 書中言舉業者多矣，……人人自以爲握靈蛇之珠也，而不知舉精業眞當行，只有一魯小姐。陸子靜門人云：「英雄之俊偉，不鍾於男子，而鍾於婦人。」作者之喻意，其深遠也哉！

閒齋老人或說爲《夜譚隨錄》的作者和邦額，也有人說就是吳敬梓本人，看來爲乾隆時人不成問題。這段評論表明，乾隆時不少進步作家、評論家已經十分注意和接受了謝希孟之說。我們還可以舉出與雪芹同時稍後一位少爲人知的小說家曾衍東的著述，以爲旁證。

曾衍東（1751～1830？），字青瞻，號七如，又號七道士。山東嘉祥人。嘉慶舉人，歷任湖北咸寧等地知縣。所著文言小說《小豆棚》，成書於乾隆六十年（1795）。其時《紅樓夢》已大行於世，曾衍東對《紅樓夢》之藝術頗爲傾倒，創作中有意追摹。《小豆棚》卷九《劉祭酒》結末作者題識云：「近日《紅樓夢》中小兒女情景，有此等別致否？」但對《紅樓夢》之思想價值評價甚低。所著《日長隨筆》云：

> 今小說中又出《紅樓夢》一書，雖無褻穢字樣，而實則淫辭之書。若《金瓶梅》等書，直寫直說，閨房中斷無有看之者。而《紅樓夢》同一狎褻，卻此時姑娘、太太，無不口誦而心維之。且言之娓娓，不以爲非。余以爲作《紅樓夢》之罪，更浮於作《金瓶梅》。不寧惟是，又『後』之，又『續』之，且四、五之，一唱百和，大眾相攜而入犁舌地獄，何苦哉！一友人輩極贊是書，謂其有匣劍帷燈之妙。嘻！是書也，即隱惡焉。〔註2〕

這段文字雖爲迂腐之論，也沒有重要史料價值，然而《日長隨筆》僅存手稿，

〔註2〕據溫州市圖書館藏抄本過錄本。

此節評論作爲《紅樓夢》流傳初期的資料，今人知者不多，故抄載如上。同時也爲了由此推想，以他這樣詆毀《紅樓夢》的態度，在對女性價值的認識上也應當是很保守的，實則不然。《小豆棚》卷一《陳戌節婦》記一位隨夫流戌的女子冒險犯難，獨撐門戶，結末贊曰：

> 嗚呼，古今之天於英瑰奇特，往往置之寥廓之區。又或不畀於
> 男子，而鍾於婦人。

又，卷八《疙瘩老娘》記一位精通獄訟的老婦，結末歎曰：

> 吁，是婦亦奇矣。奈何以疙瘩名？蓋亦屬氣之結也。天之生才，
> 往往令人不可測有如此者。〔註3〕

這與雪芹論女子口吻、價值取向大致相同。即使這並不能全面代表曾氏對女性的看法，或者這樣寫也是摹自謝希孟，又或者就是受了《紅樓夢》的影響，則無論如何，一位視《紅樓夢》爲「淫辭」的人也能講這樣的話，則足以表明女子（可以）出於男子之上，已是當時社會上流行的觀念。所以，《紅樓夢》稱揚女子「行止見識，皆出於我之上」，不僅受前代進步思想的影響，還由於時代精神的涵養。至於他的特異之處，則是把這一思想發揚光大，更推向女性崇拜的極端，從而驚世駭俗，發聲振瞶，其動搖男尊女卑封建傳統之力，又非一般稱揚女性的文學家所能及。這既可以看出《紅樓夢》創作與其時代的密切關係，又可以看出曹雪芹領導一代思想文化潮流的偉大貢獻。

但是，自謝希孟至《紅樓夢》尖銳反封建的女性崇拜思想後來也受到針鋒相對的挑戰。成書於道光中葉的陳森《品花寶鑒》效法《紅樓夢》，據說是「師其意而變其體」（清無名氏《夢華瑣簿》）的，但它對於《紅樓夢》的女性觀持明確反對的態度。它說：

> 天地之靈秀，何所不鍾。若謂僅鍾於女而不鍾於男，也非通論。
> 庚香方說男子穢濁，焉能如女子靈秀。所謂美人、佳人者，我想古
> 來男子中美的也就不少，稱美人佳人者亦有數條。……可見造化之
> 氣，先鍾於男，而後鍾於女。那女子固美，究不免些粉脂塗澤，豈
> 及男子之不禦鉛華，自然光彩。（第一回）

這自然不能僅僅視爲作者寫「旦癖」作書的由頭。這是《品花寶鑒》一書立意之本，它的眞正目標是要翻《紅樓夢》「凡山川日月之精秀，只鍾於女兒」的舊案。這當然是無聊之舉。但是，由此也可以看出《紅樓夢》女性崇拜的

〔註3〕〔清〕曾衍東《小豆棚》，中州古籍出版社1989年版。

影響引起了來自各方面的嚴重關切，而且可以想見，當時類此反對的聲音是占上風的。

封建時代偶而也會看重女子，如昭君出塞、楊妃入寵。明黃仲昭《明妃詞》云：「愁抱琵琶別玉除，可能談笑鎮西都？宮中多貯如花女，勝築長城萬里餘。」明林燫和《昭君怨》：「倘令天漢重，敢論妾身輕。」唐白居易《長恨歌》云：「姊妹弟兄皆裂土，可憐光彩生門戶。遂令天下父母心，不重生男重生女。」這些雖爲詩人託言明志，意主諷刺，卻也道出了封建統治下有條件的女重於男的事實。不過，這至多表明了勢利富貴能以動搖重男輕女傳統，骨子裏還是女子本不應重於男子的偏見。而《紅樓夢》卻是無條件的尊重女性，甚至以女性爲至尊、爲神靈。以此作爲一部小說巨著鮮明突出的思想傾向，不僅前無古人，而且後無來者，值得注意；更從我國古代女權思想的發展看，也達到一個新的高度，值得格外重視。「紅學」是最盛的學問之一，但有關這一問題的研究似乎並不很多，這裡淺嘗輒止，謹盼識者的匡正和有更深入的說明。

（原載《紅樓》1999 年第 1 期）

賈府的結局

　　有人考證，《紅樓夢》中賈府的結局是被一場大火燒掉了，「落了片白茫茫大地眞乾淨」，這個推想是可信的，它符合書中曹雪芹的一貫思想。

　　《紅樓夢》中，曹雪芹對具體生活場景的描繪是現實主義的，在中國古典小說中無與倫比。但他對生活的整體理解和藝術構想，卻是佛教唯心主義的，一首《好了歌》，一曲《飛鳥各投林》，道出了作者對人生的看法。作為一個敗落的貴族子弟，他痛苦過、迷惘過，但他終未能覺醒，而是逃向佛門尋求虛幻解脫的安慰。什麼「分明報應」「冤冤相報實非輕，分離聚合皆前定」，是他處理《紅樓夢》人物命運的原則。高鶚續《紅樓夢》，寫寶玉終於去做和尙，實獲曹子之心，即所謂「看破的，遁入空門」。至於要賈府最後被一把火燒得「乾淨」，也正是曹雪芹依照佛教觀念處理生活的整體藝術原則所必然導致的結局。

　　佛教認爲，包括人在內的一切眾生的生命和生存都是苦，佛教的一切理論和實踐都是爲了幫助眾生解脫人世之苦，甚至三世（前世、今世、來世）之苦，而這個受苦的地方即世界乃是「火宅」。《法華經・譬喻品》云：「三界無安，猶如火宅。」視眾生猶如囚陷在熊熊火宅之中，備受煎熬之苦。《紅樓夢》的看待人世正是持這樣一種觀點。其第一回寫僧道二仙對甄士隱說：「到那時不要忘我二人，便可跳出火坑矣。」「火坑」即是「火宅」的異名。後來甄士隱家宅付之一炬，甄士隱隨跛足道人出走，正是賈府和寶玉歸宿的預演。但是，高鶚只寫了寶玉的出家，卻沒有把賈府的毀家之火寫出，未免背離了曹雪芹的構想。

　　賈府結局必毀於大火，又是由於曹雪芹據佛教觀念對世界運動的看法決

定的。佛教認爲，世界是有消長而無始終的。世界消長一週期中經歷成、住、壞、空四個階段，也稱成、住、壞、空四劫。成劫，是世界的生成期，形成有情世間，眾生轉生其中；住劫，是世界安住的時期，眾生得以安住，漸至相互殘害，橫死無數；壞劫，是世界壞滅時期，大火災起，世界付之一炬；空劫，是世界空虛時期，世界經燃燒破壞後，唯有空虛，從而告一週期的完成。《紅樓夢》所寫賈府其初如「繁花著錦，烈火烹油」之盛，繼而內耗外損，大故疊起，正是佛教所謂成、住二劫；接下來便當是壞劫，賈府爲一場大火燒掉；「落了片白茫茫大地眞乾淨」，也就是空劫了。這成、住、壞、劫之說正是作者寫賈府盛衰的指導思想。準此，則賈府爲一場大火所滅，應是題中之義。

對於用佛教劫運說解釋人世生活，曹雪芹並不隱諱。《紅樓夢》第一回講那塊被女媧遺棄的石頭思入紅塵，僧道二仙答應道：「也罷，我如今施佛法助你助，待劫終之日，復還本質，以了此案。」又隱言十二金釵等的降生乃是「近日風流冤家又將造劫歷世去」，等等，都明白宣示了作者對所寫生活的看法，所以我們說他寫賈府的盛衰仍不脫佛教劫運說的影響，決非附會，乃此書總體構思實際如此。

（原載《語文函授》1990 年第五期）

說「寶玉，寶玉，你好……」

　　《紅樓夢》卓立千古，二百餘年來，已是家喻戶曉。它的作者曹雪芹也就名聲遐邇，永垂不朽了。然而，我們讀到的《紅樓夢》全書，後四十回卻非曹雪芹手筆，而是高鶚續作。續作雖立意運文不逮前茅，但其功亦有不可泯之處。且不說後四十回的情節安排，如黛玉之死、賈母之喪、襲人改嫁、賈府被抄等，大體與雪芹構思無違，便是一些細微處也疊見生花妙筆，讀來令人拍案叫絕。

　　這裡單說第九十六至九十八回。林黛玉從傻大姐口中得知賈寶玉將娶薛寶釵為妻，「木石前盟」將化作紅樓一夢，「心裏竟是油兒醬兒糖兒醋兒倒在一處一般，甜苦酸鹹，竟說不上什麼味來了……」，顫巍巍拖了似千百斤重身子，挪回瀟湘館來，發病，毀帕，焚稿，「喘成一處……手已經涼了，連目光也都散了。探春紫鵑正哭著叫人端水來給黛玉擦洗……剛擦著，猛聽黛玉直聲叫道：『寶玉，寶玉，你好……』說到『好』字，便渾身冷汗，不作聲了」。至此，高鶚完成了曹雪芹為之淚盡的這一絕代悲劇的女性典型形象的塑造，以她震撼人心的藝術力量躋身中國和世界文學的畫廊。

　　「寶玉，寶玉，你好……」，這六個字包含了這個不幸女子的多少鬱悶，多少悲涼，多少痛苦，多少怨恨，何止千鈞份量。古人論詩有云「言有盡而意無窮」，論畫有云「虛實相生，無畫處皆成妙境」，讚美音樂有云「凝絕不通聲暫歇，……此時無聲勝有聲」。高鶚使林黛玉說到「好」字便不作聲了，可謂得藝術之真諦，於不盡言中凝聚了巨大的藝術力量，概括了豐富的生活內容。

　　這六個字，非常契合林黛玉的性格。林黛玉雖是對賈寶玉一往情深，但

先曾疑心寶玉用情不專，「見了『姐姐』，就把『妹妹』忘了」；後來雖然與寶玉達成了心靈的默契，但內心仍對「金玉良緣」懷著極大的恐懼，惟恐寶玉變心，卻不曾多慮賈母等會從中扼殺他們的愛情。所以，一旦聽了傻大姐傳來的消息，情知這賴以維繫全副生命的一線愛情終於一刀兩斷，不由得萬念俱焚，燃起滿腔怒火，一併迸發到寶玉身上。然而，作為一個大家閨秀，雖然她的愛情是對封建道德的背叛，卻沒有也不可能徹底擺脫封建意識的束縛，所以，儘管到了彌留之際，他一面恨不成聲，一面又飲恨吞聲，不能明白說出對寶玉愛極而恨的內容。——今天看來，說到「好」字，便不作聲了，正是林黛玉叛逆性格的至高點，是她的光輝處，也是她的局限處。非林黛玉說不出，非如此說亦不可為林黛玉。而且，人將死矣，話不待盡說而亡，既有細節的真實，又給讀者留下了發揮想像的廣闊天地，可謂合自然要妙之理，入讀者想望之情，出神入化，恰到好處，而高鶚的才情功力也就於此充分地顯示了出來。

這六個字，深化了寶黛愛情悲劇的意義。試想傻大姐如明白告知黛玉，是賈母王熙鳳等人用「掉包計」誑賈寶玉娶薛寶釵，並非寶玉負心，仍是「茜紗窗下，公子多情」，那麼，林黛玉即使仍發病，卻未必只想到毀帕、焚稿；即使死去，卻未必懷恨於寶玉，很可能把怨怒移到賈母等人身上。這樣，一切明明白白，抹去了這六個字，或者竟換成別一句話，那麼，黛玉雖死，仍會有人生得一知己的感覺。就這一性格而言，悲劇的力量就大大減弱了。而且，如果賈母等人的「掉包計」未能最後瞞過黛玉，也不足以顯示封建婚姻包辦制度的罪惡，這個悲劇批判現實的力量也就大大減弱了。高鶚亦是大手筆，他使林黛玉至死蒙在鼓裏，卻把那時封建婚姻制度違背人性的內囊都抖出來了。

「都云作者癡，誰解其中味」。曹雪芹對他未完成的《紅樓夢》能否為後人真正理解所抱的擔心，移之高鶚續書的這六個字也是適用的。這六個字筆力千鈞，凝結了多少藝術的匠心！觀此等處，《紅樓夢》得高鶚續成，實為幸運。雪芹泉下有知，當為破涕而笑矣。

（原載《語文函授》1984 年第 3 期）

《紅樓夢》「通靈寶玉」的本事或原型新說

　　《紅樓夢》本名《石頭記》。顧名思義，一塊「石頭」而能躋身一部大書之名題，其意象在本書當然是極重要的了。從而進一步可以說，《紅樓夢》研究既稱「紅學」，那麼以其原名《石頭記》，豈不又可以稱曰「石學」？儘管有了「紅學」已不必多此一舉，但是由此可知有關《紅樓夢》即《石頭記》之「石頭」的研究，比較書中一般的意象，更應該受到重視。事實上「紅學」中有關這塊「石頭」的研究已是很早、很久、很多了。唯是眾說紛紜之中，有關這塊「石頭」之本事或原型的探索，學者或以為淵源於上古「石文化」或「玉文化」，或直接認「石頭」的原型就是南京的雨花石等，筆者以為或嫌浮泛而未至於確當，或風馬牛而不相及，茲不具論其非，謹試獻新說如下。

　　《紅樓夢》寫「石頭」入世後的正名是「通靈寶玉」，其來歷敘寫主要在第一回中，大體說它是「女媧氏煉石補天之時，於大荒山無稽崖煉成高經十二丈，方經二十四丈頑石三萬六千五百零一塊。媧皇氏只用了三萬六千五百塊，只單單剩了一塊未用，便棄在此山青埂峰下」的一塊靈石，由一僧一道中的「那僧便念咒書符，大展幻術，將一塊大石登時變成一塊鮮明瑩潔的美玉，且又縮成扇墜大小的可佩可拿。那僧託於掌上，笑道：『形體倒也是個寶物了！還只沒有實在的好處，須得再鐫上數字，使人一見便知是奇物方妙』。」此後「一僧一道」曾使此石得甄士隱一見：「取出遞與士隱。士隱接了看時，原來是塊鮮明美玉，上面字跡分明，鐫著『通靈寶玉』四字，後面還有幾行小字」；再後來此石被「一僧一道」攜「到警幻仙子宮中，將蠢物交割清楚」，

被安排隨絳珠、神瑛「一干風流孽鬼下世」。於是下文便有賈府生子「一落胎胞，嘴裏便銜下一塊五彩晶瑩的玉來，上面還有許多字迹，就取名叫作寶玉」，即書中所謂賈寶玉「銜玉而誕」。而「通靈寶玉」也便成爲神瑛侍者——賈寶玉「造劫歷世」的見證與書記者，故「此石墜落之鄉，投胎之處，親自經歷的一段陳迹故事」便題名曰「石頭記」，並在通部書中，此「通靈寶玉」成爲賈寶玉的「命根子」，日夜隨身，有之則清醒，無之便癡狂。〔註1〕

以上《紅樓夢》有關「通靈寶玉」故事描寫，除「女媧煉石補天」的框架爲學者眾所周知者之外，其他可見「通靈寶玉」的基本特徵有五：

一是他人（「一僧一道」）給的；

二是「扇墜大小的可佩可拿」；

三是表面有「鐫上數字」；

四是其雖主要以賈寶玉項上掛飾之物被描寫，但其本來由賈寶玉「銜玉而誕」在書中顯世，曾爲寶玉口中之物；

五是其爲決定賈寶玉「聰明」或「糊塗」的「命根子」。

那麼，這樣一塊「通靈寶玉」的形象是《紅樓夢》作者向壁虛構出來的嗎？非也！請看《西京雜記》卷一《弘成子文石》：

> 五鹿充宗受學於宏成子。成子少時，嘗有人過之，授以文石，大如燕卵。成子吞之，遂大明悟爲天下通儒。成子後病，吐出此石，以授充宗，充宗又爲碩學也。〔註2〕

五鹿充宗，氏五鹿，名充宗，衛之五鹿人，以地爲氏。西漢漢元帝的寵臣，先爲尙書令，後來官至少府。著名的儒家學者，受學於弘成子。這個故事寫使弘成子「大明悟」和五鹿充宗亦受益之「文石」的特徵，亦可歸結爲五個方面：

一是他人即過訪人給的；

二是其形「大如燕卵」；

三是其稱名曰「文石」；

四是弘成子先曾「吞之」，病終之際又「吐出此石，以授充宗」吞之；

〔註1〕〔清〕曹雪芹、高鶚《紅樓夢》，中國藝術研究院紅樓夢研究所校注，人民文學出版社1982年版。

〔註2〕〔晉〕葛洪集，成林、程章燦譯注《西京雜記全譯》，貴州人民出版社1993年版，第23頁。

五是弘成子和五鹿充宗先後因吞有此石而成為大學問家。

以此《西京雜記》「文石」與《紅樓夢》「通靈寶玉」的各五個特點相對照，可說無一不符契相合。如果說還有一點似乎較大的區別，那就是《紅樓夢》之「通靈寶玉」上刻有字，而《西京雜記》的「文石」之「文」通「紋」，乃花紋而非字。但是，畢竟後世人一看「文石」之稱，也很容易向刻有字的石頭方面去想。所以若說《西京雜記》所寫的這塊「文石」，像極後世《紅樓夢》中的「通靈寶玉」，也就是以《紅樓夢》作者創作「通靈寶玉」形象的構想，很有可能得自《西京雜記》中「弘成子文石」的啓發，是從後者模擬變化來的，應該不是牽強附會吧！

這個道理還在於《西京雜記》是一部流行甚廣而為《紅樓夢》作者在書中一再引用的書。成林、程章燦譯注葛洪《西京雜記》的《前言》開篇說：「《西京雜記》是一部很有趣、也很奇怪的書。在中國文史學界，它的知名度和使用率都很高……」這一現象發生與存在當然不始自近今，而是早自唐宋以來世代如此。《紅樓夢》的作者生當清代漢學盛時，博覽群書，雜學旁收，亦頗熟悉並習用此書。例如第一回有提到「卓文君」即其與司馬相如風情故事，和第六十四回有提及「（王）昭君」「（毛）延壽」「漢（元）帝」故事等，就都出自《西京雜記》或以《西京雜記》中的記載流行最廣。這無疑加強了以上《紅樓夢》「通靈寶玉」擬自《西京雜記》中的「文石」，也就是說《紅樓夢》中「通靈寶玉」本事或原型是《西京雜記》所載「文石」的推斷，並可以認為是這一問題的結論了。

寫下以上文字後，我又因何紅梅博士的提示，讀到劉相雨、朱祥竟兩位學者發表於 2003 年的《〈紅樓夢〉與中國古代靈石意象》一文（以下或簡稱「該文」）。乃知這一結論，早十餘年就應該得出了。即該文曾就上引《西京雜記》卷一「弘成子文石」條論析說：

這兒，弘成子和五鹿充宗都因為吞食「文石」（不是普通的石頭），而「大明悟」，成為「通儒」「碩學」。「通靈寶玉」也有「五色花紋纏護」，寶玉的聰明也為人公認，即使動輒對之嚴屬訓斥的賈政也認為他「空靈娟逸」「天性聰敏」（第七十八回）。在後四十回中，寶玉失去「通靈寶玉」後，也變得「像個傻子似的」，任人擺弄。寶玉的「通靈寶玉」與五鹿充宗、弘成子吞食的「文石」大小、外觀、功能均相似；只不過前者只是掛在脖子上，後者卻要吞放在肚子裏。

但是，該文以此節論析所證明的僅是「石頭能增長智慧」。同時該文還引《西京雜記》卷四：

> 元后在家，嘗有白燕銜白石，大如指，墮后績筐中。后取之，石自剖爲二，其中有文曰「母天地」。后乃合之，遂復還合，乃寶錄焉。後爲皇后，常並置璽苟笥中，謂爲天璽也。

而議論曰：

> 漢元帝的皇后因幼年得到一塊有「母天地」三字的白石，後來果然成了皇后；「通靈寶玉」正反面的文字也都具有預言作用。二者的區別在於，元后石上的文字來歷不明，具有超驗的神秘色彩；「通靈寶玉」上的文字，則爲和尚特意鐫刻上去的。〔註3〕

從而證明「至於石頭上有文字，並具有預言功能，這種記載亦不乏其例。」這些都是很切實的見解，某些內容還可以補筆者比較考述之疏。所以，雖然該文還有其他相關「靈石」的探討也很有意思，並文章意在以《紅樓夢》之前中國文獻中「靈石意象」與「通靈寶玉」的多方面比較，綜合證明如其《摘要》所說：「石頭意象在《紅樓夢》中佔有重要地位，曹雪芹借鑒、改造和吸收了中國古代文學中靈石意象的描述，既清除了其神秘主義的色彩，又保留了其空靈飄逸的風格。」自有其學術價值，但它沒有重點指明，也可能不認爲其中「弘成子文石」故事，其實很大程度上已可認爲是「通靈寶玉」的本事或原型了。所以，早在十幾年前，該文就可以得出如本文以上的「結論」了，卻失之交臂。從而本文「結論」以上的部分，雖在讀該文之前撰成，筆者也完全贊成該文關於《紅樓夢》「通靈寶玉」起於古代靈石意象傳統的觀念，但本文在核心觀念與論述的徑向上，仍自以爲是一個必須的「新說」。

在肯定《紅樓夢》「通靈寶玉」起於古代靈石意象傳統的前提下，本文仍自謂是一個必須的「新說」的道理，簡單地說在於吾人可以想像《紅樓夢》的作者胸中積蓄有歷史上諸多故事中的「靈石」意象，成爲「通靈寶玉」產生的知識背景，但不可以想像其在神思運筆之際乃綜合那諸多「靈石」意象的特點而瞬間形成「通靈寶玉」的形象。換言之，《紅樓夢》「通靈寶玉」的形象的形成，必由歷史傳統上某一個「靈石」意象的引發爲主，然後有或多或少其他「靈石」意象的特徵湊泊而來，進而融會、鎔鑄以成。從而說《紅

〔註 3〕劉相雨、朱祥竟《〈紅樓夢〉與中國古代靈石意象》，《阜陽師範學院學報（社會科學版）》2003 年第 4 期。

樓夢》「通靈寶玉」的知識或文化背景是古代「靈石」意象的傳統固然是對的，也有一定意義；但是，一如說「牛郎織女」故事源於古代放牛和織布的耕織傳統一樣，不免嫌於空泛，而不如指出到底哪一個「靈石」的意象引發「通靈寶玉」的產生，也就是「通靈寶玉」故事的真正本事或原型，才更近於《紅樓夢》創作的實際，也更愜意於讀者的關心。本文正是在這個意義上才自詡為「新說」，盼讀者批評指正。

（原載《江蘇教育學院學報》2017 年第 1 期）

「巧姐」與「王三巧兒」
——《紅樓夢》「巧姐」得名探源

《紅樓夢》（庚辰本）第四十二回寫鳳姐請劉姥姥爲自己的女兒「大姐兒」取名：

> 鳳姐兒笑道：「倒底是你們有年紀的人經歷的多。我這大姐兒時常肯病，也不知是個什麼原故。」劉姥姥道「這也有的事。富貴人家養的孩子多有太嬌嫩的，自然禁不得一些兒委曲；再他小人兒家，過於尊貴了，也禁不起。以後姑奶奶少疼他些就好了。」鳳姐兒道：「這也有理。我想起來，他還沒個名字，你就給他起個名字。一則借借你的壽；二則你們是莊家人，不怕你惱，到底貧苦些，你貧苦人起個名字，只怕壓的住他。」劉姥姥聽說，便想了一想，笑道：「不知他幾時生的？」鳳姐兒道：「正是生日的日子不好呢，可巧是七月初七日。」劉姥姥忙笑道：「這個正好，就叫他是巧哥兒。這叫作『以毒攻毒，以火攻火』的法子。姑奶奶定要依我這名字，他必長命百歲。日後大了，各人成家立業，或一時有不遂心的事，必然是遇難成祥，逢凶化吉，卻從這『巧』字上來。」

按說這裡寫大姐得名之由，已經清楚明白，不煩繞舌的了。但是，早在《漢武故事》就寫漢武帝七月七日生於猗蘭殿，是「巧姐」之巧在小說描寫中的遠源，可以不說。而但說編纂於明末的《古今小說》卷一《蔣興哥重會珍珠衫》（以下簡稱《珍珠衫》），寫故事女主人公蔣興哥之妻，就也是一個「巧姐」。書中寫她「是王公最幼之女，小名喚作三大兒；因他是七月七日生的，又喚

作三巧兒」，故稱「王三巧兒」。對比可知，《紅樓夢》寫大姐得名「巧姐」，正與「王三巧兒」的命名如出一轍。那麼這二者之間是否有某種聯繫呢？

筆者認為，雖然由於兩者都是七月七日生的，所以都稱作「巧」，也可以說是偶合，但是，如果考慮到另外一些因素，就不能不認為曹雪芹很可能正是從「王三巧兒」的命名受到了啓發，模擬變化而來，理由如次：

首先，雖然《紅樓夢》中巧姐姓賈，但是她的母親鳳姐姓王，一如《珍珠衫》三巧兒是「王公」的女兒，巧姐作為王家的外孫女，也與「王公」有血緣關係。雖然鳳姐的娘家姓王，不會是因她女兒形象設計的需要而來，但是，曹雪芹因為預設鳳姐的娘家姓王，連類而及《珍珠衫》「王公」之女「三巧兒」的命名，從中受到啓發，就是很有可能的了。

其次，一個更明顯的聯繫是，《紅樓夢》寫巧姐乳名「大姐兒」，固然可以是因其係鳳姐所生長女的緣故；但是，《珍珠衫》寫三巧兒於三姊妹中排行最幼，乳名卻叫「三大兒」，這「大」字就不是從排行上說的了。由此反觀「大姐兒」之「大」，也未必就是從其為長女而稱。因為如果是那樣，豈不等於說賈家——自然首先是賈璉夫妻——期待或預料中這個女孩下面再生的，一定又是個女孩？就大不合於當時重男輕女、無後為大的世情。因此我的推測，《紅樓夢》寫巧姐乳名「大姐兒」之「大」，與《珍珠衫》寫三巧兒乳名「三大兒」之「大」為同一意義，乃「大小姐」之「大」，是舊時對人家女兒的敬稱。儘管這也可能是偶合，但是，考慮到這種只用「大」字對人家女兒示敬的稱謂之法並不多見，就可以認為，《紅樓夢》巧姐乳名「大姐兒」的命設，應是從《珍珠衫》三巧兒乳名「三大兒」的傳統而來，甚至直接受到後者的啓發，也是可能的。

最後，《紅樓夢》寫「巧姐」的故事，正如劉姥姥所說，是「遇難成祥，逢凶化吉，卻從這『巧』字上來」。《紅樓夢》臨末寫由劉姥姥出主意並帶領巧姐避難中，為富室周秀才的母親相看，後來嫁與周秀才為妻，其「遇難成祥，逢凶化吉」正就是「從這『巧』字上來」；而《珍珠衫》寫「王三巧兒」命運，也只在一個「巧」字：一巧是遇陳商受騙成姦，二巧是贈陳商的珍珠衫遇巧為蔣興哥所知姦情敗露，三巧是嫁知縣吳傑之後遇巧蔣興哥遭官司而破鏡重圓，也是「從這『巧』字上來」。所不同者，《紅樓夢》寫巧姐嫁農夫，更回歸於牛郎織女的本事；而《珍珠衫》寫三巧兒嫁來嫁去，終於還是商人婦。這在《珍珠衫》是故事的需要，但在《紅樓夢》，大概就出於作者「以農

為本」思想的考量了。

綜上所考論，雖然尚未達到確證曹雪芹一定是如此的地步，但《紅樓夢》中「巧姐」之得名與《珍珠衫》之「王三巧兒」之稱名間有蛛絲馬跡之聯繫的可能性，無疑是極大的。至少可以認為，無論其有意無意，曹雪芹《紅樓夢》為鳳姐之女命名「大姐」——「巧姐」的做法，是最晚到《珍珠衫》寫王三巧兒就已經出現之文學傳統的繼承與發揚，非自曹氏作古，而是他後來居上。

（2010 年 2 月）

《情僧錄》釋名六種

　　《情僧錄》是《紅樓夢》別名之一，名義最難索解，眾說紛紜，筆者未作詳細的查閱和統計，僅就手頭資料所見近三年（1991～1993）來諸家所論並拙見，有六種說法：

　　一、「情深說」。周思源《〈紅樓夢〉的悲劇底蘊》一文中說：「第一回寫道：空空道人『因空見色，由色生情，傳情入色，自色悟空，遂易名為情僧，改《石頭記》為《情僧錄》。』有趣的是，那個道人不僅改了法號，而且由道人改入佛門，並索性易名為情僧。情僧即情深，《情僧錄》蓋《情深錄》之謂。曹雪芹故作破綻，當是為了突出小說的眾多少男少女一往情深這一共性。」〔註1〕

　　二、「有情之僧說」。孫遜《關於〈紅樓夢〉的「色」「情」「空」觀念》一文中說：「然而，有意思的是，即便是像空空道人這樣悟性很高的空界人物或『翻過筋斗來的』人，雖已達到了『因空見色』的境界，卻還要『由色生情，傳情入色』，並在最終『自色悟空』之後，給自己取了個『情僧』的怪名（既為僧，何來情，可見云空未必空）。」〔註2〕

　　三、「因情為僧說」。薛瑞生《封建末世的多餘人》一文中說：「第一回作者說空空道人『因空見色，由色生情，傳情入色，自色悟空，遂易名為情僧，改《石頭記》為《情僧錄》。』這實際上是概括了賈寶玉『自色悟空』，因『情』而為『僧』的道路。」〔註3〕

〔註1〕 周思源《〈紅樓夢〉的悲劇底蘊》，《紅樓夢學刊》1991年第2輯。
〔註2〕 孫遜《關於〈紅樓夢〉的「色」「情」「空」觀念》，《紅樓夢學刊》1991年第2輯。
〔註3〕 薛瑞生《封建末世的多餘人》，《紅樓夢學刊》1992年第2輯。

四、「情僧傳奇說」。黃南珊《論曹雪芹的情禪思想》一文中說：「由『空空』更名爲『情僧』，標誌著從『空』到『情』的選擇意向。空空道人由閱讀《石頭記》『大旨談情』故事才有改名之舉，因而『情僧』是對此書談情本質的認可和驗證，也是作者情禪思想的本體象徵。情僧就是情之直覺者，……《情僧錄》點明爲情僧傳奇（既是情僧抄錄，所錄則爲情僧故事），而書中核心人物賈寶玉據脂批提示是『懸崖撒手』『棄而爲僧』的（第二十一回脂批），書名暗爲賈寶玉角色定性，……從《情僧錄》的觀點來看小說敘述了賈寶玉從『情迷』到『情悟』的過程。」〔註4〕

五、「情生說」。陳敬夫《一石生萬象 煙雲縹緲間》一文中說：「題名《情僧錄》……只是爲表達一種寓意而已。空空道人『由色生情』，爲何不易名情道，而易名爲情僧？答案只有一個，即借『僧』『生』諧音隱義：『情僧』者，情生也；《情生錄》者，因情而生『實錄其事』之作也。」〔註5〕

六、「情空說」。杜貴晨《〈紅樓夢〉「大旨談情」論》一文中說：「空空道人……易名情僧，改《石頭記》爲《情僧錄》。這一小小關目，既揭示全書以『情』之生滅爲中心的線索，又表明作者欲讀者明白『情』即是『幻』的道理。『情僧』，論者多以爲是『僧』而有『情』者，其實……僧還是那個空空道人，『情僧』就是『情空』；《情僧錄》亦即『情空錄』，表明是一部『以情說法』的書。」〔註6〕

（1994 年 10 月寫於曲阜）

〔註 4〕黃南珊《論曹雪芹的情禪思想》，《紅樓夢學刊》1992 年第 4 輯。

〔註 5〕陳敬夫《一石生萬象 煙雲縹緲間》，《紅樓夢學刊》1992 年第 4 輯。

〔註 6〕杜貴晨《〈紅樓夢〉「大旨談情」論》，《齊魯學刊》1993 年第 6 期。

也說胡適「貶《紅》」

　　「新紅學」的奠基人胡適先生晚年「貶《紅》」，說「我向來感覺，《紅樓夢》比不上《儒林外史》。在文學技術上，《紅樓夢》比不上《海上花列傳》，也比不上《老殘遊記》」；又說「我常說，《紅樓夢》在思想見地上比不上《儒林外史》。在文學技術上比不上《海上花》……」。論者驚詫之餘，對這位紅學大家有「白首失節」之憾。〔註1〕此一家之言，誠有令人感興趣的地方，然而也引出一些較遠的困惑來。

　　筆者對胡適的「紅學」知之不多，只在印象中覺得，他於《紅樓夢》研究用力甚勤，建樹很大，卻從來只是有一說一、有二說二（儘管有時說不准）。他早年似不曾寫過「貶《紅》」的文字，但是從來不是「捧《紅》」的人，更不曾為《紅樓夢》排過「中國第一」「世界第 n」的座次。他只是研究，比較一般讀者更用心思地考證作者和閱讀分析文本，把他的發現告訴同行專家和一般讀者。以其苦心孤詣，我們不能說他不重視不熱愛《紅樓夢》，但是，他從來沒有聲明做高舉和捍衛《紅樓夢》的忠臣，更沒立下「鞠躬盡瘁，死而後已」的保證。所以胡適先生之於《紅樓夢》，還說不到「節」；晚年「貶《紅》」了，也就說不到「失節」。而且他「貶《紅》」的時候已經說了「我向來感覺」「我常說」的話，好像早在擔心三十餘年後有「白首失節」之譏。可歎的是後人評他晚年「貶《紅》」，殊無他早年「小心求證」的風範。

　　當然，說胡適「貶《紅》」為「白首失節」只是一個比方。把這一比方坐實為惡意，既缺乏幽默又有失忠厚之旨。然而打比方也還是抓住實質的好，

〔註 1〕趙安勝《胡適先生何出此言》，《中華讀書報》1996 年 3 月 6 日第 3 版。

把學術觀點的轉變比作「失節」其實很不恰當。那倒不是因爲「失節」的本質就是「變節」，使經過「文革」的人常要怵目驚心，覺得份量太重。而是因爲學術最忌僵化，來不得「從一而終」。學術上的「節」，學者的品格，只是一個追求和堅持眞理，隨時準備修正錯誤。那怕自己相信過堅持過的觀點，一旦發現錯了，也敢於及時地糾正。事實上學者所做的工作，最多是以當下之我難先前之我，覺昨非而今是，修正甚至改變自己觀點的情況並不難見，如此學術才能發展。所以，即使胡適早年果然「褒《紅》」甚至做過「捧《紅》」學，也無妨晚年變化出「貶《紅》」的意見。這當然不是說學者有信口開河的權利。但是像胡適那樣在「向來感覺」和「常說」以後，再把這「貶《紅》」的意見落到紙上，也可以說是態度嚴肅愼重了。

根本還在胡適「貶《紅》」的話是否有道理。很明顯不是全對，但是也不無啓發。例如「思想見地上」，《紅樓夢》確實是座「富礦」，足使「經學家看見《易》，道學家看見淫，才子看見纏綿，革命家看見排滿，流言家看見宮闈秘事……」，但是作者聲明此書「夢」「幻」的本旨，不過當時流行的《金剛經》裏的辭藻，「思想見地」實在算不得高明，豈止下於《儒林外史》？雖然作品的思想價值主要不在作者的聲明，但是讀者卻不能不把作者的聲明看作他思想的一個「見地」，何況他的聲明在作品中也是多少貫徹了的。胡適是哲學家，他所說《紅樓夢》的「思想見地」大約就是指此。

再說「文學技術上」，若把曹雪芹《紅樓夢》的未完成看做一個缺陷，就有拿古人的不幸開心的嫌疑——不說也罷。從胡適可能不大欣賞的《紅樓夢》的結構來說，他的話也可以叫我們清醒一點。《紅樓夢》的結構，總體上比《海上花》《老殘遊記》好，甚至可以說是中國古代小說中最好的，但是不能說沒有缺點。筆者以爲最明顯的不足，正就是作者那「動筆之先已有……的整體框架」——一個仙石、仙人投胎轉世、造幻歷劫的故事。而這個框架又是與作者聲明的「此書本旨」一致的。這就內外構成一個大大的俗套。所以魯迅先生在論到「自有《紅樓夢》出來以後，傳統的思想和寫法都打破了」時，只舉「其要點在敢於如實描寫，並無諱飾，和從前小說敘好人完全是好，壞人完全是壞的，大不相同」，並不說到它的「整體框架」。如果說這只是忖度魯迅的意思，不足爲據，那麼就由我們自己想想看，投胎轉世的荒唐該是人人都能明白的，即如隨之而來的諸釵判詞，有什麼必要一定如此，預先爲人物後來的命運設下許多的謎，然後通過具體的描寫來一一揭底？紅學家可以

給出種種解釋，謂之何等高妙。但是總好像以存在為合理，對已成之局心平氣和的樣子。現在看最大的好處是給了《紅樓夢》研究探佚的方便，然而那不應該是小說家的初衷。至於人物描寫，也不無可議之處。例如林黛玉，小說寫她「閒靜時如姣花照水，行動處如弱柳扶風。心較比干多一竅，病如西子勝三分」云云，讀者倘不要做曹雪芹《紅樓夢》的「凡是」派，是容易看出它有時造作的「文學技術」的。

筆者無意給《紅樓夢》抹黑，那正如亂捧的徒勞；也無意為胡適聲冤，他已經不需要。寫了上面的話，完全是因了論者為胡適「貶《紅》」的「『白首失節』之憾」，想到多年來「紅學」裏的氣氛不夠自然。這個不自然，就是在某些愛《紅》讀者研究者那裡，不能說《紅樓夢》半個「不」字。若然，則有「狂妄」之譏，甚者有被討伐的危險。這很可以令人悲哀。一個學術研究的對象，即使「最偉大」的也罷，到了「老虎屁股摸不得」的地步，這到底是福氣還是不幸？到底是偉大的曹雪芹與《紅樓夢》的需要，還是其他？真使人有些困惑了。

（原載《中華讀書報》1996 年 5 月 22 日《家園》）

一個「紅學」與三個「金學」

　　一個「紅學」，即《紅樓夢》研究，讀者盡知，不消說了；三個「金學」，知名度不一，多半只是圈內人知道，還要略加詮釋。

　　三個「金學」：一者《金瓶梅》之學，二者金聖歎之學，三者金庸之學。前者是一部書，後二者是兩位先生。雖然《金瓶梅》之「金」也指人——大名鼎鼎之潘金蓮女士，但是此「金學」之「金」如「紅學」之「紅」，實指一部書，無論如何不能弄錯。金聖歎研究之稱「金學」，是因爲他腰斬了《水滸》而康熙皇帝又腰斬了他，有許多是非要說。至於爲金庸先生立了一學，是最近的事，緣於他那風靡世界的系列武俠小說。

　　如此，則一個「紅學」，三個「金學」，都是關於小說的。中國小說能有這麼多「學」，而且單是「金」字號的，就有三家，聖歎先生有知，當又拍案曰：「不亦快哉！」

　　這的確是一件大好事。以我之孤陋寡聞，洋人有「莎（士比亞）學」，是關於戲劇的，似乎僅此一家。一部小說能成爲一「學」的，也還沒有；即使寫了多部小說名著者如俄羅斯的托翁，後人研究的成績絕不爲小，似乎也還沒有成立一個「托學」。而吾國小說研究，一下就有四個「學」而且三家同名，別的什麼「學」盡多，有的還要繼續冒出來罷，——有好看的。

　　那麼，是中國小說最適合於立「學」？還是中國的小說批評最需要立「學」？抑且竟是中國的小說研究者最喜立個什麼「學」？

　　我想都不是，或者最好不是。

　　我想最恰當的解釋，打個不雅的比方，應當是「一窩蜂」。看著一個「紅學」興盛了，於是——「嗡——」，「金（聖歎）學」出來了；又「嗡——」，

「金（瓶梅）學」出來了；接著又「嗡──」，「金（庸）學」出來了！

然而「出來了」，不等於「起來了」。三個「金學」看來都還沒有立住。做不成「紅學家」的，暫時也還做不成「金學家」，儘管有些成績是明擺著的，不應該也不可能抹殺。

君子成人之美，我是衷心擁護成立「金學」的，無論哪一個。當下向「金學」幽它一默，實際的作用可能只是為「金學」做了宣傳，因此更顯出要立起來的樣子也未可知。──真正反對的最好的方法，其實就是不理它，像大多數圈裏人和幾乎所有圈外人所做的那樣。

然而，「金學」的成立是困難的。中國二百年建設了一個「紅學」。「金學」成立的速度即使快一些，恐怕也不會是現在。現在，還談不上「金學」。既然離立一「學」的地步還遠，且就三個「金」各能說點什麼就說點什麼，也就夠了。對於有的人，也未必就顯得學問不夠大（抱歉）。

做學問勇攀高峰，爭取有所樹立，是令人敬佩的。但有所樹立先要有為學甘於寂寞的平常心，勤於創獲，長期積累，實至名歸，往往是在多年以後的。焉能先聲後實，更不可先聲奪人。

當然，三個「金學」我當也以平常心待之。提倡者未必把立此一名看得十分認真，筆者之意也是盼著無論哪一家「金學」都有更多的實績，並不敢說某一「金學」一定不能成立。然而，試看將來之「金學」，竟是誰家之天下？則殊難說也！眼下有三家。

（1996 年 4 月 4 日）

「紅學」答問：專家眼中的「紅樓夢中人」

　　十九年前，著名導演王扶林的一部《紅樓夢》火爆熒屏，歐陽奮強、陳曉旭等新人的演繹也讓人刻骨銘心。十九年後，中影集團、北京電視臺等斥鉅資籌拍新版《紅樓夢》，並為此在全國掀起了一場規模宏大的「紅樓夢中人」選秀活動。山東作為「紅樓夢中人」選秀活動分賽區之一，選拔的角色限定為五個，分別是賈寶玉、林黛玉、薛寶釵、劉姥姥和眾女子之一。這些即將在眾人之中脫穎而出的角色應呈現何種特質？他們的外表、性格、結局又該將如何體現？近日，研究《紅樓夢》數十年、山東師範大學文學院博士生導師、此次山東選秀活動評委之一的杜貴晨教授描述了他心目中的《紅樓夢》角色。

一、賈寶玉：遁入空門的風流人物

「他是個情癡情種，所以必須有超凡脫俗的樣子」

　　選角色應該更重視內在，百里挑一、萬里挑一也有可能，演員應從精神氣質上選，優中選優。

　　通過看《紅樓夢》小說，感覺賈寶玉應該是個孩子，但 1987 年版的寶玉太過孩子氣，缺乏思想家的氣質。雖然《紅》是一本寫實的小說，但實際上寶玉不是絕對現實中的人物，更像作者的代言，替作者說話，因為寶玉的塑造在書中常常呈現出矛盾。《紅》書中到第九回，賈寶玉不過是十一歲的年齡，到第八十回時寶玉才十七歲。他的年齡很小，但有些描寫就和實際矛盾了。

例如書中所寫的賈寶玉和襲人初試雲雨情一回描述的寶玉才十一、二歲，這在現實中是不可能的。另一方面，書中寶玉經常流露出的思想和話語，如「『富貴』二字眞眞把人茶毒了」等等的話，並不是一個只有十一、二的孩子能說出口的。雖然對演員來說外表和年齡不應該劃等號，但最終選出的角色應該貼近兒童，又要有曹雪芹賦予角色的高深思考，人物一定要表現得成熟。

從外表上看，除了必須如書中所描寫的那樣「面若中秋之月，色如春曉之花，鬢若刀裁，眉如墨畫，面如桃瓣，目若秋波。雖怒時而若笑，即視而有情」外，在體形上不應該太過高大，因為他畢竟還是個孩子，按書中描述應該在 165 公分左右，如果照顧現代人的審美標準應該在 170 公分左右，略胖以體現富貴之氣。我認為對寶玉最貼切的描述就是風流不俗，他是個情癡情種，所以必須有超凡脫俗的樣子。臉圓鼓面——這也正契合他的思想，有棱角，柔中有剛的樣子。寶玉的性格裏女性化的東西多，但不能簡單的理解為女性化，他是用身心體現對女性的傾倒。所以用女性去反串演繹賈寶玉很不妥當。

不能將寶玉當作尋常人去看待，按作者的設計，他本身就是一個下凡的神仙，來體味人間的悲歡離合，所以就不能按世俗人的樣子去理解他。小說作者在第一百二十回借賈政之口就說：「豈知寶玉是下凡歷劫的，竟哄了老太太十九年！」也因此，電視劇的改編如果要忠於原作的話必須顧及到這一點，選出的演員要有仙氣和靈氣，但決不是神和怪，正所謂超凡脫俗、高人雅士。

「寶玉應該是披著猩紅斗篷出家了」

重拍紅樓，如果要超越前版，就必須要遵循原著，如果不尊重，就會讓人感覺那是假的，更是對文化的褻瀆，不管它怎麼改，也都會打著忠於原著的旗號，因此，不妨嘗試就按照高鶚寫的去拍。

《紅樓夢》全書一百二十回，因為前八十回和後四十回在前後銜接上出現問題，現代人都認為後四十回為高鶚續寫，因此很多專家就開始推斷《紅》眞正結局，並指出其中很多自以為前後矛盾的地方。所以說《紅樓夢》到現在也很難有個最終結局。

我認為高鶚續寫的後四十回還是合情合理的。因為高鶚所處的年代和曹雪芹所處的年代很近，更因為他本人也看過一百二十回的原稿，甚至說後四十回就是曹雪芹的原稿，他所作的工作只是幫忙修改一下而已，只不過沒有人相信他。（注：程偉元、高鶚《紅樓夢引言》說：「是書前八十回，藏書家

抄錄傳閱幾三十年矣，今得後四十回合成完璧。……書中前八十回抄本，各家互異；今廣集核勘，準情酌理，補遺訂訛。……是書沿傳既久，坊間繕本及諸家所藏秘稿，繁簡歧出，前後錯見。即如六十七回，此有彼無，題同文異，燕石莫辨。」）

這樣引起爭議的細節有很多。譬如在賈寶玉的結局上，書中說最後寶玉參加了科舉考試，並中了舉人，最後離家出走。後來賈政遇到他，「擡頭忽見船頭上微微的雪影裏面一個人，光著頭，赤著腳，身上披著一領大紅猩猩氈的斗篷」，「倒身下拜」，然後和一僧一道飄然而去。很多人認爲這裡的處理和書中所講的寶玉性格相背。賈寶玉厭惡功名爲何還會考舉人？出家了還披著猩紅的斗篷，做和向難道也要和別人不同以顯示自己的高貴富貴的地位？

我認爲不是這樣。寶玉考科舉不是對這種制度的妥協，而是顯示出他依然十分無所謂的態度，無論結局如何都不會覺得光榮也不會覺得恥辱，不過是爲了安慰父母罷了，那就姑且考一下吧。考舉人不過是體現了寶玉的孝心。

而身披紅斗篷出家，魯迅先生曾認爲這樣處理不好，「惟被了大紅猩猩氈斗篷來拜他的父親，卻令人覺得詫異」，此後也有很多人認爲這樣處理不妥。但我認爲這紅斗篷也是一個象徵，就是歷盡塵世間悲歡離合，其實最後不過是紅樓的南柯一夢而已，這象徵了賈寶玉的覺悟，寫出了他萬物皆空人生如夢的思想。同時這猩紅也在暗示賈府最終還有復興的希望。就像書中所說的寶玉「高魁子貴」，賈府「蘭桂齊芳」——「蘭」指的是賈蘭，書中第八回就寫道他將來可能在仕途上有所作爲，按照曹雪芹的「草蛇灰線，伏延千里」的寫作手法，賈蘭在最後必定成爲賈府的希望；因此賈桂作爲賈寶玉的遺腹子，也必定會有個好的結局，重興賈府。這些不僅符合了曹雪芹的想法，也體現了世間盛衰規律，所謂「君子之澤，五世而斬」，五世之後，還會出現一個循環。所以《紅樓夢》最後又寫賈府復興，是符合古代的認識的。

那對曹雪芹暗示的本書結局「落得個白茫茫大地真乾淨」又如何理解？原電視劇所描寫的賈府大觀園消失在一片大雪覆蓋之中不是不可，結局固然是悲劇，但決不是人類的悲劇。《紅》所寫的人生悲劇是人有生有死，有聚有散，有樂有悲，有興旺就有衰落，但不是說從此就一蹶不振，人類還要發展，要懂得珍惜，不是說體驗了這些後人就沒的活了。所以曹雪芹所說的不是一定意味著毀滅，人離開了，紅塵依然存在，紅樓夢中人一樣存在，不過是另外一波人罷了。所以「白茫茫」「真乾淨」應該說的是寶玉出家後心中的極樂，心靈的歸宿，是看破紅塵的感受，而不是指紅塵「白茫茫」。

二、林黛玉：入水殞命的淒美佳人

「黛玉應該是絕美的、淒豔的，用情打動人。」

　　書中所描寫的林黛玉形象是「兩彎似蹙非蹙籠煙眉，一雙似喜非喜含情目。態生兩靨之愁，嬌襲一身之病。淚光點點，嬌喘微微。閒靜似嬌花照水，行動如弱柳扶風。心較比干多一竅，病如西子勝三分」。她一直給人病懨懨的感覺，是不食人間煙火的才女和薄命女，是藝術的精靈。很瘦弱、弱不禁風，但在精神上很堅強，願為情生為情死。性格上孤獨甚至孤僻，有個性、多疑、猜忌、小性。很多人都說如果在現實中，黛玉不適合做妻子，只適合做情人。但是如果演員按照這個去演的話，必定不招人喜歡，應該讓人感覺到黛玉本性上是在為追求個人幸福對外界抗爭，在當時環境下做出絕決的爭取，卻依然眼看著在無邊的黑暗中窒息，讓人能感受到一種對美的毀滅。

　　黛玉應該是絕美的、淒豔的，用情打動人。如果要忠於作者，那黛玉雖說是個病西施，但病的成分不可太多。黛玉最難選的就是眼神，所有的悲切和情意都體現在眼裏。上次所選的演員就十分到位。

　　黛玉是《紅》中最特殊的女性，脂胭齋對她的評價是「情情」，前一個情是動詞，後一個情是名詞，就是說她對有情的人才有情，在大觀園裏的男性屬寶玉最為有情，所以她的眼睛裏只有寶玉一人，別的都是「臭男人」；而寶玉是「情不情」，就是對無情的人也有情，情更加廣大。

　　俗語說「女子癡沒藥醫」，黛玉在無法自拔中也是慘淡收場。在曹雪芹的眼裏，黛玉所選則的生活世間是不可能有的，像大觀園這般好的地方，「花柳繁華之地」「溫柔之鄉」，有天下最好的女子「金陵十二釵」，大家都沒辦法得到自己想要的，何況在外面？而黛玉最早雖然得到賈老太太的支持，但到最後現實依然沒有辦法照夢想進行。

　　黛玉本是個神仙，陪著寶玉下凡體驗人世，但夢想破滅的時候，她也只能離去。

　　「黛玉應該是入水殞命」。關於黛玉的結局至今最大的爭論就在她的死法上。《紅樓夢》一書通過很多詩句都在暗示著黛玉的悲慘命運，如「寒塘渡河影，冷月葬花魂。」預言著她的結局是入水殞命。在中國的傳統上，很多正面人物都是淹死的，像屈原。現在持這種說法的人很多，如周汝昌和劉心武。

　　這是現今對紅學的研究中的看法，其實黛玉如果按照高鶚所描寫的那樣在寶玉大婚當日死去也是一個不錯的安排，兩相對照更顯淒慘。

三、薛寶釵：聽天由命的世俗美女

薛寶釵在書中被作者描寫成一個有文才、有教養、美麗的女子。在大觀園群芳中，在容貌與氣質上惟一能與黛玉抗衡的就是薛寶釵，比黛玉更具一番嫵媚風流。那她的容貌氣質到底是什麼樣呢？在第八回，寶玉到梨香院去看望寶釵，作者又通過寶玉的眼睛把寶釵的容貌和打扮描繪了一番，「唇不點而紅，眉不畫而翠，臉若銀盆，眼如水杏。罕言寡語，人謂藏愚；安分隨時，自云守拙。」

寶釵的角色形象和黛玉是正好相反的，黛玉如果是「趙飛燕」，寶釵則是「楊貴妃」，她行為豁達，懂得體貼人，大觀園中極得人心，是一個世俗的美女。

書中說寶釵也有病，後來一僧一道給她提供了一種藥方，製成藥後就叫「冷香丸」。這個藥的名字很有意思，預示著如果寶釵不吃，她的性格也會和黛玉一樣。但是吃了以後，她就會懂得克制自己，做事審時度勢。她給人的感覺一直是很有心機，實際上是個入世的女子，懂得生活，懂得與別人相處，為了適應生活不惜改變自己。而不像黛玉一樣堅持自我，寧可自己過得不好，也不能委屈自己的情感。

在書中，作者將黛玉和寶釵合而為一，最終還出現了一個完美的人物，就是秦可卿。所以寶玉初見秦可卿的時候，就感覺到這個人物長得既像林黛玉又像薛寶釵。但在作者眼裏，這樣的完美也是不存在的，所以沒多久，這個人物也死了。

高鶚所寫的寶釵的最終結局也很合理。通過全書對寶釵性格的描寫，可以看出寶釵是很看得開的一個人，即使最後失去了寶玉，也不會如坐愁城，她還會帶著遺腹子賈桂生活下去。她有點像賈母，很看得開，也有聽天由命的意思，入境隨俗。

四、劉姥姥：卑微知足的線索人物

劉姥姥在書中出場次數不多，卻是一個線索性的人物。

我認為，首先她起到了一個獨特的對照作用。她要對照的人物就是賈母，賈母生活在一個大家庭裏，親眼目睹了賈府的興衰，到死前還要經歷賈府被抄家的命運。書中兩位老人見面時有一段寒暄，劉姥姥說，自己是生下來受苦的，賈母等人是生下來享福的。而她所生活的家庭和賈府相比，前者小而

好，後者卻是大而難的。劉姥姥雖然貧窮卻很健康和知足，賈母生活在賈府這個大家庭裏，卻又在臨死前經歷了抄家的悲劇。

其次書中用劉姥姥的眼睛見證了賈府的興和衰。劉姥姥二進大觀園時就是為日後賈府敗落巧姐被救埋下伏筆。劉姥姥為王熙鳳的女兒「大姐」取名為巧姐，也預示著巧姐將來必定是遇難成祥，逢凶化吉。

人物形象上，劉姥姥的一舉一動，一言一行，無不顯示出她的天眞、活潑、幽默和機智的性格，整個人物形象充滿了寓言色彩，但整個人物不應該太突出，否則容易喧賓奪主。她應該是個和善的老太太，應該有「女光棍」的樣子。1987 年拍攝的《紅樓夢》中的劉姥姥表現得太過放肆，少了一點卑微的性格。

（記者寇建偉，2006 年 12 月 18 日《山東商報·人文壹周·視點》）

下編　比較研究

論西門慶與林黛玉之死——兼及《紅樓夢》對《金瓶梅》的反模仿

　　在一般閱讀的經驗中，西門慶與林黛玉一男一女、一「色魔」一「天使」，根本無法說到一起。但同是作為小說中人物，他們各自性格命運發展的邏輯過程，卻正是有許多極相近似之處，尤以兩人之死描寫的內在機制，大略如出一轍，為「《紅樓夢》深得《金瓶》壺奧」（甲戌本第十三回脂評）一大證明，生動體現了《紅樓夢》對《金瓶梅》反模仿的特點，試論如下。

一、同在章回的「七」「九」之數

　　《金瓶梅》一百回，寫西門慶之死在第七十九回《西門慶貪欲喪命　吳月娘失偶生兒》〔註1〕，回數中有「七」有「九」。

　　《紅樓夢》一百二十回，寫林黛玉之死明處雖在第九十八回《苦絳珠魂歸離恨天　病神瑛淚灑相思地》，卻是補敘：

> 卻說寶玉成家的那一日，黛玉白日已經昏暈過去，卻心頭口中一絲微氣不斷，把個李紈和紫鵑哭的死去活來。到了晚間，黛玉卻又緩過來了，微微睜開眼，似有要水要湯的光景。〔註2〕

又寫道：

> 當時黛玉氣絕，正是寶玉娶寶釵的這個時辰。

〔註 1〕　〔明〕蘭陵笑笑生《金瓶梅詞話》，人民文學出版社 1985 年版。本文引此書均據此本。本文引此書無特別說明，均據此本。

〔註 2〕　〔清〕曹雪芹、高鶚《紅樓夢》，中國藝術研究院紅樓夢研究所校注，人民文學出版社 1982 年版。本文引此書無特別說明均據此本。

而「寶玉成家的那一日」與「寶玉娶寶釵的這個時辰」的其他敘事，卻在前面的一回，即第九十七回《林黛玉焚稿斷癡情 薛寶釵出閨成大禮》。

這就是說，《紅樓夢》寫黛玉之死爲接「林黛玉焚稿斷癡情」之後發生，與寶玉娶寶釵婚禮同時，從而敘寫上一方面必然是花開兩朵，先表一枝，另一方面爲了保持《紅樓夢》敘事一貫的「釵、黛對峙」（庚辰本第十五回雙行夾批），遂不得不於「林黛玉焚稿斷癡情」之後，按下黛玉之死，敘「薛寶釵出閨成大禮」，使一「斷」一「成」相形，突出了「情」與「禮」的勢不兩立。但是，這樣一來，黛玉臨終的慘狀就只能以補敘出之，而延至第九十八回了。

這也就是說，黛玉之死雖然敘在第九十八回的前半，但是卻爲追記之辭，其實際應有的位置乃在第九十七回的後幅。而「九十七」是「七十九」的倒數，所以也在其章回的「七」「九」之數上。

即使上論《紅樓夢》寫黛玉之死實際應有回數爲第九十七回有所牽強，那麼以其補敘在第九十八回之數論，則是兩個「七七四十九」之數的和，仍不離「七」「九」之數。

總之，雖然由於兩書分別爲百回和百二十回篇幅長短的不同，《紅樓夢》寫林黛玉之死與《金瓶梅》寫西門慶之死未能一律，但《紅樓夢》寫黛玉之死在第九十七或九十八回回數的設置，無論從何種角度看，都與《金瓶梅》寫西門慶之死在第七十九回一樣地是在章回的「七」「九」之數。

我國道教修煉很早就有「七返朱砂返本，九還金液還眞」〔註3〕，即「七返九還」之說，以「七」「九」之數爲過程迴環圓滿的數度。而「有是理乃有是數，有是數即有是理」〔註4〕，上述《金瓶梅》與《紅樓夢》應用「七」「九」的爲「數之理」〔註5〕，也就是這一敘事數度的意義，是其作爲宿命之象徵的同時，在《金瓶梅》是暗含了對西門慶的譴責，若曰：「天作孽，猶可違；自作孽，不可活。」（《孟子·公孫丑上》）即使當「七返九還」之數，也無法挽救西門慶嗜色縱慾必至精竭而亡的命運；在《紅樓夢》雖然具體描寫中有作者深憫黛玉爲情而死並以爲世戒的底色，但至少形式上與《金瓶梅》中相反，而如《西遊記》同是在第九十八即兩個「七七」之數的一回中寫唐僧脫體成仙相近，是對林黛玉「紅塵」中「歷劫」難數已滿，「魂歸離恨天」的肯定。

〔註3〕 〔宋〕張伯端《悟眞篇》下卷《西江月十二首·第六》。
〔註4〕 〔清〕陳夢雷《周易淺述·凡例》。
〔註5〕 〔漢〕劉向《說苑》卷六《復恩·東閭子嘗富貴而後乞》。

其意即林黛玉「還淚」的「風月債」已畢,「欠淚的,淚已盡」,終於可以脫
卻「情」的羈束,還以絳珠仙子的本體。

因此,《金瓶梅》是世俗的喜劇,宿命的悲劇;相反《紅樓夢》是宿命的
喜劇,世俗的悲劇。但是,二者相反美學特徵的藝術效果,卻同有因於借徑
於「七」「九」組回數理形式的一面,則是「《紅樓夢》深得《金瓶》壼奧」,
從《金瓶梅》學習借鑒來的。〔註6〕

二、情節皆「三而一成」

《金瓶梅》寫西門慶之死與《紅樓夢》寫林黛玉之死,不僅都在章回的
「七」「九」之數,而且有關情節的大略也都為「三而一成」〔註7〕。

先看西門慶之死。《金瓶梅》第四十九回《請巡按屈體求榮 遇胡僧現身
施藥》之前,寫西門慶仗著年輕力壯,縱慾中還能夠「吃著碗裏看著鍋裏」(《紅
樓夢》第十六回王熙鳳語),但自第四十九回起,就寫他已經到了「眼饞肚飽」
(《紅樓夢》第十六回王熙鳳語),力不從心,需要「求些滋補的藥兒」了。
第四十九回為「七七」當「七返」之數,為西門慶壯盛之氣消磨殆盡而轉衰
的大關鍵處。自此以後,西門慶縱淫無不要靠春藥的支撐。又三個七回之後
至第七十七回《西門慶踏雪訪愛月 賁四嫂帶水戰情郎》,即從全書的第十個
七回起,進入西門慶因接連的縱慾而導致暴亡的最後階段。這一階段的描寫
用了恰是三回書:即第七十七回寫西門慶有與鄭愛月、賁四嫂兩人次淫縱,
第七十八回《林太太鴛幃再戰 如意兒莖露獨嘗》寫與賁四嫂、林太太、如意
兒、來爵兒妻四人次淫縱,第七十九回寫先與王六兒,後與潘六兒(金蓮),
特別是後者使他服用了過量春藥,終於致死。如此三回書中,寫西門慶與包
括兩六兒在內共七人八次的淫縱,外加過量的三粒春藥,而最後髓枯精竭以
死,情節描寫可說是處處「倚數」,並「三而一成」!

再看林黛玉之死。《紅樓夢》第一回已點明林黛玉作為絳珠仙子,是被作
者安排來隨神瑛侍者下世「還淚」的。這決定了描寫中她生命的途程,必是
因與寶玉的關係而不斷流淚,並隨著與寶玉感情的日漸加深,而淚越流越少,
病情愈來愈重,結局則必不能與寶玉成婚。其結局恰如《紅樓夢》的「書未

〔註 6〕 本節所討論的問題,本人先曾有所有論及,參閱拙著《齊魯文化與明清小說》,
　　　　齊魯出版社 2008 年版,第 411 頁。
〔註 7〕 〔漢〕董仲舒《春秋繁露·官制象天》曰:「三而一成,天之大經也。」

成，芹為淚盡而逝」的翻為別調。這一漸進的過程中，最後病情的逐步加深是寫黛玉之死的關鍵，自然也就是作者寫這一人物用筆持續加力之處，為明顯的「三步曲」。即第一步第八十二回《老學究講義警頑心 病瀟湘癡魂驚惡夢》，這一回寫到黛玉第一次吐血；第二步即接下七回書的第八十九回《人亡物在公子填詞 蛇影杯弓顰卿絕粒》，這一回寫到「黛玉立定主意，自此以後有意糟蹋身子，茶飯無心，每日漸減下來，……也不肯吃藥，只要速死」；第三步即又接下七回書的第九十六回《瞞消息鳳姐設奇謀 泄機關顰兒迷本性》，這一回中黛玉已是病入膏肓，氣如遊絲，加以絕望之恨，遂有焚稿斷情，實際走到了生命的盡頭。如此經過三個七回書，又自第九十六回開始，經第九十七回《林黛玉焚稿斷癡情 薛寶釵出閨成大禮》，至第九十八回《苦絳珠魂歸離恨天 病神瑛淚灑相思地》，也是接連三回書寫林黛玉彌留之際，都無非「三而一成」。

總之，《紅樓夢》寫林黛玉之死與《金瓶梅》寫西門慶之死，大略都依「七返九還」之數度，並「三而一成」。其敘事軌跡節奏之相近如此，不能不是「《紅樓夢》深得《金瓶》壺奧」的結果。

三、皆因沉湎於所溺和來自其對象的突然打擊

《紅樓夢》林黛玉與《金瓶梅》寫西門慶死因相近，即都由於其本人沉湎於所溺的慢性自戕式生活態度和最後遭遇來自其對象方面突然的打擊，而不治身亡。

首先，為了方便於寫西門慶、林黛玉的率性而為走上各自或沉湎於色或沉湎於情的不歸之路，兩書都共同設計了他（她）們早早死了爹娘和並無兄弟姊妹的身世，甚至西門慶連自己長輩的親戚如伯、叔、舅、姑、姨等皆無，現任的妻子吳月娘也非結髮之妻，而是填房，至於林黛玉則自幼孤身一人寄居於外祖家。這種孤獨的身世極大地減少了有人限制、阻撓或其他方式影響他（她）們率性於所溺的可能，成為方便二者各自沉湎於所溺走向結局的基礎。考慮到他（她）們各自身世孤單的這種相似性的顯著程度，可以認為其在《金瓶梅》固然是有意的創造性安排，在《紅樓夢》則是模擬前者而移之於林黛玉形象的創新，都共同為有意造成所寫人物方便一意孤行的情勢，達至既定的敘事目標。

其次，兩書各自寫出了他或她沉湎於所溺不能自拔的慢性自戕過程。《金

瓶梅》寫西門慶因沉湎於色而死，從隱到顯，由淺入深，寫他因為縱慾而導致精力漸減和體能的日益下降。至第四十九回寫其求胡僧藥，雖因其淫心恣肆，但也不無他已感力不從心的無奈。其後胡僧藥的使用雖未至於是飲鴆止渴，但總體上肯定是欲益反損。所以至第七十八回所寫，他仍不能不「只害這腰腿疼」，「到於雪娥房中，交他打腿捏身上，捏了半夜」；又合人乳服任醫官給的延壽丹；仍止不住「還未到起更時分，西門慶陪人坐的，就在席上齁齁的打起睡來」。〔清〕張竹坡於此句下夾批曰：「寫盡臨死人。」在這個一步一步走入死地的過程中，我們看到西門慶不僅毫無覺察，還自以為得意，第五十七回寫道：

> 月娘說道：「⋯⋯哥，你日後那沒來回沒正經養婆娘、沒搭煞貪財好色的事體少幹幾樁兒，卻不攢下些陰功，與那小孩子也好！」
> 西門慶笑道：「你的醋話兒又來了。卻不道天地尚有陰陽，男女自然配合。今生偷情的、苟合的，都是前生分定，姻緣簿上注名，今生了還，難道是生剌剌胡搊亂扯歪廝纏做的？咱聞那佛祖西天，也止不過要黃金鋪地，陰司十殿，也要些楮鏹營求。咱只消盡這家私廣為善事，就使強姦了姮娥，和姦了織女，拐了許飛瓊，盜了西王母的女兒，也不減我潑天的富貴。」

這裡寫吳月娘雖然關心西門慶，卻不是從養生保健的角度，西門慶本人更是念不及此，表明西門慶包括其家人中最關心西門慶之健康的吳月娘在內，都不曾在意西門慶的狂淫濫嫖，遠不止於敗德，更有「暗裏教君骨髓枯」的性命之憂。這甚至在西門大院之外他的狐朋狗友們就早已看出，並似曾多次提醒過。第六十七回《西門慶書房賞雪 李瓶兒夢訴幽情》：

> 西門慶取畢耳，又叫小周兒拿木滾子滾身上，行按摩導引之術。
> 伯爵問道：「哥滾著身子，也通泰自在麼？」西門慶道：「不瞞你說，相我晚夕身上常發酸起來，腰背疼痛，不著這般按捏，通了不得！」
> 伯爵道：「你這胖大身子，日逐吃了這等厚味，豈無痰火！」西門慶道：「任後溪常說：『老先生雖故身體魁偉，而虛之太極。』送了我一罐兒百補延齡丹，說是林真人合與聖上吃的，教我用人乳常清晨服。我這兩日心上亂，也還不曾吃。你們只說我身邊人多，終日有此事，自從他死了，誰有甚麼心緒理論此事！」

這裡西門慶稱「你們只說」云云，顯指應伯爵等曾不止一次面揭其病根。但

是，誠如李漁於上引一段話下所批評：「到此事雖知已前，亦要說謊。」可見其非不知致病之由，而是忘身玩命，甘心於此，不思悔改，色鬼之本性難移，即月娘笑罵所說：「狗吃熱屎，原道是個香甜的；生血掉在牙兒內，怎生改得！」因此，西門慶在第七十八、七十九回所寫接連不斷的性「鏖戰」中一步一步身陷絕境，走到了生命的盡頭，實是咎由自取。

《紅樓夢》寫林黛玉因沉溺於情而死，雖爲「欠淚的，淚已盡」（第五回）之命中注定的結局，但在描寫中，作者仍不能不寫她是一步一步幾乎是義無反顧地走向這一結局。這一過程除一出場就寫她「身子又弱」（第三回）並寫她一直在服藥之外，更進一步寫她終日在作「無益之悲」（第六十四回），「自己作踐了身子」，與寶玉一樣地時常想著「不如死了乾淨」（第二十回）的想法中度日。因此，她的死是在天生「怯弱多病的……舊症」（甲戌本第二回側批）基礎上慢性自殺式的殉情。

最後，兩書各自寫他或她之死又都因於最後遭遇其對象突然的打擊。《金瓶梅》第七十八、七十九兩回書的描寫還同時表明，西門慶之死雖咎由自取，但如果僅僅是他一己之力的營求，其死期固然也不久就會到來，卻不一定是在李瓶兒死後百日他三十三歲時死在敘事的第七十九回書中。其所以如此，乃在寓於必然中的偶然，即潘金蓮在強使西門慶與之行房的近乎性虐的過程中力使西門慶服用春藥，「斟了一鍾酒，自己吃了一丸，還剩下三丸。恐怕力不效，千不合，萬不合，拿燒酒都送到西門慶口內」，而西門慶「醉了的人，曉的甚麼？合著眼只顧吃下去」。對這一細節描寫，〔清〕張竹坡夾批云：「與武大吃藥時一般也。」李漁眉批云：「此藥較武大藥所差幾何？吃法與武大吃法所差幾何？因果循環，讀者猛省。」都一語中的，揭示了作者欲與西門慶助使潘金蓮藥死武大形成前後對照的用心。作爲西門慶的死因，這無疑是「壓垮駱駝的最後一根稻草」！

《紅樓夢》有關黛玉之死的描寫也表明，如果僅僅是由於「弱症」與自戕式的生活方式，她的死或許另有遲早，卻終於與寶釵的出閨成大禮同時，關鍵只在第九十六回所寫「泄機關顰兒迷本性」。其中寶玉成婚消息的漏泄，是對她瀕臨絕望之心理的最後一擊：

> 那黛玉此時心裏，竟是油兒、醬兒、糖兒、醋兒倒在一處的一般，甜、苦、酸、鹹，竟說不上什麼味兒來了。停了一會兒，顫巍巍的說道：「你別混說了。你再混說，叫人聽見，又要打你了。你去

罷。」說著，自己轉身要回瀟湘館去。那身子竟有千百斤重的，兩
隻腳卻像踩著棉花一般，早已軟了。

又寫黛玉撕帕：

> 只見黛玉接到手裏也不瞧，扎掙著伸出那隻手來，狠命的撕那
> 絹子。卻是只有打顫的分兒，那裡撕得動。紫鵑早已知他是恨寶玉，
> 卻也不敢說破。

直到臨終「直聲叫道：『寶玉，寶玉，你好⋯⋯』說到『好』字，便渾身冷汗，
不作聲」，死了。由此可以看出：作為因「還淚」而生的林黛玉，她既已把全
部的性命託付於寶玉，則一旦知寶玉之終於無可託付，自然也就到了她絕命
之時。總之，一如《金瓶梅》中潘金蓮所為是西門慶終於致死的外因，《紅樓
夢》中正是寶玉被「掉包計」矇騙中成婚的消息，使重病中的黛玉失去了生
存最後的希望，二者的筆法何其相似乃爾！

四、同一人生哲學的況味

《紅樓夢》與《金瓶梅》分別有關林黛玉與西門慶之死因的描寫，也都
深入到哲學的層次，不同程度揭示了他（她）們無非死於人欲過度的追求，
有同一人生哲學的況味。

《金瓶梅》第七十九回《西門慶貪欲喪命 吳月娘失偶生兒》，寫至西門
慶至瀕死之際，作者乃出面議論道：

> 看官聽說，一己精神有限，天下色欲無窮。又曰「嗜欲深者，
> 其天機淺」，西門慶只知貪淫樂色，更不知油枯燈滅，髓竭人亡。

〔清〕張竹坡評本於「天下色欲無窮」句下批曰：「二句道盡。」又改「嗜欲
深者，其天機淺」兩句為「嗜欲深者，其生機淺」，並批曰：「又二句道盡。」
我體會其所「道盡」之理，在西門慶不過書中所寫其嗜色自戕，必至玩命夭
亡而已！

《紅樓夢》第五回寫《紅樓夢十二支》之《枉凝眉》：

> 一個是閬苑仙葩，一個是美玉無瑕。若說沒奇緣，今生偏又遇
> 著他，若說有奇緣，如何心事終須化？一個枉自嗟呀，一個空勞牽
> 掛。一個是水中月，一個是鏡中花。想眼中能有多少淚珠兒，怎經
> 得秋流到冬盡，春流到夏！

此曲中與「美玉無瑕」〔註8〕之賈寶玉並提，以言「閬苑仙葩」之林黛玉，寫她因「心事」難成，終日裏「枉自嗟呀」，「想眼中能有多少淚珠兒，怎經得秋流到冬盡，春流到夏」云云，實不過是說人之一生，情無限而淚無多，她爲情所困，「惟憂用老」（《詩經・小雅・小弁》），以身殉情，亦不過「嗜欲深者，其天機淺」而已。

因此，雖然《紅樓夢》寫林黛玉之死與《金瓶梅》寫西門慶之死的具體情境一定是不同的，死因也一嗜於色，一溺於情，這一男一女有「色魔」與「情鬼」之別，但其所隱蓄人生的況味，都無非爲「嗜欲深者，其天機淺」，則是顯然的事實！

「嗜欲深者，其天機淺」語出《莊子・大宗師》，王先謙《集解》云：「情慾深重，機神淺鈍。」以「情」「欲」並提，可知西門慶之死於「欲」與林黛玉之死於「情」，雖在今人道德的評價上幾乎完全相反，但是都屬於不能「外其身而身存」（《老子》），乃過分地爲個人欲望所控制與折磨，以致嗜深而機淺的生命邏輯，卻是一致的。

這個道理儒家也曾有所論及。《孔子家語》卷一《五儀解第七》載孔子論「非其命」而死曰：

> 哀公問於孔子曰：「智者壽乎？仁者壽乎？」孔子對曰：「然，人有三死，而非其命也，行己自取也。夫寢處不時，飲食不節，逸勞過度者，疾共殺之；居下位而上干其君，嗜欲無厭而求不止者，刑共殺之；以少犯眾，以弱侮強，忿怒不類，動不量力者，兵共殺之。此三者死非命也，人自取之。若夫智士仁人，將身有節，動靜以義，喜怒以時，無害其性，雖得壽焉，不亦可乎？」

孔子沒有直接說到色與情的過度，但西門慶與林黛玉之死也均屬其中「不時」「不節」之「逸勞過度者，疾共殺之」的一類，乃其「人自取之」！

五、現象溯源

那麼爲什麼《紅樓夢》沒有把《金瓶梅》寫西門慶之死的筆意手法，大

〔註8〕 美玉無瑕，見《金瓶梅詞話》第一回：「美玉無瑕，一朝損壞；珍珠何日，再得完全？」崇禎本第一回無，但第十九回增寫有：「婦人一面攤開羅衫，露出美玉無瑕、香馥馥的酥胸，緊就就的香乳。揣摸良久，用口舐之，彼此調笑，曲盡『於飛』。」

略用到寫在書中地位角色相當的賈寶玉，而是用到寫與《金瓶梅》中潘金蓮之於西門慶地位角色的林黛玉形象上，使林黛玉之死在內涵與形式上極相近似於西門慶的結局呢？原因有三：

　　一是兩部書的命意與所導致的敘事中心不同。這個不同不但僅在《金瓶梅》寫「性」，而《紅樓夢》寫「情」，更在《金瓶梅》僅「爲世戒」（東吳弄珠客《金瓶梅詞話序》），只是要立一反面典型西門慶，寫他死於女色，並且是暴死、慘死，死後家破人散，就可以達到警戒嚇阻世人的效果了。因此《金瓶梅》寫西門慶不能不暴亡慘死，否則無以顯見男人縱慾之禍、女色之害。《紅樓夢》寫賈寶玉則不同。他雖然被預設就是一個情癡情種，要在情海欲火中歷盡煎熬的人，但同時預設他雖溺於情無以自拔，卻得「通靈寶玉」的護祐與一僧一道的救拔，終於能「跳出迷人圈子」，打破情關，「以情悟道」〔註9〕的有緣人，是一個轉變型的形象。因此，其寫賈寶玉一定是在情的陷溺中受無盡的煩惱，卻又一定不死於情，遲早要從情的陷溺中被挽救出來，以他的終於出家爲溺於情者指示一條解脫之路。兩書命意與中心人物命運軌跡的不同，導致《金瓶梅》中作爲西門慶縱慾對象的諸婦除李瓶兒之外，無一不死散於西門慶身後；而《紅樓夢》中作爲賈寶玉「意淫」對象的諸釵如釵、黛、晴、襲等，則大都要以這樣那樣的方式包括死之一途，陸續淡出情節。《紅樓夢》後半寫死亡破敗相繼，到頭來「落了片白茫茫大地真乾淨」，固然是寫賈府，但更是爲寶玉「情悟」出家鋪墊與設色。林黛玉之死即是這諸多鋪墊與設色中最大關鍵。非寫黛玉之死，不足以最後使神瑛息心，寶玉斷愛，「懸崖撒手」（甲戌本第一回、庚辰本第二十一回、四戌本第二十五回脂評）！這從書中除了第五回中已就寶、黛關係有詞曰「看破的，遁入空門；癡迷的，枉送了性命」作了指點之外，還先後兩次寫寶玉對黛玉誓言「你死了，我做和尚去」（第三十、三十一回），就可以看得出來。總之，黛玉不死，石頭——賈寶玉即不能最後完成「因空見色，自色生情，傳情入色，自色悟空」的過程，黛玉一死，寶玉就可以打破情關，「以情悟道」，出家「做和尚去」了。

　　二是西門慶與林黛玉在各自書中地位、角色的不同。《金瓶梅》寫西門慶爲主，西門慶爲「酒金剛，色魔王」，使之陷溺於色的諸婦如金、瓶、梅、林太太等爲「粉骷髏，花狐狸」（第七十八回），比男女性的交合爲戰爭；《紅樓

〔註9〕　《紅樓夢》甲戌本第五回寫警幻仙姑語，今通行整理本一般不取此說，而從別本把此語刪落了。

夢》以寫賈寶玉爲主，在「愛博而心勞」〔註 10〕的「意淫」之中，釵、黛等都居如《金瓶梅》中諸婦的地位。其中唯是林黛玉一面逐漸地超越了寶釵等由他之最愛成爲了他之唯一，但相處中也如賈母所說「不是冤家不聚頭」（第二十九回），有太多茶杯裏的風波；另一面黛玉也與寶釵等一起成爲他於「憂患亦日甚」〔註 11〕中偶然「悟道」時感覺到的障礙，有第二十一回《賢襲人嬌嗔箴寶玉 俏平兒軟語救賈璉》寫賈寶玉續《莊子》中語爲證：

> 焚花散麝，而閨閣始人含其勸矣；戕寶釵之仙姿，灰黛玉之靈竅，喪減情意，而閨閣之美惡始相類矣。彼含其勸，則無參商之虞矣；戕其仙姿，無戀愛之心矣；灰其靈竅，無才思之情矣。彼釵、玉、花、麝者，皆張其羅而邃其穴，所以迷惑纏陷天下者也。

這篇被黛玉批爲「醜語」的文章，其實正是道出作者本意。其中可注意的，除了其於寶釵強調「仙姿」，於黛玉突出「靈竅」，顯然以一主於「色」，一主於「情」之外，還可以感受到作者其實庸俗而頑固的男本位立場，即把「彼釵、玉、花、麝者」都視爲「風月寶鑒」中著於反面的「（紅粉）骷髏」。這裡不僅顯露出作者開篇所謂「爲閨閣昭傳」，「雖我之罪固不能免，然閨閣中本自歷歷有人」云云純係「假語村言」，還從其「悟道」的立場上坐實釵、黛等都爲「迷惑纏陷」賈寶玉「悟空」的「情魔」！而《紅樓夢》的價值取向終是「以情悟道」的，所以林黛玉是賈寶玉最後也是唯一的情人，同時是「迷惑纏陷」他之諸情魔中最甚的一個！其地位、角色猶如《金瓶梅》中潘金蓮之於西門慶，僅是因爲寶玉有「通靈寶玉」與一僧一道的護祐終能「悟道」，所以與《金瓶梅》中西門慶必死，潘金蓮做了他最後剋星的情形相反，林黛玉爲了賈寶玉必然「做和尚去」的宿命，必先其出家而死。並且她的死在作爲遭受寶玉成婚之事實最後一擊的結果的同時，也做了爲賈寶玉「警幻」以助其「遁入空門」的最有力的一推！

三是寫人敘事藝術上意足神圓的要求。《金瓶梅》寫西門慶縱慾暴亡以「爲世戒」，一方面寫其死本身必至於意足神圓，另一方面必延伸到其暴亡之後禍及家事的後果，全書才能以意足神圓。從而西門慶之死不能太速，亦不能太遲；《紅樓夢》寫寶玉終能「以情悟道」以爲世勸，重在寫此道之難能。開篇

〔註 10〕 魯迅《中國小説史略》，人民文學出版社 1973 年版，第 199 頁。
〔註 11〕 《中國小説史略》，第 199 頁。

甄士隱之跳出「火宅」〔註12〕已是象徵，後寫賈寶玉「夢遊太虛幻境」警幻不成，不得不又重歸於「迷津」即人世的歷煉，雖賴有夙慧，也還是「二次翻身不出」（庚辰本第二十二回夾評），終須有「通靈寶玉」的守護與一僧一道的護祐點化等仙緣，才勉強能以斬斷情緣，出離人世間。在這一艱苦卓絕的「悟道」過程中，與黛玉之絕離是其打破情關的關鍵一戰，從而一面是寫黛玉之死本身必至意足神圓，另一面必須爲寶玉出家過程的描寫留有餘地，所以其寫黛玉必以最慘烈也是最隆重的方式死去，同樣不能太早，亦不能太晚。這種情況下，傳統「七返九還」「三而一成」等就成爲情節發展的適當數度，《金瓶梅》寫西門慶之死開創於前，《紅樓夢》寫黛玉之死追摹於後，就都有了必要與可能。

總之，「《紅樓夢》深得《金瓶》壺奧」。但由於其有與《金瓶梅》「文章」之「主意」〔註13〕的不同，所寫男性中心人物有欲海亡身與「以情悟道」結局之異，從而「文章」的做法有別，形成兩書中男女主人公一生一死與一死一生之生死錯位的不同安排，卻都在「七」「九」之數的章回中由情節的「三而一成」完足描寫！其後先相反而實極相近似之跡，使我們可以進一步悟到「《紅樓夢》深得《金瓶》壺奧」之一大法門，是其大處每與《金瓶梅》適得其反，所謂「反彈琵琶」，以成其新創。這種學習借鑒方式，似可以名之爲「反模仿」。

（原載《山東師範大學學報》2009 年第 5 期，有補訂）

〔註12〕 佛教有以世間爲「火宅」之喻，見《妙法蓮華經·譬喻品第三》，又《古尊宿語錄》卷四《鎮州臨濟義玄慧照禪師語錄》：「大德，三界無安猶如火宅。此不是你久停住處。」《紅樓夢》第一回寫甄士隱因宅院失火，家產被燒而後隨一僧一道出家，即爲賈府與賈寶玉結局預演。

〔註13〕 魯迅《中國小說的歷史的變遷》，《中國小說史略》，人民文學出版社 1973 年版，第 291 頁。

《紅樓夢》是《金瓶梅》之「反模仿」和「倒影」論

一、引子

　　以《紅樓夢》比較《金瓶梅》，根本上是由兩書後先關係所決定的。這一研究本質上是《紅樓夢》對《金瓶梅》的接受或《金瓶梅》對《紅樓夢》影響的研究，是對兩部名著間歷史聯繫的探討與釐清，是明清小說兩個「大國」間戰略平衡的分析與估量。古人早就津津樂道了。自脂硯齋評《紅樓夢》「深得《金瓶》壼奧」〔註1〕，清及近代學者多有附合之論。清代如蘭皋居士《綺樓重夢楔子》云：「《紅樓夢》一書……大略規仿吾家鳳洲先生所撰《金瓶梅》，而較有含蓄，不甚著迹，足饜讀者之目。」〔註2〕諸聯《紅樓夢評》云：「書本脫胎於《金瓶梅》，而褻嫚之詞，淘汰至盡……非特青出於藍，直是蟬蛻於穢。」〔註3〕張新之《紅樓夢讀法》云：「《紅樓夢》是暗《金瓶梅》，故曰『意淫』。」〔註4〕張其信《紅樓夢偶評》云：「此書從《金瓶梅》脫胎，妙在割頭換像而出之。」〔註5〕天目山樵《儒林外史》評：「近世演義者，如《紅樓夢》實出《金瓶梅》，其陷溺人心則有過之。」〔註6〕近代如包齋《答友索說部書》

〔註1〕〔清〕曹雪芹、高鶚著，脂胭齋評《紅樓夢》，山東文藝出版社1993年版，第167頁。

〔註2〕黃霖編《金瓶梅資料彙編》，中華書局1987年版，第266頁。

〔註3〕《金瓶梅資料彙編》，第268頁。

〔註4〕《金瓶梅資料彙編》，第269頁。

〔註5〕《金瓶梅資料彙編》，第280頁。

〔註6〕《金瓶梅資料彙編》，第288頁。

云：「《紅樓夢》之脫胎《金瓶梅》，善脫胎而已幾於神化者也。」〔註7〕鴟雛《稗乘談雋》云：「《石頭記》則直為工筆矣。然細迹之，蓋無一不自《金瓶》一書脫胎換骨而來。」〔註8〕至當代應首推毛澤東以政治家讀《金瓶梅》與《紅樓夢》所特別指出：「《金瓶梅》是《紅樓夢》的祖宗，沒有《金瓶梅》，就寫不出《紅樓夢》。」〔註9〕

以上諸家之說表明，自清中葉至今，《紅樓夢》或曰「規仿」，或曰「脫胎」，或曰「實出」等仿傚《金瓶梅》而後來居上，已成學界共識。而近半個多世紀以來，學者研究所發現發明《紅樓夢》於人物、情節、細節乃至語言等諸方面傚仿《金瓶梅》之例甚多，但關於《紅樓夢》如何傚仿《金瓶梅》乃至青出於藍而勝於藍之法，除上引張其信、張新之說略有形容、似有所會心，卻並未作具體說明之外，基本上無人論及。因此之故，筆者曾撰《論西門慶與林黛玉之死——兼及〈紅樓夢〉對〈金瓶梅〉的反模仿》一文，就西門慶與林黛玉之死情節描寫後先相承的聯繫引申，以為《紅樓夢》創作與《金瓶梅》有「後先相反而實極相近似之迹，使我們可以進一步悟到『《紅樓夢》深得《金瓶》壺奧』之一大法門，是其大處每與《金瓶梅》適得其反，所謂『反彈琵琶』，以成其新創。這種學習借鑒方式，似可以名之為『反模仿』」〔註10〕。

拙見以《紅樓夢》對《金瓶梅》的「規仿」之法為「反模仿」，當時不過偶然得之寫下來的話，但現在看來，卻可能是有關《紅樓夢》傚仿《金瓶梅》的一個有價值的整體判斷。只是還要進一步說明的是，上引拙論「《紅樓夢》……大處每與《金瓶梅》適得其反」云云之「大處」，主要是指立意、結構、主要人物等在內涵與本質上每與《金瓶梅》「後先相反」，卻在局部與細節上看來又每與《金瓶梅》有「極相近似之迹」。近世研究者多看到了這些「極相近似之迹」，或以為這些就是《紅樓夢》「深得《金瓶》壺奧」處，是錯會了。《紅樓夢》「深得《金瓶》壺奧」處不在這些局部與細節上的「極相近似」，而在於這些「極相近似之迹」肉裏掩飾之下與《金瓶梅》「後先相反」的內涵與本質。正是這些「每與《金瓶梅》適得其反」的「大處」，才是《紅樓夢》

〔註7〕 《金瓶梅資料彙編》，第329頁。
〔註8〕 《金瓶梅資料彙編》，第322頁。
〔註9〕 龔育之《毛澤東的讀書生活》，三聯書店1986年版，第224頁。
〔註10〕 杜貴晨《論西門慶與林黛玉之死——兼及〈紅樓夢〉對〈金瓶梅〉的反模仿》，《山東師範大學學報》2009年第5期。

取法《金瓶梅》眞正成功的內在標誌。而這一成功即從《金瓶梅》思想與藝術的「大處」逆向思維之「反模仿」而來，故筆者以爲，前人所謂《紅樓夢》「規仿」《金瓶梅》，爲《金瓶梅》之「暗」或「割頭換面」「脫胎換骨」等，實可一言以蔽之曰「反模仿」。

「反模仿」概念用於古典小說研究始自上引拙文，但筆者所見這一概念最早似由當代散文家葉兆言先生在一次訪談中提出。他說：「寫作是一種反模仿，也就是說，別人這麼寫了，我就應該那麼寫。這次這麼寫了，下次就得那麼寫……思路是習慣於反過來，希望能和別人不一樣。」〔註11〕筆者由此尋味葉先生所謂「反模仿」，當是指創作中作者除了有意地不重複自己之外，主要是參照「別人這麼寫了」的榜樣，卻「反過來……和別人不一樣」。對此，筆者雖然還不敢全盤接受以一切的「寫作是一種反模仿」，但從「反模仿」的視角看中國古典小說特別是明清小說，後先作品的「反模仿」確實是多見而突出的現象，從而至少對於明清小說研究來說，「反模仿」是一個很有應用價值的理論。唯是還要進一步說明，「反模仿」雖是「反過來……和別人不一樣」，卻總要參照別人原本正面的樣子，才可能有「反過來」的創造。所以「反模仿」雖然超越了一般正面的模仿，卻在本質上不能不也是一種模仿。唯是這種模仿比較一般模仿的巧妙或高明處，是其與原本或說正本的跡相近似而實相反。因其跡相近似，使讀者可見二者間後先模仿的繼承關係；因其實相反，使讀者不能不承認這種模仿在內涵與本質上是對前人的超越和創新。從而「反模仿」所建立後先作品形象體系的對比，在其與眾不同的一切差異中最爲獨特，成一種顛倒的對立，所謂「雖論者謂《紅樓夢》全脫胎於《金瓶梅》，乃《金瓶梅》之倒影云，當是的論」〔註12〕，就是對「反模仿」結果最好的形容。

這是一個頗有意趣的文學審美角度和問題，本文以下即試就《紅樓夢》在立意、結構、人物諸層面與《金瓶梅》「後先相反而實極相近似之跡」，揭蔽《紅樓夢》「深得《金瓶》壼奧」的「反模仿」手法，及其總體形象爲「《金瓶梅》之倒影」的藝術風貌。

〔註11〕 楊新民、葉兆言《寫作，就是反模仿——葉兆言訪談錄》，《小說評論》2004年第4期。
〔註12〕 《金瓶梅資料彙編》，第567頁。

二、立意

《紅樓夢》立意手法與《金瓶梅》有諸多相似之跡。首先，《紅樓夢》與《金瓶梅》同在第一回對作書宗旨作有「聲明」。《金瓶梅》第一回開篇入話「丈夫隻手把吳鈎」詞後接云：

> 此一隻詞兒，單說著情色二字……〔註13〕

又在述項羽、劉邦故事並「劉項佳人絕可憐」詩後云：

> 說話的，如今只愛說情色二字做甚？

如此「單說」或「愛說」云云一再提點「情色二字」，雖然直接是就詩或詞之內容而發，但讀者周知話本中篇首詩詞爲入話點題，入話爲正文引線，不難由此確認「說話的」即小說作者一再提點的「情色二字」，正是其爲此一書的創作宗旨，從而也就是全書描寫的中心。

《紅樓夢》應是借鑒了《金瓶梅》這一開宗明義之法，也是在第一回，雖然不是由作者直接出面，而是借空空道人「檢閱」《石頭記》議論，卻同樣是公開「聲明」了其作書宗旨：

> 空空道人聽如此說，思忖半晌，將《石頭記》再檢閱一遍，因見上面雖有些指姦責佞貶惡誅邪之語，亦非傷時罵世之旨，及至君仁臣良父慈子孝，凡倫常所關之處，皆是稱功頌德，眷眷無窮，實非別書之可比。雖其中大旨談情，亦不過實錄其事，又非假擬妄稱，一味淫邀豔約、私訂偷盟之可比。

又寫道：

> 那道人道：「果是罕聞。實未聞有還淚之說。想來這一段故事，比歷來風月事故更加瑣碎細膩了。」那僧道：「歷來幾個風流人物，不過傳其大概以及詩詞篇章而已……並不曾將兒女之眞情發泄一二。想這一干人入世，其情癡色鬼，賢愚不肖者，悉與前人傳述不同矣。」

從以上引文明顯可見「談情」是作者爲《紅樓夢》所確立之主意，也就是全書描寫的中心。這也爲眾多紅學家所認可，庚辰本第十八回脂批就稱《紅樓夢》作者爲「談情者」，鄒弢《三借廬筆談》評「《水滸》是怒書，《西遊》是悟書，《金瓶梅》是淫書」後，接引瘦鶴曰：「然則《紅樓夢》是情書矣。」〔註14〕

〔註13〕〔明〕蘭陵笑笑生《金瓶梅詞話》，人民文學出版社 1985 年版，第 1 頁。
〔註14〕《金瓶梅資料彙編》，第 284 頁。

由此可見作者自道其書「大旨談情」並非假語村言，而是開宗明義的嚴肅「聲明」。其與上引《金瓶梅》後先相承之跡，清晰可見。

其次，與《金瓶梅》一樣從對「情色二字」關係的討論確定立意的重心。《金瓶梅》於上引第一回「此一隻詞兒」後，所說「情色二字，乃一體一用。故色絢於目，情感於心，情色相生」云云，闡述了「情」與「色」的關係為「一體一用」「情色相生」；進而又以「如今只愛說這情色二字做甚」設問，引出關於本書內容的簡介曰：

> 如今這一本書，乃虎中美女，後引出一個風情故事來。一個好色的婦女，因與了破落户相通，日日追歡，朝朝迷戀，後不免屍橫刀下，命染黃泉，永不得著綺穿羅，再不能施朱傅粉。靜而思之，著甚來由！況這婦人，他死有甚事！貪他的葬送了堂堂六尺之軀，愛他的丟了潑天哄產業。驚了東平府，大鬧了清河縣。端的不知誰家婦女？誰的妻小？後日乞何人佔用？死於何人之手？

這裡雖是說「一個好色的婦女，因與了破落户相通，日日追歡，朝朝迷戀」，其間「追歡」「迷戀」均未免男女之「情」的因素，但作者關注的重心顯然已在「好色」的一面。所以筆者在《關於「偉大的色情小說〈金瓶梅〉」——從高羅佩如是說談起》一文中認為：

> 如果我們能夠認真看待蘭陵笑笑生為自己小說的設定，就應該承認《金瓶梅》是一部「單說著情色二字」的「色情小說」，至少作者本意是要寫成這樣一部書。這裡，蘭陵笑笑生所謂「情色二字」，其實只是一個字即「色」，也就是《孟子》中所說的「食色性也」之「色」，但今天我們稱作「性」了。〔註15〕

如上已引及《紅樓夢》第一回通過石頭與空空道人和一僧一道間兩番對話，一再辨明的都是《紅樓夢》「實非別書之可比……其中大旨談情」，或「想來這一段故事，比歷來風月事故更加瑣碎細膩了」，「歷來……大半風月故事……並不曾將兒女之真情發泄一二」等等。這些討論，都不過是為其書於情與色（即淫）之間闡明並確定立場。至第五回更進一步借警幻仙姑教諭賈寶玉論「情色」說：「好色即淫，知情更淫。是以巫山之會，雲雨之歡，皆由既悅其色，復戀其情所致也。」可知《紅樓夢》立意之取徑也與《金瓶梅》

〔註15〕 杜貴晨《關於〈金瓶梅〉為「偉大的色情小說」——從高羅佩如是說談起》，《明清小說研究》2009 年第 1 期。

為一轍，即由「情色二字」間斟酌而來，溯源可見明清八股文「破題」文法的影響。

最後，《紅樓夢》「情色」論的核心上承《金瓶梅》之「情色相生」說。《紅樓夢》第一回寫空空道人因為抄讀《石頭記》而「因空見色，由色生情，傳情入色，自色悟空，遂改名情僧，改《石頭記》為《情僧錄》」，其中「因空見色」四句比較蘭陵笑笑生「色絢於目」三語，除了於色——情——色聯繫的兩端，各加了一個「空」字，從而確立了「情」在「色」與「空」之間的中心地位，構成全書「大旨談情」的思想基礎之外，其有關「情色」關係的「色生情」「情入色」之說，實不過是《金瓶梅》「情色相生」的換言之而已。

綜合以上思想、語言諸多「極相近似之迹」，我們有理由認為《紅樓夢》「大旨談情」的立意也是從《金瓶梅》直接脫化而來，即其熟玩揣摩了《金瓶梅》「以淫說法」〔註16〕，寫「淫」以「戒淫」〔註17〕的立意，卻「反過來……和別人不一樣」，反其意在而師其技，「以情說法，警醒世人」（第三十五回），也就是「以情悟道」〔註18〕。從而文隨意轉，別開生面，無論結構、人物、情節等「大處」，每與《金瓶梅》有「極相近似之迹」，而內涵與本質則「適得其反」。

三、結構

《紅樓夢》與《金瓶梅》都以一個人物為中心，寫一家之興衰，以探索人生與社會，其結構大略有極相近似之處，但因二者立意之對立，實際的起——中——結等結構狀態卻又「適得其反」。

首先，《紅樓夢》取法《金瓶梅》以前五回為序曲，但其前五回在結構中之本質意義與《金瓶梅》之前五回相反。《金瓶梅》一百回，但自第一回《景陽岡武松打虎，潘金蓮嫌夫賣風月》起首，至第五回《鄆哥幫捉罵王婆，淫婦鴆殺武大郎》，皆從《水滸傳》挪移變化而來，至第六回起才進入獨創。但這誠如文龍所評曰：

此數回皆《水滸傳》中文字也。作者非不能□（疑為別字）具爐錘，另開□□（原殘缺），但原文實有不可磨滅者，故仍其舊，正

〔註16〕　《金瓶梅資料彙編》，第 253 頁。
〔註17〕　《金瓶梅資料彙編》，第 253 頁。
〔註18〕　按見《紅樓夢》甲戌本第一回，他本皆無此句，卻是作書人真意的表露。

以見作者服善慮□□。讀之能使前後牟尼一串，毫無補綴痕迹，此
正見作者心細才大也。惟《水滸》以武松爲主，此則以西門慶爲主，
故又不能不換面，此題旨使然耳。〔註19〕

是否因此就可以認這五回書爲《金瓶梅》全書的序曲還可以討論，但其作爲
前五回書的地位和由舊本改頭換面的特點，總是一個不同於普通創作文本的
特異存在。至少在因故出新一點上，《金瓶梅》前五回可以認爲是全書的序曲。

《紅樓夢》今本百二十回，原作回數當爲幾何？從來言人人殊。但從《紅
樓夢》出「四大奇書」之後，而書中有說作「奇傳」並提及「奇書」（第一回）
看，作者心中筆下，實時時處處縈繞於「四大奇書」榜樣的影響。以此推想，
《紅樓夢》原作如果不是百二十回，也許就是百回，茲可以不論。這裡只說
也很明顯的是，《紅樓夢》第一回以女媧煉石補天所遺靈石的新神話引出全書
敘事，賈寶玉與林黛玉、甄士隱與賈雨村等人物早期因緣逶邐而出，至第五
回《遊幻境指迷十二釵，飲仙醪曲演紅樓夢》才出《紅樓夢引子》，其結句云
「演出這懷金悼玉的《紅樓夢》」，表明接下才真正進入正傳。至第六回《賈
寶玉初試雲雨情，劉姥姥一進榮國府》起首敘榮府之事，作者自道從劉姥姥
「一家說來，倒還是頭緒」云云，作爲對前回「演出這懷金悼玉的《紅樓夢》」
之承接與照應，才真正進入全書正傳，從而「紅學」家們基本公認王希廉所
說第五回爲「一部《紅樓夢》之綱領」〔註20〕，這也加強了《紅樓夢》以前
五回爲全書序曲的看法。

這裡要稍微蕩開來說的是，《紅樓夢》取法《金瓶梅》以前五回爲序曲應
是後先模仿所致，但也很可能同時經由《肉蒲團》一書的影響。對此，筆者
在《試說〈紅樓夢〉所受〈肉蒲團〉「直接的影響」》一文中考證《肉蒲團》「花
冊」描寫認爲：「把《紅樓夢》『金陵十二釵』冊子與《肉蒲團》題曰『廣收
春色』的『花冊』相對照，可知……兩書中的冊子同是寫在第五回……似不
會出於偶合，而應是表明《紅樓夢》『金陵十二釵』冊子，有自《肉蒲團》『花
冊』模仿變化而來的極大可能」〔註21〕。這一論述中實已包含了《紅樓夢》
以前五回爲綱有受《肉蒲團》「直接的影響」的意思，而未甚凸顯。現在看來，

〔註19〕　《金瓶梅資料彙編》，第414頁。
〔註20〕　一粟編《紅樓夢資料彙編》（下冊），中華書局1964年版，第146頁。
〔註21〕　杜貴晨《試說〈紅樓夢〉所受〈肉蒲團〉「直接的影響」》，《南京師範大學學
　　　　　報》2013年第2期。

還應該進一步指出的是，包括其所受《肉蒲團》「直接的影響」在內，其中又大都可以上溯至《金瓶梅》的首創，以前五回為序曲的安排，就是直接或經由《肉蒲團》對《金瓶梅》的模仿。不然，則何其相似乃爾！

此外，《紅樓夢》第五回寫賈寶玉的一個用語可與上引立意諸條同證其作者深入研究過《金瓶梅》特別是《金瓶梅》的前五回。這一用語即該回中《紅樓夢曲子·枉凝眉》起首「一個是閬苑仙葩，一個是美玉無瑕」，後句中「美玉無瑕」當是喻寫賈寶玉，但寶玉既為「赤瑕宮神瑛侍者」，則據甲戌眉批曰：「按『瑕』字本注：『玉小赤也，又玉有病也。』以此命名恰極。」那麼寶玉就不能是「美玉無瑕」，從而以此為喻令人疑惑，茲不贅說。而單說這一詞彙竟兩見於《金瓶梅》，一是第一回：

> 一日，主家婆鄰家赴席不在，大戶暗把金蓮喚至房中，遂收用了。正是：「美玉無瑕，一朝損壞；珍珠何日，再得完全？」

再就是第十九回：

> 西門慶又要戲弄婦人的胸乳……攤開羅衫，露見美玉無瑕，香馥馥的酥胸……

這就不免使人疑心《紅樓夢曲子·枉凝眉》用「美玉無瑕」，有曹雪芹自讀《金瓶梅》印象得來的可能。總之，以上諸多「極相近似之迹」，使我們有理由認為《紅樓夢》以前五回為序曲的結構樣式，是經由《肉蒲團》或直接師法《金瓶梅》而來。

《紅樓夢》雖取法《金瓶梅》以前五回為序曲，但文隨意轉，其入手指向即結構的意義卻與《金瓶梅》「適得其反」。《金瓶梅》「以淫說法」，而寫人物之淫，必是見色起意，「淫」因「色」起，從而「淫」之禍，實即「色」之害。所以《金瓶梅》「以淫說法」的「戒淫」之旨，雖然歸根到底是針對男性而發，但從男性的立場出發，並為男性計，是書卻要更多對「色」之害痛下針砭。所以如上已引及，《金瓶梅》開篇不是自西門慶「好色」入，而是自「金」即潘金蓮「好色」入曰「如今這一本書，乃虎中美女，後引出一個風情故事來。一個好色的婦女」云云。由此可知《金瓶梅》之敘事邏輯是自女及男，自潘金蓮之「好色」而及於西門慶的「貪他」「愛他」，自張大戶曾因潘金蓮「身上添了四五件病症」，以及於武大郎死於西門慶幫兇之下潘金蓮的毒藥，至西門慶本人也終於死在潘金蓮胯下，已是潘金蓮「好色」為害的第三人了。所以，《金瓶梅》開篇以「金」引入，主線也就以「金」打頭，並寫「瓶」「梅」

等「女色坑陷」男性之禍，是典型的女色禍水論。這也就是說，《金瓶梅》「以淫說法」，主要不是針對淫者西門慶之惡，而是針對其所受「色」之迷，「欲要破迷，引迷入悟」〔註22〕。這也應該是《金瓶梅》為什麼特別突出「二八嬌娃體似酥」一詩，和不以西門慶命名，而以「金」「瓶」「梅」三女性命名的原因了。而全書敘事的指向，必是「女色」之禍人無限，從而全書真正的主線人物是潘金蓮，她必不能早於西門慶退場，而西門慶雖然後於「彩雲易散琉璃碎」（唐白居易詩句）的李瓶兒，卻必然先於「一雙玉腕縮復縮，兩隻金蓮顛倒顛」的潘金蓮等「骨髓枯」，而早早命喪黃泉。

《紅樓夢》則不然。它「以情悟道」，「情」之陷溺男性，雖然必是來自「女兒」，但畢竟「情」由心生，所以《紅樓夢》敘事的指向與路徑是破人於「情」之一事上的「我執」，所以其「以情悟道」之途本質上是賈寶玉內心應對「女兒」之感受的轉變，乃石頭、神瑛即後來的賈寶玉經歷「情劫」的風流簿，滌除「意淫」的懺悔錄。因此，《紅樓夢》全書開篇以石頭「通靈」始，結末亦以「石歸山下無靈氣」終，石頭、神瑛即後來的賈寶玉作為男主角貫穿全書，絳珠仙子即後來的林黛玉雖似與神瑛即賈寶玉同出，但其前也是因神瑛而被動造成，是隨其下世「還淚」者。從而《紅樓夢》「原來就是無材補天，幻形入世，蒙茫茫大士、渺渺真人攜入紅塵，歷盡離合悲歡炎涼世態的一段故事」（第一回），石頭即賈寶玉是主線，黛玉是寶玉最主要的配角，寶釵等其他「一干風流冤家」則是等而次之的配角。從而一方面「是書題名極多，《紅樓夢》是總其全部之名也」（《脂評凡例》），但《紅樓夢》名義雖可以說是「紅樓」中所有人之夢，但更確切是賈寶玉以「紅樓」為象徵和演出空間的「情」之「沉酣一夢」；另一方面《紅樓夢》雖另有《情僧錄》《金陵十二釵》《風月寶鑑》等異名，但其本名卻合乎邏輯地是《石頭記》，即空空道人所說「石兒，你這一段故事」。從而在《紅樓夢》全書敘事結構上，賈寶玉作為主線人物，因是最終要「悟道」的人，必不能早於黛玉等退場，而必是在「歷盡離合悲歡炎涼世態」，特別是黛玉「還淚」已畢「魂歸離天」之後，才可能最後「夢醒」出家。

這就是說，兩相比較，《紅樓夢》寫一人、一家之命運的結構雖與《金瓶梅》有「極相近似之迹」，但《金瓶梅》以「金」打頭，「金」「瓶」「梅」三女性為主線並貫穿全書，《紅樓夢》則以石頭、神瑛即後來的賈寶玉為主線貫

〔註22〕　《金瓶梅資料彙編》，第 253 頁。

穿全書，也就是潘金蓮與賈寶玉各在其書中貫穿始終，而西門慶與林黛玉形象卻各在其書「七」「九」之數的回次上退場，結果看來《紅樓夢》敘事結構成《金瓶梅》的顛倒，而爲後者的「倒影」〔註23〕。

四、人物

從人物設置看，《紅樓夢》與《金瓶梅》都主要是寫一家之命運，從而人物形象各都是以一家之人爲主，爲「極相近似之迹」。但同樣是文隨意轉，因寫「情」與寫「淫」的不同，兩書人物的設置也成「適得其反」的「倒影」之像。

首先，中國古代儒、釋、道三教無不以淫爲罪惡，所以《金瓶梅》「以淫說法」，不可能以神仙世界的環境和人物，也不可能是賢人君子，雅士名媛，而只能是世俗成人的淫濫故事。這就決定了《金瓶梅》中男女大都是成人，甚至大都是風月場中人，女性除了迎兒、秋菊，稍有重要性者幾無不涉淫蕩。至於西門慶，出場即已是喪妻再娶，還養著「外宅」張惜春，家裏也納有李嬌兒、卓丟兒兩個妾了。而直至西門慶暴亡以及全書終卷，《金瓶梅》人物都程度不同屬於成人風月爛污的世界。在這個世界裏，幾乎只有性，沒有情；只有淫，沒有愛；只有飛蛾撲火般地走向死亡，沒有新生和希望。即使西門慶與其一妻五妾，在他看來也幾乎只是性與淫意義上的結合，從而西門慶是後來《紅樓夢》作者所極力抨擊之「皮膚濫淫」的典型。而圍繞西門慶周圍的女性，除吳月娘、孟玉樓等少數之外，以「金」「瓶」「梅」爲代表，也大都是「淫婦」型的人物。

與《金瓶梅》相近似，《紅樓夢》也寫一人、一家。但一人即賈寶玉尙在少年，一家即賈府雖不免也是傳統型長輩老人當家的成人世界，卻因《紅樓夢》「以情說法」，重寫「情癡情種」，其於一家（或賈府大院）中人物所關注的中心只是賈寶玉及其周圍年齡彷彿的女兒們。這就使《紅樓夢》所寫人物雖整體上不能不說仍然是成人的世界，但其所描寫的中心，卻是「幽微靈秀地」，甲戌本雙行夾批所謂「女兒之心，女兒之境」（第五回），主要人物即賈寶玉與他的表姐妹和貼身丫環們組成的少男少女世界。在這個世界裏，有的是情，而少及於性，更少及於淫；有的是爲情所困的痛苦與失望，但就作者

〔註23〕 杜貴晨《論西門慶與林黛玉之死——兼及〈紅樓夢〉對〈金瓶梅〉的反模仿》，《山東師範大學學報》2009 第 5 期。

力所能及，也有出離這痛苦的努力與希望。即使賈寶玉作爲「情癡情種」，泛愛「女兒」，有各種明面或潛在理由可視爲與之具有或可能具有性或婚姻關係的，也如西門慶有一妻五妾，是能見於《紅樓夢》第五回所列舉諸釵中包括黛玉、寶釵、襲人、晴雯、湘雲、妙玉在內的六位異姓女子。但賈寶玉與這六位女子的關係，或爲夫妻（妾），或爲知心，或爲純情，均無越禮非份。所以，賈寶玉是「天下古今第一淫人」，卻與西門慶相反，只是「意淫」的典型。至於圍繞在賈寶玉周圍的釵、黛等「一干風流冤家」轉世的「幾個異樣女子，或情或癡，或小才微善，亦無班姑蔡女之德能」（第一回），也無不是情場中人。所以兩相比較，《紅樓夢》與《金瓶梅》所寫人物群體和主要個體的聯繫與區別，可概之曰《紅樓夢》「談情」，是青春版的《金瓶梅》；《金瓶梅》「戒淫」，是成人版的《紅樓夢》。

其次，《紅樓夢》一如《金瓶梅》主要爲男性說法，但兩書男主角命運迥別。雖然《金瓶梅》以「金」「瓶」「梅」等「女色」之害爲主線，但其「以淫說法」的宗旨，卻是爲男性而設。這誠如第一百回回末文龍評曰：「自始至終，全爲西門慶而作也，爲非西門慶而類乎西門慶者作也。」；至於《紅樓夢》，雖然似乎有「女性崇拜」的傾向，但究其實也暗承《金瓶梅》女色禍水的餘緒，如第二十一回寫賈寶玉續《莊子》有云：

> 焚花散麝，而閨閣始人含其勸矣，戕寶釵之仙姿，灰黛玉之靈竅，喪滅情意，而閨閣之美惡始相類矣。彼含其勸，則無參商之虞矣，戕其仙姿，無戀愛之心矣，灰其靈竅，無才思之情矣。彼釵、玉、花、麝者，皆張其羅而穴其隧，所以迷眩纏陷天下者也。

這段脂評稱是「真是打破胭脂陣，坐透紅粉關」的話，看似不合寶玉平日性情，卻正是寶玉努力修爲終將造詣之境。所以，《紅樓夢》雖標榜「爲閨閣昭傳」，表面上也確乎無唐突西子文字，但骨子裏仍是作家男性意識的自省與爲男性「警情」（第五回）而作的「理治之書」。

雖然如此，賈寶玉與西門慶之命運仍「適得其反」：賈寶玉作爲轉世仙人，本有夙慧而又有警幻仙姑冥中照應，通靈寶玉、一僧一道隨護保祐，所以終能「以情悟道」，甚至賈府結局還能夠「蘭桂齊芳」，懲勸之意，可謂憐愛有加；而西門慶凡大俗子，犯了「萬惡淫爲首」的道德律條，作者不僅沒有也實爲不便予以寬宥，還安排其於三十三歲壯年暴斃於床笫間，身後「樹倒猢猻散」，家業飄零，僅得「玳安改名做西門安，承受家業」，還是由於月娘「平

日好善看經之報」，警世之意，可謂痛切。

　　所以兩相比較，各所關注之男性主人公命運，眞是南轅北轍，而賈寶玉適成西門慶之「倒影」。二人的顚倒，大概而言，賈寶玉是在「情」場中迷途知返的西門慶，西門慶是在「欲」海裏不知回頭的賈寶玉。其他林黛玉與潘金蓮、薛寶釵與吳月娘、襲人與春梅等，前者也都可以說是後者的「倒影」，恕不具論了。

五、意象

　　《紅樓夢》取法《金瓶梅》，雖然可以說各寫一人一家之生活與命運，但是除了賈寶玉與西門慶、賈府與西門大宅的具體身份、場面有異之外，總體意象也「適得其反」。

　　《金瓶梅》既立意「以淫說法」，就必然以「淫濫」之醜及其結局爲描寫中心，從而世俗所尙神佛聖人、雅士才女之類人物，也就非所必有。這就造成《金瓶梅》所寫幾乎完全是俗世俗人俗事，總體是一個人間的淫穢骯髒故事。大約爲了方便寫這個故事能夠更淫穢骯髒一點，作者除了寫西門慶在官場社會上的交遊幾乎都與他是一丘之貉以外，還別具匠心地設定西門慶出場時即爲上無老，下無小，內無兄弟姐妹，外無前輩長親，幾乎是一個不具現實倫常關係之人。這就給了全書寫西門慶之淫可以筆墨縱恣，無所不用其極的方便。從而《金瓶梅》意象之俗，不僅是庸俗，也不僅是粗俗，還是惡俗，成一部眞正封建末世的「世情書」。即使有吳神仙、普靜禪師等少許「綠野仙蹤」人物的點綴，《金瓶梅》故事的總體意象仍然是最世俗和最暗無天日的。

　　《紅樓夢》則不然。它既立意「以情說法」，所謂「聖人忘情，最下不及情，情之所鍾，正在我輩」〔註24〕，書中可託以寫情的正是只有賈寶玉那種被稱爲「意淫」的「天下古今第一淫人」以及「或情或癡，或小才微善」的「幾個異樣女子」（第一回）。這樣的人物故事恰似「此曲只應天上有，人間那得幾回聞」，實不便於從眞實人間場景的描寫中得到完美表現，而最好的途徑是託於神話。所以，《紅樓夢》雖然最受讀者關注的是其人間描寫的成分，但若觀其全書，寫石頭被挾帶於寶、釵、黛等「一干風流冤家……造劫歷世」的隊伍中「問世傳奇」（第一回）云云，總體上實爲一部衍自女媧煉石補天的

〔註24〕　〔南朝·宋〕劉義慶著，徐震堮校箋《世說新語校箋》，中華書局 1984 年版，
　　　　　第 349 頁。

「新神話」〔註25〕。自《紅樓夢》搬上銀屏,「天上掉下個林妹妹」一曲唱遍大江南北,既是林黛玉的美與寶玉對她的愛征服了觀眾,也是由於「林妹妹」的形象根據於《紅樓夢》是從「天上掉下」的仙女身份能引起觀眾無限的遐想。

所以兩相比較,《金瓶梅》故事起結都繫於地上,《紅樓夢》故事起結都繫於天上;《金瓶梅》是蘭陵笑笑生為「戒淫」而寫實的「浮世繪」〔註26〕,《紅樓夢》是曹雪芹為破「情」幻設的「太虛幻境」和「大觀園」〔註27〕;從而《金瓶梅》偏於俗,而《紅樓夢》偏於雅……就意象與風格而言,《紅樓夢》同樣可以說是《金瓶梅》之「倒影」。

六、餘論

第一,如上實已論及,《紅樓夢》是《金瓶梅》「反模仿」與「倒影」,關鍵在立意的「反模仿」,即文隨意轉,因立意的「反模仿」而導致結構、人物等全部形象體系與原本成「倒影」關係。這一過程與機制好有一比,即如生物學上將人工分離和修飾過的基因導入到生物體基因組中,由於導入基因的表達,引起生物體的性狀的可遺傳的修飾的轉基因技術(Transgene technology),其成果就是轉基因產品。雖然任何比喻都是蹩足的,但至少在《紅樓夢》「反模仿」《金瓶梅》所成「倒影」的關係來說,《紅樓夢》可視為《金瓶梅》的「轉基因產品」,具體說就是把《金瓶梅》的寫「色」轉基因為《紅樓夢》的寫「情」。正是因為有了「轉基因」的關係,《紅樓夢》才與《金瓶梅》有似而不是的藝術個性。在許多方面還可以說青出於藍而勝於藍。脂硯齋評《紅樓夢》「深得《金瓶》壺奧」,和毛澤東說「《金瓶梅》是《紅樓夢》的祖宗」,也只有在這個意義上才可以得到正確的理解,否則豈不成了抄襲或複製!此外《紅樓夢》與《肉蒲團》,《醒世姻緣傳》《林蘭香》各與《金瓶梅》

〔註25〕 杜貴晨《〈紅樓夢〉的「新神話」觀照》,《廣東技術師範學院學報》2011年第2期。

〔註26〕 浮世繪是日本江戶時代(相當於中國清朝時期)的一種繪畫,多表現娼妓和藝伎,女性、裸體、性感美、色情是其標誌性特徵。

〔註27〕 「大觀」一詞出《易·觀》:「大觀在上,順而巽。中正以觀天下。」孔穎達疏:「謂大為在下所觀,唯在於上。由在上既貴,故在下大觀。」謂「大觀」是「中正以觀天下」的境界。所以《紅樓夢》「大觀園」不是一般意義上文學描寫的園林,而是作者所構設「中正以觀天下」之「情」的文學象徵。

等，也程度不同地具有這種聯繫。說來話長，也似乎便於意會，而難於言傳，這裡就打住不說了吧。

第二，以上論《紅樓夢》是《金瓶梅》「反模仿」與「倒影」，是僅就兩書間的比較而言。這既不排斥如上所論及《紅樓夢》也曾師法《肉蒲團》，或對《金瓶梅》的借鑒也曾經由《肉蒲團》的過度等種種轉益多師的情況；也不否認如其「大旨談情」等立意、構思諸多層面也曾直接從《西遊補》《牡丹亭》《長生殿》等前代名作汲取一定的營養與經驗。但是，同樣是《紅樓夢》中那些得自其他方面的影響，也都不能掩蓋並無法代替其對《金瓶梅》的「反模仿」和由此形成的「倒影」聯繫，從而本文的研究自有其合理性和獨立的價值。而且這種「反模仿」和由此形成的「倒影」聯繫不僅存在於《紅樓夢》與《金瓶梅》兩書之間，明清小說特別是名著之間往往可見，只是由於讀者從不曾有過這樣的理念，也就不會有往這一方向上的思考，從而視若無睹罷了。因此，筆者以為本文從《紅樓夢》與《金瓶梅》比較所得之「反模仿」和「倒影」理念，或能有助於古典小說特別是明清小說研究中建立這樣一個新的視角，帶來一番新的發現。

第三，回到開篇本文以《紅樓夢》比較《金瓶梅》，除了由於兩書後先關係所決定，還由於在近今文學與社會層面上，古典小說中《紅樓夢》一書長期走「紅」，《金瓶梅》的流行卻只可以說是「走在鄉間的小路上」。所以，雖然《金瓶梅》不必攀附《紅樓夢》而自有其價值與地位，本文以《紅樓夢》比較《金瓶梅》也只是客觀的探討，但是這一研究當下對《金瓶梅》文學和社會地位的提高，實有學術以外的現實意義。例如以上諸家對《金瓶梅》「以淫說法」之認可與推重的意見，自古及今並沒有能夠成為社會主流的評價。甚至近年來還是一有官員腐敗又恰好是讀過《金瓶梅》的，言者有的就首先歸罪於此書或再陪上《肉蒲團》等，是迂腐之見。試問《金瓶梅》未問世之前的淫男、淫婦和從來不識字讀書的姦淫之徒是因何造就？毛澤東當年曾指示高級幹部讀《金瓶梅》，當時又有誰因為讀《金瓶梅》而墮落了？可知是世上先有西門慶之類淫人淫事，然後才會有《金瓶梅》出來描畫；而《金瓶梅》「以淫說法」，縱然不能一掃世間的淫亂，但其寫淫對於真正的讀者只是「說法」題中應有之義，並不至於一定產生負面的影響。因為很顯然書的效用不僅在書的本身，甚至根本上不在書的本身，而在於什麼人和怎樣去讀。這誠如清代學者劉廷璣在《在園雜識》中所說：

　　嗟乎四書也，以言文字，誠哉奇觀。然亦在乎人之善讀與不善
讀耳。不善讀《水滸》者，狠戾悖逆之心生矣。不善讀《三國》者，
權謀狙詐之心生矣。不善讀《西遊》者，詭怪幻妄之心生矣。欲讀
《金瓶梅》，先須體認前序內云：「讀此書而生憐憫心者，菩薩也；
讀此書而生效法心者，禽獸也。」然今讀者多肯讀七十九回以前，
少肯讀七十九回以後，豈非禽獸哉？〔註28〕

如今個別貪官讀者大概連七十九回之前也不肯全讀，而必是全神貫注於若干
性描寫處品味幻想「生效法心」，如此則「豈非禽獸哉」？實禽獸之不如！但
是這與《金瓶梅》何干？是《金瓶梅》「以淫說法」，本為世戒，卻不幸而對
牛彈琴罷了。當然，這也提醒學界有向社會普及文學理論知識，特別是研討
傳播《金瓶梅》一類姑名之曰「以毒攻毒」寫法小說閱讀方法的必要，引導
讀者能夠盡可能客觀地從文本的全部描寫和創作宗旨欣賞領會作品之美，而
不是作貪淫縱慾、尋愁覓貨的偏方秘籍看待斷章取義，但這既非少數學者能
夠完成，也不是一朝一夕可以解決。所以筆者此文仍不能不重申前人的提醒：
「讀此書而生憐憫心者，菩薩也；讀此書而生效法心者，禽獸也。」。

　　　　　　　　　　　　　　（原載《求是學刊》2014 年第 4 期，有訂補）

〔註28〕　《金瓶梅資料彙編》，第 253 頁。

《紅樓夢》是《金瓶梅》「反模仿」與「倒影」之「基因」論

引　言

　　人文社會科學研究有借鑒移用自然科學概念以表達新思想新認識的傳統。如文學研究中常用的「精」「氣」「神」「首尾」「主體」「結構」「系統」「鏡像」等等，今雖已多習焉不察，溯源卻或遠或近，都是自然科學的產物。毫無疑問，這種借用應該謹慎得當，不可泛濫。但是必不免或明顯有益時也須以積極的態度對待，敢於嘗試。因為一旦借用得當，不唯當下可以舉重若輕，更加準確、形象並概括地有效地表達新的認識，而且豐富了相關領域研究表達的手段，促進知識理論的深入和交流。因此，本人不敏，多曾不避東施效顰之嫌引入或自撰某些新名詞，如「文學數理批評」「羅學」「愛民主義」「反模仿」等等，並略為讀者所知。最新關於《金瓶梅》與《紅樓夢》的則是《〈紅樓夢〉是〈金瓶梅〉的「反模仿」與「倒影」論》一文以「轉基因」論「《紅樓夢》是《金瓶梅》的『反模仿』與『倒影』」。該文《摘要》如下：

　　　　以《紅樓夢》比較《金瓶梅》，是兩部名著間歷史與美學聯繫的探討與釐清。《金瓶梅》固不必攀附《紅樓夢》而自有其價值與地位，但對當下《金瓶梅》文學價值的認可及其社會地位的提高，有學術以外的現實意義。「反模仿」本質上也是一種模仿。《紅樓夢》對《金瓶梅》的「反模仿」，使其形象體系包括立意、結構、人物等「大處」

和總體，「乃《金瓶梅》之倒影」；《紅樓夢》「談情」，是青春版的《金瓶梅》；《金瓶梅》「戒淫」，是成人版的《紅樓夢》；《紅樓夢》「以情悟道」，賈寶玉是迷途知返的西門慶；《金瓶梅》「以淫說法」，西門慶是不知改悔的賈寶玉。其他林黛玉與潘金蓮、薛寶釵與吳月娘、襲人與春梅等，皆具此等「倒影」關係。這種「反模仿」而成「倒影」關係的過程與機制，有似於生物工程上的「轉基因技術」，而《紅樓夢》實可視爲《金瓶梅》的「轉基因產品」。在這個意義上，《紅樓夢》「深得《金瓶》壺奧」，「《金瓶梅》是《紅樓夢》的祖宗」。〔註1〕

當時移用「轉基因產品」一詞，乃順筆所及，不過欲把《紅樓夢》脫胎《金瓶梅》的關係講得更明白一些，但是限於文章的篇幅和當時的認識，沒有就「轉基因」和《金瓶梅》的哪些「基因」成爲《紅樓夢》「反模仿」與「倒影」的基礎講清楚是一個不足。因此有本文，並先就「轉基因」概念在文學研究中的意義略作說明。

按「轉基因」理論與技術是當代生物科學的前沿之一。其高深微妙，非專業外人士如我所可深入議論，乃謹錄《百度·百科》所稱《「科普中國」·百科科學詞條編寫與應用工作項目》審核過的「轉基因」條目云：

> 轉基因技術的理論基礎來源於進化論衍生來的分子生物學。基因片段的來源可以是提取特定生物體基因組中所需要的目的基因，也可以是人工合成指定序列的 DNA 片段。DNA 片段被轉入特定生物中，與其本身的基因組進行重組，再從重組體中進行數代的人工選育，從而獲得具有穩定表現特定的遺傳性狀的個體。該技術可以使重組生物增加人們所期望的新性狀，培育出新品種。

而本人所謂「轉基因產品」在目前也僅有「轉基因食品」。《百度·轉基因食品》云：

> 所謂轉基因食品，就是通過基因工程技術將一種或幾種外源性基因轉移到某種特定的生物體中，並使其有效地表達出相應的產物（多肽或蛋白質），此過程叫轉基因。以轉基因生物爲原料加工生產的食品就是轉基因食品。

據此可以簡單地認爲，「轉基因產品」就是通過「轉基因」技術在「特定生物」

〔註1〕 杜貴晨《〈紅樓夢〉是〈金瓶梅〉的「反模仿」與「倒影」論》，《求是學刊》2014 年第 4 期。

基因基礎上改造創新的產品。這種產品如「轉基因大豆」與原種大豆相比，有「新性狀」，屬「新品種」，但其根植其所由出之「特定生物」之原種大豆，有與原種大豆基本相同的某些「基因」特徵。借用於文學，就是指前代或同時代作品的某些根本特徵成爲後世作品沿用模仿變化出新的基礎，後者可比喻說是前者的「轉基因產品」。筆者所謂「《紅樓夢》實可視爲《金瓶梅》的『轉基因產品』」的意思，就是說這種「反模仿」而成「倒影」關係的過程與機制，有似於生物工程上的「轉基因技術」，而《紅樓夢》從文學的傳統上說是「《金瓶梅》的『轉基因產品』」。這才是《紅樓夢》眞正「深得《金瓶》壺奧」處，並因此「《金瓶梅》是《紅樓夢》的祖宗」。

筆者希望「轉基因」概念的引入能有助於文學研究的深入，當然首先是本文有助於深入理解《紅樓夢》脫胎《金瓶梅》之「『反模仿』與『倒影』」之創新求異手法，特別是這一過程中「變」中有不變之「基因」成分，即兩書百年相望一以貫之的因素。這也就是說，本文將就前作主要討論《紅樓夢》從《金瓶梅》「轉基因」之異，轉而討論「轉基因產品」《紅樓夢》從《金瓶梅》「基因」所不能不有的繼承與延續，亦即兩書基本模式之共同、共通、相近、相似的東西。因爲唯其如此，《紅樓夢》才稱得起是《金瓶梅》的「轉基因產品」，而《金瓶梅》也才當得起是「《紅樓夢》的祖宗」。主要有以下三個方面。

一、極端男性中心主義的文學想像

《紅樓夢》《金瓶梅》作者姓名、身世、生平等雖各疑竇叢叢，但都是男性作家的作品一點應屬共識。而且兩書都爲男性所作的情況在古代文學中司空見慣，所以讀書界也就從來未在這一方面發生問題，其實不是正常的情況。《紅樓夢》「大旨談情」〔註2〕（第一回），《金瓶梅》「只愛說這情色二字」〔註3〕（第一回），各自直接就兩性關係或主要是兩性關係作鏡像的審視，其各都出自男性作家之手的同源性，對於《紅樓夢》從《金瓶梅》「轉基因」的成功就不能不起到某種關鍵的作用，並從字裏行間顯露出來。

〔註2〕〔清〕曹雪芹、高鶚《紅樓夢》，脂胭齋評，山東文藝出版社 1993 年版。本文引《紅樓夢》無特別說明均據此本。

〔註3〕〔明〕蘭陵笑笑生《金瓶梅詞話》，陳詔、黃霖注釋，梅節重校，香港夢梅館 1993 年印。本文引《金瓶梅》無特別說明均據此本。

　　《金瓶梅》創作有鮮明男性立場和態度。有史以來的人類文明發展在整個古代都是男權社會，男性掌握話語權和受教育普遍高於女性等原因，使古代文學作者大都是男性，決定了古代文學大都難免男性中心或偏於男性關懷的思想特點。這一特點在《金瓶梅》這類寫普通人日常生活和個人命運的小說中表現尤為突出，尤其《金瓶梅》又是探討今所謂「性生活」對人生的影響，就更不免執著於男性立場敘事，全神貫注於男人在兩性生活中的角色與命運，是一部由男性作家為男性寫男人的極端男性中心主義小說。如卷首《詞曰》起句即曰「丈夫」，全篇感歎劉、項「只因撞著，虞姬戚氏，豪傑都休」，已顯示其作書乃從男性立場為男人命運說法的傾向；接下「此一隻詞兒，單說著情色二字」，其所謂「情色」雖可以認為兼及兩性，但至少主要是指男性貪戀女色的。從而「情色二字」是全書敘事的中心，實際只是或主要是為男性著想，而不是關於「性生活」男女雙方一視同仁的探討。其赤裸的表現則是那首「二八佳人體似酥，腰間仗劍斬愚夫」云云的詩，言語口吻間一切只為「愚夫」作想，「二八佳人」成了「色魔」的形象。這首詩在詞話本中被置於第七十九回作西門慶之死的詩讚似論斷，而在說散本中又被提前為卷首所引第三首詩，然後就「這一首詩」引入敘事，並以與第七十九回重複照應，更加凸顯了《金瓶梅》是一部極端男性中心主義想像的小說。至於甫及全書正話，即曰：

> 　　如今這一本書，乃虎中美女，後引出一個風情故事來。一個好色的婦女，因與了破落戶相通，日日追歡，朝朝迷戀，後不免屍橫刀下，命染黃沙……況這婦人，他死有甚事！貪他的斷送了堂堂六尺之軀，愛他的丟了潑天哄產業，驚動了東平府，大鬧了清河縣……

讀這段話，男性或習焉不察以為當然，但不知女性讀者至「況這婦人，他死有甚事」會作何感想？無疑只要不帶偏見，即可知其除了公然輕賤女性之外，還等於聲明開篇寫「虎中美女」潘金蓮即「一個好色的婦女」，只是全書寫東平府清河縣那「破落戶」故事的「引」子，進而寫「瓶、梅」等女性也都是那「破落戶」命運的參與者即陪襯。這就是為什麼此書通行題名《金瓶梅》，卻又早在清初還有人稱其為《西門傳》〔註4〕的道理了。

　　《金瓶梅》創作極端男性中心主義文學想像的「基因」為《紅樓夢》所

〔註4〕〔清〕聖水艾衲居士編著《豆棚閒話》第十二則《總評》，人民文學出版社1984年版，第142頁。

「打包」接受。我們看《紅樓夢》作者雖在開篇引子自道其書為「閨閣昭傳」，但正話伊始就是「石頭」思凡，繼而神瑛謫世，二者合一為賈寶玉銜玉而生；絳珠追陪「還淚」，又「因此一事，就勾出多少風流冤家來，陪他們去了結此案」云云。此間絳珠下凡為向神瑛「還淚」頗有意思，「陪他們去」則大有意思，在在顯示「石頭——神瑛侍者」即賈寶玉才是敘事的真正中心。因此，不僅此書原名即為《石頭記》顯示「石頭——神瑛侍者——賈寶玉」是全書敘事的中心，而且《紅樓夢》之「夢」亦非諸釵之夢，而是「石頭」即賈寶玉的「夢」入「紅樓」，「得入紅塵，在那富貴場中，溫柔鄉里受享幾年」之夢，是其被「蒙茫茫大士渺渺真人攜入紅塵，歷盡離合悲歡炎涼世態的一段故事」。換言之，賈寶玉作為「諸豔之貫冠」（第十七回至十八回脂評）才是《紅樓夢》真正的中心；作者雖曰為「閨閣昭傳」，實際至多是因賈寶玉而及「閨閣昭傳」。《紅樓夢》創作真正的意圖只為賈寶玉一人作此一書，是一位男性作家為男性寫男人的小說。這也就是為什麼空空道人「改《石頭記》為《情僧錄》。東魯孔梅溪則題曰《風月寶鑑》。後因曹雪芹於悼紅軒中披閱十載，增刪五次，纂成目錄，分出章回，則題曰《金陵十二釵》」等諸別名不得流行的根本原因。反觀作者於書前引語自道《石頭記》之作，乃「自欲將已往所賴天恩祖德，錦衣紈褲之時，飫甘饜肥之日，背父兄教育之恩，負師友規訓之德，以至今日一技無成，半生潦倒之罪，編述一集，以告天下人：我之罪固不免，然閨閣中本自歷歷有人，萬不可因我之不肖，自護己短，一併使其泯滅也」之說，才是真正的「假語村言」。他真實的意思是將自己半生所與「閨閣中本自歷歷有人」之情事「編述一集」，不使自己所歷「情緣」與「閨閣中……人……一併使其泯滅也」，不是因己而為人，而是為己以及人，因人以為己。

由此可見，《紅樓夢》能「反模仿」於《金瓶梅》寫「性」而「大旨談情」，實因於兩位作者共同的極端男性主義創作立場；而兩書後先相承，都是男性作家極端男性主義文學想像的產物。讀者且不可以因兩書均多寫女性而忽略其男性中心主義文學的根本特徵。這一點女性讀者專家應該更有發言權，可惜迄今未見有女學者認真關注過。

二、一個男人的故事

從《金瓶梅》到《紅樓夢》極端男性中心主義的文學想像，集中體現為

兩書都是一個男人的故事。這在上所述論已不可避免地涉及到，以下乃換一個角度進行討論。

首先，《金瓶梅》不能不是一個男人的故事。因為一方面從男女生理的差異看，過度的性生活中一般男人比女人處於劣勢，從而古代主要是道家提倡的節欲保真從來都是對男性的要求；另一方面無論如何男性作家寫女性生活有天然的隔膜與局限。從而無論寫實或虛構，男人寫男人與女人寫女人都不僅更為方便，也更容易真實可信。由此推論《金瓶梅》作者寫西門慶與他的女人們縱有比較前代男性作家筆下更高的真實，但就其本文寫西門慶與寫潘金蓮等女性的心理特別是性體驗而言，讀者顯然更要相信寫西門慶一方的文字更具有真實性，而「金、瓶、梅」等女性的方面相對要少而且不可信得多。這誠如法國作家西蒙娜·德·波伏娃在其所著《第二性》中所說，在人類的體驗中，有一整塊地方被男性故意忽視了，因為他無法去思考它，這就是女人經歷的體驗，「即使最有同情心的男人，也無法理解女人的具體處境」〔註5〕。這個說法也許過於絕對化，因為至少男人可以從女人的外在情形或傾訴得以瞭解某些女性的真實，甚至某些方面有旁觀者清的一點優勢，然而總歸有限。所以波伏娃的這一判斷大體正確，並完全適用於《金瓶梅》《紅樓夢》寫兩性人物的實際情況。從而可以認為，在最高的意義上，男人最好甚至只能寫好男人，《金瓶梅》成功不可能不是寫好了西門慶這樣一個男人形象的成功，甚至可以懷疑西門慶形象描寫中有不少作者個人的體驗。

在這一點上，《紅樓夢》作者雖自標榜其書為「閨閣昭傳」，甚至崇拜女性至於借寶玉之口讚頌「女兒是水作的骨肉，男人是泥作的骨肉」云云，並且書中也確實被讀者認為寫活了釵、黛等諸釵乃至所有的女性。然而即使如此，比較書中有關男性的敘寫，《紅樓夢》仍舊不能說是一部寫女性更好的小說。這在筆者雖然非女性而不具體驗性批評的合法立場，但是僅從書中使薛寶釵服「冷香丸」治「從胎裏帶來的一股熱毒」（第七回），林黛玉服「人參養榮丸」治「不足之症」（第三回），就可以懷疑作者是否不得已而有意「藏拙」，以避開女性生理與心理進行更直接的描繪了。進而可以認為，「女兒是水作的骨肉」云云其實也是典型的男性話語，是男性對女性審美生理——心理反映的表達。使賈寶玉講這番話的作者的心態，與男人癡觀「選美」的心

〔註5〕〔法〕西蒙娜·德·波伏娃《第二性·作者序》，陶鐵柱譯，中國書籍出版社 1998年版，第23頁。

態其實沒有什麼根本不同。所以，《紅樓夢》作者為「閨閣昭傳」實屬有其心而無其力，更難得「詞達而已矣」（《論語・衛靈公》）。其「十年辛苦」，嘔心瀝血，終於是男人為了男人寫女人，成一部寫男人最好和男人寫女人最好的小說，而不是一部理想的女性小說。此非《紅樓夢》作者之失，而是事理之必然，即從根本上說男人不可能真正為女人寫作。當然，反過來也是如此。世界上人分男女，文學是人學，注定也分為男性的文學和女性的文學。如果說文學是一種宣泄的話，那麼它一定分為男性的宣泄和女性的宣泄。儘管在具體的描寫當中，每個作者總不免要越界描寫另一半，以把人生描寫得更加完整，但是費盡心機，除共同有關自然、社會的內容之外，一涉個體的經驗總不免還是男人、女人各說各話，或者各說各話的部分總要更真實、更靠譜一些。

所以我說《紅樓夢》和《金瓶梅》，都是男人為男人寫的，也正如我剛才舉到的《第二性》中所說，它舉了更早一位女權主義者的話說：「男人寫的所有有關女人的書都值得懷疑，因為他們既是法官，又是訴訟當事人。」這個話也不一定完全正確，但是可以提示我們對小說特別是《紅樓夢》《金瓶梅》的理解，不能不考慮到作者是男性的立場。在這個問題上失去警覺，就很可能做出失真實的判斷。

其次，《金瓶梅》寫人物的中心是一個男人即西門慶。這在上面的論述中實已有所涉及，但是還不免有兩個疑問：一是《金瓶梅》敘事中心既是寫一個男人，則為什麼不以其別名《西門傳》行世？這就是以其今名《金瓶梅》與全書以西門慶為中心不夠契合了。其實不然，乃由於此書以寫西門慶為中心，寫西門慶以「金、瓶、梅」三女為中心，西門慶亡身敗家的原因，主要就在這三個女人，尤其「金」即潘金蓮就是全書開篇所說「一個好色的婦女」。而「金瓶梅」之義，實在只是喻說「金、瓶、梅」三女等與西門慶淫亂的女人們，對於西門慶之流的男性而言，僅如「金瓶」中「梅」，一時亂花迷人，悅目遂心，樂若無極，卻畢竟轉瞬枯萎，空耗精力，不僅無所取益，還樂極悲生，禍及性命。因此，「金、瓶、梅」三女命名的背後，仍是西門慶居敘事的中心，尤其是以此顯示此書寫西門慶之「淫」為中心，比較其別稱《西門傳》更可以一目了然。二是《金瓶梅》寫西門慶至第七十九回死了，後面還有二十一回書也是寫西門慶為中心嗎？答案是肯定的，即前七十九回寫西門慶之生前，後二十一回寫西門慶之死後，是西門慶生前故事的延續，開篇所

謂「愛他的，丟了潑天哄產業……婦女……妻小？後日乞何人佔用？死於何人之手」是也。前後相合之一百回，才是作者欲呈現讀者的一個完整的淫男西門慶。

在這一點上，《紅樓夢》對《金瓶梅》的繼承除已由上述可見，仍如《金瓶梅》有需要說明的兩點：一是程本以來，《紅樓夢》為什麼不再以《石頭記》通行，從而《紅樓夢》書名給人第一印象，似乎真的就是為「閨閣昭傳」，而不是一個男人的故事？其實讀者可能誤會了，此書原名《石頭記》雖然可以理解為「石頭」自記或「石頭」記「神瑛侍者」，是關於一個男人的故事，然而總是不如《紅樓夢》書名標示「石頭——神瑛侍者」即賈寶玉的「夢」入「紅樓」「夢」在「紅樓」的「紅塵」閱歷，更為深切著明。讀者於「紅樓夢」三字，倘只看「紅樓」而忽略「夢」字，注目其寫兒女「情」長而忽略其「凡用『夢』用『幻』等字，是提醒閱者眼目，亦是此書立意本旨」，則勢難悟《紅樓夢》書名所蘊為賈寶玉即男性「以情悟道」說法的內涵，《金剛經》所謂「一切有為法 有如夢幻泡影 如夢亦如幻 如露亦如電 當作如是觀」是也。這也就是說，《石頭記》以《紅樓夢》書名流行，乃承《金瓶梅》命名所含一個男人的故事之「基因」。從而兩書命名不但「紅樓」對「金瓶」，而且「夢」對「金瓶」中之不久枯萎之「梅（花）」，本質上都是人生「到頭一夢，萬境歸空」的象徵。

二是《紅樓夢》一百二十回，以「寶、黛愛情悲劇」中心論，第九十八回《苦絳珠魂歸離恨天，病神瑛淚灑相思地》之後，賈寶玉就該出家了，卻還要有二十二回書故事才算了局，豈非「寶、黛愛情」不是《紅樓夢》「大旨談情」的全部？而賈寶玉亦非林黛玉一個人的男人？答案也是肯定的：「寶、黛愛情」是《紅樓夢》之「情」的中心而非全部。《紅樓夢》之「情」是一個男人之「情」，即第五回寫神瑛侍者——賈寶玉所歷「太虛幻境」的「孽海情天」之「情」。此一種「情」，按「孽海情天」宮門「又有一副對聯，大書云：『厚地高天，堪歎古今情不盡；癡男怨女，可憐風月債難償。』」應是除了包括寶、黛「木石前盟」在內的「癡男怨女」的「風月債」之外，還有更加廣泛之「厚地高天」的「古今情」。這體現於書中描寫，對於初心是「乘此昌明太平朝世，意欲下凡造歷幻緣」（第一回）的神瑛侍者即賈寶玉來說，一方面其與絳珠仙子——林黛玉的「木石前盟」即使並非無心，但絳珠「還淚」既不是神瑛有約，神瑛下凡也不知絳珠會追隨而至，所以其「下凡造歷幻緣」，

與絳珠追陪下凡初心只為神瑛即賈寶玉一人「還淚」不同，絕非為林黛玉一人，而是有更多的「情緣」需要去了結。甚至有些「情緣」只有待絳珠「還淚」罷回歸天界即林黛玉死後方才可以進行。所以第九十八回以後黛死釵嫁，賈寶玉「造歷幻緣」之旅也只可以說完成了大半，仍有「幻緣」中與寶釵夫妻之私情、父母養育之恩、為祖先傳宗接代之責等等「古今情」，以及與其他「一干風流冤家」（第一回）的「情案」等未了，只有在第九十八回絳珠——林黛玉淚盡而逝退出敘事後，才方便有各種適度的敘寫，特別是兌現他對林黛玉「你死了，我去做和尚」的誓言。由此可見，與《金瓶梅》寫西門慶之死方能盡其「淫」以敗家之禍相同，《紅樓夢》寫林黛玉死了才更方便以賈寶玉盡脫「情」之束縛，乃至最後還要有「一僧一道」如綁架般挾持出家而去，其作為一個男人「以情悟道」之難，就淋漓盡致地表現出來而幾無剩義了。實際情況就是說，《紅樓夢》「反模仿」於《金瓶梅》寫潘金蓮後死、西門慶早亡而寫林黛玉先死、賈寶玉出家的做法，是由都寫一個男人命運的基點上，故事發展取向完全相反的結局決定的，故以「轉基因」比喻之。

三、一個男人與六個女人的故事

　　《紅樓夢》與《金瓶梅》作為同是一個男人的故事，又都是一個男人和六個女人的故事。〔註6〕這是我多年來一個嚴肅的思考，並自以為是一個小小的發現。

　　這在《金瓶梅》應是專家人所共知的事實。因為早在〔清〕張竹坡《批評第一奇書〈金瓶梅〉讀法》中就說過：「《金瓶（梅）》內正經寫六個婦人。」但他沒有說為什麼不是二、三、四、五或更多而是六個，所以不甚為人注意，也就鮮見這方面的討論。其實並非無謂，而是「一」為數之始，陽數之本，而「六」為陰數且屬「老陰」（《周易正義・上經乾傳卷一》），即陰極之數。從而一男六女即西門慶一「陽」與其妻妾六「陰」的關係，是男女即陰陽對立極端的象徵。這一人物配置上的比例關係在古代小說中多見，類似的有《西遊記》第十四回寫「心猿歸正，六賊無蹤」，同樣寫一男六妻妾故事的小說有《李生六一天緣》《肉蒲團》《桃花影》《林蘭香》《野叟曝言》等。所以「《金

────────────────

〔註6〕　參見杜貴晨《論「一個男人與六個女人」的敘事模式——中國古今「情色」　　　　敘事的一個數理傳統》，蔡忠道主編《第三屆中國小說戲曲國際學術研討會論　　　　文集》，臺灣里仁書局2008年版。

瓶（梅）》內正經寫六個婦人」的設計，是受易數理論的影響，並因此形成古代章回小說敘事一個別致的小傳統，就不多說了。

《紅樓夢》又名之一曰《金陵十二釵》。但是，作爲一個男人的故事，其「反模仿」於《金瓶梅》寫「淫」以「戒淫」，使賈寶玉要破除執念的中心是「情」尤其是「兒女情緣」（第一百一十六回），所以他慣常所處「大觀園」幾乎就是「清淨女兒之境」（第五回），並「愛博而心勞」〔註7〕。但在《紅樓夢》的世界中，包括與賈寶玉終於有性與婚姻關係的女人，「十二釵」中實有和能有「兒女情緣」（第一百一十六回）的恰好也是六個：

1、薛寶釵。「金玉姻緣」的女主角，後來是賈寶玉的妻子；

2、林黛玉。絳珠仙子轉世，給神瑛侍者——賈寶玉——「還淚」來的，「木石前盟」的女主角，賈寶玉「意淫」的主要對象；

3、史湘雲。她有「金麒麟」。第三十一回目有「因麒麟伏白首雙星」，雖在今本後來無照應，紅學界看法不一，但多有認爲她後來繼寶釵亡故而爲賈寶玉的妻子，是「金玉姻緣」的另一說。甚至有一「舊時眞本」就是這樣寫的，見甫塘逸士《續閱微草堂筆記》載：

> 《紅樓夢》一書，膾炙人口，吾輩尤喜閱之。然自百回以後，脫枝失節，終非一人手筆。戴君誠甫曾見一舊時眞本，八十回之後皆不與今同。榮寧籍沒後，均極蕭條；……史湘雲則爲乞丐，後乃與寶玉仍成夫婦，故書中回目有「因麒麟伏白首雙星」之言也。聞吳潤生中丞家尚藏有其本，惜在京邸時未曾談及，俟再踏軟紅，定當假而閱之，以擴所未見也。〔註8〕

4、妙玉。妙玉雖然是「檻外人」，性情孤怪，但對賈寶玉有情，各式表達非止一端。陳其泰評曰：

> 妙玉孤標獨立，自謂是世上意外之人，乃遇寶玉性情相契，竟爲寶玉意中之人，眞覺天下惟有一人知己。其心折也，久矣，忽聞下凡之語，不免芳心一動。此正率其本性，非流於私情也。〔註9〕

5、襲人。書中寫賈寶玉與她「初試雲雨情」，後爲賈寶玉的妾。陳其泰

〔註7〕 魯迅《中國小説史略》，人民文學出版社1973年版，第199頁。

〔註8〕 一粟編《古典文學研究資料彙編·紅樓夢卷》，中華書局1963年版，第395頁。

〔註9〕 〔清〕陳其泰第八十七回總評，劉操南輯《桐花鳳閣評〈紅樓夢〉輯錄》，天津人民出版社1981年版，第258頁。

評曰：「襲人者，寶釵之影身也。」〔註10〕張新之評曰：「釵之又副爲襲人。」〔註11〕俞平伯謂：「襲爲釵副，卻非釵影。」〔註12〕

6、晴雯。賈寶玉的貼身丫鬟，因寶玉而病以至死。張新之評：「黛之又副爲晴雯。」〔註13〕俞平伯謂：「晴爲黛影，卻非黛副。」〔註14〕

對此，梁歸智《石頭記探佚》一書有深入研究。他說：

> 再細看看第五回中的金陵十二釵正副冊判詞和「紅樓夢」曲子，作一個小統計，就會發現一個有趣的現象。其中元、迎、探、惜四春，李紈、鳳姐、巧姐、秦可卿、香菱分別是寶玉的姐妹，嫂子，侄女兒，侄兒媳婦，表嫂，她們都不可能和寶玉發生愛情婚姻關係（「賈寶玉神遊太虛境」所暗示的秦可卿對寶玉的引誘屬於另一種性質，又當別論）。可是其餘的幾個人的判詞或曲子中卻都提到了她們和寶玉的愛情或婚姻關係。寶釵……黛玉……妙玉……晴雯……襲人……她們的命運全以和寶玉的關係爲核心。那麼湘雲呢？如果說「廝配得才貌仙郎」不是指賈寶玉，而是指寶玉以外的其他人如衛若蘭，那麼可以肯定，湘雲的冊子判詞或《樂中悲》曲子中總會有慨歎「公子無緣」一類話頭的，可是她的判詞和曲子中卻根本沒有這一類話！「幸生來英豪闊大寬宏量，從未將兒女私情略縈心上」，「兒女私情」顯然是指和賈寶玉的關係，但這裡只是表現湘云「英豪闊大」的，絲毫也沒有涉及她將來和寶玉的關係。明確指出湘雲和寶玉將來關係的是後面幾句：「廝配得才貌仙郎……何必枉悲傷」。可是，「才貌仙郎」非寶玉莫屬，湘雲和寶玉後來確曾有愛情和婚姻之事，只是不久就「雲散高唐、水涸湘江」了。〔註15〕

但是，梁先生在明智地排除秦可卿和令人信服地論證了「（史）湘雲和寶玉後來確曾有愛情和婚姻之事」以後，並沒有或不認爲有必要指出諸釵中「和寶

〔註10〕　〔清〕陳其泰第十九回總評，劉操南輯《桐花鳳閣評〈紅樓夢〉輯錄》，天津人民出版社1981年版，第94頁。

〔註11〕　〔清〕曹雪芹、高鶚《紅樓夢》（三家評本）第一百二十回夾批，上海古籍出版社1988年版。

〔註12〕　《俞平伯論紅樓夢》，上海古籍出版社1988年版，第1013頁。

〔註13〕　〔清〕曹雪芹、高鶚《紅樓夢》（三家評本）第一百二十回夾批，上海古籍出版社1988年版。

〔註14〕　《俞平伯論紅樓夢》，第1013頁。

〔註15〕　梁歸智《石頭記探佚》，山西人民出版社1983年版，第29～32頁。

玉的愛情或婚姻關係」的異姓女子之數，正與《金瓶梅》寫西門慶的妻妾數同，恰好也是六個！這是偶然的嗎？當然不是，而是兩書人物設置共同遵循「『倚數』編纂」〔註16〕的傳統，基於「一」為數和陽數之始、「六」為「老陰」即「陰極」之數的對立觀念的體現。

這裡順便說到《紅樓夢》又名《金陵十二金釵》，世人多以為是指釵、黛等十二個女子，表面看也是對的；但「十二釵」出梁武帝《河中之水歌》中云：「盧家蘭室桂為梁，中有鬱金蘇合香。頭上金釵十二行，足下絲履五文章。珊瑚掛鏡爛生光，平頭奴子擎履箱。人生富貴何所望，恨不早嫁東家王。」（《樂府詩集》卷第八十五）又，白居易《酬思黯戲贈同用狂字》詩中有云：「鍾乳三千兩，金釵十二行。」兩詩中「十二行」後先相承，肯定是一「行」一人，都指十二個女子，以言姬妾眾多。但其言「釵」稱「行」而不稱只，卻是指女子前後相隨、每人兩釵為一行，「十二行」應該是二十四只釵。以此反觀「金陵十二金釵」之說，至少從「詩無達詁」看，世俗以指十二個女子通，以指六個女子即釵、黛、湘、妙、襲、晴亦通。簡言之，即「十二金釵」指十二只金釵，一個人戴兩個釵成金釵六行，正好是六個人。從而《紅樓夢》中心人物設置為賈寶玉與釵、黛、湘、妙、襲、晴，與《金瓶梅》寫西門慶六妻妾同為一個男人與六個女人的故事，其所遵循則同是易數「一」與「六」的對立，為我國古代小說寫男女婚配極端兩性關係一個傳統的象徵。

綜上所述論，《金瓶梅》作為「極端男性主義的文學想像」「一個男人的故事」和「一個男人與六個女人的故事」乃前無古人，是中國古代小說寫人的一個偉大創造。這一創造根本奠定了後世章回小說寫兩性關係的基礎，包括直接成為了《紅樓夢》「反模仿」和「倒影」的「基因」。儘管《紅樓夢》創作的成功有多方面因素，並且不盡為借鑒而頗有獨創，然而無疑只有上述《金瓶梅》的「基因」決定並支持了《紅樓夢》有如今本的基本面貌。因此，從大處看這才是《紅樓夢》的真正「深得《金瓶》壺奧」（第十三回脂評）處。若其他則都屬細枝末節。也正是在這個意義上，沒有《金瓶梅》就沒有《紅樓夢》，《金瓶梅》是「《紅樓夢》的祖宗」。

（原載《河北學刊》2018年第2期，據原稿收入）

〔註16〕 杜貴晨《中國古代文學的「倚數」傳統與數理美——兼及中國古代文學的數理批評》，《中國社會科學》2002年第4期。

一種靈石，三部大書——從《水滸傳》《西遊記》到《紅樓夢》的「石頭記」敘事模式

引　言

　　從《水滸傳》《西遊記》到《紅樓夢》（以下或簡稱「三書」），三書因題材內容、主旨傾向、敘事風格等迥異而分別被視爲不同流派小說的代表。但三書敘事中各依託有一個扮演了極重要角色的物象，分別即《水滸傳》中「伏魔之殿」上鎭壓妖魔的「石碑」又稱「石碣」〔註1〕（以下或通稱「石碣」），《西遊記》中「花果山正當頂上」內育「仙胞」化生孫悟空的「仙石」〔註2〕，《紅樓夢》中女媧補天所棄於「大荒山無稽崖青埂峰下」通靈思凡的「頑石」〔註3〕，即都有一塊石頭在總體建構中居樞要地位，卻又是引人注目之大同。

〔註 1〕關於《雲笈七籤》成書時間，《四庫全書總目》敘本書僅以「祥符中」領起，或以爲是在宋眞宗大中祥符（1008～1016）年間。但是，據張君房《雲笈七籤序》，他主持編纂的《大宋天宮寶藏》成書於眞宗天禧三年（1019）春，此後才開始編纂《雲笈七籤》，則其始纂此書，已在天禧末年；又從《序》稱「眞宗」爲謚號，並曰「考核類例，盡著指歸，上以酬眞宗皇帝委遇之恩；次以備皇帝陛下乙夜之覽」看，「皇帝」當指今天子，其成書時間當在仁宗朝（1023～1063）前期。

〔註 2〕《七國春秋平話後集》，丁錫根點校《宋元平話集》，上海古籍出版社 1990 年版，第 534 頁。

〔註 3〕《宣和遺事》，丁錫根點校《宋元平話集》，上海古籍出版社 1990 年版，第 304 頁。

　　如上三書迥異中之大同，無疑是值得研究的文學現象。事實上也早就有學者探討《紅樓夢》「頑石」與《西遊記》「仙石」的關係〔註4〕，但論及《紅樓夢》「頑石」或《西遊記》「仙石」與《水滸傳》「石碣」關係的甚少，以「石碣」「仙石」與「頑石」三者並觀考察其異同等聯繫者更少，尤以從總體構思與敘事層面考察三書共同依託於「石頭」敘事，並最終有《紅樓夢》本名《石頭記》一書之現象的，似不曾有過。

　　這粗粗看來，可能只是三書研究中區區未盡之細枝末節。其實不然，乃三書間本質性聯繫的一個重要方面，即三書共用「石頭」敘事的構思與手法，實後先相承，消息暗通。筆者把這一現象稱為「一種靈石，三部大書」，而概括命名為中國古代小說敘事的「石頭記」模式，而試作通觀的考察與較為深入的討論。由於前此筆者曾分別節取《水滸傳》《西遊記》寫「石頭」之略，以論其或為「石碣記」或為「仙石記」的特點著文發表〔註5〕，這裡僅參以歷來「紅學」家論《石頭記》之「石頭」諸說〔註6〕，作三者的比較，尋求三書倚「石頭」敘事的一貫之跡，揭示此一「石頭記」敘事模式的特點、意義及其文化淵源等，聊為中國古典小說名著比較以至中國敘事學研究之助。

一、一種靈石

　　從《水滸傳》《西遊記》到《紅樓夢》，三書所分別敘寫的「石碣」「仙石」「頑石」雖形象各異，韻致迥別，但橫向比較而言，卻頗多相通、相近乃至

〔註4〕〔元〕施耐庵、羅貫中《水滸傳》，人民文學出版社 1971 年版，第 583 頁。本文引《水滸傳》無特別說明，均據此本說明回數，不另出注。

〔註5〕〔明〕吳承恩《西遊記》，李卓吾、黃周星評，山東文藝出版社 1996 年版，第 91 頁。本文引《西遊記》，無特別說明者，均據此本。

〔註6〕讀者對此往往不解：為什麼悟空一下變得如此無能而時時需要觀音救護了？其實，這一面是由於如第四十九回黃周星回前評所說：「唐僧取經因緣，皆由觀音大士而起，則凡遇一切魔難，自當問之大士無疑矣。」另一面是在孫悟空從唐僧取經之初，第十五回中菩薩也已保證「假若到了那傷身苦磨之處，我許你叫天天應，叫地地靈。十分再到那難脫之際，我也親來救你」，是觀音與悟空的約定；還有也是作者為突出觀音「救苦救難，大慈大悲」。所以全書故事中，各路神祇以觀音出現最頻，幾乎隨在有現，給取經人以救助或指示。這一定程度上似乎妨害了作者延續孫悟空「大鬧天宮」的無敵形象，但從一部弘揚佛法以成佛為結局的小說來看，這其實是觀音應驗可靠的證明，而不是什麼真正大的敗筆。故悟一子曰：「讀者謂《西遊》無多伎倆，每到事急處，惟有請南海菩薩一著，真捫盤揣籥之見也。」

共同之處，約有以下六個方面：

（一）都得之或成之於天，或為天生，或為天然，或為補天。從而石頭的入世均因天命。其故事的背景即在「天人之際」，乃天之有意以此石作用於人世，演出以石或為確證、或為主角的故事來。

（二）都在山上，形質相近。一在龍虎山，一在花果山，一在大荒山；一為石碑（碣），一為仙石，一為頑石；均有尺寸，除「石碑」只簡單地寫了「約高五六尺」之外，「仙石」「頑石」都詳著尺寸，其尺寸均合於天地之數；都「通靈」能變。

（三）均為全書託始重要意象。均出現於第一回，即《水滸傳》始於洪太尉開碣走魔，《西遊記》始於花果山正當頂上仙石裂而生猴，《紅樓夢》始於石頭思凡下世等，都為全書敘事託始之主要或重要意象。

（四）均表明或隱喻全書主旨。如《水滸傳》第七十一回寫石碣「側首一邊是『替天行道』四字，一邊是『忠義雙全』四字」；《西遊記》第一回寫仙石「上有九竅八孔，按九宮八卦」句下李卓吾評曰：「此說心之始也，勿認說猴。」黃周星評曰：「不過是說心耳……」；《紅樓夢》因石頭思凡而引出「二仙師聽畢，齊憨笑道：『善哉，善哉！那紅塵中卻有些樂事，但不能永遠依恃，況又有「美中不足，好事多磨」八個字緊相連屬，瞬息間則又樂極悲生，人非物換，究竟是到頭一夢，萬境歸空。倒不如不去的好。』」句中「到頭一夢，萬境歸空」句下甲戌本側批曰：「四句乃一部之總綱。」又甲戌本第二十五回「只因他如今被聲色貨利所迷」下雙行夾批云：「石皆能迷，可知其害不小。觀者著眼，方可讀《石頭記》。」

（五）均與主要人物形象密相契合甚或合一。如《水滸傳》寫石碣「前面有天書三十六行，皆是天罡星；背後也有天書七十二行，皆是地煞星。下面注著眾義士的姓名」，實即百零八人宿命的總括與象徵；《西遊記》因悟空為仙石所化之故，後來雖然「石猿高登王位，將『石』字兒隱了，遂稱美猴王」，但其本為「有靈通之意」的一塊「仙石」之質，並無真正改變。其最後成鬥戰勝佛，在「心猿歸正」的背後，實亦「石點頭」之意，為「佛法無邊」的進一步證明〔註7〕；而《紅樓夢》之「頑石」即「通靈寶玉」，也正如解盦居士所說「即寶玉之心」，與賈寶玉一而二、二而一，為「幻來新就臭皮囊」

〔註7〕〔清〕曹雪芹、高鶚《紅樓夢》，脂硯齋評，山東文藝出版社1993年版，第67～68頁。本文引《紅樓夢》無特別說明，均據此本，不另出注。

（第八回）的身心合一。

（六）均爲全書敘事中心線索。金聖歎評《水滸傳》曰：「石碣天文……重將一百八人姓名一一排列出來，爲一部七十回書點睛結穴耳。」此雖就七十回本而言，但百回本從開篇「石碑」倒而妖魔出，至第七十一回「石碣天文」點破全書主旨與人物宿命，以下都不過是「石碣天文」進一步的落實。從而「石碣天文」雖在第七十一回後不再出現，但其所昭示，實已直達全部故事的結局，爲百回本一大中心線索；《西遊記》從仙石→石猴→美猴王→孫悟空→齊天大聖→孫行者終至鬥戰勝佛之從石到佛的歷程，實即放大了的「石點頭」故事。從而《西遊記》作爲「悟空傳」，其實是「仙石」以「將『石』字隱了」之猴像出現的「成佛記」，孫悟空是「心猿」，而本是「石猴」，乃「仙石」所化之「仙石記」，是「仙石」乃貫穿全書中心線索。

但如上三書寫「一種靈石」的相通、相近與相似性，實非不謀而合，乃是諸書歷史縱向地後先學習借鑒、繼承創新的結果，這可以從三書有關「石頭」意象的具體描繪獲得直接的證據：

第一，《西遊記》寫「仙石」模仿《水滸傳》「石碑（碣）」。其細節可證處，一是《西遊記》中也不止一次寫到石碣，如水簾洞、雲棧洞、火雲洞前都有石碣，靈臺方寸山斜月三星洞前、通天河、流沙河等處都有石碑等。這固然可以視爲古代小說故事環境描寫之常，但在《水滸傳》寫石碣爲全書重要意象之後，《西遊記》大量突出地寫及石碣，包括其託始「仙石」的手法，也不排除是受有《水滸傳》的影響。

二是《西遊記》一書特別是其開篇七回寫孫悟空故事，有明顯模仿《水滸傳》之跡。如第一回開篇不僅依樣與《水滸傳・引首》同引了邵雍的詩，還進一步引了邵庸《皇極經世書》中的話；又《水滸傳》寫朝廷圍剿梁山不成，三次「招安」使得宋江等下山降順，《西遊記》也寫了玉帝兩度「招安」孫悟空不成，最後不得不請如來佛壓孫悟空於五行山之下。如此二者雖有結局的不同，但都有「招安」的情節，《西遊記》還徑直用了只有《水滸傳》中用得最多又最引人注目的「招安」一詞爲說，可見其寫玉帝招安花果山孫大聖，實自《水滸傳》寫朝廷招安梁山好漢脫化而來。

如此等等，使我們有理由認爲《西遊記》作者細心揣摩研究過《水滸傳》的開篇並有意傚仿之。在這種情況下，《西遊記》以「仙石」化猴故事打頭與《水滸傳》推倒「石碑」以「走妖魔」之共同託始於「石頭」手法等等的相

通、相近與相似性，就只能是後先模擬變化的結果了。

第二，《紅樓夢》寫「頑石」追摹《水滸傳》寫「石碣」。其細節可證處，
首先是與《水滸傳》寫「石碣」比較來看，《水滸傳》所寫百零八個「妖魔」
出世，是「只見一道黑氣……衝上半天裏，空中散作百十道金光，望四面八
方去了」（第一回）；《紅樓夢》寫「頑石」下世，乃隨「一干風流冤家……投
胎入世……但不知落於何方何處」。如此結合了書中後來又說「如今雖已有一
半落塵，然猶未全集」，「這一干風流冤家」的「投胎轉世」的方式情景，也
正是如《水滸傳》「誤走妖魔」的「望四面八方去了」。由此認為，《紅樓夢》
的寫「一干風流冤家」下世，乃從《水滸傳》寫「誤走妖魔」模仿變化而來，
是很有可能的。

其次是如上已論及，《水滸傳》有「石碣天文」為一書點題並敘事標目，
《紅樓夢》寫「頑石」幻化為寶玉，也是被認為「須得再鐫上數字，使人一
見便知是奇物方妙」，因有篆文曰「通靈寶玉」與「莫失莫忘，仙壽恒昌」等
語，在形式上與「石碣天文」幾乎完全對應。即使以「石碣天文」與「石頭
記」為全部《紅樓夢》相比，雖然一為大綱，一為全文，但都在「石頭」上
著「文」作「記」一點，也是同一機杼。

最後是《水滸傳》「石碣天文」中諸義士名冊，實為「忠義榜」。而據脂
批透露，《紅樓夢》結末有「情榜」。「情榜」或認為直接模仿《封神演義》之
「封神榜」，但其根源乃在《水滸傳》的「忠義榜」，即「石碣天文」中諸義
士名冊。

由以上三點推想，《紅樓夢》託始一塊「頑石」為女媧「補天」所棄，是
從《水滸傳》寫「石碣」曾自天而降模仿變化設想而來，豈不也是很有可能？

第三，《紅樓夢》寫「頑石」追摹《西遊記》寫「仙石」。其細節可證處，
一是如《西遊記》寫「仙石」云：「蓋自開闢以來，每受天真地秀，日精月華，
感之既久，遂有靈通之意。」其所謂「靈通」即「通靈」，書中又頻用「通靈」
一詞（第四十一回、第四十八回），首創「通靈」之說；而《紅樓夢》「頑石」
的正名即「通靈寶玉」，「通靈玉」（第十五回、第十九回、第二十九回、第六
十二回）、「通靈」等，除於第一回、第八回、第二十五回等回目都徑稱「頑
石」為「通靈」以標舉之外，還與《西遊記》寫「仙石」的「遂有靈通之意」
解釋性話語方式幾乎完全一致，寫「頑石」為「誰知此石自經鍛鍊之後，靈
性已通」。特別是從其全書開篇明確宣告「借『通靈』之說，撰此《石頭記》

一書也……云云」來看，倘「通靈之說」不是另有來歷，特別是在小說中沒有早於《西遊記》之來歷，則就應該相信《紅樓夢》所謂「借『通靈』之說」，即自《西遊記》「借」來，是就《西遊記》寫「仙石」意象模擬變化而來。

二是《紅樓夢》中多有提及《西遊記》（第二十二回）、孫行者（第五十四回）、孫大聖（第七十三回）等，表明作者對《西遊記》甚爲熟悉和印象深刻。進而在從《西遊記》「借『通靈』之說」的同時，還借用小說中只有《西遊記》才特別強調的一個「關鍵詞」，即稱皈依佛教的「入我門來」。見第九十五回寫寶玉失玉，岫煙央妙玉扶乩云：「那仙乩疾書道：『噫！來無迹，去無蹤，青埂峰下倚古松。欲追尋，山萬重，入我門來一笑逢。』」這一段話又在第一百十六回《得通靈幻境悟仙緣 送慈柩故鄉全孝道》有照應云：

那時惜春便說道：「那年失玉，還請妙玉請過仙，說是『青埂峰下倚古松』，還有什麼『入我門來一笑逢』的話。想起來『入我門』三字，大有講究。佛教法門最大，只怕二哥哥不能入得去。」

我們知道《紅樓夢》寫賈寶玉早曾先後兩次對黛玉誓言「你死了，我做和尚去」（第三十回、三十一回），結局也畢竟出家，所以這個「石頭」即賈寶玉皈依佛教的「入我門」，在《紅樓夢》中是落實了的，從而「『入我門』三字」在全書敘事走向及其意蘊內涵上也「大有講究」。但是稍能熟悉《西遊記》的讀者都能夠知道，這三字並非曹雪芹的自創，而是《西遊記》寫佛祖、菩薩的套語，即第八回寫佛祖向觀音菩薩傳授禁箍兒及其咒語說用上之後，「管教他入我門來」，又同回寫菩薩收服對沙僧說「你何不入我門來，皈依善果，跟那取經人做個徒弟，上西天拜佛求經」，又第四十二回寫菩薩對妖王道：「你可入我門麼？」

由此可見，上引《紅樓夢》寫石頭、寶玉的「入我門」三字正從《西遊記》而來，進而可知程乙本《紅樓夢》寫「頑石」能夠幻形爲神瑛侍者，與《西遊記》寫「仙石」化猴之相似，也可能不無關聯。

綜上所論，《紅樓夢》開篇寫「頑石」故事很大程度上得力於對《水滸傳》《西遊記》以靈石開篇的借鑒，從《水滸傳》之爲「石碣記」、《西遊記》之爲「仙石記」到《紅樓夢》本名「石頭記」，有明顯後先相承之跡。儘管這種相承不是後來者成功的唯一條件，乃是其各自生成存在如今所謂「網際」關係中的一種〔註8〕，但以《水滸傳》爲「石碣記」打頭，後來《西遊記》《紅

〔註8〕 〔英〕特倫斯·霍克斯《結構主義和符號學》，瞿鐵鵬譯，上海譯文出版社1987年版，第71頁。

樓夢》三書一以貫之的「石頭記」敘事模式的內在聯繫，卻是後來二書「網際」聯繫中最具本質性的方面之一，是明清章回小說藝術演變中應予高度重視的現象。

換言之，後來二書作為「石頭記」的成功，主要取決於三者共同託於「石頭」敘事之後先相承的聯繫。這一聯繫的形成，固然是《紅樓夢》作為「石頭記」自覺取法《西遊記》《水滸傳》，和《西遊記》作為「仙石記」自覺取法《水滸傳》的結果。但其所以取法和不能不取法，雖為創始者藝術的感召與後來者的抉擇，但也正如馬克思所說：「人們自己創造自己的歷史，但是他們並不是隨心所欲地創造，並不是在他們選定的條件下創造，而是在直接碰到的既定的、從過去承繼下來的條件下創造。一切已死的前輩們的傳統，像夢魘一樣糾纏著活人的頭腦。」〔註9〕乃人類藝術發展的必然性使然。

總之，《水滸傳》首創為「石碣記」的藝術魔力引發後來《西遊記》「仙石記」到《紅樓夢》「石頭記」敘事模式形成的歷史動因。從《水滸傳》之「石碣記」到《西遊記》之「仙石記」以至《紅樓夢》大寫特寫，推出「石頭記」為一書「本名」，客觀上不啻宣告了我國小說史上以「石頭」意象為敘事依託之「石頭記」敘事模式的形成。這一模式的形成為現實生活中隨處可見的「石頭」進入小說描寫以後，至章回說部中確立了一個無與倫比的顯著地位。這個地位就是在包括《三國演義》《金瓶梅》《儒林外史》在內，我國古代最重要的六部章回小說代表作之中，就有「半壁江山」即從《水滸傳》到《西遊記》《紅樓夢》三部大書堪稱為不同意義上的「石頭記」，豈非文學史上的一個奇觀！

二、三部大書

如上從《水滸傳》《西遊記》到《紅樓夢》，由一種石頭「通靈」而變化出之的三部大書，其後先相承之「石頭記」模式，固然使人驚為傳統之樹常青的典範，但三者之異，或曰後先因故為新、推陳出新變化，也並不是很小。而且正是因此，三者才各成其大，使彼此雖實有一貫，但貌若不相關。從而其相異之處，更值得作具體的考察。

首先，從「一種靈石」之三種現象即其各自的形跡看，大略而言，《水滸傳》中的「石碑」——「石碣」是上天入地的，《西遊記》中的「仙石」是天

生在花果山正當頂上的，《紅樓夢》中的「頑石」是女媧煉石補天棄而未用的，三者來歷不同；又依次一個是僅有「天文」的，一個是無聲無文唯擅化育的，一個是有聲有文能幻形入世的；一個始終只是靈石神物，一個先爲仙石而後化爲猴與聖等，一個始終兼具神物與人形，既是「通靈寶玉」又是「賈寶玉」；一個現世主要爲宣示天意，一個主要爲化出石猴入世，一個主要爲幻形「通靈寶玉」入世歷劫；一個神龍無尾不知所終，一個終於以猴相成佛，一個歷劫已滿重歸山下無靈氣。如此等等，雖同爲靈石，但三書因各自總體構思要求的不同，而所託始其形貌迥然有異，運動之跡也明顯不同。這些差異很大程度上遮蔽了其都爲「石頭」而「通靈」的共通本質，乃至將三書敘事都起於「石頭」、結於「石頭」之框架的近乎雷同，也被有效地排除於一般讀者的視野之外，而使三書敘事雖均爲「石頭記」，但總體風格迥異，各有千秋。

其次，從「一種靈石」在三書中各自的作用與方式看，《水滸傳》中「石頭」無論從「誤走妖魔」或「石碣天文」的角度，都主要是點明題旨和百零八人前世本爲「妖魔」身份的證明。有關描寫雖與百零八人命運關係極大，但畢竟其始終爲無生命特徵之物，與百零八人現世故事人、物各別，仙、凡隔絕。它的被供爲神明的崇高，同時是被束之高閣的冷落；它的超然神秘，同時是與人物形象關係的疏離，終於只是作爲一個「天文」的載體獨立特出而已。《西遊記》中的「仙石」則不然，雖然它在書中僅如曇花一現，又似無生命的，卻因其能孕育「仙胞」，而實際成爲了生命的存在形式，是全書中心人物孫悟空形象本質性的起點。其因「仙胞」的過度而根本上與石猴——孫悟空爲一，成爲《西遊記》根本性質上的主人公。至於《紅樓夢》中的「頑石」，則因與主人公賈寶玉一而二、二而一或二而一、一而二的身份「造歷幻緣」，既是《紅樓夢》故事的主人公，又是這一故事的親歷見證與記述者，即《石頭記》的「作者」。從而「頑石」的意象就與前此「仙石」與「石碣」鮮明地區別了開來，而多姿多彩，乃至使人不容易想到其或有所依傍的了。

最後，從三書各爲託始「石頭」所成之「石頭記」的內容與題旨看，《水滸傳》作爲「石碣記」可說是一部寫「替天行道」「忠義雙全」的「英雄記」；《西遊記》作爲「仙石記」也似乎是一部「英雄記」，但實質是一部以「仙石」爲喻，以「心猿」爲託，以「修心」爲宗的「成佛」〔註10〕記；《紅樓夢》以

〔註10〕 〔俄〕維克多‧什克洛夫斯基《故事和小說的結構》，什克洛夫斯基等著《俄國形式主義文論選》，方珊等譯，三聯書店 1989 年版，第 23 頁。

「頑石」爲「大旨談情」的載體，既是記「石頭」，又是石頭「記」，並終於是一部「以情說法，警醒世人」（曹雪芹《石頭記》蒙府本第三十五回末總批）的「情空錄」，或曰「情悟記」〔註11〕。三書作爲「石頭記」，各在不同程度上借助於「石頭」入世與出世的方式，表達不同的社會體驗，人生感悟，既後先承衍，又遞相推進，鮮明標誌了我國古代小說一脈如山巒似流水般「石頭記」的文學敘事傳統。

三、兩個來源

中國古代小說的「石頭記」敘事模式源於兩個古老的傳統，一是中國古人把握世界的方式，二是歷史古老而輝煌的石文化傳統。

首先，中國古人把握世界的方式複雜多樣，但基本的主流的方面是「天命」觀，又主要是「天人合一」的思想傳統。這一傳統決定著一切人爲製作包括小說創作的內涵與樣式，如本文所論「石頭記」敘事模式，其「石頭」的出現總是或天生或天降等與天結緣，就表明這一模式的總體構思是在「天」的背景下展開，溯源則是作者所受「天命」觀主要是「天人合一」的思想的影響。具體說來，在今天被認爲是自然界的「天」，在古人看來是高踞人世之上萬事萬物的最高主宰。從而人世的一切冥冥中都出於天的安排，人所能爲的只是聽天由命，順天行事。即董仲舒《春秋繁露》曰：「是故事各順於名，名各順於天，天人之際，合而爲一。」（《深察名號第三十五》）因此之故，揣測順應天意以論人事，就成了古人爲學最高的追求。此即《白虎通義》云：「不臣受授之師者，尊師重道，欲使極陳天人之意也。」（卷六《王者不臣》）謂教師的職責是「極陳天人之意」。王夫之《讀四書大全說》也說：「下學上達，天人合一，熟而已矣。」（卷四《論語·里仁》）謂「天人合一」是學問追求

〔註11〕這是筆者的一個淺識：《紅樓夢》第五回末寫警幻仙子以寶玉難教，甲戌本有「深負我從前一番以情悟道，守理衷情之言」的話，較他本改作「深負我從前諄諄警戒之語矣」，雖嫌直露，卻也正是表明作書人心法在「以情悟道，守理衷情」。脂批於「以情悟道」下評曰：「四字是作者一生得力處，人生悟此，庶不爲情迷。」但今通行本均無此「以情悟道」二句，以致研究者鮮有人道及。其實「以情悟道」四字正是與「大旨談情」相接，更進一步說「談情」是手段，「悟道」是目標，爲一書題旨點睛之筆，於理解《紅樓夢》關係重大；又第三十六回回目中有「情悟梨香院」語，以寶玉有「情悟」，雖因此回故事而言，卻不僅指此回故事，實亦表明通部書所寫寶玉入世以至出家的人生，都是一個「情悟」的過程，故可以謂之「情悟記」。

的最高境界。而司馬遷《報任少卿書》所謂「究天人之際，通古今之變，成一家之言」，其實道出其本人同時是古代一切嚴肅作者著書的最高追求都是「極陳天人之意」。這影響到以正史爲標榜的野史小說敘事，總體構思往往有一個「天人之際」的背景，並必要設計一個或多個溝通的人或物，以體現「天人合一」的精神，構造「天人相與」的情節。「石頭記」敘事模式中的「石頭」就源於這種溝通「天人之際」的設計之一，是三書作者各自張皇其事至於「究天人之際」的一個道具。

其次，「石頭」能夠成爲中國古代小說敘事的一大道具，而有「石頭記」在諸敘事模式中獨領風騷，實非偶然，乃由於以下諸層面的原因：

（一）源於我國先民與石頭久遠而密切的聯繫。人類脫離動物界成其爲人的根本標誌是其有能夠使用工具的活動即勞動。據考古研究發現，人類最早的勞動工具主要是石器。石器的應用在人類歷史上曾是一個很漫長的時期，以致考古學上有新、舊石器時代之分別，可見其在人類早期歷史發展上重要而凸出的地位。這在中國上古先民時代也是如此。而且我國即使後來隨著青銅器、鐵器的發明與逐漸推廣使用，石器的應用作爲一個時代成爲過去，乃至明清時已早就是一頁被遮蔽、湮沒的歷史，但一面從遠古傳來有關於石頭的各種物質與文化的遺存尚隨處可見，有文可稽；另一面在人類生活日益現代化的今天，各種傳統與新創的石器以及與有關石頭的觀念、符號與意象等，仍源源不斷地被生產出來。於是自古至今，如「石刀」「石斧」「石盆」「石碗」「石桌」「石凳」「石磨」「石獸」「石人」「石室」「石友」「石刻」「石柱」「石橋」「石敢當」等，凡石質可爲或可以承載者，無不應有盡有，而且生生不已，形成物質與精神層面的石文化傳統，輻射影響於生活的方方面面。《水滸傳》「石碣」、《西遊記》「仙石」、《紅樓夢》「頑石」等，都不過是這一傳統之特出而實屬自然的表現。這不僅印證了馬克思所說「自然界就它本身不是人的身體而言，是人的無機的身體。人靠自然界來生活。這就是說，自然界是人爲了不致死亡而必須與之形影不離的身體」的論斷，而且表明石頭「就它是人的生命活動的材料、對象和工具而言」〔註12〕，最早並且永久地成爲了「人的無機的身體」中特別凸出的一個部分，進而成爲藝術利用包括小說描繪的對象。

〔註12〕〔德〕馬克思《1844年經濟學～哲學手稿》，劉丕坤譯，人民出版社1979年版，
第49頁。

（二）源於我國古代「靈石」崇拜的傳統。在人類最早與石頭的密切關係中，我國上古就產生了「靈石」崇拜的傳統。如以「石頭」能說話，《左傳》曰：「石言於晉魏榆。晉侯問於師曠曰：『石何故言？』對曰：『石不能言，或憑焉。不然，民聽濫也。』」以「石頭」能補天，《淮南子·覽冥訓》曰：「往古之時，四極廢，九州裂；天不兼覆，地不周載。……女媧煉五色石以補蒼天。」以「石頭」爲能生育，《隋巢子》曰：「石破北方而生啓。」（馬驌《繹史》卷十二引）以石頭爲有靈，《隋書·地理志》載，隋開皇十年，文帝楊堅北巡挖河開道，獲一巨石，似鐵非鐵，似石非石，色蒼聲錚，以爲靈瑞，遂命名爲「靈石」，割平周縣西南地置爲靈石縣（今屬山西）。唐代傳奇小說《虯髯客傳》就曾寫及主人公李靖等去太原「行次靈石旅舍」，唐張讀《宣室志·劉皀》也曾寫及「靈石縣」，今其建置尚存。總之，我國自上古就逐漸形成了「靈石」崇拜的傳統，有不少靈石神話與傳說，使後世作者有可能繼承借鑒以發揚光大。事實上除《紅樓夢》已明寫「頑石」爲女媧煉石補天所棄之外，正有學者研究認爲，《西遊記》寫「仙石」化猴源於中國古代的「高禖石」或「源於『生殖之石』的神話」〔註13〕。從《水滸傳》《西遊記》到《紅樓夢》相沿以「石頭」爲一書總體構思之基的現象，其實是以我國自古就有的靈石崇拜爲背景的，是歷來「靈石」神話傳說綜合性影響的產物。

（三）源於古代以石在天爲星的觀念。《春秋·僖公十六年》載：「隕石於宋五。」《左傳》謂：「隕星也。」杜預《正義》曰：「傳稱『隕星也』，則石亦是星，而與星隕文倒，故解之。」後世也正是以「石頭」在天爲星，唐張籍《雜曲歌辭·遠別離》詩中即有句云：「誰言遠別心不易，天星墜地能爲石。」邵雍《皇極經世書》曰：「少剛爲石，其性堅。故少剛爲石，在天則爲星。」《水滸傳·引首》即用邵庸詩，正文第一回即寫「石碑」，又最關鍵的第七十一回寫「石碣」自天而降，「石碣天文」載「天罡」「地煞」諸星名號，如此等等，應該主要是源於古代對隕石的觀察與研究，源於石「在天則爲星」「星墜地能爲石」的傳統觀念。

（四）源於古代刻石爲文的傳統。上古文字的發生既爲當時交流之用，也爲了能夠垂之永久。這就需要有方便而可靠的載體。因此，我國自有文字以後，當不久即有刻石爲文發生，至今仍不廢流行，留下並持續產生大量碑

〔註13〕 蕭兵《通靈寶玉和絳珠仙草》，《紅樓夢學刊》1980 年第 2 輯；〔日〕野美代子《〈西遊記〉的秘密（外二種）》，王秀文等譯，中華書局 2002 年版，第 5 頁。

文銘記等。今見相傳爲周宣王《石鼓文》以下，歷代銘文、石經、題刻等，雖歷經劫毀，存世者仍難以數計，從而有石文化大傳統分支之一的石刻文化。《水滸傳》寫「石碣天文」，與《紅樓夢》寫「頑石」幻化爲玉之後「須得再鐫上數字，使人一見便知是奇物方妙」（第一回），這種石頭須鐫字方「妙」的想法，即是古代石刻文化的產物。

（五）源於上古以來即有並不斷加強的文學中石頭意象描寫的傳統。除如上引諸書記載上古以降有關石頭的神話傳說之外，我國上古詩文發生之初，即有關於石頭的描寫，如《尚書》曰「擊石拊石，百獸率舞」（《舜典》），《詩經》曰「我心匪石，不可轉也」（《召南・柏舟》），《老子》曰「琭琭如玉，落落如石」，《荀子》曰「衡石稱縣者，所以爲平也」（《君道篇》），等等。後世詩文、小說、戲曲中寫及石頭的更比比皆是。僅就小說而言，其實早在宋代就有話本《石頭孫立》。其文雖佚，但揆其篇名，似是以「石頭」譬說人物孫立。又在《水滸傳》《西遊記》至《紅樓夢》之間，就有《石點頭》《醉醒石》《五色石》等以「石」命名的小說；成書於明前期的《三寶太監西洋記》甚至有如下關於靈石的描寫：

> 只見這個囤是一座石山，任你一鞭，兀然不動。聖賢發起怒來，打一拳也不動，踢一腳也不動，挑一刀也不動。關聖賢仔細看來，原來是羊角山羊角道德眞君的石井圈兒。這一個圈兒不至緊，有老大的行藏。是個甚麼老大的行藏？原來未有天地，先有這塊石頭。自從盤古分天分地，這塊石頭才自發生，平白地響了一聲，中間就爆出這個羊角道德眞君出來。他出來時，頭上就有兩個羊角，人人叫他做羊角眞君。後來修心煉性，有道有德，人人叫他做個羊角道德眞君。這羊角道德眞君坐在這個石頭裏面，長在這個石頭裏面，饑餐這個石頭上的皮，渴飲這石頭上的水。女媧借一塊補了天，秦始皇得一塊塞了海。這石圈兒有精有靈，能大能小，年深日久，羊角道德眞君帶在身上，做個寶貝。（第二十五回）

這段描寫不僅寫了「石圈兒」的「爆」裂生人，還牽連到女媧補天、石頭幻化等事，豈非與三書之寫「石頭」有些相似？至於至晚成書於清初的《肉蒲團》，故事中終於悟道的主人公未央生的法名就叫做「頑石」。倘我們不避諱《紅樓夢》與豔情小說乃至淫穢小說其實也是有聯繫的，那麼就應該承認《紅樓夢》稱「石頭」爲「頑石」很可能即從《肉蒲團》而來。儘管具體細微與曲折處難以詳論，但大略而言，我國章回小說從《水滸傳》《西遊記》到《紅

樓夢》的「石頭記」傳統，實可以視爲中國文學史上從《尙書》《詩經》以來
有關石頭文學描寫的延續與發揚，乃《易傳》所謂「非一朝一夕之故，其所
由來者漸矣」（《文言》）。

　　總之，至少是以上兩大傳統的綜合，造就了我國古代章回小說以三書爲
代表之「石頭記」敘事模式。這一模式使我們在題材與主題上似風馬牛不相
及的三部大書之中，能夠看到同一種「靈石」活躍的藝術生命，而不得不驚
奇於此石文化傳統所形成之石文學意象隨緣而在、無往不適的綿遠張力。

四、三點認識

　　從《水滸傳》《西遊記》到《紅樓夢》之「石頭記」敘事模式的研究，可
以得出以下三點認識

　　（一）這一模式的生成表明，雖然古代小說創作的題材或原型有時不免
如三書所用「石頭」，是相同、相近或相似的，其以「天人合一」把握所描寫
世界和以「天人之際」爲敘事的大背景的總體構思幾乎相同，但在高手爲之，
所實際塑造出來的形象及形象的體系，卻一定是各不相同，各極其妙，並且
往往後來居上。其所以能夠如此，根本在於優秀小說家不但能夠發現並運用
新的題材、意象，更能夠在處理舊有題材、意象的藝術上匠心獨運，青出於
藍而勝於藍。由此進一步可知，文學創作成就的高下，不僅在於題材、意象
的與時俱進，趨新求異，更在於處理題材、意象的見識、能力與手法即藝術
上的因故爲新和推陳出新。因爲這也正如上引馬克思所說，人們總是不能不
在「直接碰到的既定的、從過去承繼下來的條件下創造」。這也就是說，小說
史的發展一如整個人類的發展，沒有繼承就沒有創造，而只有創造才是最好
的繼承。因此，我們評價一個作家一部作品的貢獻，不是看他有沒有繼承，
而是看他在繼承中創造了多少。按照這個觀點，古代小說乃至全部古代文學
研究，不能僅以那些看來一無依傍的戞戞獨造爲所謂「個人創作」，而且應當
充分估計那些看來是所謂「世代累積型」成書的作品，其實也是「個人創作」，
只不過「個人創作」的基礎與方式有所不同，乃一個爲推陳出新，一個爲因
故爲新，其最後都爲新的創造並無本質的不同。而且實際上所謂推陳出新與
因故爲新的二者之間並無絕對的界限，乃多屬於程度的區別而已。

　　（二）這一模式的存在表明，在「天人合一」大文化背景下，作爲古代
文學之一體的古代小說的原生態是普遍聯繫的立體網狀系統。雖然這一系統

的各個組成部分彼此有著鮮明的區別，但它們間的聯繫即其共性，仍是本質的方面。因此，這一系統中任何個別或類別的作品都必須聯繫其周圍的一切才能夠得到解釋，而不可能孤立地得到圓滿的說明。具體說來，中國古代小說發展演變的具體歷史情景雖不可再現，但對現存主要「標誌物」即名著的深入考察，仍足以使我們看到其原生態實際大概的情景，乃是既後先相繼，波推浪湧，源源不斷，又上下勾連，左右交通，如雜花生樹，連綿不絕。在這一立體網狀的系統不斷更新發展的過程中，如同愛情是文學永恒的題材，更多題材、意象、手法等等，也是世代相沿，雜交異變，有許多既互異互含又一以貫之的因素，構成今天我們所說的民族特色。這些特色決定了中國古代小說作品，雖然自其異處而觀之，如春蘭秋菊，各擅其勝，但自其同處而觀之，則你中有我，我中有你，千部一貫，無非古代小說這一巨大立體網絡系統中的一個「結」，無不或遠或近，或隱或顯地鏈接並反映著它周圍的全體。這種歷史的情景決定了中國古代小說研究，固然要重視個案或分類的考察，但同時也應該注重發掘發現各種不同類別作品之間，特別是不同類型名著之間相互借鑒影響的研究，或能有意外的收穫；而且越是在差異巨大的二者之間發現出草蛇灰線、騎驛暗通的聯繫，對於把握中國小說的民族特色，就越具有本質性的意義。

　　（三）關於這一模式的評價，筆者注意美國漢學家蒲安迪在所著《明代小說四大奇書》一書中所說：「回顧一下這四部作品相互參照的交織關係空間達到何種程度。在本書的四個章節中，我們已看到散見於各處的引喻線索把這些各自獨立的作品纏結在一起。……這些不同的作品都共有一些老套情節或其他常規題材。……窺察出某種抄襲的痕跡。……看到一些常見的老套角色。」〔註 14〕按照這個觀點，這一模式也應該被看作是一種「老套情節」的表現。但筆者並不認為研究者可以因此輕視它的存在與價值。因為無論就其作為一種敘事模式的形成而言，還是就其作為這一模式的不斷變化而言，都是古今中外文學創新的規律性表現，不足為異。這正如俄國文學理論家維克多·什克洛夫斯基在《故事和小說的結構》一文中所說：「我想順便指出，談到文學的傳統，我不認為它是一位作家抄襲另一位作家。我認為作家的傳統，

〔註 14〕　參看〔美〕浦安迪著、沈亨壽譯《明代小說四大奇書》，中國和平出版社 1993
　　　　　年版，第 449 頁。更多的討論參見該書第 156 頁正文、第 208～209 頁的注〔38〕、
　　　　　注〔39〕、注〔40〕和正文第六章。

是他對文學規範的某種共同方式的依賴，這一方式如同發明者的傳統一樣，是由他那個時代技術條件的總和構成的。」〔註15〕我們同樣不能把《紅樓夢》上溯到《西遊記》與《水滸傳》的「石頭記」敘事模式視爲一般的後先模擬甚至變相的抄襲，而應該承認其爲文學發展演變一個規律性的體現，是其不斷自我調節新變的一個辨證發展的具體過程。

（《山東師範大學學報（人文社會科學版）》2010 年第 5 期）

〔註15〕 〔俄〕維克多・什克洛夫斯基：《故事和小說的結構》，什克洛夫斯基等《俄國形式主義文論選》，方珊等譯，三聯書店 1989 年版，第 22 頁。

三位女神，一種角色——從《水滸傳》
《西遊記》到《紅樓夢》的「女仙指路」
敘事模式

　　從《水滸傳》《西遊記》到《紅樓夢》，讀者稍加注意就可以發現的一個事實是，三部書各都寫有一位居高臨下的女性仙人或菩薩，分別即《水滸傳》中的九天玄女、《西遊記》中的觀音菩薩、《紅樓夢》中的警幻仙姑。她們雖有為仙、為菩薩等等的不同，給讀者的印象也判然有別，但是同為女性，若觀其大略，可統稱為神女；其作用也大體如一，即都充當了對書中主人公指點迷津，輔助、監督、考核以成全其事的角色。我把這一文學現象稱之為「三位女神，一種角色」，並因中國古代武術、象棋中都有「仙人指路」之說，略變而稱之為「女仙指路」的敘事模式。這一杜撰的說法雖未必十分確當，但在更好的概括出來之前，可能給有關討論一個方便。本文以下將依次分說「三位女神」各自的源流及其在各自書中的地位與作用，進而比較三者的異同，從「一種角色」發現與發明，總結我所謂「女仙指路」模式的總體特點，並追溯其淵源，略論其在文學——文化史上的意義。

一、《水滸傳》中的「九天玄女」

（一）漢唐至宋代典籍中的九天玄女形象

　　「九天玄女」或稱「玄女」，為道教女神。歷史上道教神譜中的玄女向為黃帝師，有時與素女並稱為房中術的鼻祖。如葛洪《抱朴子》云：黃帝「論道養則資玄、素二女」（《內篇·極言》）；又張君房《雲笈七籤》云：黃帝「於

玄女、素女受房中之術」（卷一百《軒轅本紀》），均記載甚明。但在更多情況之下，玄女是一位代天宣命，以兵書戰策授黃帝等人間之有道者，職司人間治亂的女性兵家人物。

作爲女性兵家人物的玄女形象，初見於漢代緯書《龍魚河圖》云：「黃帝攝政，有蚩尤兄弟八十一人，並獸身人語，銅頭鐵額，食沙，造五兵，仗刀戟大弩，威振天下，誅殺無道。萬民欽命黃帝行天子事。黃帝以仁義，不能禁止蚩尤，乃仰天而歎。天遣玄女，下授黃帝兵符，伏蚩尤。」（《史記·黃帝本紀》張守節《正義》引）這裡的玄女即爲天遣下世，以兵法數術助人間有道者的女神形象。與此相應，漢以降多託名玄女所作兵法數術之書，如《後漢書》之《皇甫嵩傳》注引有《玄女三宮戰法》，《方術列傳序》注謂「兵法有……《玄女六韜要決》」。而《隋書·經籍志》有《玄女式經要法》一卷、《玄女戰經》一卷、《黃帝問玄女兵法》四卷。舊、新《唐書·藝文志》有《黃帝問玄女法》三卷、《玄女彈五音法相冢經》一卷、《玄女式經要訣》一卷等。是知自漢至唐，玄女作爲女性軍事家的身份逐漸凸顯，影響日漸擴大。但至五代杜光庭《墉城集仙錄》（又名《集仙錄》）出來，這一形象才得到比較完整的描寫。宋張君房《雲笈七籤》卷一一四《墉城集仙錄·西王母》載：

> 王母乃命一婦人，人首鳥身，謂帝曰：我九天玄女也。授帝以三宮、五意、陰陽之略，太一遁甲、六壬步斗之術，陰符之機，靈寶五符五勝之文。遂克蚩尤於中冀，剪神農之後，誅榆岡於阪泉，而天下大定，都於上谷之涿鹿。

同卷《墉城集仙錄·九天玄女傳》云：

> 九天玄女者，黃帝之師，聖母元君弟子也。黃帝……戰蚩尤於涿鹿，帝師不勝……，帝用憂憤，齋於太山之下。王母遣使，披玄狐之衣，以符授帝曰：「精思告天，必有太上之應。」居數日，大霧冥冥晝晦，玄女降焉。乘丹鳳，御景雲，服九色彩翠之衣，集於帝前。帝再拜受命。玄女曰：「吾以太上之教，有疑，可問也。」帝稽首曰：「蚩尤暴橫，毒害蒸黎，四海嗷嗷，莫保性命，欲萬戰萬勝之術，與人除害，可乎？」玄女即授六甲六壬兵信之符，靈寶五帝策使鬼神之書，制妖通靈五明之印……。帝遂復率諸侯再戰，……遂滅蚩尤於絕轡之野，中冀之鄉，……然後採首山之銅，鑄鼎於荊山之下，黃龍來迎，乘龍昇天。皆由玄女所授符策圖局也。」

上引《集仙錄》記玄女事，雖主要爲敷衍《龍魚河圖》「天遣玄女下授黃帝兵符，伏蚩尤」的話，但無疑是更加集中而鮮明了。特別是其首創《九天玄女傳》中，不再提及其「人首鳥身」，還增寫了九天玄女爲「聖母元君弟子」，「黃帝之師」；因黃帝之請，自「太上」降於「太山之下」，以及玄女與黃帝授受的過程，遂使玄女形象具人性，且鮮明生動。其上師王母，下傳黃帝之溝通天人，以靖人間禍亂的靈應，奠定了這一形象在後世道教中的崇高地位，便於在亂世流行，並引入寫興亡治亂故事小說之中。

上引《九天玄女傳》不見收於宋太宗太平興國（976～984）年間編纂的《太平廣記》，至少表明宋初社會上對九天玄女並無很大的熱情。但至眞宗大中祥符元年，應是與眞宗詭造「天書」先後降於宮中與泰山之說並封禪泰山有關，能與人間「天書」的九天玄女空前地被重視起來。張君房於眞宗天禧（1017～1021）年間開始編纂的《雲笈七籤》收有《九天玄女傳》的事實，似可表明至眞宗朝九天玄女在道教信仰中地位的躍升。與此相應，宋人有關玄女的著作較前代激增，僅《宋史·藝文志》所載就有《占風九天玄女經》一卷、《玄女金石玄悟術》三卷、《玄女玉函龜經》三卷、《玄女五兆筮經》五卷、《九天玄女墜金法》一卷、《玄女三廉射覆經》一卷、《玄女常手經》二卷、《玄女遁甲秘訣》一卷、《玄女式鑒》一卷、《玄女關格經》一卷、《玄女截壬課訣》一卷、《玄女簡要清華經》三卷、《玄女墓龍冢山年月》一卷、《玄女厭陣法》一卷、《九天玄女孤虛法》一卷、《玄女遁甲經》三卷、《玄女星羅寶圖訣》一卷、《玄女十課》一卷、《玄女斷卦訣》一卷等，達十九種之多，數量遠過宋以前歷代所有。這一現象標誌了時至宋代，九天玄女的影響空前擴大和深入，其作爲天命下世干預人間治亂的女性軍事家形象，有了進一步定型。

（二）宋代九天玄女形象進入說話藝術

宋代九天玄女形象影響的擴大與深入，適值說話藝術日趨興盛，玄女故事特別是其作爲女性兵家人物的一面，遂成爲說話人博採文料以資演義的內容，而引入話本。今見宋元人刊話本中，元刊《七國春秋平話後集》卷中《孫子與樂毅鬥陣》曾寫及「孫子言曰：『九天玄女陣。逃身白旗，近裏青旗，中心黑旗，四面八方皀旗；中間一發九面繡旗，各一處是九天玄女……』」玩其末云「各一處是九天玄女」，似以九天玄女有九處身形，當是寫其有幻形變化分身之神通；加以下文寫其陣法之難破，更見其兵術奧妙。這一描寫標誌了九天玄女形象在宋元話本有關戰爭的描寫中，已經有了重要的一席之地。其

隨著北宋末年宋江等三十六人故事的流傳進入宋江故事，成爲故事的重要參與者，就是很自然的了。

今見最早把九天玄女與宋江故事聯繫起來的，是宋編元刊《大宋宣和遺事》。這部記北宋徽宗宣和年間朝政的野史，《前集》有一段敷衍宋江等三十六人故事。其中寫宋江在鄆城縣，因殺了閻婆惜，被官府追捕，逃回家鄉宋公莊上，「走在屋後九天玄女廟裏躲了」，因拜玄女，得「天書一卷」，上寫三十六個人姓名，又有詩曰：「破國因山木，刀兵用水工。一朝充將領，海內聳威風。」三十六人名號之後又有一行字道：「天書付天罡院三十六員猛將，使呼保義宋江爲帥，廣行忠義，殄滅姦邪。」云云。雖然敘述簡略，下文也未再提及，卻成了後來《水滸傳》寫九天玄女敷衍生發的基礎。而且值得注意的是，《宣和遺事》雖然並沒有寫明九天玄女是泰山神，但傳統上九天玄女授黃帝「天書」既在泰山，那麼她自然也就是泰山神祇。而《宣和遺事》也正是寫及「那時吳加亮向宋江道：『是哥哥晁蓋臨終時分道與我：他從政和年間，朝東嶽燒香，得一夢，見寨上會中合得三十六數……』」又寫宋江爲了感謝「東嶽保護之恩」，「統率三十六將，往朝東嶽，賽取金爐心願」。兩相對照，可知《宣和遺事》確是以所寫救護宋江並授之「天書」的九天玄女爲泰山女神，所以要感謝「東嶽保護之恩」。

（三）羅貫中《三遂平妖傳》與《水滸傳》中九天玄女形象的描寫

這裡先要說明的是，除《水滸傳》之外，羅貫中的另一部小說《三遂平妖傳》也曾寫及九天玄女，即第二回的「聖姑姑傳授玄女法」和第十三回的「聖姑姑教王則謀反」兩故事中出現的「聖姑姑」。羅爾綱先生曾經據以與《水滸傳》所寫九天玄女等相比較，證明《水滸傳》的作者正是《三遂平妖傳》的作者羅貫中，頗具說服力。而元代民間有信奉九天玄女之俗。陶宗儀《南村輟耕錄》卷二十《九姑玄女課》云：

> 吳楚之地，村巫野叟及婦人女子輩，多能卜九姑課。其法：折草九莖，屈之爲十八；握作一束，祝而呵之；兩兩相結，止留兩端，已而抖開，以占休咎。若續成一條者，名曰黃龍倘仙。又穿一圈者，名曰仙人上馬圈。不穿者，名曰蟏窠落地，皆吉兆也。或紛錯無緒，不可分理，則凶矣。又一法曰九天玄女課。其法：折草一把，不計莖數多寡，苟用算籌亦可。兩手隨意分之，左手在上，豎放；右手在下，橫放。以三除之，不及者爲卦。一豎一橫曰太陽，二豎一橫

曰靈通，二豎二橫曰老君，二豎三橫曰太昊，三豎一橫曰洪石，三
豎三橫曰祥雲，皆吉兆也。一豎二橫曰太陰，一豎三橫曰懸崖，三
豎二橫曰陰中，皆凶兆也。愚意俗謂九姑，豈即九天玄女歟。

因此，《三遂平妖傳》與《水滸傳》共同寫有九天玄女形象的現象，除可以為
二書作者都是同一位「東原羅貫中」的舊說增加一定說服力之外，還顯示了
羅貫中在當時社會九天玄女信仰的影響之下，對這一女神形象極為關注。

《水滸傳》寫九天玄女形象，百回本雖然只在十三回書中計二十五次涉
及名號，有具體形象描寫出現的僅僅兩次，但這不多的文字卻已經把這一人
物形象提高到了全書總體敘事的關鍵地位。

《水滸傳》中九天玄女始見第二十一回卷首《古風一首》提及宋江「曾
受九天玄女經」，至第四十二回改《宣和遺事》寫玄女廟在宋公莊宋江自家屋
後為在「還道村」，寫玄女於還道村救護宋江並授宋江天書正式出場：

殿上法旨道：「既是星主不能飲，酒可止。教取那三卷天書，賜
與星主。」……宋江……再拜祗受，藏於袖中。娘娘法旨道：「宋星
主！傳汝三卷天書，汝可替天行道，為主全忠仗義，為臣輔國安民。
去邪歸正。他日功成果滿，作為上卿。吾有四句天言，汝當記取，
終身佩受，勿忘於心，勿泄於世。」宋江再拜，「願受天言，臣不敢
輕泄於世人。」娘娘法旨道：「遇宿重重喜，逢高不是凶。北幽南至
睦，兩處見奇功。」宋江聽畢，再拜謹受。娘娘法旨道：「玉帝因為
星主魔心未斷，道行未完，暫罰下方，不久重登紫府。切不可分毫
失忘。若是他日罪下酆都，吾亦不能救汝。此三卷之書，可以善觀
熟視。只可與天機星同觀，其他皆不可見。功成之後，便可焚之，
勿留在世。所囑之言，汝當記取。目今天凡相隔，難以久留。汝當
速回。」便令童子：「急送星主回去。他日瓊樓金闕，再當重會。」

上引描寫既以玄女施救使宋江脫險推動情節的發展，又借玄女之口說破宋江
以至百零八人前世今生共同的因果，更進一步指示未來，即聚義、招安、征
遼、平方臘、死後封神等，實際已盡全書故事大略，顯示其是宋江等百零八
人命運的預言家並主宰者。書中不但自此以後故事情節的發展基本就是玄女
這一番「天言」逐步的實現，而且宋江的思想性格也因此有了根本的轉變，
即悟到「這娘娘呼我做星主，想我前生非等閒人也……」。因此之故，此後書
中寫宋江的所為，便不必泥於是其前期性格發展的必然，而一改為從「星主」

和「不久重登紫府」的立場出發，日常行事特別是關鍵時刻，總是想到「昔日玄女有言……」（第五十九回），或「便取玄女課焚香占卜」（事見第八十一、八十二、八十五、八十六等回），或「取出玄女天書」（第六十四回）觀看，以玄女「天言」爲最高的指示，以玄女「天書」爲臨事的「錦囊」，而每有效驗。

九天玄女在《水滸傳》中最後一次出現是第八十八回寫宋江領兵破遼危難之際，玄女再次託於宋江夢中相見：

> 玄女娘娘與宋江曰：「吾傳天書與汝，不覺又早數年矣。汝能忠義堅守，未嘗少怠。今宋天子令汝破遼，勝負如何？」宋江俯伏在地，拜奏曰：「臣自得蒙娘娘賜與天書，未嘗輕慢泄漏於人。今奉天子敕命破遼，不期被兀顏統軍，設此混天象陣，累敗數次。臣無計可施得破天陣，正在危急存亡之際。」玄女娘娘曰：「汝知混天象陣法否？」宋江再拜奏道：「臣乃下土愚人，不曉其法。望乞娘娘賜教。」玄女娘娘曰：「此陣之法，聚陽象也。只此攻打，永不能破。若欲要破，……可行此計，足取全勝。……吾之所言，汝當秘受。保國安民，勿生退悔。天凡有限，從此永別。他日瓊樓金闕，別當重會。汝宜速還，不可久留。」

這裡又自「吾傳天書與汝」說起作一回顧，提醒讀者玄女雖自第四十二回一見之後即未再現身，但她於冥冥中一直都在關注宋江等百零八人的作爲；直至這一次也是最後一次似不得已再親自出面，授宋江破陣之法，看來都有故事情節發展的需要，但作者之意，似更在藉此照應第四十二回的「天言」等。以她對宋江「不覺又早數年」間的「考核」，代表天意肯定了宋江「替天行道，爲主全忠仗義，爲臣輔國安民」的「道行」將完，預示了故事大結局的即將到來，並使玄女以「天凡有限，從此永別」自情節中淡出，完成了這一人物形象的塑造。

由上所述論可見，《水滸傳》中雖然有關九天玄女描寫的文字不多，但比較前代宗教、小說對這一形象的塑造，即使與《平妖傳》相比，其在全書敘事中也已經有了更重要的地位與作用，可總結爲以下幾點：

（1）她能夠代宣「玉帝」之天命，是道教中一位品級極高的女神；

（2）她親自出面救護點化宋江，授宋江以「天書」，是人間治亂的預言家與有力干預者；

（3）她是宋江的直接「上司」，宋江等百零八「妖魔」歷劫——回歸的
指導者與保護神，對百零八人起實際是「教母」的作用；

（4）她在全書敘事的「石碣天文」出現之前，以「天言」第一次點明「替
天行道」與「全忠仗義」「輔國安民」的題旨，很大程度上充當了作者在書中
的代言人作用；

（5）她以「天言」預先說破全部故事因果，暗示此後人物故事的發展變
化，乃至有時直接由她出面參與完成情節與場景的轉換，對全書敘事有提綱
挈領的作用。

二、《西遊記》中的「觀音菩薩」

（一）佛典中的「觀音菩薩」及其進入小說描寫

觀音菩薩全稱「大慈大悲救苦救難觀世音菩薩」，簡稱觀音，又稱觀世音
菩薩、觀自在菩薩、光世音菩薩等。觀音在佛教中居教主阿彌陀佛之下各大
菩薩之首，有「一人之下，萬人之上」的地位。《妙法蓮華經》云：「若有無
量百千萬億眾，生受諸苦惱，聞是觀世音菩薩，一心稱名，觀世音菩薩即時
觀其音聲，皆得解脫，……以是因緣，名觀世音。」（卷七《觀世音菩薩普門
品第二十五》）可知其名號就已蘊有慈悲濟世之意，因此信仰者眾。而其說「聲」
而能「觀」，表明「觀音」之稱，實是近世美學上所謂「通感」最早的體現。

又據佛籍，觀音是轉輪聖王無淨念的太子名不拘出家成佛，所以本為男
身。但他能「以種種形，遊諸國土，度脫眾生」（《妙法蓮華經》卷七《觀世
音菩薩普門品》第二十五），也就是能現各種相貌弘法。所以當其大約是三國
時期初入中土時相為男身，唐以後乃多轉而為女身，其救苦救難的作用也擴
大到有送子娘娘之份，從而信仰者更為廣泛。宋釋普明禪師編為《觀世音菩
薩本行經簡集》（又名《香山寶卷》），是佛教信仰中觀音故事一大彙編，對後
世小說寫觀音形象有很大促進。

觀音形象很早就進入了中國小說。今知最早彙集觀音故事的是東晉謝敷
《觀世音應驗記》，後至南朝又有宋傅亮《觀（光）世音應驗記》和張演《續
觀（光）世音應驗記》。諸書本為釋氏輔教之書，後世視為小說。通俗小說中
遲至明代《唐三藏西遊釋厄傳》的作者朱鼎臣編有《觀音出身南遊記傳》（又
名《南海觀音全傳》《觀音傳》等）。但使這一形象在小說中更加引人注目和
生動完美者，還是百回本《西遊記》的精彩描寫。

（二）《西遊記》對觀音菩薩的描寫

《西遊記》中觀音菩薩爲女身，首見於第六回《觀音赴會問原因 小聖施威降大聖》，全稱「南海普陀落伽山大慈大悲救苦救難靈感觀世音菩薩」。其在書中的地位與作用，《西遊眞詮》有悟一子評曰：

> 觀音大士傳中隨在出現，而此篇作一提綱，以爲全書神觀察識之妙。觀之時，義大矣哉！觀者，有以中正示人，致其潔清而不自用也。《易》曰：「大觀在上，順而巽中。正以觀天下。」……觀音大士即大觀也；赴會即臨觀也；問原因即神觀也。

第六回寫觀音舉薦二郎神捉住了孫悟空，爲後來佛祖安天的前驅。至第八回《我佛造經傳極樂 觀音奉旨上長安》，乃有一首詞寫她：

> 理圓四德，智滿金身。纓絡垂珠翠，香環結寶明。烏雲巧疊盤龍髻，繡帶輕飄彩鳳翎，碧玉紐，素羅袍，祥光籠罩；錦絨裙，金落索，瑞氣遮迎。眉如小月，眼似雙星。玉面天生喜，朱唇一點紅。淨瓶甘露年年盛，斜插垂楊歲歲青。解八難，度群生，大慈憫：故鎮太山，居南海，救苦尋聲，萬稱萬應，千聖千靈。蘭心欣紫竹，蕙性愛香藤。他是落伽山上慈悲主，潮音洞裏活觀音。

這是西天「諸眾（佛）」眼中的觀音菩薩，也已經如《大學》所謂「如好好色」的觀感了。後來觀音奉旨東行，一路教化悟空、八戒、沙僧等，組建取經隊伍，爲唐僧五眾故事奠定了基礎。至第十二回《玄奘秉誠建大會 觀音顯像化金蟬》，乃點化玄奘發願西行，並遵佛祖之旨，贈以五色錦襴袈裟、九環寶杖二物，使其走上取經之路。至第十四回《心猿歸正 六賊無蹤》，觀音又化爲老母，捧衣帽，傳咒語，指示迷津。此後第十五回《蛇盤山諸神暗祐 鷹愁澗意馬收繮》（鷹愁澗），第十七回《孫行者大鬧黑風山 觀世音收伏熊羆怪》（黑風山），第二十六回《孫悟空三島求方 觀世音甘泉活樹》（五莊觀），第四十二回《大聖殷勤拜南海 觀音慈善縛紅孩》（火雲洞），第四十九回《三藏有災沉水宅 觀音救難現魚籃》（通天河），第五十五回《色邪淫戲唐三藏 性正修持不壞身》（琵琶洞），第七十一回《行者假名降怪犼 觀音現象伏妖王》（獬豸洞），共七次大難的關鍵時刻，總是觀音出面救了。一直到佛祖傳經後計算難數、時日，都由觀音具體考核，並最後觀音有向佛祖「繳還金旨」之說。可知《西遊記》中從幫助擒拿悟空開始，到取經大事的明裏暗裏，場前幕後，幾乎都是由她親自張羅，是書中孫悟空之外最稱得上始終其事的神祇。悟一

子所述「讀者謂《西遊》無多伎倆，每到事急處，惟有請南海觀音一著」的
譏評，從另一方面又何嘗不是南海觀音在《西遊記》中具特殊重要地位的說
明！

　　總之，觀音菩薩在《西遊記》中是一位極具特殊性的神祇形象，總結可
有如下特點：

　　（1）她是一位女菩薩，「居南海，鎮太山」，周遊世界，關懷人世，救苦
救難，普渡眾生；

　　（2）她是佛祖一念所生發取經事業的具體組織指導者與操控者，代表佛
祖對取經全過程負有組織、輔助、監督、考核之責；

　　（3）她所選拔、救助並信用的取經五眾——唐僧、悟空、八戒、沙僧、
龍馬——皆為因過謫降的仙人或佛弟子；對於五眾而言，取經是他們的歷劫
——回歸之路。因此，觀音菩薩實為五眾尤其是孫悟空「歸正」成佛的「教
母」；

　　（4）從東土至西天，從擒拿孫悟空到組織指導保護唐僧等五眾取得真
經，修心成佛，她是孫悟空形象之外浮於「大鬧天宮」與「取經」故事之上
貫穿全書的最重要線索性人物。

三、《紅樓夢》中的「警幻仙姑」

　　警幻仙姑又名警幻仙子，首見於《紅樓夢》，是曹雪芹虛構出來的女神形
象。這一形象的創造，在道教仙人譜系中雖然不無襲於前代的成分，但與上
述九天玄女、觀音菩薩的古已有之不同，乃完全首創的名號。從而論警幻仙
姑源流，只有就《紅樓夢》講起。

　　有關警幻仙姑的具體描寫始見於《紅樓夢》第五回《賈寶玉神遊太虛境 警
幻仙曲演紅樓夢》：

> 那仙姑道：「吾居離恨天之上灌愁海之中，乃放春山遣香洞太虛
> 幻境警幻仙姑是也。司人間之風情月債，掌塵世之女怨男癡。因近
> 來風流冤孽纏綿於此，是以前來訪察機會，布散相思。今日與爾相
> 逢，亦非偶然。

由此可知，《紅樓夢》所設「警幻仙姑」，是人間風月男女之事的總管，專以
「布散相思」，因「風流冤孽纏綿」之「機會」，作成「公案」，使「因空見色，
由色生情，傳情入色，自色悟空」（第一回）。她在書中的作用，簡言之就是

甲戌本第五回所寫她對寶玉說的「以情悟道」，可惜今通行本不取此說，而一般都從別本把此語刪落了。

《紅樓夢》中警幻仙姑雖然到第五回才得到正面集中的描繪，但她在第一回《甄士隱夢幻識通靈　賈雨村風塵懷閨秀》中早已被提到並作了介紹：

> 「你攜了此物，意欲何往？」那僧笑道：「你放心，如今現有一段風流公案正該了結，這一干風流冤家尚未投胎入世。趁此機會，就將此物夾帶於中，使他去經歷經歷。」那道人道：「原來近日風流冤家又將造劫歷世，但不知起於何處，落於何方？」那僧道：「此事說來好笑。只因當年這個石頭，媧皇未用，自己卻也落得逍遙自在，各處去遊玩。一日來到警幻仙子處，那仙子知他有些來歷，因留他在赤霞宮中，名他爲赤霞宮神瑛侍者。他卻常在西方靈河岸上行走，看見那靈河岸上三生石畔有棵絳珠仙草，十分嬌娜可愛，遂日以甘露灌溉，這絳珠草始得久延歲月……脫了草木之胎，幻化人形，僅僅修成女體，……只因尚未酬報灌溉之德，故甚至五內鬱結著一段纏綿不盡之意。常說：『自己受了他雨露之惠，我並無此水可還。他若下世爲人，我也同去走一遭，但把我一生所有的眼淚還他，也還得過了。』因此一事，就勾出多少風流冤家都要下凡，造歷幻緣，那絳珠仙草也在其中。今日這石正該下世，我來特地將他仍帶到警幻仙子案前，給他掛了號，同這些情鬼下凡，一了此案。」那道人道：「果是好笑，從來不聞有『還淚』之說。趁此你我何不也下世度脫幾個，豈不是一場功德？」那僧道：「正合吾意。你且同我到警幻仙子宮中將這蠢物交割清楚，待這一干風流孽鬼下世，你我再去。
> 如今有一半落塵，然猶未全集。」道人道：「既如此，便隨你去來。」

以上引文中寫神瑛名號來歷之「當年這個石頭，……他卻常在西方靈河岸上行走，看見」等文字，今通行諸本皆無，茲從程乙本增入，足以見作者意中，警幻仙姑作爲塵世風月男女之事的總管，於「木石姻緣」多曾關注，包括那塊石頭幻形仙人爲「神瑛侍者」的名號，都是警幻仙姑的賜予。至於神瑛侍者後來有與絳珠仙草的因緣與其將要下世爲人時，引起絳珠仙子欲陪他下世「還淚」之說，勾出「一干風流孽鬼」的「情案」，而有了「紅樓夢」故事，也都是警幻仙姑所謂的「機會」。所以，一面確如上引所說，《紅樓夢》故事是「石頭記」，「石頭」爲一書主角；另一面「石頭記」的故事卻係經人撮合

而成。這個撮合「石頭記」人物故事的，除「一僧一道」之外，最重要的是
警幻仙姑。正是警幻仙姑給了「石頭」爲「神瑛侍者⋯⋯日以甘露灌溉」絳
珠仙草的「機會」，才有了「木石姻緣」，並「因此一事，就勾出多少風流冤
家都要下凡，造歷幻緣」；又造歷幻緣之「一干風流孽鬼」逐一都要到警幻仙
姑案前「掛了號」，方可上路，可知全部《紅樓夢》故事，雖然有命數「該」
與不「該」即是否有「機會」足成一「案」的前提，但「機會」之下的《紅
樓夢》「通部情案」，都要由警幻仙姑主持發落。即使「一僧一道」亦始終其
事，但二者只是「趁此⋯⋯下世」而爲的「一場功德」，無如警幻仙姑於全部
《紅樓夢》核心人物故事有主導的地位。由此可窺作書人開篇所設，警幻仙
子是全書敘事於「一僧一道」之上更高一層次的綱領性人物。

　　這進一步體現於《紅樓夢》第五回以後的敘事。第五回寫「警幻仙姑」
本是受了榮、寧二公之靈的囑託，要引導勸誘寶玉「入於正路」的，所以她
才引寶玉前來，「醉以靈酒，沁以仙茗，警以妙曲」，要他「改司前情，留意
於孔孟之間，委身於經濟之道」。但結果適得其反，寶玉仍然墮入了「迷津」，
不得不「演出這懷金悼玉的紅樓夢」。此回論者基本公認是全書敘事綱領，而
實際執此綱領以引出故事的人物即警幻仙姑。她所導演的賈寶玉夢遊太虛，
實乃全書故事的預演。這一預演的描寫在寶玉爲象徵，在警幻仙姑爲寫實，
即實寫她「司人間之風情月債，掌塵世之女怨男癡」的職司及其「了此一案」
的努力，是第五回作爲全書綱領中最居主導作用的因素。

　　《紅樓夢》中提及警幻仙姑的，還有第十二回《王熙鳳毒設相思局　賈天
祥正照風月鑒》寫「風月寶鑒」：

　　　　眾人只得帶進那道士來。賈瑞一把拉住，連叫「菩薩救我！」
那道士歎道：「你這病非藥可醫。我有個寶貝與你，你天天看時，此
命可保矣。」說畢，從褡褳中取出一面鏡子來，——兩面皆可照人，
鏡把上鏨著「風月寶鑒」四字，——遞與賈瑞道：「這物出自太虛幻
境空靈殿上，警幻仙子所製，專治邪思妄動之症，有濟世保生之功。
所以帶他到世上，單與那些聰明傑俊、風雅王孫等照看。千萬不可
照正面，只照他的背面，要緊，要緊！三日後我來收取，管叫你好
了。」說畢，徉長而去。

這裡寫警幻仙姑，雖然僅是提及，但顯然有照應開篇數回敘事的作用。進而
八十回以後也每如此提及以相照應。第一百十一回《鴛鴦女殉主登太虛　狗彘
奴欺天招夥盜》寫鴛鴦之靈：

　　鴛鴦道：「你明明是蓉大奶奶，怎麼說不是呢？」那人道：「這也有個緣故，待我告訴你，你自然明白了：我在警幻宮中，原是個鍾情的首坐，管的是風情月債；降臨塵世，自當爲第一情人，引這些癡情怨女，早早歸入情司，所以該當懸梁自盡的。因我看破凡情，超出情海，歸入情天，所以太虛幻境『癡情』一司，竟自無人掌管。今警幻仙子已經將你補入，替我掌管此司，所以命我來引你前去的。」

　　至第一百二十回《甄士隱詳說太虛情　賈雨村歸結紅樓夢》，還寫了「這士隱自去度脫了香菱，送到太虛幻境，交那警幻仙子對冊」云云。

　　綜合以上述論，《紅樓夢》寫警幻仙姑有以下地位、作用與特點：

　　（1）她是天上神祇中專「司人間之風情月債，掌塵世之女怨男癡」的女神，《紅樓夢》世界冥冥中的主宰；

　　（2）她是神瑛侍者（石頭）——賈寶玉與絳珠仙草（子）——林黛玉「木石姻緣」的具體撮合者，尤其於「石頭」即寶玉關懷最多，始終其事；她既是一書人物命運的預言家，又爲人物「掛號」「銷號」，是發起、監管並結束全部故事的提線人；

　　（3）她作爲寶、釵、黛等「一干風流孽鬼」歷劫與回歸之「通部情案」（第四十六回夾評）導演者，以第五回寫其受榮、寧二公之託「警其（寶玉）癡頑」爲標誌，對「一干風流孽鬼」特別是賈寶玉起有實際如「教母」的作用；

　　（4）她是全部故事中浮於「石頭」與「一僧一道」之上貫穿始終的重要線索性人物。

四、三者之異同

　　綜合以上述論，我們可以看到，《水滸傳》《西遊記》與《紅樓夢》三部極不同的書中所分別寫到的九天玄女、觀音菩薩、警幻仙姑三者形象有明顯之異，大略可總結爲以下幾點：

　　（一）九天玄女、警幻仙姑爲道教之神，觀音菩薩是佛門尊者；

　　（二）九天玄女司天下治亂安危主理戰事，警幻仙姑管人間「風情月債」掌司「情案」，觀音菩薩奉佛旨總理傳經東土是弘揚佛法；

　　（三）九天玄女、警幻仙姑均託夢幻現其眞形，觀音菩薩則是或現正身，或化身「老母」等現形（第十四回、八十四回）；

　　（四）九天玄女、警幻仙姑在書中沒有具體的「上司」，行爲自專，觀音菩薩之上則有「佛祖」，其所作爲乃落實佛祖「金旨」。

　　從文學研究一般所最重之作品思想意義的層面看，三者之異特別是第一、二兩點的區別是巨大而深刻的。這種差異源自題材的不同與文學創新的規律。例如，簡言之從題材上說，《水滸傳》寫宋江等本是「耗國因家木，刀兵點水工；縱橫三十六，播亂在山東」的禍亂之事，《西遊記》本爲一成佛之書，《紅樓夢》則「大旨談情」，必然各因其所需而崇用的女神也各有不同；從文學創新的規律上說，從《水滸傳》《西遊記》到《紅樓夢》，即使不求後來居上而欲各有千秋，後來者雖模擬卻也決不能不求新求變，努力於似與不似之間，從而有如上種種的差異。這是三書能夠各爲名著垂範後世的關鍵。

　　雖然如此，但是文學研究以從特殊發現概括出事物的規律爲主要目標之一，也就不能不看到三書之三個神祇之間的相同、相近、相通之處即其異中之同，是廣泛而顯著的。約略有以下幾個方面：

　　（一）三位神祇都是女性，而且大體都是按照舊時美女形象描繪出來，其居高臨下的神明威嚴中程度不同地深蘊有女性溫柔的質素；

　　（二）三位女神各爲所在書中天帝或佛祖的代言，一書中最高的或主要人物實際接觸到的最高神祇；

　　（三）三位女神各與其所在書中男主人公關係密切，而男主人公又皆前世有罪衍需要救贖者。從而她們都充當了主人公及其同道歷劫以求救贖之直接的指導者與保護神，尤其對主人公負有指導、輔助、監督與教育之「教母」的責任與作用；

　　（四）三位女神在各自書中都預言並主導故事的發生、發展與結局，爲全書故事設定「路線圖」，在全書敘事中有提線人即提綱挈領的作用；

　　（五）三位女神各在一定程度上是作者的代言人，在不同場合爲全書點明題旨。

　　以近世學界對中國古代小說傳統的共識，《水滸傳》《西遊記》《紅樓夢》分屬於章回小說不同流派的代表作，從《水滸傳》《西遊記》到《紅樓夢》之間區別，遠比其間的聯繫更大更受到人們的重視。但從上述三位女神的諸多似曾相識之處，可以看到三書雖有所謂流派的巨大深刻之異，但與之並存的也有作爲明清章回小說的廣泛顯著之同。如對這種異同作簡單概括，可說是三位女神，一種角色。規律是現象中重複出現的東西。在三者的異同中，「三

位女神」是現象，「一種角色」是規律。這種規律就是本文所謂的中國古代小說「女仙指路」的敘事模式。

三書之外，《西遊記》與《紅樓夢》之間，另有兩部小說的敘事策略近似「女仙指路」模式。一是《封神演義》，寫紂王女媧廟進香，題詩褻瀆媧皇，遭媧皇遣軒轅墳中三妖化身美女，託身宮中，惑亂紂王，亂其內以助武王伐紂成功。這個開篇，與《水滸傳》《西遊記》《紅樓夢》以女神為全書男性主人公導師與保護神的做法相反，使媧皇成為女妖的後臺，暗中實際成為了紂王的剋星。但其以女神開篇，通過下凡歷劫之人物掌控人事，貫穿有以女神應當受到尊重和女神對人事乃至人間帝王命運都有決定權之構想，與《水滸傳》等實為同一機杼，當與《水滸傳》寫九天玄女的影響有一定關係；二是清初呂熊《女仙外史》把歷史上的唐賽兒說成是月中嫦娥，隨天狼星下界投胎歷劫，為唐月仙；先有鬼母天尊「暫助神通」，後有「葛仙卿的夫人鮑道姑……下界來始終教育，以成大道……返瑤臺」（第一回）。其故事雖為女仙下凡歷劫，但仍先後有女仙為之「暫助神通」與「始終教育」，為冥冥中掌控歷劫者命運的人物。這一種寫法，觀其屢有道及《西遊記》人物事體，又寫有九天玄女授月仙天書情節，可知也是受《水滸傳》《西遊記》的影響。因此，雖然比較從《水滸傳》到《西遊記》《紅樓夢》的傳統，二者的做法各區別更大一些，本文未作專論，但宏觀上應都屬於本文所論「女仙指路」敘事模式。這也就是說，本文論我國古代小說敘事的「女仙指路」模式，雖就三書之「三位女神，一種角色」立題，但類似情況不止於此，唯是三書更為典型和更相接近罷了。

以「三位女神」在各自書中的表現為典型，中國古代小說「女仙指路」敘事模式的基本特點可概括如下：

（一）全部敘事中有一位來歷不一的或道或釋的女仙人物，代表「玉帝」或「佛祖」等居於全書人物之最高或實際是最高的地位，其職責與神力足以提點、調控全書人物命運、故事發展，起所謂掌控者與提線人的作用。

（二）這位女仙與全書主人公（一般為男性）有仙凡間直接的聯繫，或現形，或託夢，耳提面命，或並賜以「天書」，給主人公及其同道以指導、輔助、監督與考核，始終其事，並最後成全之。

（三）這位女仙所掌控人物命運，往往是天譴神魔以造劫歷世者，從而因其最終對人物所起的教導與保全作用而有「教母」式身份。

（四）這位女仙在描寫中一般出場不多，但在有限的描寫中，往往以其
「天言」預示未來即故事的發展與結局，有時爲作者的代言，起到總攬情節、
點明題旨的作用。

（五）這位女仙的形象因描寫不多，而往往不被讀者注意與重視，但在
全書實際的中心人物之外，她其實是提領主要人物與情節貫穿全書的一條暗
線，是讀者在最概括的意義上觀察把握全書敘事的總綱領。

總之，我國古代小說敘事的「女仙指路」模式是一個客觀的存在。以「三
位女神，一種角色」爲代表，這一模式因「三位女神」之異掩飾了「一種角
色」之同，使其作爲三大名著進而全部中國古代小說敘事的內在藝術規律一
直深沉於現象的背後，而輕易不被發現。這在今天初步的揭蔽者看來，不能
不是一個令人驚奇而略感遺憾的現象。但這一現象從一個新的角度證明了三
書作爲名著各自與共同的偉大，即其作爲華夏民族文學同源異派、異花同枝
的瑰奇藝術特色，不但在內容上，更在形式上；不但在其形式的表面，更在
其形式深隱不易探知的底裏。古代小說研究應該向這樣的深處開掘與發現。

五、餘論

中國古代小說「女仙指路」敘事模式的淵源，除了諸如上述三位女神各
自的略史之外，其總體的來路甚遠而多方，意義甚廣而深刻，可進一步討論
如下。

中國古代小說「女仙指路」敘事模式的淵源，主要有以下四個方面：

（一）是古代敘事文學中「仙人指路」特別是西王母與漢武帝故事演變
的結果。我國先秦以降敘事文學中「仙人指路」情節最早又較爲典型的，似
可推《史記·留侯世家》載張良圮上爲老父納履得授《太公兵法》故事。這
個故事雖在正史，但無疑是太史公好奇闌入的小說片斷。這一片斷爲後世宗
教家、小說家採擷入《神仙傳》之類仙傳小說，成爲寫神仙授凡人「天書」
助其成事的張本，不爲偶然。但「女仙指路」模式更直接的源頭，恐怕還要
推從戰國汲冢遺書《穆天子傳》寫穆天子與西王母交往而來的寫有西王母指
教漢武帝學仙的《漢武故事》《漢武帝內傳》。這兩部因被指爲僞書而備受忽
視的小說中，西王母欲使漢武帝學仙而耳提面命，並授其仙書、仙術等的描
寫，實開本文所謂「女仙指路」敘事模式的先河。而此類仙人包括女仙以當
面教誨和賜以異書超度凡間有緣者的故事，《太平廣記》「神仙」類諸卷所載

多有，如卷五《墨子》，卷八《劉安》，卷十《河上公》，卷六十《女幾》等皆是。蓋仙方秘術，佛旨道心，除禪宗「教外別傳」的所謂「以心傳心」之外，唯賴口耳相接或以異書相授，宗教家張皇其事，不得不作如此臆造而已。而這樣的故事實已與小說無間，從《水滸傳》《西遊記》到《紅樓夢》，乃至《平妖傳》《封神演義》《女仙外史》中寫各類女仙的做法，不過是這類故事的承衍和新變罷了。

（二）與古代女神故事與神女崇拜的影響有極大關係。我國古代女性地位不高，但女神眾多，《太平廣記》有《神仙》五十五卷，《女仙》十五卷，女仙相比於男仙為少，但在文學中的影響實不在男性仙人之下。一面是神話傳說從女媧造人，到西王母一步步向西域國主、玉帝正宮的演變，以及至晚漢代以前就廣泛產生的玉女、素女、玄女、織女等等神女，顯然形成了一個足以孕育小說中「女仙指路」模式所需的九天玄女、觀音與警幻仙姑等文學人物的傳統；另一方面，先秦以降自屈原《離騷》之「吾令豐隆乘雲兮，求宓妃之所在」，至宋玉《高唐賦》《神女賦》之巫山神女，進而曹植《洛神賦》之對洛神宓妃的極意美化形容，神女向來是古代詩文士歌頌與傾慕的對象。古代小說家無不兼通詩文，從而在他們的筆下，前代小說中女神形象的傳統與詩文中神女崇拜的傳統不謀而合，雜花生樹，使在小說創作漸次發達的過程中，神女形象便被組織進入小說形象的體系，成為「女仙指路」敘事模式的基礎。我們看「女仙指路」模式的主角往往是西王母、女媧、嫦娥、九天玄女、觀音等前代仙佛傳記中人物，以及如上引《西遊記》寫觀音形象等有關女神描寫的文采飛揚，就可以知道古代文學中女神故事與神女崇拜對此一模式形成的影響之大了。

（三）古代小說作者與讀者共同期許的促成。古代仙佛信仰中，包括作者與讀者在內，民眾特別是女性對女性仙佛的熱忱實不在對男性仙佛之下，尤其是西王母、九天玄女、觀音菩薩、碧霞元君、玉女等，其在民間特別是家庭生活與女性中受到的崇奉，實不在玉帝、關王之下，從而在社會風俗中構成「女仙指路」敘事模式創作與閱讀的深厚基礎。又因為仙佛為女性之故，其天賦母性作為歷劫——回歸框架小說故事中一般為男性的主人公所需之教導保護者的身份，比較男性神祇更合乎今所謂「男女搭配」的社會心理，通俗小說作者若要贏得更多讀者，勢不能不考慮此種社會心理的需要，從而在「仙人指路」模式中仙人性別的選擇上，能夠更傾向於「女仙指路」一種。

這種基於社會風俗與心理的作者與讀者的互動，遂使「女仙指路」模式坐大成為「仙人指路」模式中最大量最成功的樣式。

（四）小說敘事藝術自身發展的規律使然。小說的敘事模式本質上不過是一種講故事的手法。這樣一種手法一旦被創造出來並取得成功，必然成為後來者模擬的對象。其被不斷模擬重複的結果，就逐漸地使這種手法，至少是使其基本方面如格局與程序上固定為一種敘事的模式。其不能不被模擬與後人的不能不模擬，實是由於正如西方結構主義者所認為的，文學變革「是文體和風格的自我生成和自我封閉的序列的逐步展現，其動力則是內在的需求」。而且這種模擬作為其總體形式創新中的部分，實際是「對文學的永恆因素的重新組合、重新聚合。……在這一過程中……『過時的技法並沒有被拋棄，而在新的與之不相適應的上下文中重複使用，因此……使它再一次被感覺到。』這一過程表明文學永遠意識到自己，它需要不斷地進行自我評價和重新組合」。這也就是說，包括《紅樓夢》中警幻仙姑形象的設置在內，這種貌似模擬因襲的現象，其實只是「在新的與之不相適應的上下文中重複使用」了舊的「技法」，乃文學創作不可能時時超越的常規。正如俄國學者維克多‧什克洛夫斯基所說：「我想順便指出，談到文學的傳統，我不認為它是一位作家抄襲另一位作家。我認為作家的傳統，是他對文學規範的某種共同方式的依賴，這一方式如同發明者的傳統一樣，是由他那個時代技術條件的總和構成的。」

中國古代小說「女仙指路」敘事模式作為古代文學必然發生和世代生生不已的藝術建構手法，無論在文學史還是在文化史上都具有重要意義，可概括為以下四個方面：

（一）這一模式體現了古代小說作者欲以「天人合一」把握處理題材的普遍的創作意圖。「天人合一」以及其相關的「天道循環」「天人感應」「人事天定」等觀念，是我國古代從統治者到老百姓，從思想家到不識字民眾所自覺不自覺共同信奉的最高觀念。中國自有文學與學術以來，作者的最高目標，無非司馬遷所說破的「究天人之際，通古今之變，成一家之言」（司馬遷《報任少卿書》，《全漢文》卷二十六）而已。古代小說雖非正宗學問與文學，但在多數小說家窮愁著書，固然不免為興趣所在，但更不免是「三不朽」傳統人生目標的退而求其次，從而其筆觸「小道」，心逐「大道」，用心常不免是藉小說以展布其胸中所學。這導致他們創作中在對題材的把握與處理上，往

往有以為「究天人之際，通古今之變」的學問心態，賦予故事以只有學者才會講究的「天人合一」的框架。而這又正是那時讀者願意相信，又看得懂，從而喜聞樂見的。這尤其是為什麼明清長篇說部，無論寫歷史或現實故事的，開篇總要從天帝神佛說起。乃至《儒林外史》那種更應該「不語怪力亂神」的小說，第一回末也要寫到「只見天上紛紛有百十個小星，都墜向東南角上去了。王冕道：『天可憐見，降下這一夥星君去維持文運，我們是不及見了！』」云云。此無他，除了可能的為了規避文禍和迎合俯就社會讀者中傳統思想風俗的遊戲心態之外，就是作者欲以小說「究天人之際」的「學問」意識的作用。在這種情態之下，「女仙指路」模式實在是作者們最好的選擇之一。而從「女仙指路」模式的流行可以看出，古之小說作者們實是有一肚皮學問，特別是以「天道」解釋「人事」的「天人合一」的學問，既無可「貨於帝王家」了，便只有拿來做小說，以把握解釋其小說所描寫的生活，作為其學問無聊的寄託。

（二）這一模式體現了古代小說創作輕「再現」、重「表現」的傾向。至少從近世文學評價偏重反映社會現實的標準看來，古代小說的價值幾乎都在其故事主體情節尤其是現實生活細節的敘述與描繪。「女仙指路」模式的應用不僅整體上虛化了故事主體情節乃至影響到現實生活細節的描寫，使敘事的中心被限定在一個諸如歷劫——回歸的荒誕框架之中，具體的描繪也必然受到這樣那樣的干擾。這從「現實主義」的觀點來看，實乃不智之舉。因此這一框架在今人的研究中很少不是被作為「糟粕」批判或置之不理。這只要檢索一下近百年來關於三書研究堪稱汗牛充棟的論著中，有關這類框架的研究之少，就可以知道這種輕忽到了何等地步。但是，任何一部書都是作為一個總體被設計寫作出來的，它不應該因為後來研究者的好惡被隨意割裂看待。而且一部書無論作為藝術的整體或作為其構件的任何部分，本質上都是作家的創造，體現著作家個人與時代的思想與情感，無不具有研究的價值。例如這樣一種在現實中沒有任何科學依據的被視為「糟粕」的框架，所以被創造並沿襲成為一種模式，除反映著彼時社會的心態之外，也還顯示了作者們刻意以此解釋其所描寫生活的意圖。在他們看來，書中人物與故事的生生滅滅，禍福襖祥，均因天意，無非循環，冥冥中自有主宰。與上述小說家往往而有的「學問」態度密切相關，比較對生活作如實描寫的「再現」，古之小說作者其實更重他對所描寫生活如上之認識與理解的「表現」，注重這種自以為高明

的主觀認識與感受的傳達。因此，過去長時期中那種主要以「現實主義」衡
量中國古代小說的做法，實乃以今律古，以西例中，必然方圓鑿枘，不得要
領，遑論中肯。它往往不僅割裂了作品，還導致低估我國古代小說的藝術創
造力，以爲其動輒神佛保祐解釋人事的困厄，是不擅如實描寫之故。其實，
古代作者爲小說雖偶不免有遊戲的態度，但焚膏繼晷，無間寒暑，勢必不能
不是嚴肅的事業。論其態度的根本，恐亦如詩文經論，還是以「文以載道」
或「明道」服務於「化成天下」爲旨歸的。這決定了中國古代小說無論虛構
或寫實，都屬「立象以盡意」（《周易·繫辭傳上》）的「表現」一路，尤以總
體構思上意在筆先的框架設置爲所表現之根本點。如九天玄女所管帶下的宋
江等人不可能不是「替天行道」，觀音菩薩秉如來「金旨」所導演的「西天取
經」不可能不是「入我佛門」，警幻仙姑的主導的「通部情案」不可能不是「以
情悟道」等等。因此，研究者不當僅以所寫人物故事是否「都是眞的」[註1]
爲評價的標準，而總體上應視其爲一個體系性的寓言或複合體的象徵。而如
三書中各自女神的設置，許多今天看來確實不科學不眞實的成分，從一部書
整體的藝術上看顯然是該寓言或象徵系統的有機組成部分，是合乎藝術「科
學」的「眞實」的。正如霍克斯所說：「在任何既定情境裏，一種因素的本質
就其本身而言是沒有意義的，它的意義事實上由它和既定情境中的其他因素
之間的關係所決定。」[註2] 讀者、研究者若要全面正確地瞭解作品，則對諸
如「女仙指路」模式的設計，既不可以孤立看待，更沒有理由棄之不顧。

（三）這一模式是中國古代女性崇高地位並沒有被根本動搖的象徵。近
百年來對古代中國封建社會男女不平等的議論大體符合實際，但也不無因惑
於表面的現象，而以爲那時男權無時無處不高於女權的認識上的偏頗。例如
至少在《水滸傳》等這三部很大程度上代表了中國古代小說成就的名著中，
雖然筆者以爲均屬男人爲了男人的男性書寫，除《紅樓夢》的女性崇拜之外，
他二書還或顯或隱程度不同有輕視甚至損害女性的意識與傾向，但即使如
此，三書還是不約而同地寫了三位女神作爲其男性主人公「教母」式的人物，
是他們各自歷劫——回歸的始終其事的引導、保護之神；三書所寫也正是在

〔註1〕 魯迅《中國小說的歷史的變遷》，《中國小說史略》，人民文學出版社 1973 年
版，第 306 頁。
〔註2〕 〔英〕特倫斯·霍克斯《結構主義和符號學》，瞿鐵鵬譯，上海譯文出版社 1987
年版，第 8～9 頁。

這位「教母」的呵護保全之下，主人公及其同道如數實現了歷劫——回歸的宿命。儘管這一美女救英雄的模式只是發生在人神之間，但作者們尤其是被認爲婦女觀頗不健全的《水滸傳》的作者，能夠心甘情願把自己心愛的男主人公交給一位女神來管理教訓，使書中主要是男性高高在上爲所欲爲的世界，最終都要由一位女性神祇掌控，使她成爲這部有強烈男性至上傾向之書的更高一個層次的角色，實在是耐人尋味的。其再三承衍重複而爲一種模式的現象表明，無論作者們在現實乃至書中現實成分的描寫中不能不有男尊女卑的偏見，但在他們內心深處，女性崇高的地位並沒有被根本動搖。特別是他們對母性的偉大，無不懷有發自內心的崇敬。這從人類學家的追懷往古的暢想看也許可以說是源自原始社會母權情境的集體無意識記憶，但更多應該是日常人概莫能外的母子親情在作家潛意識中的感召，是作家所固有的人的良知與社會進步意識的體現。認識到這一點，可使我們對古代文學與現實中兩性關係——主要是男尊女卑之不平等——的現象與本質，做出更切合歷史真實的估量，即歷史上的男女不平等中男權至上的某種程度的表面性和相對性，與女權未曾被根本動搖的隱蔽性存在，都是不可否認的事實。

（四）這一模式的發現與發明，應可啓發古代小說研究更加重視名著之間的比較研究。如果略去這一模式的前史與細節，從《水滸傳》《西遊記》到《紅樓夢》「女仙指路」模式的傳承，自然是《水滸傳》寫九天玄女開此一模式的先河，《西遊記》模擬變化而有觀音菩薩的設計與描寫，進而《紅樓夢》師法二書，獨創出警幻仙姑成爲「通部情案」的掌司者。其後先相襲，一方面表明三書亦即不同流派的名著之間，雖有重大而明顯的差異，但並無「老死不相往來」的森嚴壁壘，而是在無論題材內容與藝術手法上都有諸多有無互通、騎驛暗接的聯繫。這是讀者專家早就有所注意到卻關注不夠的；另一方面也證明了蒲安迪先生所謂的「奇書文體」〔註3〕的影響之大，生命力之久，是中國明清小說演變中值得注意的規律之一。由此可以引申出的認識，一是一如儒家「經」書之爲後學典則，古代小說領域名著爲後世垂範的崇高地位與巨大影響作用，注定使其成爲小說研究永遠的中心，是本領域任何時候的任何研究都不可須臾離開的參照。如果研究中有時「眼前無路想回頭」而「懸置名著」是可以諒解的，但如果作爲長久的法則，那就不僅是不智之舉，而且涉學術上怯懦的嫌疑。二是應該重視名著與流派間的比較研究，避免只就

〔註3〕 〔美〕浦安迪講演《中國敍事學》，北京大學出版社1996年版，第19頁。

一部、一體小說作孤立研究的偏頗，建立健全從個別到一般，又從一般到個別上下求索之通觀達要的研究態度與做法，促進古代小說研究的健康發展。

（原載《明清小說研究》2010 年第 4 期）

試說中國古代小說以「物」寫「人」傳統的形成與發展——以「緊箍兒」「胡僧藥」與「冷香丸」為例

　　從人自身的立場上看，世界是由「人」與「物」組成的。所以，雖然由「人物」之說，可以推導出「人」也是一種「物」，但是，無論現實或虛擬的世界如文學中，「人物」總是作為「人」，被作為非人之「物」的對象——主人、奴隸或其他相關者——而存在的。在這種情況下，「物」被打上了「人」的烙印，成為「人」的延伸。從而作品中「物」的描寫，作為「人」的生存狀況與性格命運的影現，本質上是關於「人」的描寫，「物」與「人」之間形成一種特殊的共生關係，在敘事文學特別是小說戲曲中尤為突出和明顯。這一狀況促使我們思考，古代小說人物形象的研究，既要研究其自身相貌、言行、心理及其與他人的關係等等，又可以而且應當重視從「物」的角度，也就是作家以「物」寫「人」的意圖與實際加以考察。而古典小說中那些已經成為經典的著名物象描寫又如此地令人觸目動心，引發我們對相關描寫之文學傳統尤其對某些經典物象之後先承衍的聯繫，產生研究的興趣。茲舉《西遊記》的「緊箍兒」，《金瓶梅》中的「胡僧藥」，《紅樓夢》中的「冷香丸」三種，作為本文討論的中心。

一、《西遊記》中的「緊箍兒」

　　《西遊記》第四十二回《大聖殷勤拜南海，觀音慈善縛紅孩》，寫悟空輪鐵棒要打妖魔紅孩兒：

　　菩薩只叫：「莫打，我自有懲治。」卻又袖中取出一個金箍兒來道：「這寶貝原是我佛如來賜我往東土尋取經人的『金緊禁』三個箍兒。『緊箍兒』，先與你戴了；禁箍兒，收了守山大神；這個金箍兒，未曾捨得與人，今觀此怪無禮，與他罷。」〔註1〕

以此收服了紅孩兒，三個箍兒都有了著落。而書中描寫最多，意蘊最爲豐厚的，自然是觀音菩薩使唐僧給孫悟空戴上的「緊箍兒」了。

　　《西遊記》寫「緊箍兒」，始自第八回寫佛祖派遣觀音去東土尋訪取經人，臨行賜五件寶貝，中有金、禁、緊三個箍兒：

　　如來又取出三個箍兒，遞與菩薩道：「此寶喚做『緊箍兒』；雖是一樣三個，但只是用各不同。我有『金緊禁』的咒語三篇。假若路上撞見神通廣大的妖魔，你須是勸他學好，跟那取經人做個徒弟。他若不伏使喚，可將此箍兒與他戴在頭上，自然見肉生根。各依所用的咒語念一念，眼脹頭痛，腦門皆裂，管教他入我門來。」

由此可知，「緊箍兒」出自佛祖，既是一樣三個的總名，又是孫悟空所戴箍兒的專名。乃是能治妖魔之身以及其心，使皈依佛教的法寶，自然是與魔性相反對的。所以，書中寫觀音菩薩使唐僧給孫悟空戴的「緊箍兒」的作用，雖然有不少看來似被唐僧念咒用歪了，但根本上仍是遵照佛祖的安排，保證了悟空能夠尊師受教，一心修行，逐漸祛除「魔」性，以眞正「悟空」成佛。這一「緊箍兒」只針對孫悟空一人，是悟空「棄道從僧」以後，能夠隨唐僧西天取經一往無前永不退悔的保障。自第十四回悟空被哄了戴上，並遭唐僧第一次試咒懲罰起，前後共有七回書寫唐僧共七次用」緊箍兒」對悟空施懲（第十四回，第十六回，第二十七回，第三十九回，第五十六回，第五十七回，第五十八回），是取經路上悟空最感痛心疾首的一大羈勒。所以至第一百回全書結末寫悟空成佛以後，他第一想到的就是要師父爲他取下此箍。然而「唐僧道：『當時只爲你難管，故以此法制之。今已成佛，自然去矣。豈有還在你頭上之理！你試摸摸看。』行者舉手去摸一摸，果然無之」。小小「緊箍兒」就這樣貫穿取經故事始終，於全書敘事寫人與主旨的表達，不可說關係不大。但綜合而言，其來歷、作用等特點如下：

　　（一）「緊箍兒」出自佛祖，經觀音菩薩交由唐僧哄騙悟空戴上，乃佛家制魔之寶。

〔註1〕　〔明〕吳承恩《西遊記》，李卓吾、黃周星評，山東文藝出版社1996年版。本文引此書無特別說明，均據此本，說明或括注回數。

（二）「緊箍兒」是唐僧隨時制約悟空唯一的法寶，決定了唐僧與悟空之間特定的關係。

（三）「緊箍兒」自第八回出現，第十四回箍緊孫悟空，至第一百回從悟空頭上自然褪去，迤邐幾乎貫串全書，伴隨五行山下出來以後悟空修功的全過程，於悟空性格命運的轉變、故事情節的發展關係重大。

（四）作爲佛家降服悟空的寶物之一，「緊箍兒」爲圈形法器。與此相對應，書中另有一圈形的寶物，即太上老君之「金剛琢」，又名「金剛套」（第七回、第五十二回）。但「金剛琢」僅是打鬥的武器，對悟空的威脅遠不如「緊箍兒」的厲害，從而顯示道不如佛，佛法無邊。

二、《金瓶梅》中的「胡僧藥」

《金瓶梅》寫西門慶三十三歲暴亡，除長期縱淫損害了健康之外，還由於潘金蓮給他服用了過量的春藥即「胡僧藥」。沒有縱淫，西門慶不會早死；但沒有「胡僧藥」，西門慶不會暴死，故事便不會如《金瓶梅》現在所寫的樣子收場。所以，「胡僧藥」對《金瓶梅》一書寫人敘事與主旨的表達，都起有某種關鍵性作用。

《金瓶梅》一百回，至第四十九回才有西門慶「永福寺餞行遇胡僧」〔註2〕，〔清〕張竹坡評本作「遇胡僧現身施藥」，並評曰：「施藥必現身者，見西門之死，全以此物之妄施故也。」〔註3〕而寫胡僧「形骨古怪，相貌搊搜」，「不騎頭口」，倒比西門慶騎馬還快，異相異能，非尋常不軌和尙，而是天意安排西門慶命中所遇關鍵人物。西門慶就從他手中得贈春藥「百十丸」內服和「二錢一塊粉紅膏兒」外用，內外夾攻，終致暴死。

按胡僧所說，此藥「乃老君煉就，王母傳方」而第「四十九」爲「七七」之數，西門慶得此藥於此回，以結前此西門慶以自然力縱淫一大循環，自第五十回與王六兒試藥並及於李瓶兒起，此後斷續每特筆寫此藥，有第五十一回（與潘金蓮）、第五十二回（與李桂姐）、第五十九回（與鄭愛月兒）、第六十一回（與潘金蓮），第六十七回（與如意兒），第六十九回（與林氏），第七

〔註2〕 〔明〕蘭陵笑笑生著《金瓶梅詞話》，人民文學出版社 1985 年版。本文引此書無特別說明，均據此本，說明或括注回數。

〔註3〕 〔清〕張竹坡《批評第一奇書〈金瓶梅〉》第四十九回評語，轉引自《金瓶梅資料彙編》，第 164 頁。

十八回（與林氏、來爵兒媳婦），第七十九回（與王六兒、潘金蓮）等，總計
九回書中寫西門慶有十次服用「胡僧藥」，包括西門慶九次自服和最後一次潘
金蓮給他一服三粒的過量服用，以致其脫陽而死，實以結西門慶一案。由其
暗以錯綜「七」「九」「十」諸數爲描寫之度可見，《金瓶梅》中「胡僧藥」之
設，非比尋常物象描寫，乃蘭陵笑笑生爲結西門慶縱淫一生所做的精心安排。
舊時評點家如〔清〕張竹坡除於第四十九回評曰「西門之死，全以此物之妄
施故也」之外，還於第五十回評曰：

> 文字至五十回已一半矣。看他於四十九回内，即安一梵僧施藥，
> 蓋爲死瓶兒、西門之根。〔註4〕

> 此回特寫王六兒與瓶兒試藥起，蓋爲瓶兒伏病死之由，亦爲西
> 門伏死於王六兒之由也。瓶兒之死，伏於試藥，不知官哥之死亦伏
> 於此。〔註5〕

又在《批評第一奇書〈金瓶梅〉讀法》中說：

> 武大毒藥，既出西門慶家，則西門毒藥，固有人現身而來。〔註6〕

又《新刻繡像批評金瓶梅》第七十九回李漁評云：

> 此藥較武大藥所差幾何？吃法與武大吃法所差幾何？因果循
> 環，讀者猛省。〔註7〕

綜合以上述論，《金瓶梅》寫「胡僧藥」的來歷、作用等特點如下：

（一）《金瓶梅》寫「胡僧」送藥，稱藥「乃老君煉就，王母傳方」（第
四十九回），來歷非凡。

（二）「胡僧藥」間接或直接致李瓶兒、西門慶先後死，官哥亦間接死於
此藥，是決定西門慶及其一家落敗命運的關鍵之物。

（三）「胡僧藥」雖然自第四十九回始出，至第七十九回西門慶死即罄，
只在全書偏後半部的前三十回中有具體描寫，卻承前啓後，是故事進入高潮
並發生逆轉的關鍵。

（四）「胡僧藥」與「武大毒藥」相對，顯示因果報應，絲毫不爽。

〔註4〕《金瓶梅資料彙編》，第 164 頁。
〔註5〕《金瓶梅資料彙編》，第 165 頁。
〔註6〕〔清〕張竹坡《批評第一奇書〈金瓶梅〉讀法》，轉引自《金瓶梅資料彙編》，
第 87 頁。
〔註7〕《新刻繡像批評金瓶梅》，《李漁全集》第十四卷，浙江古籍出版社 1991 年版，
第 351 頁。

三、《紅樓夢》中的「冷香丸」

《紅樓夢》一百二十回，寫及薛寶釵「冷香丸」者先後有三回書。一是第七回《送宮花賈璉戲熙鳳，宴寧府寶玉會秦鐘》寫寶釵對周瑞家笑道：

> 「再不要提吃藥，爲這病請大夫吃藥，也不知白花了多少銀子錢呢。憑你什麼名醫仙藥，從不見一點兒效。後來還虧了一個禿頭和尚，說專治無名之症，因請他看了。他說我這是從胎裏帶來的一股熱毒，幸而先天壯，還不相干。若吃尋常藥，是不中用的。他就說了一個海上方，又給了一包藥末子作引子，異香異氣的。不知是那裡弄了來的。他說發了時吃　丸就好。倒也奇怪，吃他的藥倒效驗些。」……周瑞家的又問道：「這藥可有名子沒有呢？」寶釵道：「有。這也是那癩頭和尚說下的。叫作『冷香丸』。」周瑞家的聽了點頭兒，因又說：「這病發了時到底覺怎麼著？」寶釵道：「也不覺甚怎麼著，只不過喘嗽些，吃一丸下去也就好些了。」〔註8〕

二是第八回《比通靈金鶯微露意，探寶釵黛玉半含酸》：

> 寶玉此時與寶釵就近，只聞一陣陣涼森森甜絲絲的幽香，竟不知係何香氣，遂問：「姐姐薰的是什麼香？我竟從未聞見過這味兒。」寶釵笑道：「我最怕薰香，好好的衣服，薰的煙燎火氣的。」寶玉道：「既如此，這是什麼香？」寶釵想了一想，笑道：「是了，是我早起吃了丸藥的香氣。」寶玉笑道：「什麼丸藥這麼好聞？好姐姐，給我一丸嘗嘗。」寶釵笑道：「又混鬧了，一個藥也是混吃的？」

三是第九十一回《縱淫心寶蟾工設計，布疑陣寶玉妄談禪》：

> 寶釵不能說話，手也不能搖動，眼乾鼻塞。叫人請醫調治，漸漸蘇醒回來。薛姨媽等大家略略放心。早驚動榮寧兩府的人，先是鳳姐打發人送十香返魂丹來，隨後王夫人又送至寶丹來。賈母邢王二夫人以及尤氏等都打發丫頭來問候，卻都不叫寶玉知道。一連治了七八天，終不見效，還是他自己想起冷香丸，吃了三丸，才得病好。

綜合上引有關描寫可知，「冷香丸」來歷、作用等特點如下：

（一）「冷香丸」是一位異僧——禿頭和尚送的，出處神奇。脂評以爲：

〔註 8〕　〔清〕曹雪芹、高鶚《紅樓夢》，脂胭齋評，山東文藝出版社 1993 年版。本文引此書無特別說明，均據此本，說明或括注回數。

「卿不知從那裡弄來，余則深知是從放春山採來，以灌愁海水和成，煩廣寒玉兔搗碎，在太虛幻境空靈殿上炮製配合者也。」（第七回）按《紅樓夢》寫警幻仙子所居「放春山」正是有「遣香洞」，「香」即「一干風流冤家」。所以，上引脂評雖然可能是揣測之言，然亦可信其深得作者之心。

（二）「冷香丸」藥性冷，專治「從胎裏帶來的一股熱毒」。對於這股「熱毒」，脂評曰：「凡心偶熾，是以孽火齊攻。」（第七回）可知丸藥之效只在遏欲窒情，是作者設計薛寶釵「金釵雪裏埋」性情，寫她為一「任是無情也動人」（第六十三回）的「冷美人」的關鍵之筆；

（三）由「冷香丸」之設可知，薛寶釵作為「一干風流孽鬼」之一，本與林黛玉等一樣屬內懷「熱毒」的「情癡」，只是由於一直服用「冷香丸」之故，才未至於如林黛玉等為情所累、所誤。從而「冷香丸」決定了寶釵性格迴異於其他諸釵，尤其與林黛玉不同，是「釵、顰對峙」的保障之一。

（四）《紅樓夢》寫丸藥數種，薛寶釵服用的「冷香丸」之外，尚有黛玉先後服用的「人參養榮丸」（第三回）和「天王補心丹」（第二十八回）。這兩種中藥丸性熱，從而與「冷香丸」一「熱」一「冷」，藥性相反，加強了「釵、顰對峙」的形勢。

四、三者異同

將如上「緊箍兒」「胡僧藥」與「冷香丸」三者比較，可知其來歷、作用等特點各有所不同：

（一）三者各自所服用之人：孫悟空是學佛的神魔，西門慶是世間的妄人，薛寶釵是造凡歷劫的「風流孽鬼」，且為女性。

（二）三者性狀：「緊箍兒」是外用的，「胡僧藥」是內服兼外用的，「冷香丸」是內服的，且有為械為藥的區別。

（三）三者之效用：「緊箍兒」是治心的，「胡僧藥」是助淫的，「冷香丸」是遏情的。

三者之間的這諸多不同顯而易見，使讀者往往不會以它們相併觀，也大概因此未見有學者作過三者的比較與討論。但是，作為同是小說中藝術的物象，我們更重視的是三者在來歷與作用等特點上，同時有著更多相通、相似、相近之處，可歸納為以下三個方面：

（一）三者都非人世間物，或觀音菩薩、或胡僧、或禿頭和尚，均佛教

神話人物不請自來所贈送，表明三者均小說受佛教影響的產物；

（二）三者在書中都對主要或重要人物性格命運發生或鉗制、或助推的作用，深刻影響了故事的走向與進程，是全書人物形象、故事情節設計一大關鍵。如「緊箍兒」又有咒語曰「定心真言」，一旦用上，可使包括孫悟空在內無論什麼「神通廣大的妖魔……眼脹頭痛，腦門皆裂，管教他入我門來」（第八回）；又「至梵僧藥，實……為瓶兒致病之由，而西門溺血之故，亦由此藥起。」〔註9〕「西門吃梵僧藥而死其身」〔註10〕；「冷香丸」能抑制寶釵先天帶來的「熱毒」，使其成為並長期保持與黛玉對峙的「冷美人」形象，使賈府上下均樂於接納，為「金玉良緣」掃清障礙；

（三）三者各自有對，均具關係一書全局的寓意。《西遊記》中「緊箍兒」實與太上老君的「金剛琢」相對，二者對孫悟空的作用可顯見佛高於道，更進一步表明「無規矩不能成方圓」，必要的羈束是修行成功的關鍵，而修行之道則是「成人不自在，自在不成人」〔註11〕；《金瓶梅》中「胡僧藥」與害武大「鴆藥」相對，二者一還一報，加強全書因果報應的思想傾向，更進一步是其所謂「嗜欲深者生機淺」（第七十九回）的證明；《紅樓夢》中「冷香丸」與「人參養榮丸」——「天王補心丹」相對。這一設計當是由於作者不相信世俗竟有這種幾乎是純理性的「冷美人」，又要足成「釵、顰對峙」，所以就只有通過使寶釵服用「冷香丸」作特殊的處理，以抑制其先天帶來的「熱毒」，這就硬是把與林黛玉同為「風流冤孽」的薛寶釵，捏造為一位堪稱「理」之化身的「冷美人」，做了「情」之化身的林黛玉的對照性人物〔註12〕。這個過程在使寶、黛「心事終虛化」（第五回）的同時，也為釵、玉「金玉良緣」掃清了障礙。而所謂「金玉良緣」，不過是嬌杏「偶因一著錯，便為人上人」（第

〔註9〕 〔清〕張竹坡《批評第一奇書〈金瓶梅〉》第八十八回評語，轉引自《金瓶梅資料彙編》，第214頁。

〔註10〕 〔清〕張竹坡《批評第一奇書〈金瓶梅〉》第五十二回評語，轉引自黃霖編《金瓶梅資料彙編》，中華書局1987年版，第168頁。

〔註11〕 〔宋〕羅大經《鶴林玉露》卷之三乙編《朱文公貼》：「諺云：『成人不自在，自在不成人。』此言雖淺，然實切至之論，千萬勉之。」曹雪芹、高鶚《紅樓夢》第八十二回亦引此語。

〔註12〕 這只要看書中寫林黛玉的病也是胎裏帶來，第三回曾由黛玉口中說出她三歲時有癩頭和尚曾要化她出家，不然「只怕他的病一生也不能好的」，西諺所謂「女子癡，沒藥醫」，而後來黛玉實亦到了「沒藥醫」的地步。而仍要寫她服用「人參養榮丸」或「天王補心丹」之故，則一面是聊勝於無，另一面也是做「冷香丸」的對照。

二回）命運所顯示的對世俗「無兒女之情，故有夫人之分」（《紅樓夢》甲戌本第一回側批）的「正話」，乃作者筆下最大的人間恨事。

比較如上三者的異同，可知雖然三者之異明顯而突出，但是三者之相通、相似與相同更具本質意義，即都在通過設置某一特殊物象，使如扼住人物命運的咽喉，以致其性格命運發生根本性轉變。三部不同時代、作者，又題材、主旨等有巨大差異的小說中竟有此等以「物」寫「人」的共同藝術手法，固然是各自作者自覺有意的選擇，但顯然不會是偶然的契合，而應該有其共同的文化淵源和彼此間先後相承的聯繫，值得進一步探討。

五、四個來源

（一）中國古代小說以「物」寫人傳統的產物。我國古代小說很早就形成了以物寫人乃至用為人物命運關鍵和敘事之樞機的傳統。這一傳統如果說在唐人小說《古鏡記》（古鏡）、《板橋三娘子》（蕎麥燒餅）中已經初見端倪，那麼到了《三國演義》《水滸傳》出來，諸如前書中的「錦囊」、後書中的「天書」之類，已經被用來影響相關人物命運、推動和整合故事情節的需要了。這一傳統使後世作者敘事，往往一到不易扭捏或扭捏不來時，即思一非常之人祭出非常之物，賦予其特定的功用以為敘事的過節。《西遊記》中如來通過觀音菩薩給唐僧的「三個箍兒」之設，形式上應當就是受了《三國演義》《水滸傳》等書的啓發並翻新出奇而來。它的翻新出奇之處，除更加強調了物象本身一而三、三而一的大暗扣作用之外，更在於不僅把「緊箍兒」一而三的「三個」都照顧到了，還特別突出了三者之中孫悟空所戴「緊箍兒」的描寫，使之在諸物象中有與取經中心人物共始終的地位與作用，使此前這一雖然久遠卻不甚鮮明之敘事傳統凸顯起來，更易於啓發後來。《金瓶梅》寫「胡僧藥」與《紅樓夢》寫「冷香丸」等，就都是唐代以降小說以物寫人傳統影響的產物。

（二）中國小說藝術發展至以人物命運為描寫中心的結果。上述我國古代小說以物寫人的傳統，雖然自唐人小說即已初露端倪，但這一傳統卻是隨著我國小說由敘事為中心逐漸轉移至以寫人為中心的過程逐步發展與成熟的。明顯的標誌是，《三國演義》中「三個錦囊」的設計，除有進一步顯揚諸葛亮料事如神的作用之外，無論對劉備或趙雲性格的刻畫都基本不起什麼作用。但至《水滸傳》中的「天書」，由於只許宋江與吳用兩人觀看，並顯然主

要是宋江一人的密訣，這就無疑地加強和突出了宋江本爲「星君」的特徵及其在百零八人中的地位。因此，《水滸傳》「天書」之設，是把我國古代小說以物寫人傳統與全書中心人物形象塑造結合起來的最早成功的嘗試，但從「天書」僅有行兵布陣方面的作用來看，《水滸傳》的作者尙沒有意識到能夠以物寫人的性格轉變。這一意識隨著小說藝術逐漸發展到以人物命運爲中心，直到《西遊記》才顯然地自覺起來，其最顯著的標誌是其以「緊箍兒」扼住孫悟空命運的設計，並先後引發形成了《金瓶梅》「胡僧藥」和《紅樓夢》「冷香丸」等以物寫人的一脈傳統。這就是說，「緊箍兒」等以「物」寫「人」一脈傳統的形成，雖因我國古代小說以物寫人大傳統的推動，但更具體是明中葉以後小說藝術發展到以人物命運爲描寫中心的結果。

　　（三）「緊箍兒」「胡僧藥」「冷香丸」三者後先承衍的結果。就我國古代有關物與人關係浩如煙海的文獻記載中考察，我們完全可以認爲「緊箍兒」等三者各有所祖，例如《金瓶梅》寫西門慶服「胡僧藥」而暴亡情節的設計，應自託名漢伶玄《飛燕外傳》寫漢成帝服用過量春藥而死模擬脫化而來，但更應該考慮到《水滸傳》已寫定武大遭潘金蓮與西門慶等合謀用鴆藥害死的情節，使以因果報應爲意的《金瓶梅》作者易於產生以「胡僧藥」爲報應結束西門慶生命之構思的因素。但如此一來，「胡僧藥」進而「冷香丸」之設，與以上「錦囊」——「緊箍兒」的傳承似絕無關係了？其實不然。從《西遊記》寫唐僧七復以「緊箍兒」懲罰孫悟空和《金瓶梅》寫西門慶用「胡僧藥」一定是分佈在九回書中九次寫它看來，不免使我們想到《三國演義》「七擒孟獲」與「九伐中原」的經典描寫，進而知道這幾部書之間錯綜複雜的聯繫與相互借鑒的關係眞乃匪夷所思；更進一步可以看到，後來「胡僧藥」與「冷香丸」可以扼住主人公性命的本質特徵，只有《西遊記》關於「緊箍兒」的描寫才第一次被賦予並展開了充分的描寫，它們的後先相通也應該不是出於偶然，尤其在「深得《金瓶（梅）》壺奧」（《紅樓夢》甲戌本第十三回脂批）來說，「冷香丸」最有可能是受到了「胡僧藥」的啓發，就其反面設想得來。

　　（四）作者重表現而再現美學理念下的選擇。筆者以爲，比較文學按照現實生活的本來面目描寫生活的再現原則，中國古代小說家更傾向於「意在筆先」〔註13〕和「因文生事」〔註14〕，「爲文計，不爲事計」〔註15〕的表現藝

〔註13〕《全晉文》卷二十六王羲之《題衛夫人筆陣圖後》：「夫欲書者，先乾硏墨，凝神靜思，預想字形大小，偃仰平直振動，令筋脈相連，意在筆前，然後作字。」

術。這種重表現而輕再現的藝術傾向，使小說描寫往往為理念而犧牲現實，尤其在作品的總體構思上，幾無不為了理念的表現而扭曲甚至犧牲生活的眞實，捏造出諸如「因果報應」「大團圓」等種種不合常情乃至怪誕的意象或情節，「緊箍兒」等三物象的描寫理論上就是此種美學取向的產物。具體說，「《西遊》，一成佛之書也」〔註 16〕，「緊箍兒」即為佛祖、菩薩使孫悟空「入我門來」（第八回）而設；《金瓶梅》，「戒淫」〔註 17〕之書也，西門慶必以淫死，「胡僧藥」即為此而設；《紅樓夢》，「談情」〔註 18〕之書也，「無兒女之情，方有夫人之分」，「冷香丸」即為寶釵後嫁寶玉而設。此等設計如果說在《西遊記》作為一部神魔小說是合理的，那麼從對被認為是寫普通人日常生活的「人情小說」的《金瓶梅》《紅樓夢》的現實主義要求看，出現帶有神異色彩的「胡僧藥」或「冷香丸」似乎就不夠自然了。然而問題在於小說是「講故事」〔註 19〕，其藝術性的高低並非只能以所謂「現實主義」再現的眞實性做衡量，而還可以從「講故事」的優劣即藝術表現水平的高低作判斷。從藝術表現水平的高低作判斷，則無論「緊箍兒」或「胡僧藥」「冷香丸」之設，就都是極精彩的物象。有關描寫受到讀者的歡迎，也證明了可以並且應該作這樣的看待。

綜合以上「緊箍兒」等三者異同的考論，可知我國古代小說以「物」寫「人」的傳統，至晚自唐代發生，至元明間《三國演義》《水滸傳》逐漸被突出起來，但至明中葉《西遊記》寫「緊箍兒」始，才有了眞正扣緊作用於人物性格命運的物象設計，至《金瓶梅》寫「胡僧藥」、《紅樓夢》寫「冷香丸」而漸次發揚光大。其後先相承，顯示了中國古代小說在「文學是人學」方向上的進步，而其為「物」之來歷與作用大都神異怪誕，也標識了中國古代小

〔註 14〕 〔清〕金聖歎《讀第一才子書法》，轉引自朱一玄、劉毓忱編《水滸傳資料彙編》，百花文藝出版社 1981 年版，第 248 頁。

〔註 15〕 〔清〕金聖歎評語，轉引朱一玄、劉毓忱編《水滸傳資料彙編》，百花文藝出版社 1981 年版，第 294 頁。

〔註 16〕 〔清〕黃周星評語，吳承恩著，李卓吾、黃周星評《西遊記》，齊魯書社 1996 年版，第 1167 頁。

〔註 17〕 〔明〕欣欣子《金瓶梅詞話序》，轉引自黃霖編《金瓶梅資料彙編》，中華書局 1987 年版，第 1 頁。

〔註 18〕 〔清〕曹雪芹、高鶚《紅樓夢》，脂硯齋評，山東文藝出版社 1993 年版，第 6 頁。

〔註 19〕 〔英〕愛·福斯特著，方土人譯《小說面面觀》，《小說美學經典三種》，上海文藝出版社 1990 年版，第 220 頁。

說人物尤其是中心人物形象，雖在細節的寫實上可能精妙絕倫，但其基本性格命運，卻多因作者的意圖而成，很大程度上是作家理念的產物，與西方所謂「現實主義」的邏輯相去甚遠。因此，即使對《金瓶梅》與《紅樓夢》這類中國小說，我們也切不可以只是套用西方的文論加以解讀，而應該適當參照西方理論，卻主要從文本出發，實事求是，自主地發現、發明其民族文化特點與內涵。

（原載《河北學刊》2012 年第 3 期）

中國古代小說婚戀敘事「六一」模式述略——從《李生六一天緣》《金瓶梅》等到《紅樓夢》

　　中國古代婚姻制度雖屢經變遷，但是除了皇室另有規定者外，一般臣民傳統實行一夫一妻並准納妾的實質是一夫多妻的婚姻制度。在這種制度下的中國小說婚戀故事敘述，其中男主角對應的女性人物往往不止一個，從一夫一妻到一夫雙美、五美、六美、七美、八美甚至「十美」「十二釵」的組合都可以見到，卻似乎沒有一夫「三美」「四美」「九美」之說，應該各有取捨上的道理，並各有所謂，茲均不具論。而單說其中一夫「六美」即一個男人與六個女人的故事，筆者所見至少有《李生六一天緣》《金瓶梅》《肉蒲團》《桃花影》《林蘭香》《野叟曝言》《紅樓夢》等七部，是一個值得注意和深入思考的現象。對此，筆者曾有《論「一個男人與六個女人」的敘事模式——中國「情色」敘事自古及今的一個數理傳統》〔註1〕一文討論，但當時所知僅《金瓶梅》《林蘭香》《野叟曝言》《紅樓夢》等四種而有所未盡；又當時所論，側重在這一模式的淵源及諸作之間的承衍，而且統作為「婚戀敘事」雖無不可，但是或因「天緣」，或以「情」感，整體上還可以更具體說屬於古代婚戀題材一類。因此有本文再論改稱「婚戀敘事」，並就《李生六一天緣》而取其「六一」之說，作為這一模式的概括，對諸作「婚戀敘事的『六一』模式」述略如下。

〔註1〕杜貴晨《論「一個男人與六個女人」的敘事模式——中國「情色」敘事自古及今的一個數理傳統》，《燕趙學術》2009年春之卷，河北師範大學文學院編，四川辭書出版社2009年4月版。

一、《李生六一天緣》

《李生六一天緣》（以下或簡稱《天緣》）二卷。明佚名撰。文言中篇小說。問世以來流傳不廣，今亦鮮爲人知。石昌渝編《中國古代小說總目・文言卷》陳益源撰本篇條目曰：「作者不詳。孤本惟見萬曆一二十年間的《繡谷春容》卷七、卷八上層收錄。大連圖書館藏清抄本《豔情逸史》第一、二冊之《李生六一天緣》，亦逕據《繡谷春容》過錄而已，內容沒有不同……依《繡谷春容》習慣看，其所錄者多有刪節，《李生六一天緣》原作極可能比現存的三萬五千字還要更長。」又說：「本篇明顯受到《剪燈新話・鑒湖夜泛記》《雙卿筆記》《花神三妙傳》《尋芳雅集》和《天緣奇遇》的影響，約於嘉靖末至萬曆初之間成書。」〔註2〕因此，若以「嘉靖年間有藝人創作並講演《金瓶梅詞話》」〔註3〕，那麼《天緣》的成書當與《金瓶梅》同時或稍有先後。二書間有無或有怎樣的影響關係，乃無可考論。

今本敘浙籍書生李春華爲商人之子，承父業經商，舟行江上，以受小孤山神女之託爲之辯誣有功，得神女賜予六個錦囊，保祐其因緣際會，中進士，入翰林。後以得罪權奸，受誣外放嶺南，歷仕多省州縣，先後娶佳麗留無瑕、許芹娘、金月英、賽嬌、桂娟友，以及最早私定終身的葉鳴蟬共六女爲妻。權奸事敗，李生奉旨回京，復因「文武全才，討苗有功」，官至兵部尚書兼翰林院學士、太子少保，諸妻受贈「六夫人」，「遂領敕歸家祭祖」。由此不出，優游林下，享盡豔福。終乃因小孤山神女之助，與六夫人一起升仙。臨去，「諸夫人將平日吟詠，集爲一冊，李標其名曰《六一倡合》」〔註4〕。

由上述可知，《天緣》是中國明朝一代書生醉心於榮華富貴的「白日夢」，一夫多妻、夫貴妻榮的暢想曲。這在書中李生於情或可原，而於兩性關係之理則一般看來顯然不公，所以其題旨思想，筆者以爲無足稱道。加以仙人護祐、天子作合，才子佳人、詩詞唱酬等等的情節，荒誕不經，又矯揉造作，從而整體藝術亦較爲平庸。但是，其敘一夫多妻「大團圓」的人生理想與美滿結局，卻正中科舉時代讀書人下懷，從而成了後世才子佳人小說的競相模

〔註2〕 石昌渝編《中國古代小說總目》（文言卷），山西教育出版社 2004 年版，第 170 頁。

〔註3〕 石昌渝編《中國古代小說總目》（白話卷），山西教育出版社 2004 年版，第 231 頁。

〔註4〕 〔明〕佚名《李生六一天緣》，起北赤心子輯《繡谷春容》本，建業世德堂刊，上海古籍出版社 1990 年版《古本小說集成》影印本，第 801 頁。

擬的俗套。至於一夫多妻必以「六一」的比數似信筆所至，見於篇中寫李生殿試翰林之後，已奉旨定了四個夫人，所以後來桂太守感李生之德，堅持以女妻之，李生推脫，太守卻笑曰：「夫人可四亦可五」云云。其說等於代作者聲明敘事以「六一」的組合並非數量上有什麼講究。但是，讀者若參以篇題特標「六一天緣」，篇中又有「六一倡合」之說，就不能不懷疑其特就娶妻之數的議論，實乃作者巧用欲蓋彌彰之筆，提示其寫「李生六一」，不僅因有女神的冥中護祐而為「天緣」，而且因「六一」比數之理而合於「天緣」。

　　如上以《天緣》所標「六一」之數理合於「天緣」的理解雖嫌臆測，但從後世能有六部「婚戀敘事」的兩性人物設置相沿循此比數看，「六一」之比數有合於小說「婚戀」敘事之義理的推論，雖曰不中，亦不為遠矣！而至少是古代「婚戀敘事」的一個異象！

　　其次，《天緣》故事終於「一男六女」的大團圓，雖然不過如才子佳人小說中多見的俗套，但作為婚戀敘事的「六一」模式，這樣以喜劇結束既屬首創，後來也只有《野叟曝言》才複製並登峰造極。

二、《金瓶梅》

　　《金瓶梅》一百回。蘭陵笑笑生著。作者真實姓名、家世生平等無考。《金瓶梅》敘西門慶與有性關係者雖多，但以有妻妾名分者計，卻只有六個，依次為其妻吳月娘，妾李嬌兒、孟玉樓、孫雪娥、潘金蓮、李瓶兒等，書中常並稱「六房」〔註5〕。書中敘事於西門慶之命運關係最密者就是常峙節所說這「六房嫂子」，與西門慶構成「婚戀敘事」的「六一」組合。

　　按說《金瓶梅》欲寫西門慶致病而暴死之「淫」，並不必拘於其妻妾之數

〔註5〕至於書名中就嵌有的「梅」即潘金蓮之通房丫頭龐春梅的存在，除了古代女僕制度上的根據之外，還應當是由於《金瓶梅》自《水滸傳》「武松殺嫂」故事而來，受《水滸傳》影響寫西門慶「六一」之數，部分地取自《水滸傳》第十六回寫「七星聚義」之前，晁蓋「夢見北斗七星直墜在我屋脊上，斗柄上另有一顆小星，化道白光去了」寫天象北斗七星上有一道白光的模仿。這一道「白光」所象徵的就是晁蓋、吳用、公孫勝、劉唐、三阮「七星」之外的白日鼠白勝，是即吳用所說：「北斗上白光莫不是應在這人？」（第十五回）《金瓶梅》故事從《水滸傳》引發而來，春梅與西門慶及其妻妾的關係，大約就相當於《水滸傳》「七星」之外的白勝。但與《水滸傳》中白勝不同的是，《金瓶梅》寫春梅在西門慶死後一花獨放，由先前敘事中的附庸成了大國，則已與一男六女的敘事漸行漸遠，所以另當別論。

的多少。事實也是《金瓶梅》雖然寫了西門慶有妻妾六人，但是一方面六人之外西門慶淫過的女人更多；另一方面六人之中以淫而致西門慶得病的只有一個潘金蓮，其他都是六人以外的；再說即使以多為勝，也不難如後世小說寫至「七美」「八美」等。而其必在西門慶所淫眾女子中寫有妻妾之名分是六個，當是因為作者於其寫「情色二字」敘事的考量上，以為「六一」是最佳的安排。

這方面的證據就是西門慶為「一」，而有關西門慶及其女人的婚戀敘事則多突出「六」之一數。證據有四：一是如其寫西門慶暴亡的第七十九回之前，在各種不同情景下先後提到他的「六房」總共也是六次〔註6〕；二是於潘金蓮的描寫，比《水滸傳》增寫了她「排行六姐」，乳名也叫「六兒」（第1回），後來寫吳月娘撮舉她也稱「六姐」。乃至於潘金蓮給西門慶的貼子，也自署「愛妾潘六兒拜」（第12回），而西門慶對李桂姐褒貶潘金蓮，則稱「這個潘六兒」。還有如張竹坡所評：「讀《金瓶梅》須看其人入筍處……六回金蓮才熱，即借嘲罵處，插入玉樓。」。如此等等，比較《水滸傳》，《金瓶梅》多方強調潘金蓮之為「六」的做法，既未見有何等具體描寫上的必要，就應該主要是為了顯示潘金蓮雖然為妾是「五娘」，卻在對西門慶的意義上合於「六」之數理；三是寫李瓶兒雖先前身名無「六」，卻在被納為西門慶之妾後居「五娘」潘金蓮之次成了「六娘」，從而也佔了一個「六」，是於「潘六兒」之後又加一「六」；四是《金瓶梅》還於「金」「瓶」之外又寫了一個與西門慶通姦的女人名叫「王六兒」。這個「王六兒」是「金」「瓶」二「六」之外不可小覷的人物。她是韓道（諧音「撼倒」）國的老婆，自與西門慶成姦之後，「西門慶……替他獅子街石橋東邊使了一百二十兩銀子，買了一所房屋居住」（第39回），實已成了西門慶的外室。第七十九回寫西門慶暴亡，就是他在外與「王六兒」縱慾回來，又為潘金蓮所惑淫縱過度，並誤服過量春藥所致。這個「王六兒」作為最終致西門慶於死地之潘金蓮的前驅，對西門慶的最後「殺傷力」，實與潘金蓮不相上下。應是因此，作者也給她以「六兒」的小名！總之，這些集中於西門慶周圍女人描寫基本上都不具有直接敘事的意義的「六」的故用，無非表明這些女人與西門慶關係的實質是「六」與「一」，從而《金瓶梅》寫西門慶兩性關係也是一個「六一」組合。

〔註6〕分別在第二十一回、五十四回、五十五回、五十六回、五十七回、七十四回。

三、《肉蒲團》

《肉蒲團》四卷二十回。別名《覺後禪》等。署「情癡反正道人編次，情死還魂社友批評」，別題「情隱先生編次」。清康熙間劉廷璣《在園雜志》以為李漁（1611～1680）所作，大體可信。

《肉蒲團》敘元代致和年間儒士未央生生性風流，發願要「做世間第一個才子」，「娶天下第一位佳人」。所以在娶了一位「有名的宿儒」鐵扉道人的女兒玉香為妻後，一面不滿在家受老丈人的管束，一面為了獵豔縱慾，藉口外出遊學，先後與有夫之婦豔芳、香雲、瑞珠、瑞玉和寡婦花晨肆其淫蕩。卻又被豔芳的丈夫權老實，為報奪妻之恨，改名換姓到未央生的丈人家勾引上了未央生的妻子玉香，並把玉香拐帶到京師，賣入妓院，被客居在京的香雲、瑞珠、瑞玉諸婦的丈夫嫖宿。及至後來玉香成了京師的名妓，偶然接了不明底細而慕名來嫖的丈夫未央生，真相敗露，羞愧自盡。至此而未央生自己「如今打算起來，我生平所睡的婦人不上五六個，我自家妻子既做了娼，所睡的男子不止幾十個了。天下的利息那裡還有重似這樁的？」乃知因果報應，一飲一啄，絲毫不爽，從而大徹大悟，遁入空門，苦修二十年後，終成正果。

《肉蒲團》寫未央生自道「生平所睡的婦人不上五六個」是含糊語，其實準確的數字並不難計數，就是除了他自己的妻子和上述豔芳、香雲、瑞珠、瑞玉和寡婦花晨之外，還有豔芳的鄰婦、瑞珠的丫環（第十五回）、花晨的「兩個長丫鬟」等，實已達十個之多。但是，《肉蒲團》作者寫未央生如此自道卻不是他心中無數，而是有意含糊作「五六個」說，給讀者一個本書寫未央生「所睡的婦人」即其「性伴侶」並無一定數量上的考慮，而是信筆所至，隨意布置。這其實是作者敘事的技巧，目的是為了模糊其對兩性關係數理的講求。例如書中寫晨姑獨佔未央生，香雲等三姐妹屢次索還，「花晨沒奈何，只得說要睡到七日，到第七日後送去還他」（第十七回），定是「七日」，可見其此一描寫有取《周易》「七日來復」的用心。以此例彼，可知其寫未央生所「睡的婦人」，除豔芳的鄰婦、瑞珠和花晨各自的丫環之外，就只有其結髮之妻玉香和外遇之豔芳、香雲、瑞珠、瑞玉和花晨有「妻妾」之說，「大小」之論（第十五回），應該不是無謂的安排，而是有意取「六女共一男」即「六一」的組合。

四、《桃花影》

　　《桃花影》四卷十二回，題「檇李煙水散人編次」。檇李煙水散人即徐震。徐震字秋濤，浙江嘉興人。他是明末清初一位多產的通俗小說作家，另著有《春燈鬧》（即《燈月緣》）、《賽花鈴》等才子佳人小說八種。

　　《桃花影》敘明代成化年間，松江舊家子弟魏瑢貌美有才，父母雙亡，十五歲私家僕之妻山茶，又與鄰居寡婦卞二娘私通，因二娘家丫環蘭英撮合，得與小姐非雲定情。後避地城郊鄒家爲私塾先生，與東家主人之妾瑞煙及房客之妻小玉私通；復因應試江陰，與尼姑了音宣淫。又試金陵，結交布商丘慕南，得其以美妻花氏相贈，又因半癡和尚贈釵，得以私通年輕寡婦婉娘。卻青雲有路，不久中進士，選授錢塘知縣，收了音、婉娘、小玉爲妾，聘趙太守之女爲妻，竟是被趙家收爲義女的舊好非雲。後又遷官江西巡按，找回蘭英、花氏爲妾。終於得半癡和尚點化，出家雲遊，與妻非雲，妾了音、小玉、婉娘、花氏、蘭英六婦，終日淫樂。一年之後，內召爲工部侍郎，忽得半癡和尚指點迷津，遂淡泊功名，與一妻五妾泛舟太湖，俱成神仙。原來魏生本爲天上香案文星，其一妻五妾均係瑤臺仙子。

　　這也明顯是一個「六一」組合的婚戀故事。其所寫「一」男亦爲儒生，他一路科舉做官與豔遇並行和最後與妻妾一起升仙的結局，與前述《天緣》同；而於濫淫多人之中娶一妻納五妾，與《金瓶梅》同，其濫淫無度而後能出世升仙乃由於得僧人之助，則與《肉蒲團》同。總之，《桃花影》可說是一部合《天緣》《金瓶梅》《肉蒲團》「六一」組合之異於一體的「婚戀敘事」。唯是若就所寫兩性即「六」與「一」關係的和諧和結局美好而言，《桃花影》「六一」組合的特點與《天緣》更爲接近。

五、《林蘭香》

　　《林蘭香》八卷六十四回，題「隨緣下士編輯」。隨緣下士當即作者，眞實姓名不詳。此書寫成年代也頗有爭議，或不晚於清初。

　　《林蘭香》寫主人公耿朗先娶林雲屛爲妻，後娶燕夢卿爲側室，繼納任香兒、宣愛娘、平彩雲爲妾；夢卿死後，又納婢女田春畹爲妾，稱「六娘」，後扶正爲夫人，爲一夫二妻四妾的「六一」之數。這部書寫耿朗與其妻妾爲「六一」之數並非泛設，而是明確根據於《易經》「六」「一」之數理。這一方面見於《林蘭香》八卷六十四回之卷、回數是倚《周易》八卦與六十四卦

之卦數，顯示其章回布局對傳統「數之理」〔註7〕的講求；另一方面《林蘭香》出《金瓶梅》流行之後，其從以「林雲屏（林）」「燕夢卿（蘭）」「任香兒（香）」三女子命名到寫耿朗一夫六妻妾的「六一」組合，明顯是對《金瓶梅》「六一」組合的承傳，乃就《金瓶梅》主要人物設置模仿脫化而來。另從其書與《續金瓶梅》同為六十四回之數，也隱約可見其布局謀篇實與《續金瓶梅》同一機杼，而上承《金瓶梅》「倚數編纂」〔註8〕的痕跡。《林蘭香》與《周易》和《金瓶梅》的上述聯繫，表明其寫耿朗與二妻四妾的婚姻是本文所謂的「六一」組合，乃人物設置上有意取「六一」之比數的安排。

六、《野叟曝言》

《野叟曝言》，二十卷一百五十四回，夏敬渠撰。夏敬渠（1705～1787），字懋修，號二銘，江陰（今屬江蘇）人。為諸生，交遊廣泛，而屢躓科場，終身不遇，坎坷以終。一生雜學旁收，以才學自負，著作豐富，而《野叟曝言》則不啻夏氏坎坷一生中的「白日夢」。

《野叟曝言》敘主人公文素臣一介書生，雖科舉不利，但「奮武揆文，天下無雙」，於朝廷立有大功蓋世的同時，先後有娶田氏與公主紅豆主二妻和素娥、璿姑、湘靈、天淵四妾，也顯然為兩性關係布置上的「六一」組合。

《野叟曝言》之為「六一」組合，作者於書中有所提點，見於卷四第字卷十七第一百二十五回《素臣無外兩釋疑城，紅豆天淵雙生貴子》寫文素臣與其第六個妾天淵飲酒云：

> 宮女們便就斟酒，湘靈便就逼飲。天淵漲紅了臉，說道：「妹子的心事，如今說一個明白……那時公主已在皇妃面前，極口讚歎老爺為天下第一人，齒頰之間，津津若有餘慕。愚妹因家父曾述老爺之相貌才略，亦稱為當今一人，私心亦在仰慕。便先替公主起一數，竟與老爺有姻緣之分。數繫六合發傳，主老爺有六房妻妾……」

上引「數繫六合發傳，主老爺有六房妻妾」的占斷由名為「天淵」之妾發出，可見《野叟曝言》作者寫文素臣有「六房妻妾」之數不僅是有意的安排，還

〔註7〕〔漢〕劉向《說苑》卷六《復恩》「東閭子嘗富貴而後乞」條引孔子曰：「物之難矣，小大多少，各有怨惡，數之理也。」〔漢〕劉向《新序‧說苑》，上海古籍出版社 1990 影印本，第 50 頁。

〔註8〕杜貴晨《中國古代文學的重數傳統與數理美——兼及中國古代文學數理批評》，《中國社會科學》2002 年第 4 期，收入本文集第 1 卷。

特別強調了這一安排之合於「六合發傳」的「天數」，與《李生六一天緣》一樣，也是一種「天緣」。

七、《紅樓夢》

　　《紅樓夢》一百二十回。曹雪芹、高鶚著。其書「大旨談情」。然而情莫先乎男女，所以《紅樓夢》寫賈寶玉之「以情悟道」，乃集中於男女之情的體驗。卻又要「守理衷情」（甲戌本第五回），所以又不可能亂倫，而只限於賈寶玉與一班女子在賈府又主要是大觀園中「名教」許可的交流。這一交流中最可注意是男女主要人物的比數有兩種情況：

　　第一，是最初入住大觀園，只有賈寶玉一個男子與黛（玉）、（寶）釵、迎（春）、探（春）、惜（春）、李（紈）六女各有居處，成「一」與「六」的關係。但是，由於六位女子中有四位是賈府人，所以不可能是本文所說的「六一」組合，可以不論。

　　第二，以彼時倫理與《紅樓夢》實際所寫，諸釵之中與寶玉有今所謂性或愛情或婚姻關係的，只能是由於各種不同原因來賈府寄居的六個外姓女子。根據書中描寫或脂硯齋評點的揭示，這樣的外姓一女子中最容易確認的一是與賈寶玉有「木石前盟」（第五回）的林黛玉；二是與賈寶玉為「金玉良姻」（第五回）的薛寶釵；三是「因麒麟伏白首雙星」（第三十一回）的史湘雲；四是被批評家認為是「寶釵之影子」〔註9〕，曾經與「賈寶玉初試雲雨情」（第六回），後來做了寶玉之妾的襲人；五是被批評家認為是「黛玉之影子」〔註10〕，為賈寶玉而死，寶玉為之撰《芙蓉女兒誄》的晴雯；六是「為人孤癖」，為「世難容」，因癡情於賈寶玉而「走火入邪魔」的女尼妙玉。《紅樓夢》寫賈寶玉雖然「愛博而心勞」〔註11〕，但是從今本描寫或曹雪芹原作的設計看，賈寶玉已經或必將與之發生性、愛情或婚姻關係的就只有這六位女子。

　　對於這第二種情況，著名紅學家梁歸智在所著《石頭記探佚》一書中恰是討論過賈寶玉與這六位女子的關係並特別說明「湘雲和寶玉後來確曾有愛情和婚姻之事」。他說：

〔註9〕　涂瀛《紅樓夢問答》，一粟編《古典文學研究資料彙編・紅樓夢卷》，中華書局 1963 年 12 月第 1 版，第 143 頁。

〔註10〕　涂瀛《紅樓夢問答》，一粟編《古典文學研究資料彙編・紅樓夢卷》，中華書局 1963 年 12 月第 1 版，第 143 頁。

〔註11〕　魯迅《中國小說史略》，人民文學出版社 1973 年版，第 199 頁。

　　再細看看第五回中的金陵十二釵正副冊判詞和「紅樓夢」曲子，作一個小統計，就會發現一個有趣的現象。其中元、迎、探、惜四春，李紈、鳳姐、巧姐、秦可卿、香菱分別是寶玉的姐妹，嫂子，侄女兒，侄兒媳婦，表嫂，她們都不可能和寶玉發生愛情婚姻關係（「賈寶玉神遊太虛境」所暗示的秦可卿對寶玉的引誘屬於另一種性質，又當別論）。可是其餘的幾個人的判詞或曲子中卻都提到了她們和寶玉的愛情或婚姻關係。寶釵……黛玉……妙玉……晴雯……襲人……她們的命運全以和寶玉的關係為核心。那麼湘雲呢？如果說「廝配得才貌仙郎」不是指賈寶玉，而是指寶玉以外的其他人如衛若蘭，那麼可以肯定，湘雲的冊子判詞或《樂中悲》曲子中總會有慨歎「公子無緣」一類話頭的，可是她的判詞和曲子中卻根本沒有這一類話！「幸生來英豪闊大寬宏量，從未將兒女私情略縈心上」，「兒女私情」顯然是指和賈寶玉的關係，但這裡只是表現湘云「英豪闊大」的，絲毫也沒有涉及她將來和寶玉的關係。明確指出湘雲和寶玉將來關係的是後面幾句：「廝配得才貌仙郎……何必枉悲傷」。可是，「才貌仙郎」非寶玉莫屬，湘雲和寶玉後來確曾有愛情和婚姻之事，只是不久就「雲散高唐、水涸湘江」了。〔註12〕

湘雲之外，第六位妙玉與賈寶玉有性愛或婚姻關係的女子雖似不可理解，卻無可置疑。這從書中有關她與寶玉交往的描寫中即可看得出來。作為「天生成孤癖人皆罕」（第五回）的出家人，除了曾經主動向賈寶玉送花慶賀生辰之外，在與寶玉的交往中明顯有動情的表現。第八十七回《感秋聲撫琴悲往事，坐禪寂走入火邪魔》寫賈寶玉觀妙玉與惜春下棋後為妙玉帶路二人一起離開一節云：

　　　　（寶玉）一面與妙玉施禮，一面又笑問道：「妙公輕易不出禪關，今日何緣下凡一走？」妙玉聽了，忽然把臉一紅，也不答言，低了頭自看那棋。寶玉自覺造次，連忙陪笑道：「倒是出家人比不得我們在家的俗人。頭一件，心是靜的。靜則靈，靈則慧。」寶玉尚未說完，只見妙玉微微的把眼一擡，看了寶玉一眼，復又低下頭去，那臉上的顏色漸漸的紅暈起來。寶玉見他不理，只得訕訕的旁邊坐了。惜春還要下子，妙玉半日說道：「再下罷。」便起身理理衣裳，重新

〔註12〕梁歸智《石頭記探佚》，山西人民出版社1983年版，第29～32頁。

坐下，癡癡的問著寶玉道：「你從何處來？」寶玉巴不得這一聲，好解釋前頭的話，忽又想道：「或是妙玉的機鋒？」轉紅了臉，答應不出來。妙玉微微一笑，自合惜春說話。惜春也笑道：「二哥哥，這有什麼難答的？你沒有聽見人家常說的，『從來處來』麼？這也值得把臉紅了，見了生人的似的。」妙玉聽了這話，想起自家，心上一動，臉上一熱，必然也是紅的，倒覺不好意思起來。因站起來說道：「我來得久了，要回庵裏去了。」惜春知妙玉爲人，也不深留，送出門口。妙玉笑道：「久已不來，這裡彎彎曲曲的，回去的路頭都要迷住了。」寶玉道：「這倒要我來指引指引，何如？」妙玉道：「不敢，二爺前請。」

這一段描寫中寶玉與妙玉的對話暗含禪機，「機鋒」所在是寶玉與妙玉各都意識到彼此夙有而竟一時被隔絕了的情緣，因妙玉輾轉來至賈府大觀園得有重續的可能。妙玉在因此而「臉上的顏色漸漸的紅暈」和「心上一動，臉上一熱」之後，雖然還想著「回庵」即回歸禪佛的境界，但「回去的路頭都要迷住了」，而此時的寶玉心機尚明，所以主動提出爲她「指引指引」。然而即使如此，妙玉回庵之後仍「走火入邪魔」。惜春因此論妙玉「塵緣未斷」，一語中的，卻不說「未斷」的「塵緣」具體是什麼，留給讀者去想。而讀者應該不難明白，就是她與賈寶玉前世種下而今世未了之情——也是一種「意淫」。以往研究，有學者認爲櫳翠庵品茶，妙玉把自己用的杯子給寶玉飲茶，「此係妙玉已許寶玉之意，奈寶玉不知，負妙玉也」〔註 13〕，誠爲灼見。但亦有未盡，即寶玉非眞正不知，乃故爲不知。何以見得？讓我們先回顧第二回寫賈雨村潦倒之中游至一處廟宇：

這日，偶至郭外，意欲賞鑒那村野風光。忽信步至一山環水旋，茂林深竹之處，隱隱的有座廟宇，門巷傾頹，牆垣朽敗，門前有額，題著「智通寺」三字，門旁又有一副舊破的對聯，曰：

身後有餘忘縮手，眼前無路想回頭。

雨村看了，因想到：「這兩句話，文雖淺近，其意則深。我也曾遊過些名山大刹，倒不曾見過這話頭，其中想必有個翻過筋斗來的亦未可知，何不進去試試。」

〔註 13〕 張笑俠《讀紅樓夢筆記（節選）》，中國藝術研究院紅樓夢研究所、人民文學出版社編輯部編《紅樓夢研究稀見資料彙編》2001 年版，第 232 頁。

以此對照寶玉答妙玉「回去的路頭都要迷住了」說：「這倒要我來指引指引何如？」，就可以明白寶玉雖有負妙玉暗送俗世之癡情，卻願意承擔指引妙玉「眼前無路想回頭」的責任。但是，畢竟妙玉對寶玉一往情深之癡難以斬決，又於回路上與寶玉一起聽黛玉彈琴，辨音而知其「恐不能持久」，深受刺激，所以回庵之後，仍「坐禪寂走火入邪魔」，實是與黛玉一樣因溺於對賈寶玉之情而未能「回頭」。只是妙玉真情僞作，所以「到頭來依舊是風塵骯髒違心願，好一似無瑕白玉遭泥陷」（第五回），比黛玉的結局還更慘。曾揚華說：「黛玉乃是『在家』的妙玉，而妙玉則是『出家』的黛玉了」〔註14〕，真一語中的，而妙玉在《紅樓夢》敘賈寶玉婚戀「六」女之數乃無可置疑。

結　語

綜上所述略，可以得出如下認識：

（一）「六一」組合是中國古代婚戀小說客觀存在的一種模式。本文所述「六一」組合，雖然僅見於《李生六一天緣》《金瓶梅》《肉蒲團》《桃花影》《林蘭香》《野叟曝言》《紅樓夢》等七部小說敘事，數量不是很大，又顯然只是一男與「雙美」「四美」「五美」「七美」等諸多組合中的一種，似沒有很充分的理由認定其爲一種敘事模式並特別強調其價值與意義。然而，一是「六一組合」在古代中有七部已不算甚少；二是這七部小說包括了《金瓶梅》與《紅樓夢》這兩部中國婚戀敘事最具代表性的名著以及《肉蒲團》《林蘭香》等極有特色的作品；三是這七部小說集中產生於明中葉至清中葉的二百年間，多有後先承衍的聯繫（詳後），——這些特點都非一男與「雙美」「四美」等其他比例的組合可比，所以值得特別注意，而可以命名爲一種敘事模式，並探討其作爲一種敘事模式的價值與意義。

（二）中國古代婚戀敘事敘事的「六一」模式是中國古代文化特別是數理文化傳統的產物。筆者曾經提出討論中國古代小說敘事人物設置的所謂「七子模式」〔註15〕，這裡所說的「六一」模式則是「七子模式」的一種，是出於對易數「一」與「六」對立統一種種可能性認識之某種概念化的表現。但

〔註14〕曾揚華《黛玉與妙玉》，《貴州民族學院學報》1986 年第 1 期。

〔註15〕杜貴晨《〈西遊記〉的「七子」模式》，《福建師範大學學報（哲學社會科學版）》2005 年第 5 期，收入本卷。

就存在與意識、生活與藝術的因果關係而言，仍不能不認爲它是中國歷史文化特別是數理哲學對小說藝術影響的產物。至於這一敘事模式只在明中葉以降至清中葉以來大行其道，除了前代文學數理傳統的影響之外，還因爲經過了宋元以至明初理學對人性的禁錮之後，社會從士紳到市井之民對婚戀的追逐與思考，成爲了一種潮流，反映到小說敘事，就有了這種從《金瓶梅》「單說著情色二字」到《紅樓夢》「大旨談情」之婚戀敘事的「六一」模式。

（三）中國古代婚戀敘事敘事的「六一」模式很大程度上決定了作品的主旨、框架結構、人物配置、情節主線等的安排，有近乎全方位控馭的態勢。具體來說，因其必爲「一男六女」之故，所以如同孫悟空在打死六賊的故事中居「主人公」之地位，婚戀敘事中的「一男」必然成爲故事的核心，而「六女」就主要是圍繞「一男」而存在的罷了。其結果無論書中寫有多少女人，又無論其寫得如何，這一部書都應該是以探討男人的生活與命運爲主旨的書，所謂「婚戀敘事」也就成了男人在婚戀面前接受考驗的故事。例如，《金瓶梅》崇禎說散本改萬曆詞話本第一回「景陽崗武松打虎」爲「西門慶熱結十兄弟」，並改開篇「一個好色的婦女，因與了破落戶相通……命染黃泉」，爲「只爲當時有一個人家……有一個風流子弟」云云，就是看清了原作主要爲男人說法的眞實意圖並加以突出。而《紅樓夢》雖標榜爲「金陵十二釵」，又聲明「爲閨閣昭傳」，但實際上賈寶玉才是「諸豔之貫（冠）」（《紅樓夢》第十七、十八回脂評），諸釵不過是陪他下世不可少之人，其各自的命運都不過是賈寶玉「下凡歷劫」的伴奏，只不過有先後主次而已。

（四）中國古代婚戀敘事敘事「六一」模式的作品應該或至少可以從其爲「六一」即「一」與「六」及其數理關係的意義上理解和把握。例如，《金瓶梅》《林蘭香》的「六」勝於「一」的一男早亡，其意在教男人戒「色」，而《野叟曝言》的「一」因「六」而盛，卻是證明「一」男剛健至極的之「陽」可得盡享「六」女「坤元……滋生」之「陰」的配合，是「（女）色」之可畏必戒與否，關鍵在於男性是否更爲陽剛，有「一」陽統馭「六」陰的功能。總之，在無論哪一種情況下，「一」與「六」之數理都決定了故事形式的獨特的意味。

（五）中國婚戀敘事敘事的「六一」模式的存在表明，時至明中葉以後，小說藝術對兩性關係的關懷空前地達到了哲學層次的思考，而古代數理哲學對小說藝術的滲透，已無遠弗屆，無隙不入。即使其所暗用「一」與「六」

比例之數隱喻「一陽」與「六陰」對立統一的意義，主要是作者的主觀意識的圖解，今天讀者已經很少能夠如張竹坡一類評點家那樣從具體描寫中注意和理解這一模式的存在及其數理意義，但作爲一個講述婚戀故事的俗套，在古代讀書人那裡，特別是對於被視爲九流十家之末之「小道」的小說家如蘭陵笑笑生和曹雪芹來說，卻很可能只是做小說的一種「百姓日用而不知」（《周易・繫辭上》）的戲法。從而蘭陵笑笑生能順手拈來，曹雪芹以至高鶚也能夠先後會心襲用，翻新出奇。乃至今天也有作者搬用這一古老的俗套〔註16〕，雖不知其爲有意無意，但客觀上總在顯示這一模式的工具性仍有一定的生命力。而當今讀者對「六一」模式敘事現象的閱讀，如果能夠識其數而知其理，必將對作品思想與藝術有深一層的理解，在認識與審美上有新的收穫。

這也就是說，中國古代婚戀敘事「六一」模式的解讀本質上是一個古代數理哲學問題。其所根據是以「八卦」爲象徵的陰陽推移消長過程中，一陽（男）與六陰（女）的對立統一，也就是一陽能夠順利統馭六陰的始終平衡的和諧，還是雖曾爲六陰所抑卻畢竟「一陽來復」達到新的平衡與和諧，抑或一陽雖一度有效統馭六陰，卻因爲六陰之強戾，終於爲其所抑制以至於毀滅。這決定了以「一陽」即男主人公爲主導的「六一」模式敘事結局是否圓好，自然是以男主人公之得失衡量的，有三種情況：一是喜劇的，即《天緣》《桃花影》《野叟曝言》；二是跨在悲喜劇之間的，即《肉蒲團》《林蘭香》《紅樓夢》；三是悲劇的，即《金瓶梅》。《金瓶梅》是中國古代婚戀敘事「六一」模式應用唯一徹底的悲劇。

原載《學術研究》2018 年第 9 期

〔註16〕 靈秀著《李眞秘密檔案・李眞與六個女人》，華夏出版社 2006 年版。

儒林之謗書　科舉之詈文
——《肉蒲團》別讀之一

　　把小說作小說讀，有的就不一定讀；把小說當史料讀，則不一定讀的有可能也值得一讀，《肉蒲團》〔註1〕就是這樣一部小說。這部書作爲小說，向來被列入禁書，是非曲直，茲不具論，一言以蔽之便不讀也罷。但作爲一份有關古代小說創作與社會風俗的史料，《肉蒲團》卻頗值得一讀。例如有些學者已經看到其描寫所蘊含古代性學的價值了，不無道理，卻不僅如此，因試從《肉蒲團》有關乎當時儒林與科舉的方面的描寫，探討其在寫淫的同時，還是一部刺向禮教的儒林之謗書、科舉之詈文的特點，而別爲一說如下。

一、儒林之謗書

　　《肉蒲團》是寫淫的，如果它所標榜寫淫以警世的目的是針對全社會下針砭，那麼其所取材應不限於社會某一特定人群，而最好涉及較爲廣泛社會階層的成人男女。即使那樣寫起來會有情節構造、類型設計等藝術上更多的困難，但也因此使小說的畫面更加多姿多彩，是值得追求也是可以做到的。但《肉蒲團》的作者卻不然，他寫淫的目光專注，似乎有意框定在應該是作者所最爲熟悉的一個特定的人群即儒林，使書中所寫人物，從提綱挈領的孤峰和向到貫穿全書的中心人物未央生，以及其他涉淫的男女，論其出身，基本上都由儒者之門，爲儒家敗類，名教之罪人。

〔註1〕情癡反正道人編《肉蒲團》，日本寶永刊本。本文引是書正文及評語均據此本，
　　　　說明或括注回數。

首先，《肉蒲團》最先出場並縮合全書於敘事有提綱挈領之作用的孤峰和尚，「原是處州郡學一個有名諸生」（第二回），「是由名士出家」（第三回）的一個棄儒歸佛的人。全書自第二回進入正文敘事開篇，寫孤峰和尚爲未央生說法，又最後由他爲未央生受戒度爲佛弟子，由他來縮合一書首尾，顯見得是書雖爲宣揚佛教的因果報應而作，但具體要消除的是儒林的污穢與罪孽所向，從而歸根結底是以佛家的因果報應爲儒林說法。所以讀者不當以故事的結末未央生也出家做了和尚，就以爲所寫與儒林無關。實際不然，作者正是以此警告儒林的污穢與罪孽，已不可能自家清理，而要由佛教代爲之治理整頓，甚至要化儒生爲佛門弟子才可以真正拯救儒林之人的命運了！這豈不是唱衰儒學，或說爲儒學唱輓歌嗎？

其次，《肉蒲團》所寫中心人物未央生本來也是一個典型的少年儒生。書中雖然沒有關於未央生家世及當下家庭情況的集中描寫，但隨處散見的湊合起來看，「他原是個閥閱之家」，只是「父母早亡，不曾有人拘束」，所以「少年心性」，切慕風流，自詡爲「一個昂藏的丈夫，若做了官，還要治天下，管萬民」（第三回），加以資性過人，「讀書的記性，聞道的悟性，行文的筆性，都是最上一流……畢竟要讀盡天下異書，交盡天下奇士，遊盡天下名山，然後退藏一室，著書立言，傳於後世。幸而掛名兩榜，也替朝廷做些事業。萬一文福不齊，老於壩下，亦不失爲千古之人」（第二回）。後來他以「遊學」爲名，外出獵豔，從一路縱淫，到終於受報醒悟，歸依佛門，全程下來，這個人物本也就由道地的儒生，最後隨化於孤峰，成爲一個棄儒歸佛的人物。他的迷與悟證明了儒教的衰落，佛法的廣大，是對當時主流意識形態一個徹底的否定。

再次，《肉蒲團》所寫未央生縱淫所涉之人家多業儒，而男性多爲儒生。先說未央生的結髮之妻玉香的父親鐵扉道人，媒婆說：

「這老者是有名的宿儒，做人孤介。家中有田有地，無求於人。生平沒有一個朋友，獨自一個在家讀書，隨你甚麼人去敲門，他只是不開。有一個貴客慕他的名，走去訪他，敲了半日門，莫說不開，連答應也不答應。那貴客沒奈何，題詩一首，寫在門上而去。中間有兩句道：但知高士蓬爲户，誰料先生鐵爲扉。他後來見了詩句道：『鐵扉兩字道得不差。』他就把做別號，叫做『鐵扉道人』。生平沒有兒子，止得一女，生得如花似玉，無人可比。又且讀了一肚子書，

都是父親所教。凡詩詞歌賦，皆做得出。他家的閨門嚴謹，又不走去燒香，又不出來看會，長了一十六歲，不曾出頭露面，至於三姑六婆，飛不進門。」（第三回）

由此可知這鐵扉道人是一個律身極嚴，卻頭腦僵化的腐儒，並一直在努力教導女兒成為他這一路上的人：

卻說玉香小姐姿容雖然無雙，風情未免不足，還有一二分不中丈夫的意。只因平日父訓既嚴，母儀又肅，耳不聞淫聲，目不睹邪色，所讀之書，不是《烈女傳》，就是《孝女經》，所說的話都與未央生心事相反。至於舉止，不免有乃父之風，丈夫替他取個混名叫「女道學」。（第三回）

直到後來因未央生偷淫權老實妻子之報而使玉香蒙垢，並死於非命，這位以儒家教條為「鐵扉」的道學先生，可說被未央生的「風流」打了個完敗。未央生的以宣淫反道學固然不足為訓，但道學不抵風流的結果，豈不也諷刺了儒者不能齊家，進而儒教不能治世嗎？

後說未央生以「遊學」為名獵豔縱淫的人家，第一是豔芳的第二任丈夫權老實，他雖是商人，但豔芳本「是個村學究之女。自小也教他讀書寫字，性極聰明。父母因他姿貌出眾，不肯輕易許人。十六歲上，有個考案首的童生央人作伐，父親料他有些出息，就許了他。誰想做親一年，就害弱病而死。豔芳守過週年，方才改嫁與權老實」（第九回）。這就是說，豔芳的出身乃「村學究」之家，所嫁第一個丈夫也是「考案首的童生」，是道地的儒門閨秀，還曾是童生妻室。所以她的淫，雖然發生於改嫁商人權老實之後，但仍脫不了與儒門的干係。第二是香雲的丈夫軒軒子五十多歲，「是個才高行短的秀才」，一位塾師；第三、第四的瑞珠、瑞玉，二人的丈夫是同胞兄弟，都是諸生，祖上世代做官不說，他們各自的名號，一稱「臥雲生」，一稱「倚雲生」，可見也是要走儒者兼濟天下人生之路的人物了。後來二生由香雲的丈夫軒軒子陪了去京做監生，而三婦在家獨守空閨，難耐寂寞，就聯翩而出，又爭先恐後地紅杏出牆，做出一幕幕淫亂的醜事來。而他們的丈夫在京也下窯子，甚至共同包養未央生的妻子玉香。雖然這一師二徒的包嫖玉香，在很大程度上是小說家為了完足未央生的報應而設，但畢竟三位儒生之家，均是夫為嫖客，而妻作淫婦。至於第五位的晨姑雖為寡婦，夫家門楣，書中沒有交待，但她是香雲的姑娘，也還是儒者之家的女兒。從而書中所寫，除個別無名姓者之

外，凡有名姓的宣淫的男女，無不出於儒者之家，恐怕不是一個尋常無意的安排。因為誰都知道，士農工商，三教九流，肯定不會是只有儒者之家會發生宣淫的醜行，也肯定不會是儒者之家這類的醜事最多最甚。所以這樣的安排，無論是否出於對儒林的惡意的詆毀，其結果都是在醜化、損害乃至「妖魔化」儒林的形象。

又次，《肉蒲團》寫儒家的道學，抵不過未央生的風流與春宮畫的誘惑。《肉蒲團》第三回，先是寫鐵扉道人雖然道學的門禁如鐵，但仍然被求婚唯為獵豔的風流才子未央生所算，「錯配風流婿」；後又寫道人的女兒「女道學」玉香「自看春宮之後，道學變做風流，夜間行房，不行中庸之道，最喜標新立異」，又看了「許多風月之書，如《繡榻野史》《如意君傳》《癡婆子傳》之類，共有一二十種……把以前所讀之書盡行束之高閣」。從而鐵扉道人多年來拘束女兒的道學算計，就基本落空了。我們說這前後的描寫，都有歷史上生活的相當的真實性，充分顯示了道學的虛偽與不堪一擊，這無疑會動搖人們對儒學的信心。

最後，《肉蒲團》以儒家聖人做標榜，為小說寫淫張目，客觀上是對儒學的嘲戲。這表現在第一回中先提出問題道：

> 做這部小說的人，原具一片婆心。要為世人說法，勸人窒欲，不是勸人縱慾，為人秘淫，不是為人宣淫。看官們不可認錯他的主意，既是要使人遏淫窒欲，為甚麼不著一部道學之書，維持風化，卻做起風流小說來？

接下來作者的回答，除一般地講道理之外，重在搬出孟子以「大王好色一段風流佳話」說齊宣王做榜樣：

> 此之謂就事論事，以人治人之法……經書上的聖賢，亦先有行之者。不信且看……孟子對齊宣王說王政……把大王好色一段風流佳話去勾住他，使他聽得興致勃然，住手不得。想太王在走馬避難之時，尚且帶著姜女，則其生平好色，一刻離不得婦人可知。如此淫蕩之君，豈有不喪身亡國之理？他卻有個好色之法，使一國的男子，都帶著婦人避難。太王與姜女行樂之時，一國的男子婦人，也在那邊行樂。這便是陽春有腳，天地無私的王化了，誰人不感頌他？還敢道他的不是？宣王聽到此處，自然心安意肯去行王政，不復再推「寡人有疾」矣。做這部小說的人，得力就在於此。但願普天下

　　　　的看官，買去當經史讀，不可作小說觀……我這番形容摩寫之詞，
　　　　只當把棗肉裹著橄欖，引他吃到回味處，也莫厭攤頭絮繁……（第
　　　　一回）

全書結末則曰：

　　　　總是開天闢地的聖人多事，不該生女子、設錢財，把人限到這
　　　　地步。如今把這兩句《四書》定他罪案，道：始作俑者，其爲聖人
　　　　乎？（第二十回）

所以評點者贊曰：

　　　　開首處，是感激聖人。收場處，又埋怨聖人。使聖人歡喜不得，
　　　　煩惱不得，眞玩世之書也。仍以《四書》二句爲聖人解嘲曰：知我
　　　　者，其惟《肉蒲團》乎？罪我者，其惟《肉蒲團》乎？（第二十回）

這裡除透露作者即評者之外，其「玩世」之意，直接是把儒家的聖人作爲了
嘲戲的對象了。

　　總之，《肉蒲團》多寫儒者，所集中展現是儒林這一特定人群的兩性生活
與精神狀態。但書中儒生卻除老者鐵扉道人是個古板迂儒之外，年輕人竟然
清一色的淫夫嫖客，沒有一個眞正讀書上進的。而有關描寫或議論就在這些
人物形象上痛下針砭，還上溯至對儒家聖人的戲謔，使一部寫淫之書，同時
具有了儒林之謗書的特點。

二、科舉之詈文

　　《肉蒲團》託爲元代，但實際取象於明清間科舉制度下讀書人的兩性生
活，從而與其作爲儒林之謗文的特點相應，也不無故意地涉及了那時士人幾
乎概莫能外的科舉考試，從而一部寫淫的小說，又兼具了諷刺抨擊明清科舉
制度的內容。

　　首先，是對儒家《四書》的戲侮。明清科舉考試的主要內容根據於儒家
的《四書》，以致八股文又稱「四書文」，從而《四書》成爲了科舉制的靈魂，
許多對科舉的不滿往往波及到《四書》身上來。《肉蒲團》就是如此，它因儒
林而及於科舉，因科舉而及於《四書》，又反過來通過對《四書》的戲侮，發
泄自己對科舉制度的不滿。如上已引及全書結末「把這兩句《四書》定他罪
案」等語，「罪案」是聖人的罪案，卻用了聖人《四書》中的話，正是以聖人
之道，還治聖人之身。這樣的寫法顯然不可以用以文爲戲得到完全的解釋，

其中所含對因科舉而對聖人的不恭，是相當明顯的；又上引書中第三回寫「玉香……夜間行房不行中庸之道」，把古代「不可道也」的男女「行房」，與《論語》中孔子稱爲「至德」的「中庸之道」（《雍也》）打通爲一事說，在正統儒者恐怕會覺得慘不忍睹。而同樣不懷好意地運用《四書》的文例還見於第七回寫術士爲未央生傳授房術：

> 只見那爲術士……問道：「尊兄要傳房術麼？」未央生道：「然也。」術士道：「尊兄所問，還是爲人之學，還是爲己之學？」未央生道：「請問老先生，爲人怎麼樣？爲己怎麼樣？」術士道：「若單要奉承婦人，使他快活，自己不圖歡樂……這就是爲人之學。若還要自家……與婦人一齊快活……這種房術最難……不是一朝一夕可以傳得去的。」未央生道：「這等學生不能待，還是爲人之學罷了……」

其中所謂「爲人之學」「爲己之學」，就分別自《論語・憲問》載孔子所說「古之學者爲己，今之學者爲人」兩句脫化而來。但是這兩句出自聖人之口的儒家論學之根本分野的莊論，在這裡卻成爲術士大講房中術的詞藻了，豈非對聖人及其《四書》的又一大不恭！

其次，是對科舉士子的諷刺。如污損科舉的名號，第十七回《得便宜因人瞞己，遭塗毒爲己驕人》寫四女一男聚淫，「猜個狀元拳，定了前後次序」，依殿試狀元、榜眼、探花的次第爲縱淫之充，還捎帶了「老儒」殿後。第八回《三月苦藏修良朋刮目，一番喬賣弄美婦傾心》稱秀才爲「酸子」，應是當時俗語，卻顯然爲作者所認可要加以強調的；又如諷刺士人讀書科舉做官以謀私爲目的，第七回《怨生成撫陽痛哭，思改正屈膝哀求》寫未央生偷婦人受挫後轉攻舉業的心理云：

> 「……從今以後，把偷婦人的事情收拾起，老老實實幹我的正經。只要弄得功名到手，拼些銀子，討幾個處女做妾，我自然受他奉承，不受怠慢了。何須陪了精神去做燒香塑佛的事？」算計已定，果然從這一日起，撇卻閒情，專攻舉業。

乃至對讀書人極盡謔侮之能事，如第十回《聆先聲而知勁敵，留餘地以養眞才》寫行房時婦人又喊起來道：「怎麼你們讀書人，倒是這樣粗鹵……」又寫未央生遭婦人問陽物不舉，「自從問了這句，竟像學生要睡，被先生打了，那讀書的精神，比未睡時節，更加一倍」，比喻不中用的男人如「秦邦赴考的蘇秦，不中文章，白白趕了出去」。

　　第三，是對科舉考試旁敲側擊，等同罵詈。如第八回《三月苦藏修良朋刮目，一番喬賣弄美婦傾心》把賽崑崙指導未央生藏修淫具比作那時推崇科舉常說的「作養人材」。甚至稱赴約縱淫爲秀才應試，賽崑崙對未央生道：

　　　　只是一件，那婦人方才的話，說是恐怕你中看不中用的……你
　　須要自己掙扎，不要被他考倒，只進一場，到第二、三場，就不得
　　進去。」未央生道：「決不至此，長兄放心。」兩個笑了一場，巴不
　　得金烏西下，玉兔東升，好做進場舉子。但不知那位試官，是怎生
　　一個考法，須得題目出來，方知分曉。

還譏諷考生臨考補養如服用春藥，第六回《飾短才漫誇長技，現小物怕笑大方》形容春方的作用：

　　　　賽崑崙道：「春方只能使他久，不能使他大……用了春方，就像
　　有才學的舉子，到臨考時，吃些人參補藥，走到場屋裏，自然精神
　　加倍，做得文字出來。那本錢微細的，用了春方，尤如腹內空虛的
　　秀才，到臨考時，就把人參補藥，論斤吃下去，走到場屋裏，也只
　　是做不出。」

又以考生場前場後患得患失大不自在的情態比喻刻畫淫婦們的心理，第十五回《同盟義通通宵樂，姊妹平分一夜歡》寫香雲承認自己先得到了未央生，瑞珠、瑞玉「兩個聽見這話，就像科場後不中的舉子，遇著新貴人一般，又慚愧，又羨慕」，說到未央生床上工夫，「瑞珠、瑞玉聽了，一發要問，就像未考的童生，遇著考過的朋友，扯住問題目一般。是大是小，是長是短，出經不出經，給燭不給燭，件件要問道」，如此處處以科場說淫窩，也就是以科場爲與淫窩一般無二了。這種實等同於詈罵的寫法，雖有傷文雅，但其抨擊科舉制態度的激烈，在古代小說中是空前絕後的。

　　最後，是對八股文的嘲戲。明清八股文是秀才舉人的命根，功名富貴幾乎全繫於此，所以人人寶貴，個個用心，從做法到評點，有無數的講究，卻在《肉蒲團》中都成了漁色的法則，論淫的楷模。如第五回《選手姿嚴造名花冊，狗情面寬收雪鬢娘》寫未央生以官學生員之有名冊之例爲所見美女造冊，又以老儒授徒批點文章之法，定冊上女子姿色高下：

　　　　自起先入廟之時，就釘下一本袖珍冊子，藏在夾袋之中，上面
　　題四個字「廣收春色」，凡是燒香女子，有幾分姿色，就登記入冊。
　　如婦人某人，年歲若干，良人某某，住居某處，都細細寫下。名字

> 旁又用朱筆加圈，以定高下。特等三圈，上等二圈，中等一圈。每
> 一名後面，又做四六批語形容他的好處。

又第七回《怨生成撫陽痛哭，思改正屈膝哀求》寫未央生以八股文法比房事：

> 況且女色之中，極不受用的是處女，一毫人事不知……有甚麼
> 樂處……必待二十以外、三十以內的婦人，才曉得些起承轉合。與
> 做文字的一般，一段有一段的做法，一般有一般的對法，豈是開筆
> 的蒙童做得來？

更有甚者，第九回《擅奇淫偏持大禮，分餘樂反佔先籌》，把房事的得法與否，比作文章的「中竅不中竅，著題不著題」，真惡札之至，也辛辣之至！

總之，《肉蒲團》處處寫淫，也處處可以看到或感受到對科舉制的無情諷刺與刺骨的詈罵，是科舉制度的一篇詈文。

綜上所述論，《肉蒲團》處處寫淫，但淫者皆儒生，皆科舉中人，所以處處刺儒，處處毀侮科舉制、八股文，使《肉蒲團》在為寫淫之小說的同時，兼為儒林之謗書，科舉之詈文。這一特點的發現，使我們對《肉蒲團》一書可有以下新的認識：

第一，《肉蒲團》主要是一部性小說，但它把儒林作為寫淫的背景，把科舉作為寫淫的伴奏，貫徹始終，使全書雖然主要是一部寫淫的性小說，卻同時有了儒林小說的特徵。這裡不妨特舉一例，如第四回開篇寫道：

> 未央生別了丈夫妻子，出門遊學。信足所至，沒有一定的方向，
> 只要有標致婦人的所在就是他安身立命之鄉。每過一府一縣，定要
> 住幾日。他是個少年名士，平日極考得起，又喜結社，刻的文字最
> 多。千里內外凡是讀書人沒有一個不知道他的，所以到一處就有一
> 處朋友拉他入社。他把作文會友當了末著，只有尋訪佳人是他第一
> 件要緊。

因知作者之意，雖重在寫淫，但並不專在寫淫，還一定程度上注意於儒林與科舉，從而倘若更全面地坐實《肉蒲團》的題材特點，那麼稱之謂「儒林色情小說」，可能較為全面，是中國古代小說史上一個罕見的奇觀。

第二，《肉蒲團》第一次把性與儒林題材堪稱奇特地結合在一起，把儒林作淫窩寫，把濫交與科舉相比較相互映照來寫，其給讀者的印象，似非於儒林、科舉有大怨恨、大遺憾抑或大偏見而勢同水火者不能作。這些描寫在美學上的得失還可以討論，但可以肯定的是豐富了全書的社會內容。使我們能

於見識此書寫淫的登峰造極之外，還可考見彼時竟有作者於儒林、科舉到此一種憤恨的地步，有此一種審視挑剔批評的見解，是早在《儒林外史》問世百年之前，就有作者在以長篇說部的規模刻畫儒林、抨擊科舉了。

第三，《肉蒲團》作為本文所謂的「儒林色情小說」，其所獨創並大量運用的在淫亂場合或過程中談及談試論考的手法，雖在後世似乎只有《儒林外史》寫「公子妓院說科場」（第四十二回）略一衍用，但其創造之功，實是古史「春秋筆法」在小說描寫中的運用，其與傳統史學的聯繫及其在小說敘事中的技巧意義，都不容忽略。

總之，《肉蒲團》不是一部好小說，不讀也罷。但作為小說與社會的史料看，卻與任何獨具特色的著作一樣，不失為一部有用的書，值得進一步「別讀」，以期有新的發現。

（原載《廣東技術師範學院學報》2012 年第 3 期）

《肉蒲團》與《詩經》──《肉蒲團》別讀之二

　　傳爲李漁所作《肉蒲團》四卷二十回，堪稱我國古代色情小說的代表作。作者於書中大量有似狂疾的性交描寫頗不自安，所以不同尋常地於開卷第一回專章作辯護，目曰「止淫風借淫事說法，談色事就色欲開端」，舉如《孟子》載孟子說齊宣王「好色」的故事說：

> 做這部小說的人，得力就在於此。但願普天下的看官，買去當經史讀，不可作小說觀。凡遇叫『看官』處，不是針砭之語，就是點化之言，須要留心體認。其中形容交媾之情，摹寫房帷之樂，不無近於淫褻，總是要引人看到收場處，才知結果，識警戒。不然就是一部橄欖書，後來縱有回味，其如入口酸澀，人不肯咀嚼何？我這番形容摩寫之詞，只當把棗肉裹著橄欖，引他吃到回味處也。莫厭攤頭絮繁，本事下回便見。〔註1〕

這就是說，他做這部小說，一如《孟子》中孟子說齊宣王「好色」的做法，完全是爲了維護名教，引人向善；他的「棗肉裹著橄欖」的理論，也似乎與「寓教於樂」相通，應該是無懈可擊了。但是，畢竟自《詩經》以來，中國人就信奉「中冓之言，不可道也。所可道也，言之醜也」，所以在一般讀者看來，或以爲就是作者善自迴護的巧辯之辭了，若在一班衛道之士來看，其以寫淫之書比附經史，大約就離名教之罪人不遠了。

〔註 1〕情癡反正道人編《肉蒲團》，日本寶永刊本。本文引是書正文及評語均據此本，說明或括注回數。

－273－

　　《肉蒲團》一書寫儒生縱慾，術士相助，孤峰和尚點化施救，題名之義即以「肉」即性欲的放縱為坐禪修心之「蒲團」，其價值取向主要是佛教禪宗出世的觀念，但其寫法卻多援引或化用儒家經史以為小說，成為其思想與藝術上一個突出的特點。這一特點除表現為上述第一回開篇的引《孟子》和結末涉及《四書》等之外，集中體現於對《詩經》的模擬與化用，具體有以下幾點：

　　首先，《肉蒲團》的主人公未央生之名取自《詩經》。這在書中第二回寫書生答孤峰和尚自稱「未央生」後有明示，說這是由於「元末之時，士風詭異，凡是讀書人，不喜稱名道姓，俱以別號相呼……只要自己明白，不必人人共曉……書生只因性耽女色，不善日而喜夜，又不喜後半夜而喜前半夜，見《詩經》上有『夜未央』之句，故此斷章取意名為『未央生』」。

　　按《詩經·小雅·庭燎》三章：

> 夜如何其，夜未央，庭燎之光。君子至止，鸞聲將將。
> 夜如何其，夜未艾，庭燎晰晰。君子至止，鸞聲噦噦。
> 夜如何其，夜鄉晨，庭燎有輝。君子至止，言觀其旂。

《毛序》曰：「美宣王也。因以箴之。」這裡的「宣王」即周宣王（？～前782年），周厲王之子，西周第十一代君主，在位四十六年。《毛序》的這一解釋，雖在今天看來未必可信，但漢代以後通行《毛詩》，學者多信從之。聯繫第一回作者自道此書之作就「得力」於孟子說齊宣王為作書的榜樣，則《庭燎》作為一首關於另一位「宣王」的詩，《肉蒲團》取其「未央」以為小說主人公命名，寫其出場曰：

> 忽有一少年書生，帶兩個家僮，走進門來。那書生的儀表，生得神如秋水，態若春雲。一對眼睛比他人更覺異樣光焰，大約不喜正觀，偏思邪視，別處用不著，唯有偷看女子，極是專門。他又不消近身，隨你隔幾十丈遠，只消把眼光一瞬，便知好醜。遇著好的，就把眼色一丟。那婦人若是正氣的，低頭而過，不看到他臉上來，這眼光就算是丟在空處了。若是那婦人與他一樣毛病的，這邊丟去，那邊丟來，眼角上遞了情書，就開交不得了。所以不論男子婦人，但生了這種眼睛，就不是吉祥之兆，喪名敗節，皆由於此。

上引一段敘論所表明，作者對此一人物的根本態度，就是既有所「美之」，又重在「箴之」，所以雖到後來未央生淫惡至於萬劫不復的地步，作者還是給他

機會懺悔改過，與孤峰一同坐化，成了正果。由此可知，未央生之名取自《詩經·庭燎》，不是一個單純的依傍，而是還含蘊了作者對此一人物的塑造理念，關乎全書故事的走向與結局，讀者不可不察。

其次，《肉蒲團》寫未央生所通豔芳夫妻仿於《詩經》。《詩經·衛風·氓》六章，詠一個託爲賣絲的青年小夥與姑娘約爲婚姻，婚後厭薄，終至於拋棄其妻的故事。其第一章曰：

> 氓之蚩蚩，抱布貿絲。匪來貿絲，來即我謀。送子涉淇，至于頓丘。匪我愆期，子無良媒。將子無怒，秋以爲期。

詩中這位「貿絲」者的身份，爲後世小說中人物所繼承，如宋元話本《錯斬崔寧》寫小商人劉貴的妾陳二姐回娘家的路上，路遇賣絲的後生崔寧同行，後來崔寧因此被懷疑與陳二姐有姦情，牽連入劉貴被殺的案件，無辜送了性命。筆者曾經就此著文論述「氓」與「崔寧」形象間的聯繫說：

> 《氓》的寫「抱布貿絲」來與姑娘約會商量婚期，與《錯斬崔寧》的寫崔寧因討「絲帳」與陳二姐遇巧牽連入命案大獄，皆因「絲」而成，實是基於一種傳統的民族文化心理，並非無因的「巧合」；換句話說，我國古代民間文學「絲」諧「思」和爲牽纏之喻體的意象特徵是構成「氓」與「崔寧」形象近似、情節巧合的文化心理根據。
> 這一巧合原是文學各門類之間自然而然相互影響的結果。〔註2〕

但是，現在筆者又知道，《肉蒲團》進一步繼承並發展了這一人物與情節的模式。其第六回寫賽崑崙爲未央生獵豔報料一大篇言語，其中說道：

> 我走過去那門對面立了一會，只見一個男子從裏面出來，生得粗粗笨笨，衣服襤褸，背一捆絲到市上去賣。我就去問他鄰舍，說他姓權，爲人老實，人就因此叫他做「權老實」。那婦人就是他妻子。

接著講了他如何生法看了那婦人的手腳與身上膚色，並設計出趁權老實外出賣絲，去會豔芳，後來對豔芳夫妻也偶以「賣絲的婦人」（第六回）或「賣絲的人」（第七回）相稱，還使之無獨有偶，寫了豔芳的一個鄰婦，「那婦人有三十多歲，丈夫也是販絲賣的，與權老實一同去賣，雖不合本，倒像夥計一般」（第九回），可謂極盡「賣絲」情節之用，乃至具體描寫中不時強調「絲」的意象。如第八回寫未央生與賽崑崙託以買絲來會豔芳：

> 那婦人取出一捆絲來，遞與未央生看。未央生還不曾接絲到手，

〔註2〕杜貴晨《傳統文化與古典小說》，河北大學出版社 2001 年版，第 416 頁。

就回覆道：「這絲顏色太黃，恐怕用不得。」及至接到手仔細一看，又道：「好古怪，方才大娘拿在手裏，覺得是焦黃的，如今接到我手，又會白起來，這是甚麼緣故？」故意想了一會，又道：「這是大娘的手忒白了些，所以映得絲黃；如今我的手黑，所以把黃絲都映白了。」……婦人道：「絲既然白，爲何不買？」未央生道：「這是賤手映白的，可見不是眞白。畢竟要與大娘的尊手一樣顏色的，方才是好絲。求取出來看看。」……婦人進去一會，果然取出一捆絲來……未央生接絲，就趁手把婦人捏了一把。婦人只當不知，也把指甲在未央生手上兜了一下。賽崑崙道：「這一捆果然好，買了去罷。」就把銀包遞與未央生。未央生照他說的價錢稱了，遞與婦人。

這裡幾乎句句不離「絲」字，置之《金瓶梅》中，未必遜色。而相應書中寫婦人也一改前人小說鮮有及於相思心理，屢有「眞教人想思」「患起相思病」「你自己相思不好說，得故意把我來出名。」（第九回）、「害起相思病來」（第十回）等話頭，扣緊「絲」的意象，使絲與人既相互映發，又渾然如一體。

最後，《肉蒲團》第十二回寫未央生從其所收集寺廟燒香婦人遺失之物的箱子裏尋找一把詩扇：

算計已定，就下去開了箱子，搜尋那把詩扇。他在廟上作寓之時，燒香婦女所遺之物甚多，不止這把扇子。拾得一件就收藏一件，又怕與別的東西混在一處，一時要尋難以尋起，又別作一箱，蓋上寫四個大字，取《國風》上一句，是「美人之貽」四字。

按「美人之貽」出《詩經 ·邶風 ·靜女》，原詩三章：

靜女其姝，俟我於城隅。愛而不見，搔首踟躕。

靜女其變，貽我彤管。彤管有煒，說懌女美。

自牧歸荑，洵美且異。匪女之爲美，美人之貽。

《毛序》曰：「《靜女》，刺時也。衛君無道，夫人無德。」準此，這裡用「美人之貽」題未央生收藏燒香婦人遺失物之箱，在以形未央生輕薄無恥的同時，也寄寓了對婦女寺廟進香之俗的諷刺，儘管其應是出於維護禮教的用心。

綜上所述議，《肉蒲團》雖然不過以上三處明顯模擬或化用《詩經》，但「未央生」作爲中心人物之名及其與豔芳、權老實夫婦故事貫穿或幾乎貫穿全書的現象表明，以《庭燎》《氓》與《靜女》爲代表，《詩經》成爲《肉蒲團》思想與藝術取法的重要參照或對象。作者的用心雖在籍以坐實其自道是

書之作得力於「經史」處甚多，以可與「經史」並觀為小說加一層保護色，但其把當時最下流的淫穢描寫與最上位的《詩經》兩種文本揉為一體的寫法，卻在客觀上有兩個方面的意義：一是文學幾乎是與生俱來的色情描寫，在遭受社會的重重打壓之下，開始攀附援引「經史」而主要是以《詩經》中某些有關兩性關係的篇什為據作反撥，這至少可以啟發人們對小說中色情描寫尺度的思考；二是《詩經》中某些有關兩性關係的篇什為小說中色情描寫所援引取法的事實，一定程度上顛覆了《詩經》內容的莊嚴性，等於以小說的形式對《詩經》這些篇什的另類詮釋，可供《詩經》學者引為參考。至於《肉蒲團》這一揉合當時最下流與最上位文本為一爐的寫法，在前此小說中似無先例，也在小說藝術史值得注意。魯迅在《中國小說史略》中說：「然《金瓶梅》作者能文，故雖間雜猥詞，而其他佳處自在，至於末流，則著意所寫，專在性交，又越常情，如有狂疾，惟《肉蒲團》意想頗似李漁，較為出類而已。」〔註3〕其所謂「出類」，大概也包括了本文所述議的這些特點吧。

（原載《遼東學院學報（社會科學版）》2012 年第 2 期）

〔註 3〕魯迅《中國小說史略》，人民文學出版社 1973 年版，第 155 頁。

試論《紅樓夢》所受《肉蒲團》「直接的影響」

　　研究《紅樓夢》的人極多，研究《肉蒲團》的人極少，研究《紅樓夢》與《肉蒲團》關係的人更少之又少幾近於無。有之，筆者或翻檢未遍，僅見美國華裔漢學家余國藩先生一部書的注釋中說過：「不論《紅樓夢》或《肉蒲團》，這兩部舊小說都用過『頑石點頭』的竺道生傳奇，顯示『直接的影響』大有可能。」〔註1〕其所謂「直接的影響」或借自他人成說，但這裡具體所指應當是《肉蒲團》直接影響了《紅樓夢》化用竺道生「頑石點頭」的故事，從而其所道破《肉蒲團》與《紅樓夢》的關係也僅此一點。又點到為止，所以至今沒有引起學者的注意與進一步討論。然而這既是罕見的研究《紅樓夢》與《肉蒲團》關係的一例，又其判斷未嘗不可以引人遐思，即《紅樓夢》所受《肉蒲團》「直接的影響」是否還有其他？這一影響全面的情況如何？筆者以為這都是值得注意與討論的。因此本文試作兩書的比較，得到初步的認識是，曹雪芹應該讀過《肉蒲團》，《紅樓夢》確實受有《肉蒲團》的「直接的影響」；比較《紅樓夢》的「深得《金瓶》壺奧」〔註2〕，其受《肉蒲團》的影響不說更大更深一些，也可說是更多更顯一些。具體說明如下。

〔註1〕余國藩《〈紅樓夢〉、〈西遊記〉與其他——余國藩論學文選》，三聯書店 2006 年版，第 117 頁注 77。（？）

〔註2〕鄭紅楓、鄭慶山《紅樓夢脂評輯校》，北京圖書館出版社 2006 年版，第 144 頁。

一、《紅樓夢》與《肉蒲團》之書名、題旨實出一轍

《紅樓夢》雖「深得《金瓶》壺奧」，但許多地方並非倣仿《金瓶梅》而來，有大相徑庭者，明顯如其諸多異名中獨得流行的今名，就與《金瓶梅》取書中三女性名中各一字緝綴而成的命名之法不同，是從比喻的、象徵的、寓意的角度而設，同時具有哲理的、醒世的、教化的特點。這一種命名方法，上溯「四大奇書」，可視爲《水滸傳》命名傳統之流亞，但在具體的意義與形式上，與之更切近的書名則是《肉蒲團》。

顧名思義，《肉蒲團》是把男性對女性肉體的沉湎比作佛教禪宗「蒲團」之上的修行打座，以在肉欲即性的沉淪中得到教訓爲參禪悟道之機，即書中第二回孤峰和尚所說「居士請自待娶了佳人之後，從肉蒲團上參悟出來，方得實際。」〔註3〕所以「肉蒲團」的真義實爲「女色夢」或「風流悟」，後世《醒名花》《情夢柝》等小說的命名都循此邏輯。《紅樓夢》亦然，其所謂「紅樓」喻指女子，書中稱「女兒」，說「女兒是水做的骨肉，男人是泥做的骨肉」（第二回）〔註4〕。全書正傳所寫，也就是自認爲「糞窟泥溝」（第七回）的「怡紅公子」（第三十七回）賈寶玉作爲神仙下凡所經歷人世的一番「情劫」〔註5〕。對此，脂批的說明是：「以頑石草木爲偶，實歷盡風月波瀾，嘗遍情緣滋味，至無可如何，始結此木石因果，以泄胸中悶鬱。」（第一回）所以，《紅樓夢》的「情」在邏輯上正等同於《肉蒲團》的「肉」。前者題作「紅樓夢」，實以表明其意在寫「情悟」（第三十六回），後者題作「肉蒲團」，則實以表明其意在寫「肉覺」〔註6〕。二者各自所要破除癡迷的對象雖有「肉」與「情」的不同，但所標榜最終要「覺」與「悟」到萬事皆空的醒世教化意圖，卻是一樣的。

由此可見，《紅樓夢》雖「深得《金瓶》壺奧」，但並非只是從《金瓶梅》

〔註3〕 情癡反正道人《肉蒲團》，日本寶永刊本。本文引是書正文及評語均據此本，以下僅隨文說明或括注回數。

〔註4〕 〔清〕曹雪芹、高鶚《紅樓夢》，脂胭齋評，山東文藝出版社 1993 年版。本文引是書同此本，僅隨文說明或括注回數。

〔註5〕 〔清〕小和山樵（陳少海）《紅樓復夢》第一回：「時在青埂峰前遇赤霞仙子……仙子曰：『神瑛當日轉落人間，恐其不解情旨，是以令吾妹可卿開其情障，以了塵緣。誰知伊等爲風月所迷，結成情劫，難以遽解。因金陵十二釵，本係有情無緣，難以強合。今既有情緣，須當配合。』」齊魯書社 2006 年版，第 2 頁。

〔註6〕 《肉蒲團》一名《覺後禪》。

模擬變化而來，最明顯是其書命名之取徑就與《金瓶梅》不同，而與由《金瓶梅》寫性衍化成書的《肉蒲團》更爲形似，其所寓含醒世教化的題旨也與後者有相當程度的神似，說它們如出一轍，實不爲過。

　　《肉蒲團》基本上可定爲李漁（1611～1680）所作。在《紅樓夢》之前，章回小說命名也沒有比《肉蒲團》與《紅樓夢》更加近似者。或者有之，但從總體上《紅樓夢》與《肉蒲團》關係的密切（詳下）上考量，也是受到後者影響的可能更大一些。因此，我們推測二者之間的聯繫，正是可以改一字曰實出一轍。這也就是說，《紅樓夢》不僅「深得《金瓶》壺奧」，還可以認爲其作者曹雪芹閱讀研究過《肉蒲團》，所以《紅樓夢》的命名捨《金瓶梅》之法而仿於《肉蒲團》，受到了《肉蒲團》「直接的影響」。

二、《紅樓夢》與《肉蒲團》總體構思如一

　　《紅樓夢》的故事不必說了。《肉蒲團》故事大略說，元代致和年間，有孤峰長老人稱布袋和尚，一日在括蒼山中佛堂打坐蒲團之上，未央生來拜佛並禮見和尚，和尚欲化未央生出家，而未央生堅持要做「天下第一位才子」，「娶天下第一位佳人」，並不懼「姦淫之報」，以爲「一人之妻女有限，天下之女色無窮」，「淫了天下無限的婦人」，天公也無可奈何。孤峰「和尚……知他大塊頑石推移不動的人」，不可教誨，只好造就其「待娶了佳人之後，從肉蒲團上參悟出來……還要來見貧僧，商量歸路」。然後未央生娶道學腐儒鐵扉道人女兒玉香爲妻，不久即以遊學爲名，外出尋春。在俠士賽崑崙的幫助下，由術士以狗腎改造做大了陽具，並習得採戰之術。先是勾引賣絲商人權老實的妻子豔芳通姦，後即買爲外室。豔芳懷孕，未央生又通秀才軒軒子之繼室香雲。香雲介紹其表妹儒生臥雲生之妻瑞珠和倚雲生之妻瑞玉以及嬌姑花晨，五人常聯床爲歡。而權老實在得知其妻爲未央生所佔之後決意報復，賣身爲僕得入鐵扉道人家，誘姦玉香致其懷孕，並攜其私奔京師，賣至妓院日夜接客。玉香從鴇母仙娘習得房中絕技，名動京師。瑞珠的丈夫臥雲生和瑞玉的丈夫倚雲生將玉香包養，香雲的丈夫軒軒子也從中沾惠。未央生慕名赴京嫖妓，玉香知是己夫，無顏相見，羞愧自盡。未央生遭眾嫖客毆打，又見欲嫖之妓，竟是自己的妻子，方知惡有惡報，報在眼前，絲毫不爽。乃大徹大悟，回括蒼山拜孤峰長老，落髮修行。「自取法名『頑石』，一來自恨回頭不早，有如頑石，二來感激孤峰善於說法，使三年不點頭的頑石仍舊點起頭

來。自此以後，立意參禪，專心悟道」。但仍爲肉欲所苦，乃揮刀自宮。終與權老實、賽崑崙一起懺悔舊惡，摩頂受戒，隨孤峰長老坐化。

如上《肉蒲團》的故事，若再加概括，觀其大略，則是未央生這「大塊頑石推移不動的人」即後來法名自號「頑石」之和尚的縱慾史，同時又是其在「肉蒲團」上的修行史，是以未央生爲主人公的一部「頑石記」。這就與本名《石頭記》的《紅樓夢》核心故事如一，並進一步體現在情節上的極大相似，具體有四：

一是《肉蒲團》寫未央生悔過後「自取法名叫做『頑石』」，而《紅樓夢》寫賈寶玉與「頑石」撲朔迷離，實一而二，又二而一，並且程高本百十五回本寫賈寶玉也正是自稱「弟至濁至愚，只不過一塊頑石耳」，二書各自中心人物皆涉「頑石」之性與象，情狀如一；

二是《肉蒲團》正傳開篇寫有孤峰和尚勸阻未央生（「頑石」）不去尋「天下第一位佳人」而不聽，而《紅樓夢》也寫有「一僧一道」勸阻「頑石」（或即賈寶玉）不必下凡尋求「樂事」，而「頑石」不聽，並各示以未來的劫數，雖勸阻者有一僧與「一僧一道「的差別，但二者開篇敘事的「勸阻」情節取徑如一；

三是《肉蒲團》寫未央生（頑石）最後還由孤峰和尚度脫，而《紅樓夢》寫賈寶玉（頑石）最後也還由「一僧一道」挾持，雖有因「色」與因「情」的不同，但同爲寫出離世間法之「悟道」出家爲僧的結局是一樣的；

四是《肉蒲團》與《紅樓夢》雖篇幅差距甚大，但都在第一回議論「道學」或「理治」之書、「風流小說」或「適趣閒文」，又都在第五回寫有收錄女色的「冊子」，此一布局近乎雷同。

總之，《肉蒲團》與《紅樓夢》寫「頑石」要求並與宗教神秘人物達成「協議」的入劫與出劫的總體構思，誠如余國藩先生所說都本於竺道生「石點頭」的佛教傳說爲出於一轍，而布局雷同之處亦彰然可見。但二者之間，《肉蒲團》爲首創，而《紅樓夢》顯然應當是受到了《肉蒲團》「直接的影響」。

三、《紅樓夢》「一僧一道」亦有《肉蒲團》的影響

《紅樓夢》中有「一僧一道」，主要作爲「頑石」——寶玉的引路人與監護者，往往在情節發展的關鍵時出現。這一現象淵源有自。

歷史地看，章回小說中出現「一僧一道」的現象是唐以後「三教合一」

影響的結果。就章回小說自身在發展而言，以與小說中心人物命運攸關爲標誌，「一僧一道」形象的發生，或在《三國志通俗演義》中就已經有了端倪。雖然從「尊劉貶曹」的角度，分別與曹魏或孫吳相關的左慈和於吉是不必說的，但與作爲全書敘事中心的蜀漢領袖劉備相關的有神仙李意，而與劉備所最爲信賴的關羽相關的有普靜和尙；《水滸傳》中「一僧」應是魯智深或說其師父智眞長老，而「一道」就是公孫勝或說其師父羅眞人了；《西遊記》中人物除魔怪之外幾乎非僧即道，似難各舉其一，但是若以孫悟空爲主人公作細緻的區別，則與其關係最爲密切的觀音菩薩和太白金星可分別當之（前者於孫悟空有救拔護祐之恩，後者是天庭唯一主張「招安」悟空的神仙）；《金瓶梅》中的僧、道也很不少，但與西門慶及其一家命運關係最大的卻只有胡僧和吳神仙。

　　《紅樓夢》中「一僧一道」的設計，遠源應該就是如上「四大奇書」圍繞中心人物命運各隱約有一僧一道提點護祐的寫法。但是，這「直接的影響」卻來自《肉蒲團》，根據有二：

　　一是兩書各自的主人公即「頑石」與宗教神秘人物達成歷劫回歸「協議」的環境極爲相似。《肉蒲團》中於未央生命運始終其事的孤峰長老即布袋和尙，其居在括蒼山，而號爲「孤峰」。「蒼」者，青也，綠也。「括蒼山」之「孤峰」意象，使人很容易想到《紅樓夢》中「頑石」所棲身的「青梗峰」。而兩書寫「頑石」就是在幾乎同樣的山峰下與宗教神秘人物達成歷劫回歸「協議」的。

　　二是《肉蒲團》寫與未央生性命攸關的正是有一僧一道。一僧即孤峰長老不必說了。一道即那位「相貌奇偉，是個童顏鶴髮的老人」的術士，正是他滿足了未央生「使微陽變成巨物」的需要，幫助未央生剋服了歷劫縱慾的一大難題。雖然《肉蒲團》中還寫有一位俠士名字擬於唐人小說《崑崙奴》中人物叫賽崑崙的，做了未央生尋春獵豔的幫辦，使書中人物儒、釋、道、俠等流派俱全，但在諸色人物中，先後對未央生「從肉蒲團上參悟出來」起到「臨門一腳」作用的，還應當說是「一僧一道」，即孤峰和尙和那位爲之改造陽具的術士，至少要說這兩個人物的形象更爲特殊而作用更爲突出一些。也許因此引起曹雪芹的注意和傚仿，是《紅樓夢》寫「一僧一道」可能的來源之一。

　　當然，無論從彼此的關係與各自作用的性質看，《紅樓夢》中「一僧一道」

與《肉蒲團》中和尚、術士也有明顯的不同，但那主要是由於作品題旨需要的差異不得不然以及《紅樓夢》後來居上的結果。所以，總之《紅樓夢》「一僧一道」形象組合的成功運用，雖淵源「四大奇書」的傳統，具體較多是《肉蒲團》「直接的影響」，但畢竟還是化腐朽為神奇的結果。

四、賈寶玉形象有取於未央生

上所論及《肉蒲團》亦如《紅樓夢》是一部「石頭記」，根本原因是兩部書各自的中心人物未央生與賈寶玉都被喻為或寫為「頑石」，所以與文本明確寫出的「頑石」之象密切相關，這兩個人物迷於「色」或癡於「情」之性的難以改易如「頑石」一點，在中國文學史上更無另外的形象可以相對看，應該是《紅樓夢》寫賈寶玉有取於《肉蒲團》中未央生形象一個有力的證據。但還不止於此，另外至少有如下若干相似點值得注意。

第一，從形貌描寫看，兩人均極風流。《肉蒲團》第二回寫未央生曰：「那書生的儀表生得神如秋水，態若春雲。一對眼睛比他人更覺異樣光焰。大約不喜正觀，偏思邪視，別處用不著，唯有偷看女子，極是專門。」《紅樓夢》第三回寫賈寶玉曰：「面如傅粉，唇若施脂，轉盼多情，語言若笑。天然一段風韻，全在眉梢；平生萬種情思，悉堆眼角。看其外貌最是極好」，兩處描寫都重在傳神阿堵，而除有「好色」與「癡情」之別外，未央生與賈寶玉顯然皆風流才子型人物。

第二，各自作者對主人公的天賦評價如一。與一般才子佳人小說對才子容貌讚不絕口的傾向相反，《肉蒲團》寫「（孤峰）和尚心下暗想道，好個有知識的男子，只怪造物賦形有錯，為何把一副學佛的心胸，配一個作孽的相貌」（第二回），《紅樓夢》寫賈寶玉也是說「看其外貌最是極好，卻難知其底細」，又說他「縱然生得好皮囊，腹內原來草莽……」（第三回）各從釋或儒家的標準對所寫主人公的形質表示了幾乎同樣的遺憾，評價如一。

第三，從才性看，兩人均不專心於舉業。《肉蒲團》中有大量諷刺儒生與科舉制度的內容，寫未央生雖有「幸而掛名兩榜，也替朝廷做些事業」的功名之念，但是比較做「才子」的功業，他第一要務的是「才子」的風流。如第四回寫「未央生別了丈夫妻子，出門遊學。信足所至……他把作文會友當了末著，只有尋訪佳人是他第一件要緊」；而《紅樓夢》寫賈寶玉則是「潦倒不通庶務，愚頑怕讀文章」（第三回），最討厭聽那仕途經濟的「混賬話」（第

三十二回），所以「最喜在內幃廝混」（第三回）。在《肉蒲團》與《紅樓夢》之間，人生目標上如此相近的人物，其他小說中未見。

第四，從生活習性看，兩人各有喜與不喜之一癖。《肉蒲團》寫未央生「只因性耽女色，不喜日而喜夜，又不喜後半夜而喜前半夜，見《詩經》上有『夜未央』之句，故此斷章取意名為『未央生』」；《紅樓夢》與林黛玉的「黛玉天性喜散不喜聚」相對，寫「那寶玉的性情只願人常聚不散，花常開不謝」（第三十一回）。

第五，從人生的結局看，如上已論及都是出家皈依了佛門，並且在歷劫以至出家的人生旅途中，各自都是得到了佛、道人物不同形式的幫助。

如上賈寶玉與未央生的諸多相似、相近的描寫表明，賈寶玉形象的塑造極似有取於未央生。但這不是為模仿而模仿，而是由《紅樓夢》的「以情悟道」〔註7〕與《肉蒲團》的可說是「以色悟道」題旨的相近和所寫人物性情根本相通所決定的。實際上若略其玄黃而獨鑒骨相，兩書都公開標明寫「淫」，但《肉蒲團》所寫為「淫」之技，未央生可謂是「皮膚濫淫」之形而下的賈寶玉，《紅樓夢》所寫為「淫」之道，賈寶玉是「意淫」即「知情更淫」，所謂「天下第一淫人」之形而上的未央生。二者的區別只在淫於「肉」或淫於「情」之間，而同為性情之「淫」，並無根本的不同。這一根本之點決定了《紅樓夢》寫賈寶玉可以在某些方面有取於未央生。例如不喜科舉一點，在《肉蒲團》是為了騰出筆墨寫未央生之「皮膚濫淫」，而在《紅樓夢》則是留為寫賈寶玉「最喜在內幃廝混」的餘地。不僅是為了譏彈科舉制，甚至主要不是為了譏彈什麼，而是圍繞「大旨談情」的一種藝術上的取捨。

五、《紅樓夢》「金陵十二釵」冊子仿《肉蒲團》「花冊」

《紅樓夢》第五回寫太虛幻境薄命司有「金陵十二釵」正冊、副冊、又副冊，分裝於三櫥，每櫥一冊，每冊收錄女子十二名。冊中收錄，多為單列，偶有合併，均有圖有文，圖文照應，寓寫女子性情命運。如寫賈寶玉觀覽「正冊」云：

> 又去取那「正冊」看時，只頭一頁上畫著是兩株枯木，木上懸
> 著一圍玉帶；地下又有一堆雪，雪中一股金簪。也有四句詩道：

〔註7〕《紅樓夢》甲戌本第五回寫警幻仙姑語，今通行整理本一般不取此說，而從別本把此語刪落了。

可歎停機德，堪憐詠絮才。玉帶林中掛，金簪雪裏埋。

這是合寫林黛玉、薛寶釵的。又如：

> 後面又畫著兩個人放風箏，一片大海，一隻大船，船中有一女子掩面泣涕之狀。畫後也有四句寫著道：

> 才自清明志自高，生於末世運偏消。清明涕泣江邊望，千里東風一夢遙。

這是寫探春的，如此等等。《紅樓夢》後來相關描寫，雖實際上由於全書沒有寫完或後四十回不全出於曹雪芹一人之手的緣故，有的與圖文所寓寫並不十分合榫，但今本《紅樓夢》寫有關女子形象大體根據於此。所以《金陵十二釵》冊子等於《紅樓夢》寫主要女性形象的大綱，其作用除與接下所寫「《紅樓夢》十二支」曲子配合以總括全書之外，具體則是於全書進入正文描寫之初，為每位主要女性人物的命運設定了路線圖。這一設計的全部可說前無古人，但論其創意與大略，溯源卻很可能是《肉蒲團》中寫未央生為獵豔所製的「花冊」。

按在《肉蒲團》中也是第五回的《選丰姿嚴造名花冊，拘情面寬收雪鬢娘》，寫未央生尋芳獵豔，來住張仙廟中：

> 自起先入廟之時就釘下一本袖珍冊子，藏在夾袋之中，上面題四個字「廣收春色」。凡是燒香女子，有幾分姿色，就登記入冊。如婦人某人，年歲若干，良人某某，住居某處，都細細寫下名字。旁又用朱筆加圈，以定高下。特等三圈，上等二圈，中等一圈。每一名後面又做四六批語，形容他的好處。

但書中顯然因敘事的必要，僅列明登記女子四名，包括「某月某日遇國色二名，不知姓氏」者，分別是：

> 銀紅女子一名。年可十七八。察其情意，他于歸未決，而欲實未開者。批：

> 此婦態如雲行，姿同玉立。朱唇綻處，嬌同解語之花。纖步移時，輕若能飛之燕。眉無憂而常蹙，信乎西子善顰。眼不倦而慵開，應是楊妃喜睡。更可愛者，贈人以心，而不贈人以物，將行無雜佩之遺。示我以意，而不示我以形，臨去少秋波之轉。殆女中之隱士，閨閫內之幽人。置之巍等，誰曰不宜？

藕色佳人一名。年可二十許。察其神氣，似適人雖久，而原陰
未斫者。批：

此婦豐神綽約，意致翩躚。眉無待畫之痕，不煩京兆；面有難
增之色，焉用何郎？肌肉介肥瘦之間，妙在瘦不可增，而肥不可減。
妝束居濃淡之際，妙在濃似乎淺，而淡似乎深。所可憐者，幽情鬱
而未舒，似當開不開之菡萏。心事含而莫吐，恖未謝愁謝之芳菲。
所當與前並壓群芳，同稱國色者也。俟面試後，再定元魁。

又「再添一名道」·

玄色美人一名。年疑四九，姿同二八。觀其體態，似欲事竦而
情甚熾者。批：

此婦幽情勃動，逸興遄飛。腰肢比少婦雖實，眉黛與新人競曲。
腮紅不減桃花，肌瑩如同玉潤。最銷魂者，雙星不動，而眼波自流，
閃爍幾同岩下電。寸步未移，而身容忽轉，輕飄酷似嶺頭雲。即與
二美鼎足奚多讓焉！

寫完，每一個名字上圈了三圈，依舊藏在夾袋中。

第十二回還寫道：

翻著一個名字叫做香雲。批他的擬語，雖不多幾句，比別個人
的略加厚些。這分明是第一等之中第一名，比絕色的女子，止爭一
間也。批云：

此婦色多殊美，態有餘妍。輕不留痕，肢體堪擎掌上；嬌非作
意，風神儼在畫中。因風嗅異香，似沾花氣；從旁聽妙語，不數鶯
簧。殆色中之錚錚，閨中之嬌嬌者也。拔之高等，以冠群姿。

這四名女子分別就是後來未央生與之淫亂的瑞珠、瑞玉、花晨和香雲。第十
六回借花晨之口說「批語」竟像「寫照的一般」。而全部「花冊」在《肉蒲團》
中的作用，也正就是如後來「金陵十二釵」冊子為《紅樓夢》中寫女性人物
的大綱。

如上把《紅樓夢》「金陵十二釵」冊子與《肉蒲團》題曰「廣收春色」的
「花冊」相對照，可知除了《肉蒲團》「花冊」比《紅樓夢》「金陵十二釵」
冊子多了儒者批書的加圈而缺少圖畫之外，兩書中的冊子同是寫在第五回，
同是作有評介性的韻語，同是起有書中後來描寫主要女性人物大綱的作用。
這種高度的一致性，似不會出於偶合，而應是表明《紅樓夢》「金陵十二釵」

冊子，有自《肉蒲團》「花冊」模仿變化而來的極大可能。

順便說到，《肉蒲團》中是先寫了未央生收買「春宮冊子」教誘妻子玉香，後來才又寫「廣收春色」冊子，後者顯然從前者脫化而來。由此推測《紅樓夢》寫「金陵十二釵」冊子的遠源，應該是《肉蒲團》所寫到的明清時流行的「春宮冊子」，未必不有一定的合理性。

六、《紅樓夢》與《肉蒲團》的小說理論雷同

《肉蒲團》與《紅樓夢》作者於其所寫大約都有所不自安，所以書中特別是《紅樓夢》中多有作者自我辯護性質的小說理論，有的似曾相識。如《肉蒲團》第一回結末云：

> 做這部小說的人，原具一片婆心，要為世人說法，勸人窒欲，不是勸人縱慾；為人秘淫，不是為人宣淫。看官們不可認錯他的主意，既是要使人過淫窒欲，為甚麼不著一部道學之書，維持風化，卻做起風流小說來？看官有所不知。凡移風易俗之法，要因其勢而利導之，則其言易入。近日的人情，怕讀聖經賢傳，喜看稗官野史。就是稗官野史裏面，又厭聞忠孝節義之事，喜看淫邪誕妄之書。風俗至今日，可謂靡蕩極矣。若還著一部道學之書，勸人為善，莫說要使世上人將銀買了去看，就如好善之家施捨經藏的，刊刻成書，裝訂成套，賠了貼子送他，他還不是拆了塞甕，就是扯了吃煙，那裡肯把眼睛去看一看？不如就把色欲之事去歆動他，等他看到津津有味之時，忽然下幾句針砭之語，使他瞿然歎息……幡然大悟……自然不走邪路……《周南》《召南》之化，不外是矣。此之謂就事論事，以人治人之法。不但做稗官野史之人當用此術，就是經書上的聖賢，亦先有行之者。

然後舉《孟子》載孟子說齊宣王故事，並議論道：

> 做這部小說的人得力就在於此。但願普天下的看官，買去當經史讀，不可作小說觀。凡遇叫「看官」處，不是針砭之語，就是點化之言，須要留心體認。其中形容交媾之情，摹寫房帷之樂，不無近於淫褻，總是要引人看到收場處，才知結果，識警戒。不然就是一部橄欖書，後來縱有回味，其如入口酸澀，人不肯咀嚼何？我這番形容摩寫之詞，只當把棗肉裏著橄欖，引他吃到回味處也。

這裡我們需多加注意的是其所論「道學之書」即「橄欖書」,「風流小說」即「棗肉裏著橄欖」之書,以及認為「近日的人情,怕讀聖經賢傳,喜看稗官野史。就是稗官野史裏面,又厭聞忠孝節義之事,喜看淫邪誕妄之書」等等的判斷。

而《紅樓夢》第一回中也議論說:

> 再者,市井俗人喜看理治之書者甚少,愛適趣閒文者特多……今之人,貧者日為衣食所累,富者又懷不足之心。縱然一時稍閒,又有貪淫戀色、好貨尋愁之事,那裡去有工夫看那理治之書?所以我這一段故事,也不願世人稱奇道妙,也不定要世人喜悅檢讀,只願他們當那醉淫飽臥之時,或避世去愁之際,把此一玩,豈不省了些壽命筋力?就比那謀虛逐妄,卻也省了口舌是非之害,腿腳奔忙之苦。

與上述《肉蒲團》之論相比較,《紅樓夢》此說與之相同處有四:一是《紅樓夢》所稱「理治之書」實即《肉蒲團》所謂「道學之書」;二是《紅樓夢》所稱「只願他們當那醉淫飽臥之時,或避世去愁之際,把此一玩」的「適趣閒文」,雖沒有標榜其內核仍舊是「橄欖」,但也差不多就是《肉蒲團》所稱「棗肉裏著」的「風流小說」;三是《紅樓夢》對世俗閱讀風氣的判斷也是完全一致的;四是兩書同是在第一回議論「道學」或「理治」之書、「風流小說」或「適趣閒文」,從而表明它們不僅內容而且形式上也似曾相識。

因此,本文傾向於認為《紅樓夢》的小說理論也受到了《肉蒲團》的「直接影響」。

七、《紅樓夢》特殊用語有與《肉蒲團》驚人相似

以上討論中實際已經涉及到《紅樓夢》用語有與《肉蒲團》極為相似之處,如兩書稱其主人公均用「頑石」;《紅樓夢》所稱「理治之書」與《肉蒲團》所謂「道學之書」;《紅樓夢》稱賈寶玉為「『天下第一』淫人」而《肉蒲團》寫未央生要做「世間第一個才子」,要娶「『天下第一』位佳人」等,也許不足以證明《紅樓夢》在語言上也受有《肉蒲團》之「直接的影響」。但下面的一例卻可能使這一結論得到有力的加強,即《肉蒲團》中有一特殊用語曰「只是一件」,書中至少用了十七次,如:

> 只是一件,人參附子雖是大補之物,只宜長服,不宜多服;只

可當藥，不可當飯。（第一回）

只是一件，這種藥性與人參附子件件相同，只有出產之處與取用之法又有些相反，服藥者不可不知。（第一回）

只是一件，他要親眼相一相才肯下聘。（第三回）

未央生至此可謂快樂之極矣，只是一件，夫婦裏面雖然和諧，翁婿之間甚覺不合。（第三回）

只是一件，既蒙金諾要替小弟留心，若果見了絕色婦人，千萬不可偷他財物，忘了今日之言諾（第四回）

只是一件，我一去之後，就不回來，這張床不是我們作樂之處了。（第十五回）

只是一件，依你方才說話來，尊夫的精力也在單薄一邊……（第十七回）

如此等等，在一部中篇規模的小說中，可說是顯著的習慣用語。

這一用語的文本淵源雖難以遍尋，但檢對後世小說影響最大的明代「四大奇書」，只有百回本《水滸傳》中用有七次，《金瓶梅》中用過一次是移植《水滸傳》的，《西遊記》中用過兩次。由此可見在文學文本的傳統上，《肉蒲團》常用「只是一件」之語，溯源應該是《水滸傳》。

有了這一參照，我們先順便看一下李漁小說《十二樓》中，居然與《肉蒲團》中這一用語的出現同為十七次。其頻率相當，可以加強多數學者以《肉蒲團》為李漁所作的結論。

然後，我們把《紅樓夢》與其作者曹雪芹主要生活過的南京和北京的小說家們的作品——吳敬梓的《儒林外史》和文康的《兒女英雄傳》中的這一用語出現的情況相對照，檢索的結果是《紅樓夢》中八次，《儒林外史》和《兒女英雄傳》中均零次。由《紅樓夢》與成書於南京或北京之兩書的差異大約可知，《紅樓夢》也較多用此語，卻應該不是南京或北京地域語言習俗的反映，而最大可能是來自於前代文學文本的影響。那麼這種影響的來源，依次上溯即李漁的《肉蒲團》或《十二樓》，更早或是羅貫中的《水滸傳》。

因此，再參以上論《紅樓夢》與《肉蒲團》的種種相通、相似乃至雷同，可以斷定《紅樓夢》八次用「只是一件」的句式，極有可能是受到了《肉蒲團》的「直接的影響」。

　　綜上所述論，《紅樓夢》從書名主旨到框架結構、中心人物塑造、重要物象與情節的設計，以至創作的指導思想等文本各基本的層面上，都明顯有與《肉蒲團》相通、相近、相似或曰雷同之處，甚至有「頑石」「冊子」以及「括蒼山」「孤峰」與「青梗峰」「只此一件「等關鍵意象或用語的極爲一致。這些一致處，個別觀之雖不足爲《紅樓夢》受到《肉蒲團》「直接的影響」的證據，但合而觀之，其多而顯至令人驚奇的地步，卻決不會是《紅樓夢》創作與《肉蒲團》的偶合，而是合乎邏輯地指向證明曹雪芹讀過《肉蒲團》，對後者有自覺學習與借鑒的結論。因此，《紅樓夢》誠然如脂評說「深得《金瓶》壼奧」，但同時《肉蒲團》也曾是《紅樓夢》創作的楷模。其有取於《金瓶梅》者或可說大而深，而有取於《肉蒲團》者卻可謂多而顯。唯是至今「紅學」研究幾已無所不至，其有取於《金瓶梅》大而深者難說而說者已多，取於《肉蒲團》多而顯者易言卻言者極少，似非容易理解的現象。

　　這是否有「紅學」殊不願意與《肉蒲團》絕不可能成立的「肉學」沾邊的原因？倘若如此，就未必「紅學」的幸事與高明。因爲雖在今天一般看來，《紅樓夢》是古代高雅小說的代表，《肉蒲團》仍如百年前的看法仍是最下流的作品之一，但這無論古今都只是出於道德的評價，而文學其實還需要特別是在學術領域裏更爲需要美學的評價。所以《紅樓夢》所受《肉蒲團》「直接的影響」，仍是研究者不能迴避的問題。又即使從道德的評價看，其實在清朝的某些人看來，《紅樓夢》不僅與《肉蒲團》爲一路貨色，而且「淫書以《紅樓夢》爲最。蓋描摹癡男女情性，其字面絕不露一淫字，令人目想神遊，而意爲之移，所謂大盜不操戈矛也。」〔註8〕對此，我們固然不能簡單地認可其以《紅樓夢》爲「淫書」的看法，但也不能不看到《紅樓夢》某種程度上爲與《肉蒲團》爲一脈，是從後者一類「淫書」中蟬蛻而來之文學經典的一面，承認其不僅「深得《金瓶》壼奧」，而且從《肉蒲團》模擬所得甚多，跡象甚顯，讀者不可也不當迴避，而應當認眞看待並加以研究。因爲這既是《肉蒲團》對後世影響的一個亮點，也是已經難得有新發現的「紅學」的一個新發現。

　　當然，如上考論未能舉出如曹雪芹寫《紅樓夢》有意取法《肉蒲團》之類的鐵證，而且《紅樓夢》寫「頑石」也應該不只是受到了《肉蒲團》「直接

〔註8〕〔清〕陳其元《庸閒齋筆記》，同治十三年刊本，卷八。

的影響」，還可能與《西遊記》寫「遂有靈通之意」的花果山「仙石」有關〔註9〕。但文獻有闕，筆者作爲後人考證之能事亦如此而已。讀者或信或疑，各有尊便。但筆者以爲，無論有無曹雪芹直接閱讀效法《肉蒲團》的直接的證明，都絲毫不減弱本文以上所揭蔽《紅樓夢》與《肉蒲團》如此眾多驚人之相似描寫的意義。而且倘若兩部書眞的後先並不曾相謀的話，反而能夠更加強化我們審美的驚奇與追問：爲什麼如此地不同而同呢？

（原載《南京師範大學學報（社會科學版）》2013 年第 2 期）

〔註 9〕 杜貴晨《一種靈石，三部大書——從〈水滸傳〉〈西遊記〉到〈紅樓夢〉的「石頭記」敘事模式》，《山東師範大學學報》2010 年第 5 期。收入本卷。